Dictionnaire de la littérature française

フランス文学小事典

増補版

岩根　久
柏木隆雄
金﨑春幸
北村　卓
永瀬春男
春木仁孝
山上浩嗣
和田章男
編

朝日出版社

まえがき

フランス文学の魅力は豊富さと多様さにある．その広がりは国境を越え，フランス語で書かれた優れた著作はすべて含まれる．また文学といっても小説，詩，演劇ばかりでなく，文体や表現が優れているならば，思想，哲学，歴史，宗教など様々なジャンルにまで及ぶこともフランス文学の特徴の一つである．本事典にはしたがってスイス出身のジャン＝ジャック・ルソーはもちろんのこと，ベルギー人であるメーテルランクやローデンバック，アイルランド出身のサミュエル・ベケットも，チェコを代表する作家ミラン・クンデラも登場する．また大哲学者デカルトには多くの行数が割かれ，歴史家ジュール・ミシュレやオーギュスタン・チエリー，宗教改革者カルヴァンの名も堂々と現れる．

代表的な作家を一人挙げることが困難であるほどに，そこには綺羅星のごとく著名な作家が並んでいる．モンテーニュかラブレーか，パスカルかラシーヌか，バルザックかプルーストか，名高い作家の例を挙げることさえ悩ましい．それほどにまで豊かで多様であるが故に，文学事典を編むにふさわしい．コンパクト・サイズの小事典でありながら，項目として挙げた作家数274，作品数169，事項数84に及ぶ．

事典の使命は客観的な情報および知識を提供することであろう．しかしながら，事典もやはり主観性を免れない．それは編者の主観という以上に，必然的に「現代」という時代のパースペクティヴに基づく特定の視点に立たざるを得ないことによる．忘却されてしまった作家や作品の数はおびただしい．古い時代の項目は自ずと限定されるのに対して，近い時代の作家は多くならざるを得ない．項目として挙げるか否かの取捨選択はきわめて困難である．

本事典の項目は作家，作品，事項から成る．「作家項目」については文学史に名を残している作家をできるだけ多く採用し，略歴，代表作，特徴を最新の見方によって解説するように努めた．他方，「作品項目」に関しては文学史的に意義を持つ代表的なものに限り，執筆あるいは出版の経緯，あらすじ，構成，特色，歴史的意義などに留意した．「事項」については，思潮，主義，ジャンル，技法，文学史上の事件などを取り上げ，簡潔に解説した．現代の日本の読者になじみの薄い中世，ルネサンス期など古い時代の作家・作品に関してもかなり多くの項目および行数を割いた．また現代の作家や詩人を多く収録したことも本事典の特色の一つである．同時代の作家や作品の価値を判断することはなおさら難しいが，主として日本語に翻訳されている作家や詩人を選んだ．

『百科全書』を編纂した18世紀の啓蒙思想家ディドロは，「知識の連鎖」を重視し，参照記号によって「知」の体系を示す工夫をした．本事典においても，はるかに小規模ながら，関連事項への送り記号によって，作家や作品が孤立した存在ではなく，文学と歴史の大きな流れの中にあることを示すように留意した．50音順に項目が並ぶ事典には当然のことながら時間の要素が希薄となる．巻末に付した年表および年代別索引が歴史と時間のパースペクティヴを与えてくれるだろう．

本事典の執筆は22名の新進の研究者が担当し，7名の編者が校閲にあたった．春木仁孝が中世文学，岩根久が16世紀文学，永瀬春男が17世紀文学，柏木隆雄が18世紀文学，金崎春幸が19世紀の小説，北村卓が19世紀の詩と演劇，和田章男が20世紀文学を主に担当し，編集スタッフにより，固有名，用語，文体等の統一をはかった．

最後に，本事典の出版を快く引き受け，編集作業にご尽力いただいた朝日出版社の河合美和氏に感謝したい．

編者の一人　和田章男

改訂にあたって

『フランス文学小事典』初版を刊行してから13年が経過しました．この度，増補版を出版することになり，編者・執筆者一同心より喜んでいます．初版における誤記等を訂正するとともに，新しく8項目を追加，当時の現存作家についてはその後の作家活動，出版，受賞歴，また亡くなった作家の没年を追記しました．この10数年の間にはフランス文学関係の著書も数多く刊行されたこともあり，巻末の読書案内を大幅に増補しました．今回より山上浩嗣氏が編者に加わりました．この『小事典』がフランス文学を愛する読者諸氏のささやかなガイド役を末永く務められることを祈っています．

最後に，この改訂版刊行にご尽力いただいた朝日出版社の石井真奈氏に感謝します．

2020年3月

和田章男

編者

岩根　久　（大阪大学大学院言語文化研究科教授）
柏木　隆雄　（大阪大学名誉教授，大手前大学名誉教授）
金﨑　春幸　（大阪大学名誉教授）
北村　卓　（大阪大学名誉教授）
永瀬　春男　（岡山大学名誉教授）
春木　仁孝　（大阪大学名誉教授）
山上　浩嗣　（大阪大学大学院文学研究科教授）
和田　章男　（大阪大学大学院文学研究科教授）

執筆者

足立　和彦
安部　朋子
安藤　麻貴
岩村　和泉
上江洲　律子
坂巻　康司
阪村　圭英子
佐藤　久仁子
高橋　愛
谷口　智美
中尾　雪絵
長谷　恵子
濵野　淑美
林　千宏
廣田　大地
深川　聡子
藤本　武司
間野　照世
三好　香菜恵
村上　彩子
山崎　恭宏
脇　聡

凡例

1. 本書の構成
・本事典はフランス文学に関連する作家（279項目），作品（171項目），事項（85項目）を含む.
・巻末にはフランス文学史に関連する年表，フランス語索引および分類別・時代別索引を付した.

2. 項目の配列
・すべての項目は，作家，作品，事項を区別せず，また濁音，半濁音，長音，中黒点などを考慮せず50音順に配列されている.
・[v] の発音は「ヴ」と表記した.

3. 人名表記
・項目として挙げられている作家名は姓を先に記し，続く括弧内に原語名および生没年を記した.
　例）アヌイ，ジャン (Jean Anouilh, 1910-1987)

4. 作品のタイトル表記
・作品の邦題は原則として近年の翻訳書名に従い，括弧内にイタリック体で原題を表記し，出版（初演）年を付した. 翻訳されていない作品については原題に即して訳した.
　例）愛人 (*L'Amant*, 1984)
・中世，ルネサンス期の文学作品のフランス語タイトルを記す際には一部を除いて現代フランス語綴字法に従った.
・文中において『』で囲まれたものは作品名，「」で囲まれたものは新聞・雑誌名，および作品集に収録された詩，短編小説，エッセーなどを示す. ただし作品項目の見出し語には括弧を付さない.

5. 作家の生没年，および作品の発表年代
・作品の年代は初版出版の年，戯曲は初演の年を記した.
・様々な説がある中世の作家の生没年や作品の成立年については，主に *Dictionnaire du Moyen Âge*, publié sous la direction de Claude Gauvard, Alain de Libera, Michel Zink, PUF, 2002 を参照した.

6. 記号
・文中でアステリスク(*) 記号が付されている語は，項目として収録されていることを示す.
・生没年あるいは出版年の不明なものには疑問符 (?) を付した.

愛人

L'Amant, 1984

＊デュラスの小説．＊ゴンクール賞を受賞．初期の作品である『太平洋の防波堤』(1950) と同様，18歳までを過ごしたインドシナ時代を素材とする自伝的作品．15歳の「私」がメコン河の渡し船で，手摺りに寄りかかり河を眺めていると，船上では黒い大型のリムジンからヨーロッパ流の服装をした中国人が「私」を見つめている．決して写真に撮られることのなかったこの「絶対的な映像」が物語の起源となって，「狩人の夜」，「並木道の女乞食」といった，作者の想像力と事実とが交錯する様々な映像が綴られていく．「私」と中国人の愛人との関係は，狂気と絶望に捉えられた彼女の母，愛情と憎悪と殺意が渦巻く異常な家庭，何人かの魅力的な女性たちについての回想などと分かち難く一体化して語られ，一家のフランスへの旅立ちによって終わりを告げる．従来のデュラスの作品と様々な関係を持つこの作品は，回想のスクリーン上に浮かび上がる情景を印象的に切り替えつつ，音楽を奏でるように語るデュラスの「流れゆくエクリチュール」によって描かれており，伝統的な告白文学や私小説的な自伝とは異なった新しい魅力がある．

愛の砂漠

Le Désert de l'amour, 1925

フランソワ・＊モーリヤックの小説．「パリ評論」誌に4回にわたり掲載され，同年に刊行された．＊アカデミー・フランセーズの小説大賞を受賞．少年時代にマリアに受けた屈辱を忘れられぬまま放蕩生活を送るレーモンは，パリのあるバーで彼女と再会し，少年時代を回想する．当時ボルドーで囲われものであった27歳のマリアは，18歳の少年レーモンの純潔さを愛したが，情欲のままに彼女を求めたレーモンは拒絶されて絶望し，自己嫌悪に陥る．一方レーモンの父でマリアの主治医であったクレージュ医師もマリアを愛していたが，彼女にとって医師は尊敬の対象でしかなかった．この3人の偶然の再会を通して，交錯した愛と，愛によって幸福に到達できないそれぞれの心の「砂漠」が描かれる．マリアは，『*テレーズ・デスケルー』のテレーズの素描であり，また，「愛の砂漠」というタイトル自体も他の作品に一貫する主題と呼べると作者自身が後に語っている．

愛の妖精

La Petite Fadette, 1849

ジョルジュ・*サンドの小説．二月革命に幻滅し，政治活動から身を引いて故郷ノアンへ戻っていた作家が，人々が受けた不幸な傷を芸術の創造と詩情によって癒そうと考え，1848年12月から翌年1月まで「ル・クレディ」紙に掲載．農夫バルボー家の双子シルヴィネとランドリーは大の仲良しだが，ランドリーが隣村に奉公へ出されて離れ離れとなる．新しい世界に順応するランドリーを見て寂しさを募らせたシルヴィネは家出する．ランドリーは村で魔法使いと噂されるファデー婆さんの孫ファデットの力を借り，ようやくシルヴィネを見つけ出す．ファデットはランドリーに長く想いを寄せ，ランドリーもファデットの優しさや機知に惹かれ，愛情を抱く．二人は障害を乗り越え結婚する．ベリー地方の方言や牧歌的風景が美しく叙述された田園小説の名作．

アカデミー・フランセーズ

Académie française

フランス学士院を構成する5学会の一つ．文学・言語の統制を目指す*リシュリューの発案により，1635年，勅許を得て設立された．大革命期に一時解散したが，1803年に復活し現在に至る．会員は「不滅の人」と呼ばれ，身分は終身，その数は当初の20名からまもなく40名に増えた．創立の2年後に*コルネイユの『*ル・シッド』をめぐる論争に介入，また，1687年にシャルル・*ペローが自信作「ルイ大王の世紀」を朗読して*新旧論争の口火を切ったのもアカデミーにおいてである．理性に基づく論理的なフランス語の規範を示す趣意のもと，設立時より国語辞典の作成を重要な事業として掲げたが，編纂に手間取り，第1版の完成は1694年と遅れた．その後も事業は継続され現在までに9版を数える．

赤と黒

Le Rouge et le Noir, 1830

*スタンダールの小説．1827年末の法廷新聞に載った「アントワーヌ・ベルテ事件」を題材にしている．時代は王政復古期．地方の材木屋の三男に生まれた主人公ジュリヤン・ソレルは，ナポレオンを崇拝しながら，立身出世のために自ら僧籍の道を選ぶ．レナール家の家庭教師になった彼は夫人と愛し合うが，噂になりブザンソンの神学校に入る．やがてパリのラ・モール侯爵に秘書として雇われ，令嬢マチルドと恋におちる．爵位を受け，騎兵中尉に取り立てられるのだが，既に妊娠している彼女との結婚が成就するまぎわに，レナール夫人からの手紙がジュリヤンの偽善と出世主義を告発し，彼の出世の夢を打ち砕く．復讐から夫人を狙撃し逮捕され，自分の罪状を認めながら支配階級の腐敗を法廷で弾劾し，死刑の宣告に控訴するのを拒否，レナール夫人と再会した後に処刑される．作者が言明しなかったタイトルの意味は，「赤」は軍服での，「黒」は僧衣での出世の象徴，またはルーレットでの一か八かの賭けを表しているとも言われる．副題に「1830年年代史」と示しながら，実際には反動的な王政復古期，七月革命直前における聖職者，貴族階級の腐敗した社会が主人公の鋭い視点から描かれ，*レアリスムの先駆的な作品の一つとなる．精緻な心理描写に加え，ナポレオン失墜後の時代が生んだジュリヤン・ソレルという野心的な若者の一典型を生み出した．「少数の幸福な人へ」という献辞が予感させるように，正当な評価が得られるのは19世紀末になってからであった．幾度となく舞台化・映画化されている．

悪の華

Les Fleurs du mal, 1857, 1861

＊ボードレールの韻文詩集．1857年に序詩を含めた101篇を収録する初版が出版されるが，その反道徳的な側面が当時のブルジョワ社会にスキャンダルを巻き起こし，訴訟の結果6篇の削除が命じられた．1861年には32篇を追加した第2版が刊行され，今日ではこれが一般に定本とされる．「憂鬱と理想」，「パリ風景」，「酒」，「悪の華」，「反逆」，「死」の6章に分けられた127の詩篇において，悲惨な現実と美への渇望の間で苦悩する芸術家の誕生から死までが作品全体の基調となる．初版からの詩篇には，「異国の薫り」に見られる南方の楽園に対する憧れなど，＊ロマン主義から多くを受け継ぎつつ，芸術至上主義的な面では＊高踏派にも通じる世界観が貫かれる．なかでも事物と感覚の交感を詠った象徴的な詩篇「万物照応」は，後の象徴派の詩人たちから聖典とされた．また「旅への誘い」など，恋人たちを称えた恋愛詩篇は，その量・質ともに詩集の中心を成している．第2版で付け加わった詩篇には，初版までの価値観を覆すものが多く，たとえば最終詩篇「旅」において，もはや死は現実から逃れるための楽園ではなく，新たな美を見出すべき未知なる場所として描かれる．また「白鳥」をはじめとした「パリ風景」の詩篇では，現代性に対する詩人の意識から新たな美が描き出されている．後の詩人たちは皆，自身の創作において肯定・否定のどちらにせよこの詩集を意識することになり，後世への影響は類を見ない．また＊構造主義による「猫」の分析をはじめとして，文学理論家たちから分析の対象として絶えず取り上げられ，論争の的となり続けていることもこの詩集の特徴の一つである．

アーサー王伝説

La Légende du roi Arthur

アーサー王と円卓の騎士を中心とする伝承物語群．アーサー王の原形は500年頃に侵略者サクソン人と戦ったブリテン島の軍人であるという説が最も有力，後にケルト人たちの救世主として理想化された．史実のようにアーサー王を描いたジェフリー・オブ・モンマスによる『ブリタニア王列伝』を基に12世紀半ば，ノルマン人の聖職者ワースが『ブリュ物語』の中でアーサー王を登場させるが，そこではもはや軍人としてではなく，円卓の騎士を率いる王として表現されている．ワースから30年後，*クレチヤン・ド・トロワは『クリジェス』で，すべての騎士やキリスト教徒の模範人物で崇高な精神の持ち主であるアーサー王を登場させる．しかし彼が後に執筆する『ランスロ，または荷車の騎士』では，円卓の騎士ランスロと王妃との*宮廷風恋愛に焦点が移り，アーサー王は王妃を奪われても何もできない人物となっている．13世紀に入るとさらに屈辱的な面が描かれ，アーサー王の犯した近親相姦のテーマさえ現れる．この物語群は『アーサー王の死』で王の死とともに結末を迎える．アーサー王伝説を支えていた封建制度の衰退がその遠因とされる．

アストレ

L'Astrée, 1607-1628

オノレ・デュルフェ (Honoré d'Urfé, 1567-1625) の牧人小説．全5巻のうち最後の2巻は作者の死後秘書が刊行．牧人小説は*ルネサンス期のイタリアに起源を持ち，羊飼いの男女のプラトニックな恋愛に貴族階級の理想を託すもので，『アストレ』はフランスにおけるこのジャンルの代表的作品．詩や音楽を愛する羊飼いたちが暮らす5世紀のフォレ地方を舞台に，牧童セラドンと恋人アストレが紆余曲折を経て結ばれるまでを描く主筋に，300の人物，数十の挿話をからめた5000ページを超す長大な作品で，*バロック小説の典型である．作品が提示する恋愛の諸相と精緻な心理分析は，当時の上流社会における社交の手本とされ，*プレシオジテの源流の一つとなった．『*クレーヴの奥方』など心理小説の先駆的存在でもある．

アタラ

Atala, 1801

*シャトーブリアンの小説．1801年に出版され，翌年『キリスト教精髄』に収められる．1805年には『*ルネ』と一組で出版された．舞台は18世紀の北アメリカ．ナチェズ族の酋長シャクタスがフランス人ルネに過去を語る形式をとる．敵対する部族の捕虜となったシャクタスは，そこでその部族の娘でありながらキリスト教徒でもあるアタラと出会い，恋に落ち，2人で山中に逃れる．しかし母の誓いによって一生を神に捧げるよう定められていた彼女は，信仰と愛の間で苦悩し，シャクタスへの思いを胸に自殺．誤ったキリスト教信仰がもたらすこの悲劇は，作品全体を覆う異国情緒，純粋な恋愛や美しい自然を描き「魔術師」と異名をとった見事な文体によって，後の*ロマン主義文学に影響を与えた．

アドルフ

Adolphe, 1816

*コンスタンの小説．イタリア旅行中に出会ったある異国人の手記という形をとり，一人称で語られるこの作品は，作者の自伝的要素が強く，特に*スタール夫人との関係が色濃く反映されている．1806年に脱稿されながら，1816年まで出版されなかったのはスタール夫人への配慮とも言われる．倦怠に苛まれる若き主人公アドルフは，恋心からではなく女性を征服したいという動機から年長の女性エレノールを誘惑する．だが一度愛を勝ち取ると再び倦怠を感じ，断ち切れぬ恋に苦しむ．しかし彼女が熱病で世を去り，自由を取り戻すと逆にその自由を持て余すことになる．恋愛の誕生から成長，そしてその死までを精緻に分析し，古典的で簡潔な文体で綴ったこの小説は『*赤と黒』，『*ドミニック』等につながる近代心理小説の傑作とされる．また明晰な知性を持ち合わせながら自己中心的で倦怠に苦しむ主人公アドルフには，後に*世紀病と名づけられる*ロマ

ン主義的魂の先駆を見ることができる.

アヌイ，ジャン

Jean Anouilh, 1910-1987

劇作家．仕立屋の父と音楽家の母のもと，ボルドーで生まれる．8歳の頃，母が働くカジノの喜歌劇に惹かれ，その後パリに移ると劇場へ通い*ジロドゥー劇に感動，大学法学部を中退し，広告会社に勤めた後にジロドゥー劇の演出家の秘書となった．ほどなく女優と結婚，貧困による純愛の悲劇『貂』(*L'Hermine,* 1932)で評価される．無垢の反抗を主題に悲劇から喜劇まで手がけ，記憶喪失の悲劇『荷物のない旅行者』(*Le Voyageur sans bagage,* 1937)，ブルジョワ風刺喜劇『泥棒たちの舞踏会』(*Le Bal des voleurs,* 1938) の後，世界観の対立の悲劇『アンチゴーヌ』(*Antigone,* 1944) がパリ占領下で人気を博す．史劇『ベケット』(*Becket ou l'Honneur de Dieu,* 1959) 成功後，*ブールヴァール演劇へ移行，*不条理劇を支援するほか，舞台演出や映画・テレビにも携わる．後年，パリを離れスイスで暮らした．詩情を醸す妙技や滑稽さに漂う厭世観は，彼が掲げた観客本位の演劇を越え前衛演劇に連なる．

アポリネール，ギヨーム

Guillaume Apollinaire, 1880-1918

詩人，評論家．本名はウィルヘルム・アポリナリス・ド・コストロウィツキー (Wilhelm Apollinaris de Kostrowitzky)．亡命ポーランド貴族の娘を母とする私生児としてローマに生まれる．19歳でパリに出て，銀行などで働くかたわら創作活動を行いピカソらと交流した．『腐ってゆく魔術師』(*L'Enchanteur pourrissant,* 1909) や，句読点をいっさい用いない文体で知られる『*アルコール』(*Alcools,* 1913) などの詩集を発表，現代詩の先駆者となる．また，当時の革新的な絵画を擁護した評論『立体派の画家たち』(*Les Peintres cubistes,* 1913) は，多くの前衛画家の存在と価値を世に知らしめた．その後第一次世界大戦が勃発すると，志願してニームの砲兵隊に入り重傷を負うが，回復すると再び創作活動を始めた．1916 年にコント集『虐殺された詩人』(*Le Poète assassiné*) を刊行し，翌年には，「超現実の演劇（ドラム・シュルレアリスト）」と銘うった戯曲『ティレシアスの乳房』(*Les Mamelles de Tirésias*) を上演した．死の直後に公刊された詩集『*カリグラム』(*Calligrammes,* 1918) では，文字で絵を描くという斬新な手法で高い評価を得た．芸術全般にわたって 19 世紀と 20 世紀とをつなぐ架け橋の役割を果たし，その死後も多くの画家や作曲家たちに影響を与え続けた．画家マリー・ローランサンとの悲恋を綴った「ミラボー橋」は，シャンソンにも歌われ有名である．

アミヨ，ジャック

Jacques Amyot, 1513-1593

古典の翻訳者．パリ近郊のムランに生まれる．父はなめし皮職人．パリに出てルモワーヌ枢機卿の学寮，次いで王立教授団（後の *コレージュ・ド・フランス）で学問を続ける．ブールジュへ転居後，10 年にわたって大学で古典語を教えるかたわら，プルタルコスの翻訳を手がける．イタリアを訪れた際に写本を調査し，1559 年にプルタルコス作『英雄伝』(*Les Vies des hommes illustres*) 翻訳，ロンゴス作『ダフニスとクロエ』(*Les Amours pastorales de Daphnis et Chloé*) 翻訳を出版．1570 年以降，オセールの司祭を務める一方，プルタルコス『倫理論集』(*Les Œuvres morales,* 1572) をパリで出版．また，アンリ 3 世のために『国王のための雄弁論』(*Projet d'éloquence royale,* 1805, 死後出版) を執筆した．1589 年，ギーズ公暗殺に加担したとしてカトリック同盟に糾弾されるが，教皇大使の赦免を得る．オセールで死去．

彼の翻訳は，常にギリシャ語原文にあたり，広く知見を求めて正確を期すとともに，出版後も絶えず手を加えて何度も改訂版を出し，読みやすく魅力あるフランス語に腐心した．今日の文献学的見地からすれば不正確な点も多いが，プルタルコスの普及に大きく貢献し，優れたフランス語作品として広く読者を獲得した．*モンテーニュが愛読し，*ラシーヌも賞賛の言葉を残している．

アラゴン，ルイ

Louis Aragon, 1897-1982

詩人，小説家，批評家．私生児としてパリに生まれ，パリ大学で医学を学んだ．第一次世界大戦中の*ブルトンとの出会いがきっかけとなり，1919 年に共に雑誌「文学」(*Littérature*) を創刊するなど，*シュルレアリスムの運動に参加する．1927 年，ブルトンらとともに共産党に入党するが，彼らはまもなく離党し，アラゴンのみは党にとどまり続けた．第二次世界大戦が勃発するとレジスタンス運動に参加し，『断腸』(*Le Crève-Cœur,* 1941) や『フランスの起床ラッパ』(*La Diane Française,* 1945) などの詩集を発表してその運動を勇気づけ，戦後は共産党指導者として活躍した．他の主要作品に，20 年代のパリを描く実験的な都市小説『パリの農夫』(*Le Paysan de Paris,* 1926) や，ブルジョワ社会の腐敗を告発し，労働者階級の要求を掲げた小説『レ・コミュニスト』(*Les Communistes,* 1949-1951) などがある．

アラン

Alain, 1868-1951

哲学者，批評家．本名エミール=オーギュスト・シャルティエ (Émile-Auguste Chartier)．ノルマンディー地方の獣医の家に生まれる．理工科学校への入学を志すが挫折，21歳で高等師範学校に入学し，プラトン，アリストテレス，カントの著作に親しむ．1892年からブルターニュ地方の小都市で哲学の教職に就く．ルーアンでの教師生活を経て，パリの名門アンリ四世高校などで教鞭をとり，シモーヌ・*ヴェイユら多くの哲学者を育てた．第一次世界大戦時には平和主義を訴えながらも市民の義務として入隊する．戦争の悲惨を目の当たりにしながらも思索を続け，除隊後は精力的に著作を発表した．日常の様々な出来事を起点に，権力，幸福，教育，文学などについての考察を展開する一連の『プロポ』(*Propos*) は，1906年から晩年まで断続的に書き続けられ，フランス文学における *モラリストの系譜に連なる作品として多くの読者を得る．

アラン=フルニエ

Alain-Fournier, 1886-1914

小説家．本名はアンリ=アルバン・フルニエ (Henri-Alban Fournier)．フランス中部のラ・シャペル=ダンジヨンに生まれる．両親はともに小学校教師．高等師範学校への入学を目指しパリの中学へ進むが挫折，兵役に服した後「パリ日報」の記者となり文芸欄を担当する．この間に，後に『奇蹟』(*Miracles,* 1924) としてまとめられる詩や散文を執筆．「*新フランス評論」(*NRF*) に発表した『*グラン・モーヌ』(*Le Grand Meaulnes,* 1913) で，*ゴンクール賞最有力候補と目されたが，翌年第一次世界大戦に出征し，連隊兵とともに行方不明となる．遺体がドイツ軍の共同墓穴で発見され，本人と断定されたのは 1991 年のことであった（享年 28）．遺作となった『グラン・モーヌ』では，作者の青年期の恋愛体験を基に現実と幻想世界をさまよう少年の姿が描かれており，作者の *象徴主義への傾倒が垣間見られる．他に，中学時代の学友で後に彼の妹と結婚するジャック・*リヴィエールとの『往復書簡集』(*Correspondance,* 1905-1914) がある．

アリエノール・ダキテーヌ

Aliénor d'Aquitaine, 1122頃-1204

フランス王妃，イングランド王妃．フランス南西部に広大な領地を持つアキテーヌ公爵の娘として生まれる．最初の*トルバドゥールと言われるギヨーム9世を祖父に持ち，幼少より文芸に親しむ．父の死後，領地を継承し，フランス王ルイ7世と結婚．これにより南フランスで栄えたトルバドゥールの文化や*宮廷風恋愛の観念が北フランスのオイル語圏に広まった．しかし，二人の間には娘しか生まれず，1152年に離婚．その2ヶ月後，後のイングランド王ヘンリー2世と結婚した．文芸を保護した彼女らの宮廷にはトルバドゥールたちが集い，聖職者ワースの『ブリュ物語』など，多くの作品が王妃に捧げられた．また*マリー・ド・フランスが活躍したのもこの宮廷である．子どもたちも母と同様文芸庇護者で，ルイ7世を父とする娘シャンパーニュ伯夫人マリーの宮廷には*クレチヤン・ド・トロワが仕えた．

アルコール

Alcools, 1913

*アポリネールの詩集．前世紀からの*象徴主義の動きが失速を見せていた20世紀初頭，伝統と現代性の見事な調和を示したこの詩集は，出版されるや，その後の四半世紀にわたるフランス詩に絶大な影響を与えた．代表作の一つである「ミラボー橋」にも見られるように，近代的な都市を舞台にし，読者を揺さぶる音楽的な詩句を作り上げることで，愛や孤独という普遍的な主題を蘇らせている．表現においては，詩集を構成するすべての詩篇から句読点を完全に排除することで，構文による構造の中に言葉の意味を閉じ込めることなく，有機的にイメージが結びつけられている．この詩集以降，句読点の省略は手法の一つとしてフランス詩に定着した．

あ

アルトー，アントナン

Antonin Artaud, 1896-1948

劇作家，俳優，詩人．マルセイユで海運業を営む父とトルコの裕福なギリシャ人家系出身の母のもとに生まれる．5歳の頃に脳膜炎を患った後，18歳の時，極度の神経衰弱で療養所に入る．1920年，パリに出て，舞台や映画に出演，詩作に関するジャック・*リヴィエールとの往復書簡を発表する．*シュルレアリスム運動に一時参加し，アルフレッド・*ジャリ劇場を設立した．バリ島演劇に触発され，身体表現による魔術的な「残酷演劇」を提唱，台詞中心の伝統的な西洋演劇を批判した論文集『演劇とその分身』(*Le Théâtre et son Double,* 1938) を著す．メキシコ旅行後，アイルランドに強制送還され，精神病院に入った．入院中デッサンや執筆を行い，1946年に退院後，狂気についての考察を試みた『ヴァン・ゴッホ』(*Van Gogh le suicidé de la société,* 1947) の出版等，精力的に活動する．癌を患いパリ郊外の療養所で死去．膨大なノートが死後刊行される．身体，精神，言語をめぐる彼の苦闘は前衛演劇をはじめ広く影響を及ぼしている．

アルフェリ，ピエール

Pierre Alferi, 1963-

詩人．哲学者*デリダを父としてパリに生まれる．イギリスの神学者ウィリアム・オッカムについての哲学的評論や文学論を執筆するかたわら，詩集『自然な挙動』(*Les Allures naturelles,* 1991) を出版，続く詩集『闘う魚のなじみの道』(*Le Chemin familier du poisson combatif,* 1992) では日常の出来事を科学者のような醒めた目で観察し描き出した．1994年には『金色キューブ』(*Kub Or*) を発表．7音節7行の短詩7篇から成る7つの章で構成されたこの詩集では，日常の一瞬の光景が皮肉と軽さをともなって簡潔で密度の濃い詩篇の中に凝縮されている．各詩篇はその文字が小さな正方形になるように印刷され，ありふれた事物，町の情景，広告などをなぞなぞの形で提示，イタリックで書かれた最後の一語がそれぞれの詩の題名であり，なぞなぞの答えともなっている．その後も『感傷的な一日』(*Sentimentale journée*, 1997) 等の詩集を出版，90年代以降のフランス詩壇を代表する詩人の一人である．日常的な題材を言葉により切り取り，断片化する彼の詩作品においては，詩の理論の探求が遊び心と分かちがたく結びついている．また映像作家としても活躍しており，詩の朗読用の映像やビデオ・DVDによる「シネポエム」などの作品もある．

アレクサンドラン

Alexandrin

12音節で作られる詩句．その名称は，この詩句を用いて作られた12世紀の叙事詩『アレクサンドル大王物語』に由来する．正確には，6音節の半句二つによって構成されなければならない．民謡などにも用いられる8音節や10音節の詩句が軽快な印象を与えるのに対して，アレクサンドランは悲劇などに用いられる格調高い詩句である．17世紀の *古典主義時代に隆盛を誇り，*ラシーヌの詩句におけるアレクサンドランは最も美しく完成された文体とされている．

アンガジュマン

Engagement

知識人の社会参加を要求する思想．第二次世界大戦後，価値体系の崩壊による変革期にあった社会を傍観するのではなく，自らが主体的にその改革の責任を持つものとして倫理的態度を表明する必要性を説いた．提唱者の *サルトルは『文学とは何か』(*Qu'est-ce que la littérature ?*, 1947) を中心に，「社会参加の文学」(littérature d'engagement) を論じ，その体現者として当時，*マルロー，*カミュ，*サン=テグジュペリなどの名を挙

あ

げている．人間は投げ出された状況において自ら本質を築くものとする＊実存主義の思想を基盤に，人間の自由と社会への関わりについての提言として，戦後10年の間信奉された．

暗黒小説（ロマン・ノワール）

Roman noir

＊ロマン主義に先立つ，19世紀前半に流行した小説のジャンル．「恐怖小説」とも言う．18世紀末のイギリスのラドクリフやルイス，次の世代のマチューリンなど，中世へ関心を向けたゴシック・ロマンスの作家たちの怪奇的で残酷な小説がフランスに紹介された．この影響を受け，亡霊や悪魔などが登場し，幻想，怪奇，恐怖，残虐非道などが描かれる暗黒小説は，当時の貸本屋の流行と相まって，多くの読者を得た．＊バルザックの初期作品，『百歳の人』(1822) や『最後の妖精』(1823) などもこのジャンルに分類される．想像力や感受性に訴える暗黒小説は，夢想と憂愁に満ちたドイツ・ロマン主義の影響を受け，＊ノディエや＊ネルヴァル，＊ゴーチエらの幻想小説を生み出した．

アンドロマック

Andromaque, 1667

＊ラシーヌの悲劇．トロイア戦争の後日譚に題材をとる．エピール王ピリュスは，トロイアの勇将エクトールの寡婦で捕虜の身のアンドロマックに結婚を迫り，拒否すれば彼女の息子をギリシャ側に引き渡すと脅迫．ギリシャ方の使者オレストはピリュスの許婚のエルミオーヌを恋しているが，ピリュスの愛を得ることしか眼中にないエルミオーヌは見向きもしない．アンドロマックは，ピリュスと結婚した後すぐに自らの命を絶つことで，亡夫への貞節と息子の命をともに守る決心をする．しかし，嫉妬に狂うエルミオーヌの指図を真に受けたオレストがピリュスを婚礼の祭壇で殺害，エルミオーヌはオレストを呪いな

がら自殺し，オレストは発狂する．こうして主要人物の恋はいずれも報われず破局を迎える．初演の大成功は作者の地歩を固め，恋愛の破壊的情念を悲劇の主たる動因として描くというラシーヌ劇の基本的性格を決定した．

アントワーヌ，アンドレ

André Antoine, 1858-1943

演出家，俳優．フランス中部リモージュ生まれ．貧しい家庭に生まれたアントワーヌは，ガス会社の社員をしながら演劇に手を染め，素人劇団に参加する．1887 年，ブーランジェ将軍事件による革新の機運に乗って*自由劇場を旗揚げ，演劇の改革に乗り出す．*ゾラの小説をレオン・エニックが脚色した『ジャック・ダムール』(*Jacques Damour*) がその第一作となる．観客を「第四の壁」とみなすジャン・ジュリヤンの理論を取り入れて，アントワーヌは*自然主義の作品を多く上演したが，その際，俳優の個性を基盤とする従来の劇作法を否定し，脚本や演出の役割を重視した．同時に*高踏派や象徴派など，あらゆるタイプの演劇に関心を示した．特にイプセン，ストリンドベリ，ハウプトマンなど北欧系自然主義作家をフランスに紹介した功績は大きい．1894 年に自由劇場を離れたが，その後もアントワーヌ劇場を創設，オデオン座の支配人なども務めつつ，新進作家を世に送り出した．後には映画製作も手がける．アントワーヌは俳優の演技術の向上に関心を示し，近代的演出論の基礎を築いた．その一方，予約会員制を導入するなど，劇場経営の面でも斬新な考えを示した．

居酒屋

L'Assommoir, 1877

*ゾラの小説．『*ルーゴン＝マッカール叢書』第7巻．1876年から「ビヤン・ピュブリック」紙に連載されるが，その内容が

物議を醸し掲載中止となる．その後，詩人マンデスが主幹を務める「文学共和国」誌において連載が再開された．*自然主義作家としてのゾラの名声を一挙に高めた代表作．美人で働き者のジェルヴェーズは，前夫ランチエと二人の子どもを連れパリに出るが，夫に捨てられ洗濯女として生計を立てる．やがてブリキ職人のクーポーと結婚し洗濯屋を開業，娘ナナ（『*ナナ』(1880)で高級娼婦として登場）も生まれ幸せな家庭生活を送る．しかし夫が屋根から落ちて足を骨折して以降，彼女の人生は一転する．元夫が舞い戻り，自堕落な二人の夫を養う奇妙な共同生活が始まる．貧窮生活に意気消沈した彼女は次第に酒に依存するようになり，店を商売仇に引き渡した後は客引きをして飢えを凌ぐ．結局クーポーは狂死し，彼女も餓死する．哀れな洗濯女の一生を通じて，下層階級にのしかかる貧困と絶望感に苛まれ，アルコールに蝕まれてゆくパリの労働者の生活を描いた．作中に多用される労働者階級特有の俗語がこの作品の現実性をより高めている．

従妹ベット

La Cousine Bette, 1847

*バルザックの小説．1846年「コンスティチュショネル」紙に初出．二部作『貧しき縁者』の第1部として，第2部『*従兄ポンス』とともに『*人間喜劇』の「パリ生活情景」に分類される．貧しい独身のリスベットは，美貌ゆえにユロ男爵夫人となった従姉アドリーヌとその家族を長年妬んでいた．その嫉妬は，彼女が世話をしていた若い芸術家がアドリーヌの娘と結婚したことで憎しみへと変わり，妖艶な美女ヴァレリーと手を組んで，色好みのユロ男爵を誘惑させ，一家を不幸に陥れる．表面的には友好な親戚関係を保ち，ユロ男爵の兄との縁談を進め復讐を完結させようとしていたが，目的の達成を目前にしてその計画は瓦解する．作者自らが傑作と呼んだこの作品は，結婚と家族という社会の根幹をなす問題を，七月王政期の貴族の退廃とブルジョワの台頭を背景に描いた時代絵巻であり，*デュ

マ・ペールら同時代の作家たちにも高く評価された．

従兄ポンス

Le Cousin Pons, 1847

*バルザックの小説．1846年「コンスティチュショネル」紙初出．『*従妹ベット』とともに『貧しき縁者』二部作をなす．生来の醜い風貌のため孤独な生活を送る貧しい老音楽家ポンスにとって，楽しみは骨董品の収集と親戚の家でありつく贅沢な食事である．この美食癖のために縁者から疎まれた老人は，醜いが純朴な心の持ち主である音楽家シュムッケと共同生活を営む．病に倒れたポンスはこの友人に自分の膨大な美術品のコレクションを譲る遺言を作成するが，シュムッケは私利私欲で彼らに近づく人々の計略にかかり，ポンスの遺志は果たされずに終わる．バルザックの完結した最後の作品となったこの小説を支配するのは人間の老醜と死であり，それに対比する芸術の美と永遠性である．その対比の中に描かれる市井人たちの欲望の卑小さは，後に*フローベールや*ゾラによって19世紀の小説の重要なテーマとなる．

田舎司祭の日記

Journal d'un curé de campagne, 1936

*ベルナノスの小説．若い司祭の日記と巻末に付された彼の死を知らせる手紙から成る．神学校を出たばかりの司祭は，北フランスの村に赴任する．靄と灰色の空に覆われたその村で彼が見たのは，村人の精神の荒廃，地方貴族の堕落，聖職者たちの偽善であった．さえない風貌と軟弱さゆえ周辺の人々から蔑まれながらも，若い司祭は苦しんでいる人々に寄り添い，苦しみから救うため全身全霊をかける．やがて胃癌に冒され，臨終の際に「すべては恩寵である」という言葉を残しこの世を去る．1927年の世界恐慌や第二次世界大戦前の不安定な国際情勢の中，

民衆は文学の中に生きることの意味を求めていた．そのような状況のもと，ただひたすら神を信じ，軽蔑されながらも人間を愛そうとする司祭の姿は20世紀のキリストを思わせ，人間の生きる糧としての信仰をもう一度確認させるものである．

異邦人

***L'Étranger*, 1942**

*カミュの小説．哲学的エッセー『*シーシュポスの神話』などとともに「*不条理」をめぐる作品系列を構成する．主人公であり語り手であるムルソーによる一人称体の語りからなる．作品は時間の推移を追って進行する日記風の第1部と回想記風の第2部から構成される．アルジェに住む青年ムルソーは，母親の葬儀の翌日，マリーという女性と再会し，海水浴や喜劇映画を楽しみ，一夜をともにする．隣人とその情婦のもめ事に巻き込まれたことにより，彼は「太陽のせい」で情婦の兄弟であるアラブ人を浜辺で射殺してしまう．公判では，殺害の行為よりも，母親の埋葬の折に喪の悲しみを表さなかった冷淡さが社会を脅かすと非難されて，死刑判決が下される．ムルソーが示す無関心な態度は，慣習的な演技を拒否する誠実さの表れに他ならないが，それが社会の人々には「異邦性」の表れとなる．悔悛を勧める司祭に反抗の叫び声をあげた彼は，「世界の優しい無関心」に心を開き，幸福を感じる．

口語で用いられる複合過去形の使用をはじめ，伝統的な小説技法とは一線を画す新たな文体と語りが，この小説によって創出された．因果関係を欠いて並列される複合過去形の簡潔な文体は，現在時に生きるムルソーの意識を反映するとともに，彼の行動の偶然性を示唆する．また，一人称体でありながら，内面の描写を避けた語りには，アメリカ小説の映画的手法が認められるとともに，伝統的な心理小説に対するこのような「反抗」は，ムルソーのみでなく，この小説の「異邦性」を表し，戦後のフランス文学に大きな影響を与えた．

イヨネスコ，ウージェーヌ

Eugène Ionesco, 1909-1994

劇作家．ルーマニア人の父親とフランス人の母親の間に，ルーマニアに生まれ，13歳までフランスで過ごす．ブカレスト大学に入学後，文芸批評を活発に行う．1938年，博士論文の準備のために再びフランスに戻り，定住．英会話の入門書に着想を得て，処女作『*禿の女歌手』(*La Cantatrice chauve,* 1950) を発表．「反戯曲」を掲げ，形骸化する言語の悲劇を滑稽に描き出すこの作品は，当初物議を醸した．続いて『授業』(*La Leçon,* 1951)，『椅子』(*Les Chaises,* 1952) 等を上演．ファシズムを告発する寓意的戯曲『*犀』(*Rhinocéros,* 1960) の成功によって，劇作家としての名声を得る．『瀕死の王』(*Le Roi se meurt,* 1962)，『空中歩行者』(*Le Piéton de l'air,* 1963) をはじめとする後期の作品は，初期からの作風の集大成と言える．演劇論集に『ノートと反ノート』(*Notes et Contre-Notes,* 1962) がある．1970年に *アカデミー·フランセーズ会員．*ベケットとともに，伝統的な演劇作法にのっとらない「反演劇」，*不条理演劇の旗手と目される．

イリュミナシオン

Illuminations, 1886

*ランボーの詩集．*散文詩42篇と自由詩2篇による．『*地獄の一季節』を出版した1873年から翌年にかけて集中的に制作された．1886年，アフリカ滞在中のランボーに知らされぬまま，*ヴェルレーヌが預かっていた原稿が「ヴォーグ」誌編集者ギュスターヴ・カーンの手に渡り，同誌に掲載．詩篇の配列の問題もさることながら，「イリュミナシオン」という題にしても諸説あり，「彩色版画」，「照明」，「啓示」などの多様な意味が考えられる．『地獄の一季節』では，自伝的な内容や，一人称の語りが少なくなかったが，この詩集では，「都市」と題する3詩篇に見られるように，絵画的または都市建築的な空間が描写の中

心となる．客観的でありながらも，幻想的で非現実的な描写は，躍動するイメージと豊かな色彩に溢れる．「あらゆる感覚の長期にわたる大掛かりで合理的な狂乱」により，詩に汲み出すべき未知なる対象を自己の内に求めたランボーの，見者としての詩法がここに結実する．一義的な解釈を拒む衝撃的な詩句の数々は，後の *シュルレアリスムの先駆けともなった．

ヴァレス，ジュール

Jules Vallès, 1832-1885

小説家．高校教師の息子としてオーヴェルニュ地方のル・ピュイ＝アン＝ヴレーで生まれる．16歳で文学を志しパリに出るが，文学士の資格を得られず，秘書や舎監など様々な職を経て新聞記者となる．1861年から1865年にかけて執筆したプロレタリアート（無産者階級）に関する記事を『反抗者』(*Les Réfractaires,* 1866) および『街』(*La Rue,* 1867) に集約．1871年にはコミューン（パリ革命政府）のメンバーとなるが，反乱の終わりに死刑を宣告されロンドンに亡命，1880年にパリに戻る．コミューンの悲劇的ムードを背景に，虐げられた少年がコミューンの闘士へと変貌してゆく様を，『子供』(*L'Enfant,* 1879)，『学生』(*Le Bachelier,* 1881)，『反逆者』(*L'Insurgé,* 1886) の三部作によって構成される自伝的小説『ジャック・ヴァントラス』(*Jacques Vingtras,* 1879-1886) に著した．社会の不正をその簡潔で力強い文体によって暴き出し，辛辣なエッセイストとして当時の進歩的青年層の人気を博した．

ヴァレリー，ポール

Paul Valéry, 1871-1945

詩人，思想家．地中海の港町セートで税官吏を務めるコルシカ生まれの父とイタリアの旧家出身の母の間に生まれる．一家でモンペリエへ移住し，同地の大学の法学部へ進学．詩作を始

めたのは13歳で *ユゴーの詩が契機となった．後に*マラルメに師事する．偶然彼の作品を目にした兄の投稿で初めて雑誌に詩が発表された後，1891年，友人ピエール・*ルイスが主宰する雑誌に生涯の主題となるナルシスの詩を掲載して好評を得た．しかし，創作や恋愛の葛藤から，1892年，ジェノバ滞在中の嵐の夜に精神の危機を体験，その後訪れたパリでも激しい心の動揺を感じ，詩作の放棄へと向かった．知的な厳密さと精神の統御を求めて，科学書を愛読し，自らの精神の実験室となる『カイエ』(*Cahiers,* 1894-1945) を執筆，普遍的な創造者の原型を示したエッセー『*レオナルド・ダ・ヴィンチの方法序説』(*Introduction à la méthode de Léonard de Vinci,* 1895) と，究極の精神性を体現する人物を描いた短編小説『*ムッシュー・テストと劇場で』(*La Soirée avec Monsieur Teste,* 1896) を著す．大学卒業後，パリに居を定めて陸軍省の仕事に就くが，結婚を機に個人秘書に転職し，一日数時間の勤務以外は思索に励んだ．長い沈黙の後，*ジッドの勧めで出版された古典的詩法の長詩『*若きパルク』(*La Jeune Parque,* 1917) は，意識の目覚めを難解ながらも官能的に描き，たちまち高い評価を得た．数々の *サロンに招かれ，文学，芸術，哲学，文明，政治に関して多くの執筆や講演を行う．1920年，恋愛による第二の転機を体験後，地中海を喚起させる詩集『*魅惑』(*Charmes,* 1922) で名声が確立された．1925年，*アカデミー・フランセーズ会員に選ばれる一方，国際連盟の仕事を行い，ニースの地中海中央研究所の所長を務め，*コレージュ・ド・フランスで詩学を教える．第二次世界大戦中，ナチス批判となるベルクソン追悼演説で一時仕事を失い，未完に終わる戯曲『わがファウスト』(*Mon Faust,* 1946) の執筆に没頭．パリ解放後，胃潰瘍のため死去，国葬が行われた．詩集『魅惑』で一詩篇として歌われた故郷セートの「海辺の墓地」に埋葬される．死ぬまで綴られた膨大な『カイエ』には思考の足跡が残され，卓越した評論とともに20世紀の知の遺産となる．また，文学を言語の科学と捉えて掲げた *純粋詩の概念は *ヌーヴェル・クリティッ

クに先鞭をつける．

ヴィアン，ボリス

Boris Vian, 1920-1959

小説家，詩人．パリ南西ヴィル＝ダヴレー生まれ．1942年に国立中央工芸学校を卒業後，1948年まではエンジニアとして職に就きながら執筆した．短命ながら活動は多岐にわたり，小説，詩，時評，翻訳のほか，映画，音楽（ジャズ，シャンソン），舞台芸術（戯曲，オペラ，ミュージックホールの小劇）にも携わる．当時流行したハードボイルドをヴァーノン・サリヴァンの偽名で執筆した『墓に唾をかけろ』（*J'irai cracher sur vos tombes,* 1946）が期せずしてベストセラーとなる．反道徳的なスキャンダル作家，*実存主義に沸く戦後のサン＝ジェルマン＝デ＝プレのプリンス，といった浮薄なイメージが先行し，ヴィアン本名による『*日々の泡』（*L'Écume des jours,* 1947），『北京の秋』（*L'Automne à Pékin,* 1947），『心臓抜き』（*L'Arrache-cœur,* 1953）等の小説は生前全く評価されなかった．戯曲『屠殺屋入門』（*L'Équarrissage pour tous,* 1950）を契機に，*ジャリの作品を祖とする科学団体コレージュ・ド・パタフィジックに積極的に参加．諧謔と言語遊戯への嗜好が全作品に通底し，ユーモアを武器とする反体制的な姿勢を表したシャンソン「脱走兵」（1954）は現代も歌い継がれている．

ヴィニー，アルフレッド・ド

Alfred de Vigny, 1797-1863

ロマン派の詩人，小説家．トゥーレーヌ地方のロッシュで軍人貴族の子として生まれる．翌年からパリに移り，王政復古とともに少尉となった．自身は王党派であるが，軍人としてナポレオン時代の栄光を夢見る．しかし次第に単調な軍人生活に失望，その慰みを詩作に求めるようになり，*ユゴーや*ノディエらと親しくなる．処女作は匿名で出版された『詩集』(*Poèmes,* 1822) だが，ヴィニーの名が詩人として認められたのは1826年の『古今詩集』(*Poèmes antiques et modernes*) による．1829年にはシェイクスピアの『オセロ』を翻案し，また小説ではルイ13世の時代を描いた『サン=マール』(*Cinq-Mars,* 1826)，自身の軍隊での経験から書く『軍隊の屈従と偉大』(*Servitude et Grandeur militaires,* 1835)，世間から迫害された3人の詩人を描く『ステロ』(*Stello,* 1832) を発表した．戯曲『チャッタートン』(*Chatterton,* 1835) はこの作品の一挿話である．1837年以降，敬愛する母の死，愛人の裏切り，ロマン派たちとの確執により孤立，1845年5度の落選を経て*アカデミー・フランセーズの会員となるが，所領メーヌ=ジローで，創作活動に没頭することになる．*サント=ブーヴはこのような生活を「象牙の塔に籠る」と呼んだ．その作品は彼の死後『*運命詩集』(*Les Destinées,* 1864) としてラチスボンヌの手により刊行された．その作品は物語性よりも思想性が強調され，そのため「哲学詩人」とも言われる．情念を抑えた彼の作品は，後の*高踏派や象徴派から評価された．

ヴィヨー，テオフィル・ド

Théophile de Viau, 1590-1626

詩人，劇作家．17世紀初頭に活躍した*リベルタン・グループの代表格．アキテーヌ地方のプロテスタントの家系に生まれ，若い頃は各地を転々とし，1614年頃庇護者を得て宮廷にも出入りする．1621年，韻文悲劇『ピラムとティスベの悲恋』(*Les Amours tragiques de Pyram et Tisbé*) で成功を収める．1622年，風俗を紊乱（びんらん）する詩を書いた廉（かど）で投獄され，長い裁判に苦しむ．1625年に追放を宣告され出獄するが翌年死去．自然や恋をうたう叙情詩，反宗教的な思想詩などを残し，著作集は世紀末まで90回以上も版を重ねた．*マレルブが提唱した*古典主義的明晰さを保つ一方，規範的な詩法からの逸脱や形式上の不均衡を恐れず自己の感覚や感情を表現する*バロック詩人でもある．

ヴィヨン，フランソワ

François Villon, 1431頃-1463以降

詩人．パリの貧しい家庭に生まれる．本名はモンコルビエ(Montcorbier)．幼少の頃から親代わりとなっていた司祭ギヨーム・ド・ヴィヨンの姓を名乗る．パリで文学士号を取得後，1455年に殺人を犯しパリを離れる．許しを得て一時パリに戻るが，またもや金貨を盗み出し，遺言詩のパロディーである『形見の歌』(*Le Lais*) を残して，1456年に再び逃亡．その後も「コキヤール」と呼ばれる盗賊団と関係するなど，犯罪と逃亡を繰り返す．流浪の中，*シャルル・ドルレアンの宮廷歌会に現れて，その才能を示したことも記録されている．1461年から62年にかけて執筆した『遺言詩集』(*Le Testament*) は，死への不安と過ぎ去った歳月への後悔を主題に「私」という存在を多面的に描き上げ，この時代には稀な叙情詩の傑作となった．特に「去年の雪は今何処？」というルフランが有名な，今はなき女性たちの面影を歌った「昔ありし美女の歌」(*Ballade des dames du temps jadis*) は，ヴィヨンの得意とした*バラッドの形式による軽妙な詩句の中に深い憂愁を湛え，名作の誉れが高い．

その伝記的事実の中には憶測の域を出ないものも多く，特に1463年にパリから追放されて以降の消息は完全に謎に包まれてはいるが，1489年に上記の両作品が出版されてからはよく読まれた．その後*古典主義時代における忘却を経て，19世紀に入り，人間の精神の根底を見つめたヴィヨンの詩句は，*ロマン主義の詩人たちによって，最初の「呪われた詩人」(Poète maudit) として見出され，再び脚光を浴びるようになった．

ヴィリエ・ド・リラダン，オーギュスト・ド

Auguste de Villiers de L'Isle-Adam, 1838-1889

小説家，劇作家．十字軍にも参加した高名なブルターニュの大貴族の家系に生まれ，若い頃から並外れた文才を発揮した．徹底して現代社会を忌避したヴィリエは，時代を侮蔑し嘲笑し

た作品を次々と発表．代表作『残酷物語』(*Contes cruels*, 1883) は短編小説の集成だが，諧謔に満ち，特異で多彩なテーマの作品群は読者を飽きさせることがない．『未来のイヴ』(*L'Ève future*, 1886) は未来社会を痛烈な風刺によって描き出した長編小説である．ヴィリエの類い稀な才能は小説だけに留まらず，演劇にも発揮された．生前には上演されなかった『エレン』(*Elën*, 1865)，イプセンの作品を髣髴（ほうふつ）させる『反抗』(*La Révolte*, 1870) などがあるが，最も重要な作品はワーグナーの影響を色濃く受けた『アクセル』(*Axël*, 1890) だろう．これは，死の直前まで20年近くの歳月をかけて書き継がれた，ヴィリエの思想の集大成ともいうべき壮大な作品だが，その観念性，長大性の故に上演されることはほとんどない．生涯にわたって自分の生き方を貫き，妥協することを知らなかったため，晩年は困窮し，最後は病に倒れた．その独立不羈（ふき）の性格から，いかなる流派にも属することはなかったが，その死の床に至るまで *マラルメとは厚い友情で結ばれ，作品にはその影響も認められる．

ヴィレル=コトレの勅令

Ordonnance de Villers-Cotterêts

1539年8月，フランソワ1世によって公布された勅令．全192条から成り，国政全般にわたる細かな規定を設けている．その中の110条と111条により，司法関係の書類をフランス語で書くことが定められた．ここで言うフランス語とは王権の基盤のあった地方で話されていたオイル語である．特に「母語なるフランス語」と記した111条は，ラテン語に対するフランス語の優位だけでなく，その他のオック語，ブルトン語などを禁じ，オイル語を国語として強制するものであった．中世では公式文書はラテン語を用いるのが慣例であり，フランス語は庶民の話す言葉としてラテン語の下位におかれていたが，近代国家の成立とともに国民意識が芽生え，日常で使われている言葉を用い，学問，文学などを発展させようとする傾向が強まっていた．この勅令はその傾向に拍車をかけ，また中央集権化の流れを一層推し進めることとなった．

ヴェイユ，シモーヌ

Simone Weil, 1909-1943

思想家．パリで生まれる．第一次世界大戦中，ユダヤ人軍医である父ベルナールについて各地を転々としたため，家庭教師や通信教育で学習をした．16歳で入学した高等中学アンリ四世校で哲学者＊アランの指導を受け，後年のヴェイユが哲学に取り組む上で大きな影響を受ける．哲学の大学教授試験に合格後，ル・ピュイへ哲学教授として赴任する．その頃から教育のかたわら，工業都市サン＝テチエンヌで労働組合との接触を試み，炭鉱労働などに従事した．工場体験は『抑圧と自由』(*Oppression et Liberté,* 1934) を生んだが生前発表されなかった．同種論文「プロレタリア革命」はマルクス主義を批判し，プロレタリア革命の終焉を唱えたため，当時は「悲観的」と批判された．1940年にヴィシー政権が公布した「ユダヤ人排斥法」により教授資格を喪失する．工場労働を止めた後，イタリアなどの旅行からカトリック思想を深めていったヴェイユの内的経験の軌跡は『神を待ち望む』(*Attente de Dieu,* 1950) に見られる．ヴェイユの死後，カトリック教的色彩の強い『重力と恩寵』(*La Pesanteur et la grâce,* 1947) は戦後の宗教・哲学書として多くの人に読まれた．

ヴェルコール

Vercors, 1902-1991

小説家．本名ジャン＝マルセル・ブリュレール (Jean-Marcel Bruller)．パリに生まれる．絵画を描くことを好み，数冊の画集も出版した．ナチス・ドイツの占領下，1941年にピエール・ド・レスキュールと出会い，非合法出版物を扱うミニュイ社を創設．筆名ヴェルコールで『海の沈黙』(*Le Silence de la mer,*

1942) を発表する．年老いた老人と姪が営む宿屋に，ドイツ将校がやってくる．この3人を取り巻く沈黙は，当時フランス全土を覆っていたものであった．ヴェルコールはこの「沈黙」を簡潔な文体で描くことによって，現状に対して抵抗しようとした．以後，ミニュイ社より『星への歩み』(*La Marche à l'étoile*, 1943) などを出版し，抵抗文学の中心となった．

ヴェルジ城の奥方

La Châtelaine de Vergy

13世紀中頃に書かれた物語．8音節詩句948行から成る．ブルゴーニュ公宮廷で，ヴェルジ夫人は決して口外しないことを条件に，ある騎士の恋人となり，二人は愛を育ててゆく．ある日，ブルゴーニュ公爵夫人が彼に恋心を打ち明けるが騎士は拒絶する．激怒した公爵夫人は，騎士が彼女に言い寄ったと夫に告げると脅す．ヴェルジ夫人を失いたくない騎士は，彼女との秘密を公爵に告白，公爵夫人はその秘密を夫から聞き出し，ヴェルジ夫人の前でほのめかす．それを聞いた彼女は，恋が周知のものとなったことを知り，恋人の不実を嘆き悲しみのあまり息絶える．夫人の死を知った騎士も自らの胸を剣で貫く．恋人たちと邪魔者という最小限の登場人物からなるこの物語は，恋愛が成就する過程を描くそれ以前の作品とは異なり，愛し合う二人の心理を精密に描いた点に特徴がある．*クレチヤン・ド・トロワや *マリー・ド・フランスが描く超自然的神秘を用いず，従来の *宮廷風恋愛の作品群と一線を画している．

ヴェルヌ，ジュール

Jules Verne, 1828-1905

小説家．空想科学小説の父とよばれる．フランス西部のナントに生まれる．パリ大学で法学を修めるが，アレクサンドル・*デュマ(デュマ・ペール)と知り合い，文学や演劇への情熱を高める．1862 年に編集者エッツェルと出版契約を結ぶ．『五週間の気球旅行』(*Cinq semaines en ballon*, 1863) で好評を博したのを機に，『海底二万里』(*Vingt mille lieues sous les mers*, 1870)，『神秘の島』(*L'Île mystérieuse*, 1875)，『十五少年漂流記』(*Deux ans de vacances*, 1888) などに代表される「驚異の旅」(*Les Voyages extraordinaires*) シリーズの冒険旅行小説を次々と発表．1874 年には代表作『80 日間世界一周』(*Le Tour du monde en quatre-vingts jours*, 1873) が劇作品としてポルト＝サン＝マルタン座で上演され，評判となった．ヴェルヌの作品は，当時の科学知識に基づいた作家の非凡な空想力に特徴があり，『海底二万里』や『月世界旅行』(*De la Terre à la Lune*, 1865) に描かれた潜水艇やロケットなど，彼が着想し，後世に実現したものも多い．日本でも早くから愛読され，明治期には科学の進歩による国威発揚のスローガンを背景に，ヴェルヌの翻訳数は圧倒的であった．

ヴェルハーレン，エミール

***Émile Verhaeren*, 1855-1916**

詩人，劇作家，批評家．ベルギーのフランドル地方サン＝タマンでラシャ織業者の長男として生まれた．ガンの高等中学で*ローデンバックと出会い文学に開眼．ルーヴァンの大学で法律を学び弁護士となるが，文学に専念することを選び，1875 年にパリに転居した．*自然主義的な作風の処女詩集『フランドル風物誌』(*Les Flamandes*, 1883) では故郷を写実的に描写，一方『修道僧達』(*Les Moines*, 1886) は神秘主義的な傾向を帯びる．健康を損ねた後，絶望と死を主題とした『黒い炬火』(*Les Flambeaux noirs*, 1890) など苦悩の三部作を発表．その後，近代産業や都市文明の主題を扱った『幻の村』(*Les Villages illusoires*, 1895) 他の社会主義的三部作を刊行，結婚後は『明るい時』(*Les Heures claires*, 1896) 他の愛の三部作，さらに人類の未来の繁栄を賛美する三部作を執筆した．他に『スパルタのヘレネ』(*Hélène de Sparte*, 1909) などの戯曲もある．61 歳の時，講演会のために訪れたルーアンで轢死した．

ウエルベック，ミシェル

Michel Houellebecq, 1958-

小説家，詩人．仏領レユニオン島生まれ．本名ミシェル・トマ (Michel Thomas)．6 歳より本土で父方の祖母に育てられ，筆名は祖母の名による．パリ＝グリニョン国立農学院卒業．20 歳の頃より詩作を始める．失業，離婚，鬱病など不遇の時期を経て，1991 年にアメリカの怪奇作家ラヴクラフトの評伝，翌年処女詩集『幸福の探求』(*La Poursuite du bonheur,* 1992) を出版．過酷な資本主義社会を描く小説『闘争領域の拡大』(*Extension du domaine de la lutte,* 1994)，リベラリズムの追求の果てに孤独と老いへの恐怖が残る人類の終焉を露骨な性描写を交えて語る『素粒子』(*Les Particules élémentaires,* 1998) で一躍脚光を浴びる．作品の辛辣さから作家自身の言動に対するメディアの注目も大きく，『プラットフォーム』(*Plateforme,* 2001) 出版後のインタヴューにおける発言をイスラム教団体等が宗教・人種差別の廉（かど）で提訴した（宗教批判の権利により無罪判決）．2010 年，『地図と領土』(*La Carte et le Territoire*) によりゴンクール賞受賞．次作『服従』(*Soumission*) の発売日 2015 年 1 月 5 日にイスラム過激派によるシャルリ・エブド襲撃事件が発生，同日発売の「シャルリ・エブド」紙表紙はウエルベックの肖像画であったことから，本作は広く話題になりベストセラーになった．

ヴェルレーヌ，ポール

Paul Verlaine, 1844-1896

詩人．ロレーヌ地方の町メスに生まれ，両親とともに幾つかの町を転々とした後，幼少期からパリに移り住む．1862 年に大学入学資格試験に合格し，法律の勉強を始めるが，この頃から詩に関心を示し，やがて *バンヴィルや *ルコント・ド・リール，カチュール・マンデスらとの交友を深める．処女詩集『*サチュルニアン詩集』(*Poèmes saturniens,* 1866) や，その後の『艶なる宴』(*Fêtes galantes,* 1869)，『よき歌』(*La Bonne Chanson,* 1870)

では，韻律上の緻密な計算に基づいた音楽的な詩句に乗せ，繊細な感情を歌う．その後，放蕩な生活をともにしていた年下の詩人 *ランボーに対し，旅行先のベルギーで発砲事件を起こし，2年間の投獄生活を余儀なくされる．しかし，その間に詩集『*言葉なき恋歌』(*Romances sans paroles,* 1874)，『*叡智』(*Sagesse,* 1881) の制作を始める．カトリックへの改宗もこの時期行われた．釈放後も，『昔と今』(*Jadis et Naguère,* 1884)，『二つは並んで』(*Parallèlement,* 1889) をはじめとして多数の詩集を発表するが，幾つかの詩篇を除けば，後世において初期詩篇ほどの評価を受けてはいない．*デカダン派または *象徴派の詩人として，その名声はいよいよ高まり，小冊子『呪われた詩人たち』(*Les Poètes maudis,* 1884) では，*マラルメやランボーなど若い詩人たちの紹介者の役を務める．次第にアルコールへの依存を強めていき，晩年には不安定な生活を送る中で死を遂げた．

ヴォーヴナルグ，リュック・ド・クラピエ

Luc de Clapiers, marquis de Vauvenargues, 1715-1747

*モラリスト．南仏エクス=アン=プロヴァンスに生まれる．貴族階級の出身ながら，経済的には恵まれず，ラテン・ギリシャ語の知識は不十分で，青年期に愛読したプルタルコスの『英雄伝』も翻訳で楽しんでいたという．1735 年，英雄に対する憧れから王の連隊に入るものの，9 年後には失意のうちに退役．軍隊生活のかたわら文学活動に手を染め，1743 年には *コルネイユと *ラシーヌを比較しながら論じた批評を *ヴォルテールに送った．除隊後はパリへ移住し『人間精神認識への序説』(*Introduction à la connaissance de l'esprit humain,* 1746) を発表．この作品の第 2 部を構成する「省察と箴言」は，モラリスト文学の傑作の一つとされる．人間を根本的には善良なものとして捉え，人間の情念を積極的に評価する姿勢は，18 世紀の精神の反映とみなすことができる．17 世紀の代表的モラリストである *ラ・ロシュフーコーの悲観的な人間観察とは一線を画する．

ヴォージュラ, クロード・ファーブル・ド

Claude Favre de Vaugelas, **1585-1650**

文法学者．サヴォア地方のメクシミューでペルージュ男爵の息子として生まれた．若い頃から探究心にあふれ，イタリア語とスペイン語にも堪能であり，ルイ13世の宮廷で通訳を務めていた．パリでは早くからフランス語の文法に精通しているという評判を獲得，1635年に*リシュリューが設立した*アカデミー・フランセーズの初代会員の一人として選ばれ，アカデミーが計画した辞書の作成に大きな貢献をした．辞書の項目のために様々な問題点を指摘し，アカデミーでの議論をリードしたが，言語についてのこだわりや純粋主義から，フランス語についての著作の執筆はなかなか進まなかった．ようやく『フランス語に関する覚書』（*Remarques sur la langue française, utiles à ceux qui veulent bien parler et bien écrire*）をパリで出版するのは1647年のことである．文法学者ジル・メナージュの著作『フランス語についての観察』（*Observations sur la langue française,* 初版1672，再版1675-1676）においてヴォージュラの語源説が批判されるなど，異論を唱える学者もいたが，『フランス語に関する覚書』は当時の作家や上流階級の人々にとって「正しいフランス語」を使うための大きな拠り所となった．ヴォージュラは『覚書』の第2巻を出版する準備をしていたが，実現することなくパリで没した．残されたノートなどをもとに『ヴォージュラ氏のフランス語に関する新覚書』（*Nouvelles remarques de M. de Vaugelas sur la langue française*）が第三者の手によって1690年に出版されたが，作者が意図したことをどれだけ反映しているかは不明である．

ヴォードヴィル

Vaudeville

19世紀に流行した大衆演劇の一ジャンル．元来16世紀に発生した叙情的な短い歌曲であったが，やがて風刺的な性格が強まり，18世紀には笑劇の陽気なシャンソン全般を指すようになり，

*オペラ=コミックに導入された．19世紀になると，多くは一幕物の小劇で流行歌を取り入れた軽い演劇を指すようになる．典型的な登場人物を創り出し，その主題は伝統的な喜劇に倣って娘の結婚問題，遺産相続，姦通などを中心に，政治的な時事問題や大当たりをとった大劇場の演目のパロディーなど多岐にわたる．1820年代から劇作家スクリーブはこの分野の大衆化に貢献し，そして1850年代以降，「ヴォードヴィルの王」と称された*ラビッシュは『イタリアの麦藁帽子』(1851) などでこの分野における新境地を開く．19世紀中期以後，ヴォードヴィルはイギリスを経てアメリカにも紹介された．

ヴォルテール

Voltaire 1694-1778

思想家，劇作家，小説家．本名フランソワ=マリー・アルエ (François-Marie Arouet)．イエズス会のルイ・ル・グラン校に学ぶ．20歳の時，風刺文書を書いてパリから一時追放され，以後，彼の人生は栄光と逃亡の連続であった．1717年，再び風刺文書が原因で投獄されるが，翌18年には悲劇『エディプ』(*Œdipe*) で大成功を収める．1726年，今度は貴族との諍いからイギリスに追放．政治，学術，思想の先進国イギリスでの3年におよぶ生活は，彼の思想や哲学観に大きな影響を与えるものとなり，「イギリス書簡」すなわち『*哲学書簡』(*Lettres philosophiques*, 1734) に結実する．イギリスを宗教的に寛容な国として描写することで絶対王政のフランスに厳しい視線を向けたこの作品は，パリで焚書（ふんしょ）処分となる．これにより再びパリを追われたヴォルテールは，ニュートンの翻訳で知られるシャトレ夫人と暮らし始める．夫人が亡くなった後，ヴォルテールはプロイセンのフリードリヒ2世の招きに応じ，1750年から53年までベルリンに滞在した．彼の熱烈な賛美者であったフリードリヒ2世の宮廷における日々は，ベルリン

科学アカデミーとの論争がきっかけで破綻，その後ヴォルテールはジュネーヴに移り，1759 年からは仏領フェルネー（現フェルネー・ヴォルテール）に居を構え，晩年まで住み続けた．

18 世紀の演劇界に君臨したヴォルテールは,『ザイール』(*Zaïre*, 1732),『マホメット』(*Mahomet*, 1742),『メロップ』(*Mélope*, 1744) など数多くの作品を書いた．『ザディーグ』(*Zadig*, 1747),『ミクロメガス』(*Micromégas*, 1752),『*カンディード』(*Candide*, 1759) など哲学コントや小説でも知られるが，そこには自らの人生を反映させるかのように，国を追われ冒険的な旅をする主人公が多く登場する．晩年のフェルネー時代には，ジャン・カラスの冤罪事件を糾弾するなど社会問題に取り組みながら,『寛容論』(*Traité sur la tolérance*, 1763),『*哲学辞典』(*Dictionnaire philosophique*, 1764) を執筆するなど，活発な作家活動は衰えることがなかった．

宮廷人として，作家として，*啓蒙思想家として波乱に富んだ人生を歩み，また激情家としても知られたヴォルテールは基本的に*古典主義者であり，*ルソーのように直接に自己を語ったり，感情を表現することはなく，あくまで理性に基づきつつ，不寛容，偽善，迷妄，さらには自然災害に至るまで，世の中のあらゆる「悪」と対峙し，ペシミズムへの傾向を持ちながらも，社会の改善，人類の進歩に希望を抱き続けたことによって，啓蒙の世紀を体現した思想家であった．

失われた時を求めて

***À la recherche du temps perdu*, 1913-1927**

*プルーストの小説．全7篇から成る．第1篇『スワン家の方へ』(1913) はグラッセ社より自費出版．第一次世界大戦による中断の後，第2篇『花咲く乙女たちのかげに』(1919) は「*新フランス評論」(*NRF*) から出版され，*ゴンクール賞を受賞．『ゲルマントの方』，『ソドムとゴモラ』は生前に出版されたが，『囚われの女』，『消え去ったアルベルチーヌ』，『見出された時』は死後出版となった．1908年末より『サント=ブーヴに反論する─ある朝の思い出』という仮題が与えられることになる物語形

式の評論を執筆し始める．大批評家の伝記的方法を批判しつつ，社会的自我と創造的自我の区別に基づく文学観・芸術観を開陳する意図であった．物語を構成する追憶部分が徐々に膨張し，出版拒否や戦争などの事情によって，時間と芸術をテーマとする壮大な小説へと発展した．

「私」という一人称を用いた意義は大きく，19世紀の客観性を重視する*レアリスム小説とは異なり，すべては「私」のヴィジョンに映し出されることになる．理知的な記憶ではなく，感性に基づいた「無意識的記憶」という現象を基盤とすることによって，過去の感覚，感情，印象がありのままに蘇る．少年時代の休暇，旅，初恋，社交界の人間模様，同性愛，戦争などが主題化されながら，人間，事物，風景が時間によって様々に変貌してゆく．かたや作家，画家，音楽家など架空の芸術家たちが主人公「私」の芸術ヴィジョンの形成の上で重要な役割を果たす．時間の破壊作用によって変容してゆく人物や社会が「失われた時」として消え去ってゆくのに対し，文学・芸術観の形成が「見出された時」を準備する．作品最終部における社交界の場面で，老化によって変貌した人々が一堂に会することによって時間の力が示されるとともに，連続して現れる無意識的記憶の体験が，「時」は永遠に失われたものではなく，文学によって蘇らせる可能性を持つことを啓示し，主人公は創作へと向かうことになる．

時間的要素を加えた動的な心理描写，視点の移動によって異なる相貌を見せる人物や風景，各エピソードの構造的連関などによる新たなロマネスクの構築は20世紀文学の流れを決定づけた．

ウリポ（潜在的文学工房）

Oulipo, L'Ouvroir de littérature potentielle

1960年に数学者フランソワ・ル・リヨネーとレーモン・*クノーを中心に作家，学者ら10名が集い，コレージュ・ド・パタフィジックの内部に設立されたグループ．ジョルジュ・*ペレック，ジャック・*ルーボー，イタロ・カルヴィーノ，マルセル・デュシャンらが加わるなど，随時新会員が選出されている．文学を潜在性として捉え，言語活動における構造や手続きを検討，創作へと繋げるウリポの試みは，古今のテクストから形式的制約を取り出して再創造に利用する分析的傾向＝アヌリピスム (anoulipisme) と，しばしば数学理論を援用しつつ新しい制約や構造を開発する総合的傾向＝サントゥリピスム (synthoulipisme) の二つに分類される．例として，前者にペレックのリポグラム小説，後者にクノーの『百兆の詩篇』や，あるテクストの実詞を任意の辞書の7つ後の項目で置き換える<S+7>の技法がある．理論と実践の試みは現在も続いており，また1971年の「潜在的警察文学工房」(L'Ouvroir de littérature policière potentielle) 発足以降，文学内外を対象とした多数の「潜在的工房」(Ou-X-Po) が結成されている．

運命詩集

Les Destinées, 1864

*ヴィニーの詩集．「哲学詩集」という副題が付き，彼の死の翌年，知人の手によって刊行された．既に発表された8篇の詩と，未発表の3篇の詩の合計11篇が収められている．運命の女神たちから逃れられない人間を描く「運命」，人の苦悩に無感動で冷淡な自然を歌う「牧人の家」，などで諦念や憐憫を表し，また運命に対して抗うことをせずそれを甘んじて受け入れることこそ価値があるとした「狼の死」において，絶望の最終段階であるストイシズムを表現した．しかしこれらの哲学は直接的に語られることはなく，象徴的技法をもって表現されており，そのため*ロマン主義的な主題を扱いながらも，この詩集は後の*象徴主義詩人たちからも評価された．

運命論者ジャックとその主人

Jacques le Fataliste et son maître, 1796

*ディドロの小説．下僕ジャックとその主人とが旅の途中で交わす対話と，そこに現れる多くの挿話によって構成されている．1771 年頃着手されたと推定されるが，ディドロの生前は手書き原稿の形で限られた人々の目にしか触れなかった．ジャックが自分の恋の話を語るところから始まるが，「恋の話」は様々な要素によって中断され小説の最後まで引き延ばされてしまう．この構成はイギリスの小説家スターンの『トリストラム・シャンディ』からの着想とされるが，ディドロはここで小説における「作者」の問題を俎上に載せる．架空の「作者」と「読者」の対話によって，物語世界の絶対性とその裏側にある複数可能性，登場人物たちの意志の不在，事前に準備され約束された「偶然」などが暴露される．それは同時に唯物論を土台とする世界解釈の問題，ひいては人間の自由と運命の問題とも結びつく．しかし，故意に「真実らしさ」を破壊する破天荒な試み故に，長くこの作品の価値は疑問視されてきた．小説ジャンルに対する自己批判的な側面や，換骨奪胎あるいはパロディーの手法は，現代小説の先取りとして 20 世紀以降に評価がなされた．

叡智

Sagesse, 1880

*ヴェルレーヌの詩集．*ランボーとの決別後に牢獄で過ごした2年間を含む，1873年から80年にかけて執筆．獄中において出版を計画していた『牢獄にて』(*Cellulairement*) と題する詩集のために執筆した詩篇の幾つかに，新しく詩篇を加えて編纂される．獄中でのカトリックへの改宗を反映して改悛の念が詩篇全体を包み，「空は，屋根の上に」から始まる名高い詩篇には，過去の過ちを悔い，魂の平安を求める心が表れている．しかし宗教色が明らかなのは幾つかの詩篇のみで，その他の詩篇には，理想を夢見ながらも，過ぎし日を憂うだけの怠惰な日々を過ご

すヴェルレーヌという詩人の人間的な側面が描かれる．その詩法は巧緻を極め，リズムや韻律による音楽性に，散文的な表現を織り交ぜた文体が，暗示的で曖昧な詩句により一層のニュアンスを添えている．

エシュノーズ，ジャン

Jean Echenoz, 1947-

小説家．南仏オランジュに生まれ，精神科医の父とともに南仏を転々とした後，社会学を学ぶ．1970 年よりパリ在住．処女作『グリニッジ子午線』(*Le Méridien de Greenwich,* 1979) は*ヌーヴォー・ロマンの系譜に連なるが,『チェロキー』(*Cherokee,* 1983),『マレーシアの冒険』(*L'Équipée malaise,* 1986),『湖』(*Lac,* 1989) において，それぞれ推理，冒険，スパイ小説の大衆ジャンルから筋やモチーフを借りつつも，アイロニカルな語りで読者の期待をはぐらかし，フィクションの装置を異化する独特の作風を確立，ミニュイ社の新世代を代表する作家となる．その後はジャンルにとらわれず多彩な小説を発表．『われら三人』(*Nous trois,* 1992) の宇宙や『ぼくは行くよ』(*Je m'en vais,* 1999) の北極などの地理的な多様性，『大いなるブロンドの女たち』(*Les Grandes blondes,* 1995) の映画や『ピアノ・ソロ』(*Au piano,* 2003) の音楽といった文化的なテーマ，都市の情景や事物の細緻な描写，リズミカルな文体などを特色とする．『ぼくは行くよ』で*ゴンクール賞受賞．近作に，『稲妻』(*Des éclairs,* 2010),『1914』(*14,* 2012),『女性特派員』(*Envoyée spéciale,* 2016) など．2018 年マルグリット・ユルスナール賞受賞．

エセー

Essais, 1580

*モンテーニュの随想録．「私自身が私の本の内容である」と序文の言葉が示すように，この書においては虚飾を排したある

がままの作者の自画像が読者に提示されている．したがって，全2巻94章から成るこの作品でモンテーニュは「悲しみについて」，「子どもの教育について」あるいは「友情について」「足の不自由な者たちについて」など日常に即した主題，あるいは「レーモン・スボン弁護」にみられる神学論など，様々なテーマについて自らの思考過程を克明に書き記していく．古典を縦横に引用しつつ，時にその作家たちと対話するかのような彼の筆致は，何ものにもとらわれず，常に自由で偏りがない．『エセー』は出版されるやたちまち大きな成功を収め，版を重ねた．8年後には新版を発表．この版では新たに3巻目が加えられ，前2巻にも大幅な増補改訂がなされる．モンテーニュは更なる改版を目指しこの新版にも加筆を続けたが，これは生前出版されることはなかった．

『エセー』に一貫して見られるのは「私は何を知っているだろうか (Que sais-je ?)」の銘句に代表される懐疑主義である．狂信や独断論が悲惨な *宗教戦争を生み出していた時代に，自らの懐疑をも疑い，判断停止の状態に身を置くことによって，物事を公平に眺めることが可能となる．そして，判断を拒否するこの懐疑によって虚無主義に陥るのではなく，自ら理解できない存在をも容認するに至る．あくまで寛容で先入観のない視点から人間存在や社会を深く考察した『エセー』は *ユマニスムの集大成たる作品であり，また後の『*パンセ』，『*箴言集』などに引き継がれる *モラリスト文学の伝統を生み出した．

エチエンヌ，ロベール

Robert Estienne, 1503-1559

出版業者，文献学者．著名な出版業者アンリの次男としてパリに生まれ，父の死後，弟シャルルとともに出版業を引き継ぐ．聖書写本を校訂し，ラテン語 (1528)，ヘブライ語 (旧約, 1539-1544)，ギリシャ語版 (新約のみ, 1546) を相次いで出版．文献考証によって原典に遡るとともに，古典の写本を印刷によって広く普及させた．彼の活動はカトリック公認ラテン語聖書ウルガタに対する批判とみなされ，ソルボンヌ（パリ大学神学部）からたびたび非難を受けるが，フランソワ1世の庇護を得て王室印刷官に任命される．国王の命を受け「王のギリシャ語」と呼ばれる良質の活字を開発した．一方，『ラテン語宝典』(1532)，羅仏辞典 (1538)，仏羅辞典 (1540) を編纂し，*ユマニスムに大きく貢献した．*カルヴァンへの共感から，1550年ジュネーヴに転居しプロテスタントに転向，ソルボンヌへの批判文書を執筆する．息子アンリ2世，ロベール2世は出版業を引き継ぎ，以降，エチエンヌ家は有力な出版業者として17世紀半ばまで出版業を継続することとなる．

エプタメロン

Heptaméron, 1559

*マルグリット・ド・ナヴァールの短編集．晩年に執筆され，ボッカッチョの『デカメロン』に倣って全100話から成る構想だったが，作者の死によって72話のみが残された．1558年『仕合わせな恋人たちの話』(*Histoire des Amants fortunés*) として一部が出版．翌年に『エプタメロン』の題のもとにほぼ完全な形で公表された．ピレネー山中に閉じ込められた男女各5人の語り手が，ミサと聖書講読の後に男女交互に一話ずつ物語り，話の後に議論が交わされる．信憑性のある物語という条件のもとに驚異や幻想は除かれ，多くの物語は男女の関係を扱い，滑稽な話と悲劇的な話が交替で語られる．全編を通して，婚姻に基づく夫婦間の愛を尊重し，そこから神との合一へ向かうべきだという作者の *ネオ・プラトニスムの思想が読み取られる．しかし，合意に至ることなく繰り返される対話はポリフォニー的な効果を持つとともに，人間の知の限界を浮かび上がらせることになる．

あ

エミール

Émile ou de l'éducation, 1762

*ルソーの教育論．1759年頃から執筆が始まり，1762年に発表された．孤児エミールの幼少から25歳までの成長過程を追うという形をとってルソーの教育観をまとめたものである．イギリスの経験主義哲学者ジョン・ロックの影響のもと，感覚を主体とする自然教育という思想を徹底させた．幼年期の読書経験が及ぼす影響や，幸せな子ども時代を送ることの大切さ，職業を持つことの意味，宗教教育，道徳，性教育など，ルソーの思想を随所に散りばめながら，テーマは社会，生理学，哲学，文学，宗教など多岐に及ぶ．全5巻のうち第4巻の半分を占める「サヴォワの助任司祭の信仰告白」では人間の自由意思について述べているが，これは同時期に刊行された『社会契約論』にもつながる．自然な感情と判断力を重視するこの教育論は近代教育理念の先駆となった．

エメ，マルセル

Marcel Aymé, 1902-1967

小説家，劇作家，ジャーナリスト．2歳で母を亡くし，祖父母や親戚のもとでフランシュ=コンテ地方の農村で自然に親しみながら育つ．大学入学資格取得後エンジニアや医師を目指すが病気のため断念．パリで様々な職を転々とした後，1925年故郷での静養をきっかけに小説の執筆を開始．以降年一冊以上のペースで作品を発表し，『緑の牝馬』(*La Jument verte,* 1933) で一躍流行作家となった．30年代から映画の台本も手がけた他，第二次世界大戦後は創作の中心を戯曲に移し『クレランバール』(*Clérambard,* 1950) 等で成功を博す．「モンマルトルの農夫」と称され，パリと地方の両方を舞台に，驚異・幻想を交えながら，ユーモアや風刺を交えた多彩な文体で同時代の風俗を描き出した．*実存主義や前衛文学とは一線を画す職人気質のストーリー・テラーであり，とりわけ『壁抜け男』(*Le Passe-muraille,* 1934)，

『鬼ごっこ物語』(*Contes du chat perché,* 1934-1958) などの優れた短編を残した．

エラスムス，デシデリウス

Desiderius Erasmus, 1467-1536

ユマニスト．オランダに生まれ，学業を積んで修道士になるが，ギリシャ・ローマの古典研究への情熱から修道院生活に不満を抱く．1493年に修道院を出て以降，ヨーロッパ各地を遍歴しながら，古典の校訂とともに多数の書物を執筆し，16世紀前半最大のユマニストとなる．すべての著作をラテン語で著し，*ビュデや*ルフェーヴル・デタープルをはじめ著名なユマニストたちと親交を結んだ．教育者としては，ギリシャ・ラテンの名句を注解した『格言集』(*Adagia,* 1500) や，道徳，宗教の問題について議論する『対話集』(*Colloquia,* 1518) を執筆．両書はたびたび増補改訂され，*ユマニスムの普及に寄与した．

一方，信仰の意義を説く『キリスト教徒兵士提要』(*Enchiridion militis christiani,* 1503) 以降，*福音主義を終生貫く．トマス・モアに捧げられた『痴愚神礼賛』(*Moriae encomium,* 1511) では，社会風俗を風刺，批判した上で唯一の幸福は信仰にあると説いた．1516年，ギリシャ語版新約聖書に自らのラテン語訳を付して出版．カトリック公認聖書ウルガタを批判し，文献学の手法にのっとって聖書校訂を行った．多数の版を重ね各国のユマニストに多大な影響を与え，宗教改革への道を開く．しかし援助を請う戦闘的プロテスタントのルターとは距離を置き，『自由意志論』(*De libero arbitrio,* 1524) において自らの見解を表明，ルターは反論し，以後，カトリック側からもプロテスタント側からも批判を受ける．一貫して福音主義，寛容を説くエラスムスの姿勢は，16世紀前半の楽観的ユマニスムの抱く理想と限界とを同時に示すものであり，彼の死後，*宗教戦争は激化し，世相は混乱を極めることとなる．

あ

エリュアール，ポール

Paul Éluard, 1895-1952

詩人．本名ウージェーヌ・グランデル (Eugène Grindel)．会計係を務める父と婦人服の仕立てを行う母のもと，パリ近郊のサン=ドニで生まれた．17 歳で結核を患い学業を断念，スイスの療養所に入った．翌年，処女詩集を自費出版する．第一次世界大戦で動員され，戦中に出した詩集が縁で *ダダイスムに参加，*シュルレアリスムの創始に携わる．第二次世界大戦で再び動員され，仏独休戦後，占領下のパリに戻り共産党に再入党した．イギリス空軍によって占領下フランスの上空から投下された詩「自由」でレジスタンス詩人の代表となる．心臓発作のためパリ郊外の自宅で死去した．『苦悩の首都』(*Capitale de la douleur,* 1926)，『愛・詩』(*L'Amour la poésie,* 1929)，『豊かな瞳』(*Les Yeux fertiles,* 1936)，「自由」を含む『詩と真実 42 年』(*Poésie et vérité 1942,* 1942)，『途絶えざる詩』(*Poésie ininterrompue,* 1946-1953) 等，膨大な詩集を発表する．自由な想像力と言葉で個人の幸福を人間の幸福に昇華した，平明で音楽的な彼の詩は世代を越え愛されている．

エルナニ

Hernani ou l'Honneur castillan, 1830

*ユゴーの 5 幕韻文劇．16 世紀のスペインを舞台に美少女ドニャ・ソルをめぐって三人の男，山賊のエルナニと彼女の婚約者である老公爵，そして未来のスペイン王ドン・カルロスが争う歴史ドラマで，特に主人公のエルナニの持つ激しい気性と反社会性は，ロマンチック・ヒーローの典型である．*古典主義演劇の伝統であった *三単一の規則は破られ，悲劇と喜劇のジャンルの混交も見られる．第一幕の冒頭から，古典派の嫌ったアンジャンブマン (句跨り) の手法を用いるなど，伝統的な詩句の形式をも大胆に打ち破った．形式の自由を訴える *ロマン主義演劇の理念が主張されている本作を，保守的な劇場である

*コメディー=フランセーズで上演するにあたっては，ロマン派と古典主義者の間に大論争が巻き起こり，「『エルナニ』の戦い」として語り継がれることとなった．

エルノー，アニー

Annie Ernaux, 1940-

小説家．ノルマンディー地方のリルボンヌで生まれる．第二次世界大戦後，同地方のイヴトーでカフェ兼食料品店を営む両親のもとで育ち，私立学校で初等･中等教育を受けた．ルーアン大学を卒業後，結婚，出産，離婚を経験し，長年高校教師として働いた後，国立通信教育センターの仕事に就いた．1974 年の処女小説以来，自伝的主題に取り組み，両親とは異なる知識人階層に身を置いて父を語った『場所』(*La Place,* 1984) で注目を浴びた．続く『ある女』(*Une femme,* 1988) は母を主題とする．以降，自己の欲望を綴った『シンプルな情熱』(*Passion simple,* 1991)，日常生活で見かける見知らぬ人々を写した『戸外の日記』(*Journal du dehors,* 1993) でも，個人的な視点のもとに対象を客観的に捉え，文学の地平を社会学の領域へと広げている．2017 年，その活動全体に対してマルグリット・ユルスナール賞 (2015 年創設) が授与された．

エロエ，アントワーヌ

Antoine Héroët, 1492 頃-1568

詩人．パリ生まれ．王姉*マルグリット・ド・ナヴァールやフランソワ 1 世の庇護を受け，宮廷詩人として活躍する．友人には*マロ，サン=ジュレ，*ラブレーなどがいた．数多くの詩を創作したが，中でも『アンドロギュノス』(*L'Androgyne,* 1542)，『比類なき恋人』(*La Parfaite Amie,* 1542) は大成功を収めた．前者はプラトンの『饗宴』を敷衍(ふえん)した作品で愛の起源について語り，後者はある女性が純粋な愛とは何かを定義し歌うという構成である．この『比類なき恋人』は当時起こっていた *女性論争を受けて創作されたと考えられ，女性を弁護する側に立った．その純粋な愛の定義には *ネオ・プラトニスムの影響が明らかであり，同時代あるいは次世代の人々からは哲学詩人との評価を受ける．同時代の詩人トマ・セビエはその『詩法』の中で彼の詩を模範として挙げ，*デュ・ベレーも『*フランス語の擁護と顕揚』において彼に一定の評価を与えている．

エロディアード

Hérodiade, 1871

*マラルメの詩．1864 年に制作開始．当初は演劇作品として構想されたが，後に放棄され，詩作品としてその一部が完成された．作者の生前に出版されたのは「舞台」(1871) のみであるが，他にも 1866 年頃書かれた「古序曲」などの草稿が残されている．最晩年のマラルメは再びこれを幾つかの作品から構成される組曲形式の作品として完成させようとしていたらしく，死後出版された『エロディアードの婚姻』(*Les Noces de Hérodiade,* 1959) にその痕跡が見られる．「舞台」は，他者を拒絶する冷徹な姫エロディアード（=実はサロメ）とその乳母の対話によって構成される．当時の多くの作家がサロメを主人公とする神話的物語を題材とした作品に挑んだが，マラルメはその主題を換骨奪胎し，ドラマ性を省いた全く独自の作品に仕上げた．難解な語彙のために読解はしばしば困難を極めるが，可能な限り彫琢（ちょうたく）された言語世界はまさにマラルメならではのものであり，彼のその後の詩の世界を決定付けている．

黄金の頭

Tête d'or, 第1稿 1890，第2稿 1901

*クローデルの詩劇．1886年の宗教的啓示から4年間の内的体験を背景に，第1稿が1889年，第2稿が1894年に書かれ，第二

次世界大戦を経て書き改められた第3稿が1949年に未完のまま発表された．「20歳の時，シャンシイの上からジェアンの丘を背後に，パリに向かって開ける広大な谷と落日とを見ながら，宇宙の所有の欲望･･･」を感じたことが着想のきっかけになったと日記にある．1959年，テアトル・ド・フランスにて初演．その髪の色から「黄金の頭」と呼ばれる青年シモンは，一国を救った報酬に王権を要求する．拒否した国王を殺害した後アジアまで進軍し，瀕死の傷を負いながらも釘付けにされていた王女を助け，共に息絶える．「幸福が奪われている中で，欲望だけが生き続けている」象徴に満ちたこの悲劇は，人間を超えた力と意志の欲望に対する虚無と絶望の感情を見事なバランスで描き出している．

嘔吐

La Nausée, 1938

＊サルトルの小説．1930年の兵役時代に書き始めたエッセーを母体とする最初の長編小説である．年金生活を送る30歳の独身男性アントワーヌ･ロカンタンの1ヶ月余りの日記の形式をとる．ル・アーヴルをモデルとする架空の港町ブーヴィルで18世紀の一貴族を研究しながら生活を送るロカンタンは，ある時から自分を取り巻く一切のものに対して吐き気を催すようになる．ついには自分自身の存在すら奇妙に感じ始めたある時，公園のベンチで瞑想に耽りながらマロニエの樹の根を見て，「存在」の無意味さに対して吐き気が起ることを悟る．事物の色や形を超えた存在そのものへの疑念を描いた小説は，刊行当初は少数の支持者の賛辞を集めたにすぎなかったが，以後時代を経るにつれ，＊実存主義思想の原点を小説に展開した試みや，物語構造を排除した哲学推理小説の斬新さが高く評価されている．

あ

王道

La Voie royale, 1930

*マルローの小説．1923年にインドシナ半島のアンコール遺跡でマルロー自身が行った彫像略奪の体験をもとに，死に対する人間の闘いという形而上学的主題が展開される．1930年，「パリ評論」誌に連載された後，同年10月に出版，ジャーナリストによって創設されたばかりのアンテラリエ賞を受賞した．二人の西洋人，若い考古学者クロードと冒険家ペルカンが船上で出会い，東洋の密林を舞台にクメール美術の収奪と友人の救出を行う．その際に負傷し瀕死のペルカンが自らの領地と呼ぶ土地を目指して，クロードと奥地へと進みながら物語は終る．異文化との衝突の中で人間存在の*不条理とそれに対峙する行動が描かれ，身体やエロチシズムに焦点があてられるほか，西洋社会および植民地主義の批判や芸術を記号論的に捉えるマルロー的芸術論の萌芽が見られる．イギリスの冒険小説，特にコンラッドの流れを汲み，*カミュ等の*不条理の文学に影響を与えた．

オーカッサンとニコレット

Aucassin et Nicolette

12世紀後半頃に書かれた作者不詳の歌物語．伯爵家の息子オーカッサンは，子爵が異教徒サラセン人から引き取ったニコレットに恋し結婚を申し込む．しかし，彼女の出自ゆえに反対される．父に逆らったオーカッサンは塔に閉じ込められるが，脱出に成功して，その後チーズと卵，熟れすぎたリンゴを武器に戦う人達に出会ったり，王が妊娠し女王が戦う奇妙な国に迷い込んだりと様々な冒険を経て，最後にニコレットと再会して結ばれる．この作品はピカルディー地方の方言で書かれ，韻文と散文を交互に組み合わせた41節から成る．奇数節は7音節の韻文でメロディーが付され，偶数節は散文で会話が多い．中世文学において他に類を見ないこの形式はその独自性ゆえに，類似作品の有無や，その形式の起源など多くの疑問を提起する．

12世紀に流行した*宮廷風恋愛物語を揶揄しているとする意見もあるが，喜劇的要素は純粋に娯楽的なものであろう．

オージエ，エミール

Émile Augier, 1820-1889

劇作家．南仏ヴァランスに生まれる．劇作家であり小説家のピゴー=ルブランの孫．1828年にパリに出て，法律を勉強して代訴人の事務所に勤めながら劇作を試みる．『毒にんじん』(*La Ciguë,* 1844) が成功を収めるが，初期作品はポンサールに影響を受けたもので新古典派もしくは「良識派」に分類されるものであった．やがて風俗劇に転じ，ジュール・サンドーとの共作『ポワリエ氏の婿』(*Le Gendre de M. Poirier,* 1854) で野心的なブルジョワの父親とその娘婿の没落貴族との交際を描き大当たりする．他に代表作は『ジボワイエの息子』(*Le Fils de Giboyer,* 1862) などで，時代が生んだ新しい典型人物を登場させる．*デュマ・フィスと同じく第二帝政期の世相を描写し，写実主義演劇，*自然主義演劇の先駆けとなる．1857年に*アカデミー・フランセーズ会員に選出される．

恐るべき子供たち

Les Enfants terribles, 1929

ジャン・*コクトーの小説．1929年，アヘン中毒治療中に短期間で執筆，同年出版．中学生のポールは崇拝する少年ダルジュロスから胸に雪玉を受けて倒れ，姉エリザベートとともに，友人ジェラールを従え外界から隔絶された部屋で夢想に耽る日常を過ごす．母親の死後，エリザベートが招いたダルジュロス似の娘アガトにポールは思いを寄せ始める．エリザベートは裕福なアメリカ人と結婚するが，彼は式直後に事故死，残された邸宅で4人は再び「部屋」をつくる．アガトとポールの互いへの愛を知ったエリザベートは嫉妬にかられ二人を騙し，自分に思いを寄せるジェラールをアガトと結婚させる．ポールはダルジュロスから贈られた毒の玉を飲み，エリザベートもピストルで自殺する．背徳的で残酷な「子供たち」の世界の聖性を詩的象徴を連ねて描いた本作品で，作者は同性愛，麻薬，近親相姦といった独自のテーマをギリシャ神話的な運命の物語へと昇華させた．1950年に監督ジャン＝ピエール・メルヴィルが映画化．

オード

Ode

元来古代ギリシャにおいては「伴奏をともなって歌われる詩句」を指し，紀元前5世紀のギリシャ詩人ピンダロスに端を発する．3部構成で人物や出来事を称えることを目的としたが，後により柔軟な形式となり，同一の音節数と脚韻の組み合わせを持つ詩節の繰り返しによる叙情詩を指すようになった．16世紀において『*オード集』によって*ロンサールがこの形式をフランス詩に定着させ，その後19世紀の*ユゴー，*バンヴィルらによっても，優れたオードが残されている．

オード集

Les Odes, 1550

*ロンサールの詩集.古代ギリシャ・ローマで歌われた*オードの形式をロンサールはこの詩集によってフランスに定着させた.全4部からなり,第1部では主に古代ギリシャ詩人ピンダロスを，第2部からは古代ローマ詩人ホラティウスを主な源泉とする．その詩は庇護者たる王侯貴族の賛美に始まり，神話や恋愛，絵画の描写など様々な主題を扱う．また後の『*恋愛詩集』で歌われるカッサンドルの名が既に登場し,『*フランシヤッド』を思わせる叙事詩的一節が見られるなど，後に展開されるモチーフの萌芽も認められる．ギリシャ語からの造語を大胆に取り入れ，古典で描かれる神話に基づいた難解な表現を用いたこ

の詩集は旧世代の詩人からは反発を受けた．だが，古代詩人たちの表現を巧みにフランス語に取り入れつつ，詩の配列を考慮することで重層的な読解を可能にし，また一方で常に自らの詩作行為への内省も含んだこの詩集の出版は，フランス近代詩の幕開けを告げるにふさわしい出来事であった．1552 年には『恋愛詩集』とともに『オード集第 5 の書』が出版された．

オネットム

Honnête homme

17世紀の社交界で追求された理想的人間像．挙措振舞いの礼儀正しさと適切さ，洗練された会話術，明敏な知性と専門に偏しない教養，真の美点とまがい物を見分ける良き趣味が求められる一方，自己顕示や衒学趣味は否定された．世紀前半に粗野で武骨な気風を改めるべく，ニコラ・ファレの『オネットム，あるいは宮廷で気に入られる術』(1630) が最初の理論化を試み話題を呼んだ．世紀後半にはオネットムの理論家として名高いシュヴァリエ・ド・メレらが宮廷の枠を越えたより普遍的な社交人，更には人間一般の理想像を探った．オネットムの持つべき良き趣味は，節度と明晰を好む*古典主義の文学観とも呼応し，オネットムの読者を念頭に置きつつこの時代の作品の多くが創造された．

オペラ=コミック

Opéra-comique

18世紀フランスに成立したオペラの一様式．*ヴォードヴィルや歌謡をともなう大衆芝居が前身．元来は名のとおり喜劇的で，歌われるレチタティーヴォではない台詞の使用と単純な楽曲を特徴とした．やがて喜劇，悲劇の内容にかかわらず台詞が入ったオペラを指すようになり，*メリメとアベ・*プレヴォーの悲劇的な小説をオペラ化したビゼーの『*カルメン』(1875)，マスネの『*マノン』(1884) などが分類上当てはまる. 19世紀中頃, 第二帝政期には, 喜劇の要素が後退し, 叙情性を強めたオペラ=コミックに対して, オッフェンバックは軽妙な喜劇の要素を盛り込んだ「オペレッタ」を創始し, 彼の『地獄のオルフェ』(1858) や『パリ生活』(1866) などが好評を博した.

オラース

Horace, 1640

*コルネイユの悲劇. 『*ル・シッド』論争に続く3年の沈黙の後, *古典主義の規則に沿って書かれた. オラース3兄弟とキュリヤス3兄弟は, それぞれの祖国ローマとアルバの勝敗をかけて決闘し, オラース一人が生き残る. この決闘で許婚を殺された妹カミーユは兄の残忍な行為とそれを命じた祖国ローマを呪うが, 激昂したオラースは彼女も殺してしまう. 前作が古典主義の規則に合わず, 主題も剽窃だと非難されたことを受け, 本作はティトゥス・リウィウスの『ローマ史』に取材し, 礼節を重んじて殺人を舞台に出さず, *三単一の規則も厳密に守っている. 義務と恋や友情の相克は『ル・シッド』におけるよりも一段と苛烈さを増し, 古代ローマを舞台に国家の利害と個人を対峙させ, コルネイユ独自の悲劇世界を確立した.

オルラ

Le Horla, 1887

*モーパッサンの幻想小説. 1886年に日刊紙「ジル・ブラース」に発表後, 加筆され, 翌年, 作品集『オルラ』巻頭に収録された. 日記体で綴られ,「私」ははじめ原因不明の病に苦しむが, 不可解な体験を繰り返すことで, 目に見えない未知の生物の存在を疑うようになると同時に, 自らの理性にも疑問を抱かずにいられなくなる. 鏡に映るはずの像が透明な存在にさえぎられて見えないという体験の後, 新しい生命体「オルラ」の実

在を確信した「私」は，オルラ殺害を企図する．部屋にオルラを閉じ込め，家に火を放った「私」は，しかしオルラが不死の存在であることを恐れ，残された道は自殺しかないと覚悟する．人間の認識能力の限界から未知の生命を想定する点でSFの先駆けである一方，当時進展途上の精神医学にのっとった「狂気」の症例報告の様相も備えている．オルラの名には様々な解釈があるが，一説には「そこには無い」(hors-là) からの造語とされる．

オーレリア

Aurélia ou le Rêve et la Vie, 1855

*ネルヴァルの小説．狂気の発作に苛まれしばしば入院を余儀なくされていた作家が，医師に病気の経過を知らせるために記した「夢の記録」が創作の契機とされる．1855年の1月に前半部を「パリ評論」誌に発表．その後作家の死を挟み，2月に発表された後半部は十分な校正を経ておらず，繰り返しや欠落など未確定な要素が多分に含まれるが，それは作品の価値をいささかも損なうものではない．冒頭「夢は第二の人生である」という一節から始まる前半部においては，愛する女性オーレリアの喪失に続き，現実と夢想との境が曖昧となった状態のもとでの彼女との再会が語られるが，彼女は主人公の分身に連れ去られる．後半部では，夢の世界で彼女に相応しい人物となるため，自らに課す試練を克服した主人公の前に，母や女神の姿とも重なるオーレリアが現れ，救済を与える．その後に「記憶すべき事柄」と題された創世記を思わせる一種の散文詩が続く．自らの狂気体験という特異な題材に基づきながら，神話的，神秘主義的要素を付加し，独自の神話体系を構築，理想の女性の探求と自己の同一性の獲得を目指す物語へと再構成した最晩年のこの作品は，ネルヴァル文学の一つの頂点をなしている．

女の一生

Une vie, 1883

＊モーパッサンの最初の長編小説．1883年日刊紙「ジル・ブラース」に掲載後，出版．地方貴族の娘ジャンヌは修道院を出た後，ロマンティックな将来を夢想する．同じ地方貴族の子息ジュリヤンと結婚後，コルシカ島への新婚旅行では幸福を味わうものの，帰郷後に夫の浮気を知る．息子のポールを出産した後は子どもに愛情を注ぐが，夫ジュリヤンは不倫相手とともに無残な死を迎え，溺愛した息子は家を出奔，相次いで両親を亡くし，家屋敷も売り払うことになる．一人身となったジャンヌを助けるのはかつての女中ロザリーであり，行方知れずだったポールの娘を迎え，ジャンヌは老後に一抹の希望を抱く．理想に破れ，相次ぐ幻滅の体験とともに無気力に落ちてゆくジャンヌの生涯には，作者の悲観主義が色濃く表れている．フランス語原題は「ある人生」を意味し，副題に「ささやかな真実」と付されるように，一女性の生涯を虚飾なく誠実に描くところに作者の主眼があった．＊自然主義文学の代表作．

回想録

Les Mémoires, 1829

*サン=シモンによる回想録．宮廷で半生を過ごしたサン=シモンはなかなか昇進に恵まれず，摂政オルレアン公が 1723 年に亡くなると自分も引退，余生を若い時から構想を温めていた『回想録』の執筆に費やす．1739 年頃までに綿密かつ膨大な覚書を準備，執筆が始まる．1753 年頃に完成した作品は王の権力によって没収され，正式な出版は死後 1829 年まで待たねばならなかった．ルイ 14 世の治下の末期の宮廷を克明に描写した歴史的資料としての価値以上に，作者の主観的な視点も『回想録』の大きな特徴である．とりわけ，宮廷に横行する偽善や不敬虔，悪徳に対する厭世的な態度や辛辣かつ厳しい批評は，宮廷人サン=シモンの誇りを感じさせるだけでなく，彼の *モラリスト的側面を読者に伝えている．

カゾット，ジャック

Jacques Cazotte, 1719-1792

小説家，詩人．シャンパーニュ地方ディジョンで生まれる．弁護士として海軍で働くかたわら，『猫の脚』(*La Patte de Chat,* 1741) でデビュー．翌年『千一戯言集』(*Les Mille et une fadaises*) を発表，オリエンタルで幻想的な文学世界を確立する．職を辞して執筆に専念，*散文詩『オリヴィエ』(*Ollivier,* 1763)，小説『悪魔の恋』(*Le Diable amoureux,* 1772) などを書く．革命に反感を示し，王に味方する姿勢を崩さず，二度の逮捕の後死刑に処せられた．幻想小説というジャンルを確立したともされる『悪魔の恋』は，主人公ドン・アルヴァーレが呼び出した悪魔が彼に恋をして美しい女性に姿を変え，熱心に仕えるといった奇抜な物語で，後の *ロマン主義時代の幻想小説に大きな影響を与えた．

カディオ，オリヴィエ

Olivier Cadiot, 1956-

詩人．パリに生まれる．文法の教科書の例文を「カット・アップ」と呼ばれる手法でつなぎ合わせた処女詩集『詩法』(*L'Art poétic',* 1988) で注目を浴びる．ごく限られた語彙と型通りの構文を用いて詩を作り出すこの手法には詩それ自体に対する批評的な視線を見ることができ，単純で平板な言語の繰り返しから新しい叙情性を生み出すことに成功している．続いて『ロビンソン・クルーソー』を下敷きにした『未来，いにしえ，つかの間』(*Futur, ancien, fugitif,* 1993) とその続編『ズワーヴ兵の連隊長』(*Le Colonel des zouaves,* 1997) を発表．前者では航海日誌や手紙，独白，会話，詩篇など様々なジャンルの文章がつなぎ合わされており，後者では各種の括弧，決まり文句，会話の断片が物語の連続性を遮る，共に多声的なパロディー作品である．そこには詩の非連続性と小説の連続性とをつなぎ合わせる「詩による小説」が企てられて，詩のみならず小説というジャンルにも問題を投げかける．カディオの作品に見られる文法の例文や陳腐な常套句の使用は，言語の脱個人化を志向し，詩的な言語の使用，個人的な感情の吐露といったものを離れ，物語の生産へと向かう．またピエール・*アルフェリとともに主催した「総合文学誌」(*Revue de Littérature générale*) は，文学創造の場としても，理論的省察の場としても90年代後半以降の詩壇に大きな影響を与えた．

カミュ，アルベール

Albert Camus, 1913-1960

小説家，劇作家，評論家．仏領アルジェリアの町モンドヴィに生まれる．父はフランス人入植者の子孫で，ワインの醸造に携わる労働者．スペイン系の母は言語活動に不自由があった．翌年に父が戦死．幼年時代をアルジェの貧しい界隈で過ごした．当時の様子は，処女エッセー集『裏と表』(*L'Envers et l'endroit,*

1937, 1958) や遺作『最初の人間』(*Le Premier Homme,* 1994) に描かれている．貧困の一方で，エッセー集『結婚』(*Noces,* 1939) で詠われるように，地中海の光溢れる美を享受した．17 歳の時に結核を発病，このため教授資格試験を断念した．同じ頃，哲学教師ジャン・グルニエと出会い，文学的に深い影響を受ける．アルジェ大学では哲学を専攻し，在学中の 1935 年から 2 年間共産党に入党．その間に劇団を創設して演劇活動に打ち込んだ．1938 年から新聞記者として活躍した後，1940 年にフランスに渡る．三人称体の小説『幸福な死』(*La Mort heureuse,* 1971) の出版を断念して，特異な一人称の語りをもつ小説『*異邦人』(*L'Étranger,* 1942) をガリマール社から上梓．同年に刊行した *不条理をめぐる哲学的エッセー『*シーシュポスの神話』(*Le Mythe de Sisyphe,* 1942) と併せて一躍作家としての地位を築く．1943 年よりレジスタンス紙「コンバ」に参加，パリ解放後は合法となった同紙の編集長を務めた．一方で戯曲の執筆に励み，1945 年初演の『カリギュラ』(*Caligula,* 1944 刊行) は好評を博す．戦後，ナチスとの闘いを彷彿とさせる長編小説『*ペスト』(*La Peste,* 1947) が大成功を収める．しかし，エッセー『反抗的人間』(*L'Homme révolté,* 1951) を機に歴史観をめぐって *サルトルと論争し訣別．さらに 1956 年，混迷の一途をたどるアルジェリア戦争に対して休戦を訴えたが失敗に終わった．小説『転落』(*La Chute,* 1956)，中編集『追放と王国』(*L'Exil et le royaume,* 1957) には当時の苦悩が色濃く反映されている．1957 年にノーベル文学賞受賞．1960 年自動車事故で急死．その鞄から自伝的小説『最初の人間』の未完草稿が発見された．『手帖』(*Carnets,* 1962-1989) は，彼の創作活動を知る上で貴重な資料である．

　複合過去形の多用など，新たな小説技法を確立した『異邦人』の功績をはじめ，カミュはサルトルと並んで戦後のフランス文学・思想を牽引，死という人間の不条理な宿命に対する個人的な反抗から，全体主義の台頭や戦争を前に，殺人と暴力の正当化に異議を唱えて連帯による反抗の思想を展開するに至った．

常に同時代人の代弁者たらんと努め，人間の自由と幸福を一貫して追求した作家である．

か

カリグラム

Calligrammes, 1918

*アポリネールの詩集．第一次世界大戦の最中である1914年から1916年にかけて創作された詩篇を収録．詩篇の中には，自ら志願して前線に赴いた詩人が感じた戦争の恐怖や無益さと，この時期に出会った幾人かの女性たちへの愛情とが入り混じる．カリグラムという題は，詩句を絵画のように配置し，鳩や噴水，肖像画，雨などを視覚的に模した詩を指す．ただし，この手法による詩篇は詩集のうちの半数にも満たず，その他の詩篇は音節数を遵守する伝統的な詩句と，自由詩とが入り混じり，伝統と現代性の間でバランスを模索するアポリネールらしさが形式にも現れている．絵画的な手法は他にも見られ，街で耳にした人々の話し声を切り取ったかのような「月曜のクリスティーヌ通り」では，同時代のキュビストによるモンタージュの手法が用いられている．

カルヴァン，ジャン

Jean Calvin, 1509-1564

宗教改革を進めた神学者．ピカルディー地方ノワイヨンに生まれ，14歳からパリに出て神学，哲学を学ぶ．*ユマニスムの教養を修め，*ビュデと親交を結ぶとともに，セネカの著作に注釈を施す．後に法律を学ぶが中途で放棄，1534年頃に突然改心したという．以後精力的に宗教改革に乗り出す．迫害を避けて隠れたバーゼルにおいて，ラテン語で『*キリスト教綱要』(*Institutio christianae religionis,* 1536) を著すことで改革の精神を体系化して提示した．ジュネーヴに移った後，宗教改革を導くファレルを助け，教会の規則を制定するなど改革に尽くす．1541年には『キリスト教綱要』を自らフランス語に翻訳．正確かつ論理的な文体を確立して，フランス語の発展に大きく貢献した．カルヴァンの説教·布教によってジュネーヴはプロテスタントの牙城となる一方，スイス，フランスに留まらず，彼の教えを受けた弟子たちはヨーロッパ全体にプロテスタンティスムを普及させた．また古典の教育を施すアカデミーを開校し，後進の育成にも力を注いだ．

ガルガンチュアとパンタグリュエル物語

Gargantua et Pantagruel, 1532-64

*ラブレーの物語．民間伝承の巨人ガルガンチュアの息子を主人公に，騎士道物語をパロディー化して語る第二之書『パンタグリュエル』(*Pantagruel*) は1532年リヨンで出版された．その成功を受け，1534年ないし翌年，パンタグリュエルの父親の生涯を語る第一之書『ガルガンチュア』(*Gargantua*) を出版．パンタグリュエルの従者パニュルジュが結婚するべきか否かをめぐって議論が展開される『第三之書』(*Tiers Livre,* 1546) には *女性論争の影響が窺われる．『第四之書』(*Quart Livre,* 1552) でパニュルジュ一行は「聖なる酒びん」(Diva Bouteille) の宣託を求めて航海に乗り出す．様々な島で意見を聞いた後，1564年に出版された『第五之書』(*Cinquième Livre*) 結末において一行が授かった宣託は，「飲め」(Trinch) であった．『第三之書』以降は本名で出版されるが，ソルボンヌ (パリ大学神学部) からたびたび禁書処分を受け，*カルヴァンはじめプロテスタントからも批判を受けた．実際に作品中にはカトリック，プロテスタント双方に向けた風刺が横溢しているが，全巻を貫くものは *エラスムスの影響の濃い *福音主義である．滑稽譚の背後に同時代の事件，思想に対する洞察と風刺があるとともに，*ルネサンスにおける学問の進展が賞賛され，また「欲することを成せ」の格言を掲げるテレームの僧院は，*ユマニスムの標榜するユートピアの表明でもあった．作品の真意をめぐり様々な解釈があるがいずれも決定的ではなく，今日まで常に開かれたテクスト

であり続けている．

か

ガルニエ，ロベール

Robert Garnier, 1544-1590

悲劇作家．フランス西部ル・マン近郊に生まれ，トゥールーズで法学を学ぶ．1568 年に最初の悲劇『ポルシ』(*Porcie*) を発表．古代ローマを舞台にしたこの作品には *ロンサール，*ベロー，*バイフの *ソネが冒頭に添えられた．翌年ル・マンにて下級裁判所の裁判官となる．そのかたわら悲劇の創作を続け，1573 年には『イポリット』(*Hyppolyte*) を発表．アテネの王テゼの妃フェードルが義理の息子イポリットに抱く恋の情念のテーマは，後に *ラシーヌも再び取り上げることとなった．続く『コルネリー』(*Cornélie,* 1574)，『マルク＝アントワーヌ』(*Marc-Antoine,* 1578) では，古代ローマ史に再び題材を得る．1579 年に『トロイアの女』(*La Troade*)，翌年には『アンチゴーヌあるいは敬愛の心』(*Antigone ou la Piété,* 1580) を発表，再びギリシャ古典悲劇に主題を求めた．イタリアの詩人アリオストの『狂えるオルランド』から着想，ブラダマント姫と騎士ロジェの波乱に満ちた恋の成就を描いた『ブラダマント』(*Bradamante,* 1582) は，彼にとって唯一の悲喜劇である．聖書に題材を取った『ユダヤの女たち』(*Les Juives,* 1583) は最後の作品となった．その演劇はしばしば動きに欠けると評されるが，古代演劇を模倣し，詩句を入念に推敲してガルニエは 17 世紀の *古典主義演劇を準備した．

カルメン

Carmen, 1845

*メリメの中編小説．彼がスペイン旅行の際耳にした情婦殺人事件が物語の原型．物語は考古学者である「私」が旅行中に出会ったホセを獄中に訪ね，彼から告白を受けるという設定．

セヴィリアの煙草工場で働くジプシー女カルメンに魅了された騎兵伍長ホセは，傷害罪で護送中のカルメンの逃亡に手を貸し営倉入りとなる．彼女の密輸団に仲間入りし幸福な日々を送るが，そこへ彼女の夫が現れ，嫉妬に狂ったホセは夫を決闘で殺害，名実ともにカルメンの夫となる．しかし彼女の心は既に闘牛士ルーカスに向けられており，悲観したホセは彼女を殺害，自首する．悲劇的な恋愛事件を背景に，抑制された客観描写により人間の野生的情熱を浮かび上がらせた中編小説の傑作．最終章のジプシー論考では，実際に考古学者であったメリメの学識が存分に発揮され，彼の異国趣味や歴史への関心の高さが示される．ビゼー作曲の同名オペラ (1875年初演) の成功により世界的に有名．

感情教育

L'Éducation sentimentale, 1869

＊フローベールの小説. 1843 年から 45 年に最初の『感情教育』が執筆されるが，後の作品とは完全に別のもの．1862 年に構想，1864 年より執筆を開始，5 年後に完成した作品に同じ題名が付けられた．芸術家になることを夢見てパリに出る青年フレデリック・モローと，一目惚れした理想の女性アルヌー夫人との恋愛を主軸にしながら，親友デローリエをはじめとする青年たちとの交際や，実業家アルヌーや，銀行家ダンブルーズを中心とする社会との関わりが描かれる．一方でアルヌー夫人を思い続けながらも，フレデリックは娼婦ロザネット，ダンブルーズ夫人，故郷の少女ルイーズとの関係をさ迷う．七月王政の凋落，1848 年の二月革命，ルイ・ナポレオンによるクーデターと続くフランスの「歴史 (histoire)」と交錯しつつ綴られるフレデリック個人の「物語 (histoire)」は，芸術，政治，そして恋愛のいずれにも成功することなく，喪失と幻滅の内に時は流れ過ぎる．16 年を経てのアルヌー夫人との再会に過去を哀惜し，結末においてフレデリックとデローリエは，物語の始まる以前の少年時代を「最も良かった」時期と回想する．革命の失敗によって理

想を喪失した作者の世代を描いたこの物語は，*ロマン主義の破産決算であると同時に，特徴のない主人公，明確な筋を持たない物語など，*バルザック以来の小説のあり方を根本から覆した．*レアリスムの傑作として*自然主義文学者から称揚されたが，20世紀の作家，批評家は，この作品に小説のエクリチュールに対する根源的な問いを見出す．「何についても書かれていない書物」という作者の理想に最も近い小説である．

カンディード

Candide ou l'Optimisme, 1759

*ヴォルテールの哲学コント．身分違いの恋を咎められ，屋敷から追放されたカンディードは，世界中を巡り，あらゆる苦難を経験する．旅の途中で出会う学者マルタン，再会する恋人キュネゴンド，同じ屋敷で働いていた家庭教師パングロスや老婆も，カンディードと同じく，次々と襲いかかる災難に翻弄されるが，最後には一同で農園を維持しながら平和な生活を手に入れる．焚書（ふんしょ）や追放などをたびたび経験してきたヴォルテールは，1758年頃から住み始めたフェルネーの領地で『カンディード』を執筆した．どのような不運な状況においてもそれが最上であると信じて疑わないライプニッツ流の楽天主義的形而上学は，苦難に満ちた旅中の体験によって疑わしいものとなる．世の中に厳然と存在する悪を認識しつつ，人間の理性に信頼を寄せるヴォルテールの思想は，物語最後の場面における「私たちの庭を耕さなくてはならない」というカンディードの言葉に要約されている．

危険な関係

Les Liaisons dangereuses, 1782

*ラクロの*書簡体小説．18世紀の社交界を舞台に，貴族たちが繰り広げる誘惑・密通・奸計・裏切りの心理分析を複数の

視点で巧みに描きだした．一方で主人公たちの残虐なまでの不道徳性は自由放蕩を礼賛するとして発表当時から議論となった．妖艶なメルトゥイユ侯爵夫人は，彼女を裏切った愛人に復讐するため，かつての愛人ヴァルモン子爵に清純な美少女セシルを誘惑させる．同時に子爵は貞淑なトゥルヴェル法院長夫人を誘惑することにも熱中．メルトゥイユ夫人とヴァルモンの策略は首尾よく運び，二人の女性は彼の手中に落ちた．だが彼は法院長夫人への真摯な愛に目覚め，決闘で命を失い，書簡を公開された侯爵夫人も天然痘にかかり破産し失踪する．この一作によりラクロの名は不朽のものとなった．恋愛を軸とする優れた心理描写は『*クレーヴの奥方』，『*マノン・レスコー』などの心理小説の系譜に連なる．

ギゾー，フランソワ

François Guizot, 1787-1874

歴史家，政治家．南仏ニームでプロテスタントの家庭に生まれる．恐怖政治下にジロンド党員の父が処刑された後，母とともにジュネーヴに移り，厳格な教育を受ける．ソルボンヌ大学の歴史講座を担当し，友人ロワイエ=コラールとともに立憲王制に与する「正理論派」のグループを指導．王政復古期に大学を追われるが，イギリスの代議制や革命の研究などに従事する．1830年に代議士となり，ルイ=フィリップの信頼を得て内閣首班の地位につく．ブルジョワ保守主義者として政界を支配するが，二月革命で失脚，それ以後歴史の著作に専念する．代表作は『イギリス革命史』(*Histoire de la révolution d'Angleterre,* 1826-1856)，『ヨーロッパ文明史』(*Histoire de la civilisation en Europe,* 1840) など．厳密な資料に基づく論証により歴史科学を確立させ，歴史の法則解明に重点を置く「哲学派」に*トクヴィルらとともに分類される．

狐物語

***Roman de Renart*,** 1170頃-1250頃

中世の北フランスで書かれた寓話的動物物語．複数の作者の手によるいくつかの逸話から成る．逸話の一つ「ルナール裁判」の冒頭に現れる名前から，作者の一人はピエール・ド・サン=クルーではないかと考えられている．当時「狐」を意味する普通名詞はグピー (goupi) であったが，現代ではルナール (renard) となったことから，いかにこの作品が人口に膾炙(かいしゃ)していたかがわかる．人間と同じ社会制度を背景に，動物たちを擬人化した作品で，主人公の狐ルナールと狼イザンクランの争いを中心に物語は進行する．「ルナール裁判」では，イザンクランの妻と子どもを侮辱したとして裁判にかけられた狡猾なルナールに，ノーブル獅子王は死刑を言い渡す．罪を償い巡礼に出ると嘆願し死刑を逃れるが，城を出ると反省の色はすっかり消え，そのまま妻子のもとへ戻っていく．威厳を失った王，不義を隠そうとする妻，君主に従わない家臣などを動物の姿になぞらえて描きながら，封建制度や*宮廷風恋愛を揶揄し，それらの偽善が暴露される．また他の逸話では，獅子王ノーブルがサソリとラクダに対して起こした戦争を描き，11世紀に流行した*武勲詩を想起させ，十字軍を滑稽に風刺する．この批判の精神は13世紀に*リュトブフの『変貌のルナール』に引き継がれ，当時のルイ9世の不寛容が批判される．12世紀の文学の主流は宮廷風恋愛を中心とする物語であったが，その軸となる封建制の動揺や，物語が現実とはかけ離れたことからこのジャンルは衰退，宮廷風恋愛をモチーフとしながらも人物たちの心理に焦点をあてた新しい小説『*ヴェルジ城の奥方』や現実を揶揄するこの『狐物語』が生まれることになった．この作品は後に発展する*ファブリオーの源泉とみなされる．

キニャール，パスカル

Pascal Quignard, 1948-

小説家．ノルマンディー地方の生まれ．両親ともに学者だが，父方は教会付オルガン奏者，母方は文法学者の家系．1980年代から文壇に登場し，作品を継続的に発表，その家系の故か『ヴュルテンベルクのサロン』(*Le Salon de Wurtemberg,* 1986) など，「音楽」を作品の重要なモチーフとすることが多い．特にバロック時代の作曲家の生涯を描いた『世界のすべての朝』(*Tous les matins du monde,* 1991) は映画化され（邦題『めぐり逢う朝』），世界的な反響を呼んだ．小説のほか，古今東西の文学・芸術に対する該博な知識をウィットに富んだ断章形式の批評にまとめるのを得意とする．人間の「生」と「芸術」への透徹したまなざしを持つ批評と，歴史を舞台に紡ぎ出される古典的な物語がキニャール文学の二つの柱である．2002年にゴンクール賞を受賞した『さまよえる影』（*Les Ombres errantes*）を第1篇とする『最後の王国』（*Le Dernier Royaume*）のシリーズは，時間をめぐる断章から成る壮大な試みであり，著者のライフワークとして刊行が続いている．

キネ，エドガール

Edgar Quinet, 1803-1875

歴史家，哲学者，政治家，詩人．ブルゴーニュ地方ブール＝カン＝ブレスの名家に生まれる．*スタール夫人の作品からドイツ研究に興味を持ち，1827年にドイツ哲学者ヘルダーの著作の翻訳をする．1841年から *コレージュ・ド・フランスで南欧文学の講座を担当，友人 *ミシュレとともに反教権主義の立場をとる．1848年に代議士になるが，1851年のクーデターの際にベルギー，スイスに亡命，『イタリア革命史』(*Les Révolutions d'Italie,* 1852)，『大革命』(*La Révolution,* 1865) などを執筆．1870年帰国し，翌年代議士に復職．「自由」にとりつかれた彼は，非宗教的な第三共和政のフランスが自分の理想を実現することに期待した．詩作品としては，*散文詩『アースヴェリュス』(*Ahasvérus,* 1833-1834)，『ナポレオン』(*Napoléon,* 1836) などがある．

ギベール，エルヴェ

Hervé Guibert, 1955-1991

小説家，ジャーナリスト，写真家．パリ生まれ．1977年から85年まで「ル・モンド」紙文化欄で写真，映画評を担当．テクストと写真の関係を扱った『幻のイマージュ』(*L'Image fantôme,* 1981)，映画シナリオ『傷ついた男』(*L'Homme blessé,* 1983, パトリス・シェロー監督) 等を執筆．一方，同性愛を赤裸々に描く『犬たち』(*Les Chiens,* 1982)，家族について断章形式で語る『ぼくの両親』(*Mes parents,* 1986)，軽妙な『ヴァンサンに夢中』(*Fou de Vincent,* 1989) 等，多様なトーンで自伝的要素をフィクションに織り込む．『ぼくの命を救ってくれなかった友へ』(*À l'ami qui ne m'a pas sauvé la vie,* 1990) で自身のエイズ感染を告白，友人ミシェル・*フーコーの死因を暴露し，大きな議論を呼んだ．病状の進行は，続く『憐れみの処方箋』(*Le Protocole compassionnel,* 1991)，死後出版の『赤い帽子の男』(*L'Homme au chapeau rouge,* 1992) で綴られたが，これらは「エイズ文学」に留まることなく，自伝と虚構，真実と虚偽の狭間で揺れ動く「オートフィクション」を代表する作品となっている．

宮廷風恋愛

Amour courtois

12 世紀から 13 世紀にかけて文学に現れた精神的な愛の理念．騎士が身分の高い貴婦人にかなわぬ恋をするのが典型的な形である．十字軍遠征が終わり，南フランスでは*トルバドゥールであるアキテーヌ公ギヨーム 9 世が，神のごとく女性を崇め身も心も捧げると歌い，ベルナール・ド・ヴァンタドゥールは「陽の光りを浴びて，雲雀が」で恋の喜びを雲雀の飛翔する様子になぞらえる．肉体よりも精神を重んじ，恋を得るためには「雅びな」(courtois) 人物であることが必要条件とされ「至純の愛（フィンアモール）」と呼ばれた．この理念は*アリエノール・ダキテーヌの結婚により北フランスへ伝わる．同王妃の宮廷作家*マリー・ド・フランスは，ケルト伝説を織り交ぜた「ギジュマール」などを執筆，恋人たちの苦悩を描いた．またこの頃同じくケルト伝承から生まれた『*トリスタンとイズー』の悲恋物語が流行．さらに*クレチヤン・ド・トロワは『ランスロ，または荷車の騎士』において王妃に対する騎士の自己犠牲的な愛を語った．このように恋愛は精神的な喜びから恋が生み出す苦悩へと変わっていく．宮廷風恋愛は隆盛を見るが，13世紀に入ると封建制の動乱とともに宮廷風恋愛の理念は衰退．その要因として，若い騎士と貴婦人の関係があくまで封建制の主従関係にのっとったものであったことと，ケルト伝承を多く取り入れた恋愛物語は現実味を欠くに至ったことが考えられる．しかし宮廷風恋愛のモチーフは『*ヴェルジ城の奥方』に見られるように，恋する者の心理を中心とすることで文学性の高い作品を生み出し，宮廷風恋愛に端を発する愛の理念は現代の作品にも脈々と受け継がれている．

ギヨーム・ド・マショー

Guillaume de Machaut, 1300-1377

詩人，作曲家．シャンパーニュ地方生まれ．庇護者であったボヘミア王ジャン・ド・リュクサンブールに従いヨーロッパを広く旅し，王の死後は様々な王侯の庇護を受けつつ創作を行った．その詩作品は『*薔薇物語』に負うところが多く，*バラッドや*ロンドー形式の宮廷風叙情詩を多数創作する一方，自伝的事実に基づくとされる物語形式の「韻文物語」(dit) を執筆．年老いた詩人と若い貴族の娘の恋を描いた『真実の物語』(*Voir Dit,* 1364) は代表作として挙げられる．また自らの詩の一部に曲を付けたほか，ミサ曲やモテットなどを残し，中でも多声形式の『ノートル=ダム・ミサ』は最も有名．晩年には，当時としては珍しく創作活動を総括する全集を自ら編纂し，芸術家としての確固たる自覚を持っていた．中世初期には＊トルバドゥールに見られるように詩人はしばしば自らの詩に旋律を付したが，詩と音楽がそれぞれ複雑になるにつれ，マショー以降は詩作と作曲が専門化していくこととなる．

キリスト教綱要

Institution de la religion chrétienne, 1536, 1541

＊カルヴァンの著作．宗教改革の根本理念を記す．最初ラテン語で起草し1536年にバーゼルで出版．1541年に自らフランス語に訳してストラスブールで出版，以後カルヴァンは両著作に絶えず手を加え内容を充実させた．作品は大きく4部に分かれ，神，人間，恩寵，そして教会の役割について論じる．聖書を唯一の信仰の拠り所と規定，神の恩寵は救済を予定された人々だけに与えられるという予定説を唱える．また，偶像崇拝を禁止し，秘蹟や告解などのカトリック教義を否定することで，ローマ教会を厳しく批判，あるべき教会の役割を説いた．本書によって彼はプロテスタンティスムの論理を大系づけ，ルターに次ぐ宗教改革の主導者となる．俗語によって世俗の民衆にも広く教義を普及させることを目的としたフランス語版は，ラテン語版の内容を損なわぬ，簡潔，明晰なフランス語による記述が可能であると示した点で画期的で，16世紀の最も優れた散文作品の一つとされ，その後のフランス語の地位の向上と発展に大きく寄与した．

寓話

Fables, 1668

＊ラ・フォンテーヌの韻文作品．1668年に第1集（巻1-6），78-79年に第2集（巻7-11），94年に第3集（巻12）を刊行．第1集はイソップを中心とする古代の寓話を継承した作品が多く，第2

集以降はイソップからの借用が減少し，古代インド説話など新しい題材が現れる．作者が「百幕の芝居」と呼ぶこの作品は，神々や自然，とりわけ様々な動物（「蝉と蟻」，「烏と狐」，「狼と子羊」）に託して同時代の人間喜劇を諧謔をこめて描き出す．虚偽，虚栄，貪欲，愚かさに対する嘲笑と憤慨が目立つテーマだが，第2集以降は作風に思想性を深め，軽妙で素朴な外見のもとに，絶対王政下の社会に対する鋭い風刺をも示すようになる．明晰で鮮やかなイメージを喚起する詩句は，韻律の美しさと相まって，今日まで愛唱され続けている．

クノー，レーモン

Raymond Queneau, 1903-1976

小説家，詩人．ノルマンディー地方ル・アーヴルに生まれる．大学入学資格取得後パリに上京，哲学を専攻しつつ語学，数学，映画と広範な知識を培う．1924年より＊シュルレアリスム運動に参加するが，後に＊ブルトンと訣別し離脱．1926-27年の北アフリカでの兵役，1932年のギリシャ旅行で卑語や俗語の洗礼を受け，口語の導入が処女作『はまむぎ』(*Le Chiendent,* 1933) から『＊地下鉄のザジ』(*Zazie dans le métro,* 1959) を経て『イカロスの飛行』(*Le Vol d'Icare,* 1968) に至る小説や，シャンソンで親しまれる「想像してごらん」(*Si tu t'imagines,* 1946) 等の多くの詩作品を特徴づける．飽くなき言語探求は，一つの情景を99の文体で描く『文体練習』(*Exercices de style,* 1947) にも窺われる．1960年＊ウリポを創設．＊ソネ10篇を組み合わせ無限の読解へ誘う『百兆の詩篇』(*Cent mille milliards de poèmes,* 1961) 等，数学的規則の文学創作への応用を実践．また，ルネ・クレマンらの映画台本も手がけた．『日記』(*Journaux 1914-1965,* 1996) 出版を機に，近年その多彩な活動が見直されつつある．

グラック，ジュリヤン

Julien Gracq, 1910-2007

小説家，詩人，評論家．本名はルイ・ポワリエ (Louis Poirier)．ロワール川下流のサン=フロラン=ル=ヴィエイユに生まれる．高等師範学校で地理と歴史を学び教授資格を取得した．1970年に引退するまで主にパリの高校で教えながら創作の筆を執る．1938年＊シュルレアリスム的特徴が顕著な『アルゴールの城にて』(*Au château d'Argol*) を自費刊行，アンドレ・＊ブルトンに絶賛されるが，第二次世界大戦中に動員されて捕虜となった．長編小説『＊シルトの岸辺』(*Le Rivage des Syrtes,* 1951) で＊ゴンクール賞に選ばれるが，文壇の商業主義に反発して受賞を拒絶，話題となる．幻想的比喩に富み，＊散文詩のような凝縮された文体で神話的世界を構築した．

グラン・モーヌ

Le Grand Meaulnes, 1913

＊アラン=フルニエの青春小説．一人称を用いて，語り手が友人と過ごした日々や彼から聞いた様々な体験を回想する．語り手の友人となった転入生のモーヌは背が高く人望があり「大物(グラン)」とあだ名される．彼は迷い込んだ森の中の館で美少女イヴォンヌと出会い，帰宅後，幸福のシンボルであるその館を再訪しようとして見つからず，彼女を探す放浪の旅に出る．しかし語り手たちが館を見つけ，モーヌは彼女と再会を果たし結婚する．その後すぐに彼女の兄とその婚約者を探す旅に出立，イヴォンヌは娘を産み死亡する．戻ってきたモーヌは語り手から娘を引き取り新たに旅立つ．刊行以来広く読み継がれている恋愛・冒険小説である．物語の形式を重視せず，現世からの脱出を願い，失われた夢と理想を追求しようとする思春期の思い出を主観的見方で夢想的に喚起する筆致が特徴であり，以後の「詩的」小説の先駆けとなる．

クリスチーヌ・ド・ピザン

Christine de Pisan, 1364頃-1430頃

詩人，作家．著名な占星学者，医者の娘としてヴェネツィアに生まれる．シャルル5世の私的顧問となった父から，パリで4歳頃より，とりわけ文学の英才教育を施される．15歳で王室公証人と結婚するが，25歳頃に寡婦になる．父の死後は3人の子どもと母親と幼い弟たちを養うために写字生として働きながら著述を始め，さらに学識を広げる．1400年頃彼女は『*薔薇物語』の続編を女性蔑視の廉(かど)で厳しく批判し，その女性尊重の力強い信念によって注目された．ボッカッチョの『名婦大鑑』に想を得た『女たちの都』(*Cité des Dames,* 1405) などの散文作品や『ジャンヌ・ダルク讃歌』(*Ditié en l'honneur de Jeanne d'Arc,* 1429) などの韻文作品があり，教訓ものや歴史もの，寓話詩など様々なジャンルで著作を残した．女性の擁護について語った最初のフェミニストとされる．

クリステーヴァ，ジュリア

Julia Kristeva, 1941-

文学理論家．ブルガリア出身．24歳の時パリに留学し，ロラン・*バルトのセミナーに出席．折から隆盛を極めた記号論と精神分析を独自の視点により組み合わせ，自身の理論である「テクスト産出理論」を確立，様々な論文を発表する．それらは『セメイオチケ』(*Sèméiotikè,* 1969) という論文集として刊行され，一躍その名を知られるようになった．その後夫であるフィリップ・*ソレルスとともに文学理論雑誌「テル・ケル」で中心的役割を果たす．主著とされる『詩的言語の革命』(*La Révolution du langage poétique,* 1974) では，*マラルメと*ロートレアモンという二人の詩人を生み出した19世紀末の文学，社会，経済の全容を，記号論と精神分析理論を駆使しながら分析する．一方フェミニズムの研究にも力を注ぎ，この方面にも数多くの著作を残している．近年は自伝的な小説を発表するかたわら，

パリ大学教授として教鞭をとった.

クリストフ，アゴタ

Agota Kristof, 1935-2011

小説家，劇作家．ハンガリーに生まれる．1956年のハンガリー動乱の折にスイスに亡命．ヌーシャテル州に居を定めた後，母語ではないフランス語の習得を余儀なくされる．地元の劇団やラジオ局に戯曲を数編提供した後，スイユ社から出版された処女小説『悪童日記』(*Le Grand Cahier,* 1986) の成功によって鮮烈にデビュー．戦時下の双子の兄弟を主人公とするこの物語は，続く『ふたりの証拠』(*La Preuve,* 1988)，『第三の嘘』(*Le Troisième Mensonge,* 1991) とともに三部作を構成する．第4作目の小説『昨日』(*Hier,* 1995)，初期の戯曲集の出版を経て，初めての自伝的物語『文盲』(*L'Analphabète : récit autobiographique,* 2004) を上梓．そこで彼女自ら語るように，母語に対立する「敵語」であるフランス語での執筆による葛藤と挑戦がその創作活動の根底にある．

グリーン，ジュリアン

Julien Green, 1900-1998

小説家．アメリカ南部出身の両親のもとパリに生まれる．プロテスタントの母から厳しい宗教教育を受け，母の死をきっかけに16歳でカトリックに改宗する．第一次世界大戦に看護兵として従軍，その後アメリカのヴァージニア大学で学ぶ．この頃自らの同性愛的傾向に気づく．在学中から執筆し，1920年代のカトリック信者たちの無気力を批判した『フランスのカトリック教徒に与えるパンフレット』(*Pamphlet contre les catholiques de France,* 1925) を発表．反響は皆無であったが，哲学者ジャック・マリタンが評価，親交を深める．小説家としてのデビューはアメリカ南部を舞台とした『モン=シネール』(*Mont-Cinère,* 1926)

で，土地をめぐる母娘の葛藤を描く．代表作『モイラ』(*Moïra,* 1950) では，熱狂的な信者ジョゼフが放埒（ほうらつ）なモイラに誘惑され，彼女を殺害する．霊肉の相克と魂の救いを描き，*モーリヤックや*ベルナノスとともに20世紀のキリスト教作家として名を残した．一方，劇作品『南部』(*Sud,* 1953) がルイ・ジュヴェによって上演され，また自伝四部作 (1963-74)，全10巻から成る日記も残している．『人みな夜にあって』(*Chaque homme dans sa nuit,* 1960) の再版 (1973)の序文で，「自伝がいつもおのれの道を切りひらいてゆくし，わたしはページごとに，すかし模様のようにそれを見出す」と記すように，アニー・*エルノーら現代の作家の自伝作品にもつながる．

クレーヴの奥方

La Princesse de Clèves, 1678

*ラ・ファイエット夫人の小説．16世紀中葉，アンリ2世の宮廷が舞台．ヒロインは，愛を知らぬまま実直なクレーヴ殿と結婚するが，ほどなく宮中の舞踏会で貴公子ヌムール公と出会い恋に落ちる．恋愛と貞節の狭間で苦悩する奥方は，相手の名は秘めたまま夫に自分の恋を打ち明け，夫は心労のあまり病死する．奥方は自由の身になるが，亡夫への貞節と男の愛情の移ろいやすさを理由に，ヌムール公の求婚を退け，余生を信仰に捧げる．この小説は，同時代の『*アストレ』や*スキュデリー嬢の冗長で観念的な恋愛小説と異なり，簡素な筋立ての中で進行する人物たちの内心のドラマを，精緻な分析を通して描き出す．綿密な時代考証に裏付けられた歴史小説であると同時に，フランス心理小説最初の傑作として，その伝統は*ラクロ，*コンスタン，*ラディゲらに引き継がれる．

か

クレチヤン・ド・トロワ

Chrétien de Troyes, 12世紀

物語作家．生涯については不明な点が多いが，シャンパーニュ地方トロワに生まれ，同地方やフランドル地方の宮廷に出入りし，また聖職者になるための高等教育を受けていたようである．1160年頃，オウィディウスなど古代ローマ詩人の作品に影響を受け詩作を始める．その後，古くからの伝承に主題を取り，ブルターニュ伝説のマルク王と金髪のイズーを主人公にした詩を創作．現存している『エレックとエニード』(*Erec et Enide*, 1168-70) では，騎士道精神をテーマとし，主人公の騎士としての自己完成を描き，また『クリジェス』(*Cligès*, 1176-77) は，媚薬によって愛するようになるケルト伝承に基づく『*トリスタンとイズー』とは異なり，愛を守るために媚薬を用いたり，歴史的事実を取り入れるなどして，アンチ·トリスタン物語と言われる．1176年頃から81年頃にかけて『ランスロ，あるいは荷車の騎士』(*Lancelot ou le chevalier à la charette*)，『ライオンの騎士，イヴァン』(*Chevalier au lion, Yvain*) を執筆．前者は，当時仕えていた仏王の娘マリー·ド·シャンパーニュから主題を与えられ，アンドレ司祭の『恋愛術』の規則に基づいて書かれ，円卓の騎士ランスロとアーサー王妃グニエーヴルとの典型的な*宮廷風恋愛を取り扱い，愛する女性に対する騎士の絶対服従を描いた．また『聖杯物語，ペルスヴァル』(*Le Conte de Graal, Perceval*, 1181-1190) は武勲を求め，騎士としての名をあげることを目的とせず，キリスト教的な「罪」をテーマとした宗教的色彩が強い．また未完に終わったこの物語は，後の*聖杯物語群の発端ともなった．

クレビヨン，クロード·プロスペル·ジョリヨ·ド（クレビヨン·フィス）

Claude Prosper Jolyot de Crébillon fils, 1707-1777

小説家．パリ生まれ．悲劇作家クレビヨンの息子．1730年，

小説『シルフ』(*Le Sylphe*) でデビュー，父クレビヨンや*デュクロもいた文学・芸術サークルに出入りして，画家フランソワ・ブーシェ，音楽家ジャン=フィリップ・ラモーらと親交する．1734 年，コント『穴杓子』(*Écumoire ou Tanzaï et Néadarné*) で反*ジャンセニスムの勅書であるウニゲニトゥス大勅書を攻撃し投獄される．その後，彼の代表作となったコント『ソファ』(*Le Sopha, conte moral,* 1742) はフランスのみならず，ヨーロッパ各国で評判を呼んだ．しかし，これも検閲の対象となり，クレビヨンはパリからの逃亡を余儀なくされる．このため，1748 年頃からは，もっぱら地下出版に頼ることになる．1772 年に自らの全集を出版してからは，生涯再び書くことはなかった．エスプリに満ちた*リベルタン的世界にモラルを織り込んだクレビヨン・フィスの作品は，アベ・*プレヴォーや*ヴォーヴナルグ，*マリヴォーらの系譜に位置づけられよう．

クローデル，ポール

Paul Claudel, 1868-1955

劇作家，詩人．北フランスのエール県，ヴィルヌーヴ=シュル=フェールに生まれ，13 歳でパリに出て，パリ大学法学部，パリ政治学院へと進む．転機は 1886 年，*ランボーの『*イリュミナシオン』の影響を受け文学への道を志し，12 月 25 日にパリのノートル=ダム寺院で恩寵の光を受けカトリックに回心する．19 歳で *マラルメの火曜会に出席し，*象徴主義，シェイクスピアやギリシャ悲劇に親しむかたわら，苦悩と希望の混在する人間の内面を描いた戯曲『*黄金の頭』(*Tête d'or,* 1890) を発表．1890 年に外交官試験に合格，アメリカ，中国などの駐在生活の中で劇作，詩作に力を入れる．1900 年に中国へ向かう船上で出会った人妻との 4 年間の恋愛に想を得て，悲詩劇『真昼に分かつ』(*Partage de midi,* 1906) を完成させる．*散文詩では，東洋の異文化に触れる体験によって生まれた

『東方所観』(*Connaissance de l'Est*, 1895-1907)，神との絆の再生を詠った『五大讃歌』(*Cinq Grandes Odes*, 1900-10) などが代表的で，いずれも独自の「クローデル律」(verset claudélien) と呼ばれる自由詩形の韻文によって書かれている．

新たな劇作に取り組む一方，1909年には＊ジッド，ジャック・コポーに協力し，「＊新フランス評論」(*NRF*) を創刊，ジャック・＊リヴィエールらとともに最初の定期的寄稿者となる．1906年に結婚，奇蹟劇『マリアへのお告げ』(*L'Annonce faite à Marie*, 1912) の初上演を果たすなどの華々しさの裏には，父親が告解せずに他界，また，彫刻家ロダンへの愛によって精神を病んだ姉のカミーユが病院に収容されるという家族の苦難もあった．1921年から27年まで駐日大使を務め日本文化にも深い理解を示すかたわら，16世紀末スペインを舞台に神の掟で禁じられた愛を，深刻さとナンセンス笑劇との組み合わせによって描いた，『＊繻子の靴』(*Le Soulier de satin*, 1929) を書き上げる．上演時間が11時間以上にも及ぶこの集大成的作品は，1943年にジャン＝ルイ・バローによって上演が実現した．形而上的世界と人間社会とを壮大なスケールで描いた詩劇は，いずれも20世紀の演劇に大きな影響を与えた．

黒の過程

***L'Œuvre au noir*, 1968**

＊ユルスナールの歴史小説．「黒の過程」とは錬金術において化金石を実現するもっとも困難な段階であり，しきたりと偏見から抜け出る際の精神の試練をも意味する．16世紀，フランドル出身の主人公ゼノンは，知を求めてヨーロッパ，オリエントの世界を放浪する．＊ルネサンスの科学的精神を身につけ医師となり，＊ユマニスムの教義を学ぶ一方で無神論に傾倒する．異端の嫌疑をかけられ故郷ブルージュに隠棲するが，投獄され，裁判で火刑の決定が下された後，処刑の前に自ら死を遂げる．若い頃の構想を長い時間をかけて完成させた本作は，膨大な資料と博識に基づきながら，知を巡る哲学的思想を展開させる．

フェミナ賞を受賞し，作家の名声を確立した．

か

クンデラ，ミラン

Milan Kundera, 1929-

小説家．チェコに生まれ，音楽家の父のもとで音楽と現代美術に親しむ．文学と美学，映画を学び，プラハ美術アカデミーで教壇に立つ．詩，評論，戯曲の発表後，小説に活路を見出し，処女作『冗談』(*La Plaisanterie,* 1967) が評価される．50年代に共産党からの追放・復党を経験し，自治独立を求める知識人として「プラハの春」へのソ連軍事介入以降厳しい弾圧を受けた．1970年に再度追放，失職し著作もすべて発禁処分となる．そのため，メディシス賞外国部門賞を受賞した『生は彼方に』(*La Vie est ailleurs,* 1973) 以降の作品は仏訳が原著に先行して出版された．1975年にフランスへ移住，レンヌ大学を経て社会科学高等研究院教授となり，1981年に帰化．代表作『存在の耐えられない軽さ』(*L'Insoutenable Légèreté de l'être,* 1984)，『不滅』(*L'Immortalité,* 1990) や『小説の精神』(*L'Art du roman,* 1986) 等のエッセーを執筆．『緩やかさ』(*La Lenteur,* 1995) 以降の小説は直接フランス語で書かれている．独裁体制の欺瞞と腐敗，共産世界の解体を描く一方，饒舌かつ明晰な文体とポリフォニー的な構成により，人間の実存的な問題を問う独自の小説を生み出した．エッセーではヨーロッパ文学における小説の伝統の再認識を促している．近作に評論集『出会い』(*Une Rencontre,* 2009)，小説『無意味の祭典』(*La Fête de l'insignifiance,* 2014) がある．

啓蒙思想

Philisophie des Lumières

18世紀ヨーロッパ全土に認められる旧弊打破の思想的傾向．「啓蒙」という訳語は，ドイツ語 (Aufklärung)，英語 (Enlightenment) に由来する．原義としては「光で照らすこと」，すなわち迷信や先入観によって蒙昧にされた精神に，「光＝知識」(Lumières) を与えることを示す．統一的な学説があったわけではないが，理性・学問進歩への信望，知識のあらゆる分野における伝統的宗教・権威の否定，観察・実験を重視する科学的分析方法の採用といった共通項がある．*デカルトに端を発する合理的思考方法と懐疑の精神を，自然科学の領域のみならず宗教，倫理，歴史，政治といった人間社会の既成システム全体の分析の際にも用いた点が画期的であった．啓蒙の動きは国際的で，とりわけフランスにおいては*リベルタンとして知られる*フォントネル，神学的歴史解釈を批判し実証を重視したピエール･*ベールがその先駆とされる．科学的基盤としては，物質の自立的な運動の根拠を示したニュートン力学とジョン･ロックを始祖とする経験主義が，*ヴォルテールの著作などによってフランスに紹介され，広く支持された．前者の万有引力の法則は神という超自然的な力によらない世界認識を可能にし，理神論・無神論の裏づけとなり，ロックの経験論は霊魂を介さぬ人間論を生み唯物論の端緒を開いた．その影響は*ディドロ，エルヴェシウス，ドルバック等*百科全書派の著作の中に顕著である．また政治思想において，啓蒙の精神は絶対王政への批判として現れ，より良い政体が模索される．*モンテスキューが『法の精神』で提唱した三権分立や，*ルソーが『社会契約論』の中で説く主権在民の原則など，今日の政治制度の基礎となる要素はこの時代に生まれた．多くの分野において啓蒙思想は，近代社会を支える根本的前提の一端を担っている．

消しゴム

Les Gommes, 1953

*ロブ=グリエの小説．ミニュイ社より刊行された最初の作品．殺人事件の調査にやって来た刑事ワラスの行動を追う三人称体の物語だが，実際には偽装殺人で被害者は生きており，事件から正確に24時間後，死んだはずの被害者をワラスが「再び」殺害するに至るまでを語る．ソフォクレスの『オイディプス』を下

敷きにした本作品は，探偵小説の一種のパロディーであり，ここでは追及されるべき犯罪の真相が，推理と捜査の必然的帰結という逆転した形で描かれる．繰り返される推理や主人公の見る対象の詳細な描写によって，事物の持つ意味の不確定さを暴き出すとともに，従来の登場人物のあり方や，小説技法を刷新するものであった．出版当時はロラン・*バルトをはじめとする一部の批評家に注目されただけだったが，*ヌーヴォー・ロマンの幕開けを告げる画期的な作品となった．

結婚十五の歓び

Les Quinze Joies de mariage, 1480頃

15世紀後半に書かれた作者未詳の風刺作品．結婚生活の様々な場面において生じる夫の苦悩が，乾いた筆致で15の説話に描かれている．結婚を一度入り込んだら脱出不可能な魚梁(やな)に例えるなど，全編を通じて皮肉な調子に貫かれている．しばしば繰り返される女性嫌悪，反結婚主義の思想は中世において珍しくはなく，ジャン・ド・マン作『*薔薇物語』の後半部分に連なるものとして理解される．平民の生活を舞台に生き生きとした対話を交えて語られる小話は，宮廷を中心に流行した騎士道恋愛物語などと好対照をなし，*ファブリオーの滑稽味をも合わせ持つ．恋愛の実相を穿つ現実的な視点を備えたこの作品は，中世末期，市民階級が活力を増してきた時代を背景にして成立している．

ゲラン，モーリス・ド

Maurice de Guérin, 1810-1839

詩人．南仏ラングドック地方の貧しい貴族の家に生まれる．幼少期から神学校でキリスト教への関心を強め，パリに出てからは宗教思想家*ラムネーの思想に傾倒するが，約1年間のブルターニュ地方での交流の後，1833年より宗教改革運動と決別す

る．その後パリに戻り，*バルベー・ドールヴィイーらと親交を持ちながら詩作に励み，1835年にはギリシャ神話に想を得た幻想的な*散文詩『ケンタウロス』(*Centaure*, 1840) を執筆．しかしこの作品が生前に出版されることはなく，1839年結核のため28歳にして死去．ジョルジュ・*サンドやバルベー・ドールヴィイー，作家である実姉ウージェーヌ・ド・ゲランなどを除けば，早くから彼を評価した者は少なかったが，神秘主義的な魅力を持つ彼の作品は，後に散文詩の先駆けとして注目を集めた．

幻滅

Illusions perdues, 1837-1843

*バルザックの小説.「二人の詩人」,「パリに出た地方の偉人」,「発明家の苦しみ」の 3 部から成る. 第 3 部が出版された 1843 年に初めて 3 編が一つの作品としてまとめられ，『*人間喜劇』の「地方生活情景」に分類された. 第 1 部の舞台は 1819 年末のフランス東部アングレーム．父親の印刷所を継いだダヴィッドは，詩人を志すリュシヤンと再会．やがてリュシヤンは恋人バルジュトン夫人とパリに出奔する．第 2 部においては，リュシヤンはパリに到着するものの，彼女に捨てられ，貧窮の中，栄光を夢見て文学修行に励む．しかしジャーナリズムでの安易な成功や友人たちとの仲たがい，愛人コラリーの死などを経て，夢破れて故郷に帰らざるをえなくなる．第 3 部ではリュシヤンが偽造して振り出した手形が，ダヴィッドを困窮させる．同じく印刷所を経営するコワンテ兄弟はダヴィッドの廉価な新しい紙の発明を横取りしようとリュシヤンを罠にかける．親友とその家族を不幸に陥れてしまったリュシヤンは絶望から自殺しようとするが，その時に神父に扮したヴォートランに出会い思いとどまる．彼らの後日談は続編『娼婦の栄光と悲惨』(1838-1847) の中で語られる．地方から上京した青年，魅力的であるが主体性のないリュシヤンの夢と幻滅というテーマを中心に，汚辱にまみれたジャーナリズムの隆盛，さらに紙の発明から印刷事情まで，19 世紀前半の勃興するブルジョワ社会がつぶさに描かれ，

とりわけバルザック自ら，辛酸をなめさせられた経験から語るジャーナリズムについての論述は特筆に価する．

構造主義

Structuralisme

20世紀後半，人文社会学の諸分野で展開した方法・立場の総称．ソシュールの諸概念を起点に構造主義的言語学が1920年代からアメリカ，チェコを中心に進展する中で，他の分野へと応用され，1950年代後半から70年代のフランスで発展を遂げた．社会的・文化的事象に対して，部分よりも全体を，各々の要素よりも相互の関係を重視し，歴史的因果性ではなく諸要素がなす「構造」を解明する点において共通するが，構造主義は一義的な学派や運動ではない．ヤコブソンの音韻論を家族制度や神話の構造分析へと応用した*レヴィ＝ストロース (文化人類学)，フロイトの再読を通じて無意識の構造を取り出したラカン (精神分析)，記号学の理論を構築したロラン・*バルト，マルクス主義の再解釈を行なったアルチュセール，文化史における知と権力の構造を暴いたミシェル・*フーコー (歴史学) 等によって様々な分野で展開され，その批判的検討は *デリダ，ドゥルーズ等のいわゆるポスト構造主義へと継承される．

文学批評における構造主義は，ソシュール言語学とロシア・フォルマリスムの影響を受けつつ，科学的言説への指向と，文学作品を作家や歴史的文脈から切り離した自律的な構造として捉え，それを律する法則や論理を解明する姿勢を生んだ．具体的な成果には，とりわけバルト，ツヴェタン・トドロフ，グレマスらによる物語の構造分析と類型化，*ジュネットの*ナラトロジーが挙げられる．

行動主義文学

Littérature de l'action

1920年代末から30年代に現れた文学傾向．狭義には，それまでの内省的な風潮に反し，人間の在るべき姿として行動を掲げ，冒険や革命参加といった命を賭けた行動を通して友愛や連帯を描いた*マルローと*サン=テグジュペリの作品を指す．第一次世界大戦後，フランス社会に不安と混乱が蔓延する中，マルローはインドシナでの冒険を経て中国革命を背景，題材に小説『征服者』(1928) を発表，その後もニヒリズムに対峙する生き方として「行動」を示した．飛行士として働くサン=テグジュペリは自らの仕事を主題に小説『南方郵便機』(1929) を著し，「行動」を人間の義務として描き続けた．ファシズムに傾倒した*ドリュ・ラ・ロシェル，闘牛やスポーツという「行動」を通して人間存在の新たな可能性を描いた*モンテルランの作品を含む場合もある．

高踏派

Le Parnasse

1850年代以降に*ルコント・ド・リールを中心とする*バンヴィル，コペー，エレディアなどの詩人たちにより形成された流派でロマン派と象徴派の狭間に位置する．その名称は，彼らが共同で編んだ『現代高踏詩集』(*Le Parnasse contemporain*, 1866) に由来する．主観的で叙情過多な*ロマン主義に対して，没個性と無感動性を標榜した．先駆者*ゴーチエの提唱した芸術至上主義に賛同し，詩句の完璧な形式美を追究する．造型美を表現したゴーチエ代表作『*螺鈿と七宝』(1852) は*ボードレールの『*悪の華』に深い影響を与えた．ルコント・ド・リールは『古代詩集』(1852) などで，資料に裏づけされた正確さを期す絢爛な詩句で古代ギリシャの異教主義，キリスト教伝説，異国の神話を描写した．対象を客観的に捉え，表現の実証的な正確さを重視した傾向は，詩における一種の*レアリスムとも言えよう．彼らの求めた芸術と科学の調和とは，社会の科学万能時代，唯心論に代わり隆盛を極めた実証主義の反映である．

コクトー，ジャン

Jean Cocteau, 1889-1963

詩人，小説家，劇作家，演出家，映画監督，俳優，画家．その活動は多岐にわたるが，本質的には詩人であった．パリ近郊のメゾン・ラフィットに生まれる．9歳の時に父親がピストル自殺．学生時代には文学に没頭するが，大学受験に失敗し，進学を断念．20歳で自費出版した初の詩集『アラディンのランプ』(*La Lampe d'Aladin,* 1909) で文壇にデビューした後，*アポリネールやサティ，ピカソ，シャネルなど，当時第一線で活躍する芸術家たちとの交流を深める．またロシア・バレエ団総帥のディアギレフやニジンスキーとの出会いは，彼をバレエ演出の道へと導いた．第一次世界大戦では兵役不適格となり，戦後は前衛芸術の第一線に立って，未来派的詩集『喜望峰』(*Le Cap de Bonne-Espérance,* 1919) や，幻想的小説『ポトマック』(*Le Potomak,* 1919)，*ダダイスム的な『用語集』(*Vocabulaire,* 1922)，伝統的な定型詩『平調曲』(*Plain-Chant,* 1923)，戦争の体験をもとにした小説『山師トマ』(*Thomas l'Imposteur,* 1923) などを次々と発表した．

1917年，初めて手がけたバレエ脚本『パラード』(*Parade*) が，ピカソの舞台装置・衣装，サティの音楽により初演される．同年*ラディゲを知り，深い友情で結ばれるが，1923年の彼の死の衝撃からアヘン中毒となり入院．1925年には，ストラヴィンスキーの依頼で，ギリシャ古典劇を近代化した劇作『オイディプス王』(*Œdipe-Roi*) の台本を執筆，戯曲『オルフェ』(*Orphée,* 1926) を脱稿する．この年シュルレアリストらと激しく対立．1929年にはアヘン治療のため再入院し，療養中に小説『*恐るべき子供たち』(*Les Enfants terribles*) を執筆する．1937年には『オイディプス王』のオーディションに来た青年ジャン・マレーと出会い，彼のために『永劫回帰（悲恋)』(*L'Éternel retour,* 1943)

や『美女と野獣』(*La Belle et la Bête,* 1946),『双頭の鷲』(*L'Aigle à Deux Têtes,* 1946) などの映画作品を手がける．1955年，*アカデミー・フランセーズ会員に選出される．ダダイストやシュルレアリストとも交流を持ったが，芸術家としては独自の道を歩み続けた．

告白

Les Confessions, 1782, 1789

*ルソーの自伝．友人*ダランベールや*ディドロとの絶交，論敵*ヴォルテールとの論争に加え，『*社会契約論』や『*エミール』など問題作を次々と発表し，次第に孤独を深めるようになっていたルソーは，自分のありのままの「真実」を表明すべく1766年から執筆を始めた．母親に早く死なれた生い立ちから放浪の青年時代，幸福な日々を送ったヴァランス夫人との生活，音楽での成功や作家としての活躍，続く受難の日々とそれに対する自己弁護的な考察が，哲学的思想を織り交ぜて綴られている．赤裸々な内容のために，完成後の朗読ではスキャンダルを招き，生前は刊行されることがなかった．『告白』は，自己の人生を感情の真実のもとに語るという近代的な意味での最初の自伝である．唯一無二の「個」の価値を高らしめるとともに，現在にまで綿々とつながる感情の軌跡を蘇らせることによって，過去の真実を明らかにしようとする本書が，後世の文学に与えた影響は計り知れず，「自伝」が確固たる文学ジャンルとなったばかりでなく，行動と心理動機，人物間の感情的葛藤，外的事件と内的反応などから成り立つ近代小説を生み出すことになった．

心変わり

La Modification, 1957

*ビュトールの小説．*ヌーヴォー・ロマンを代表する作品の一つ．最大の特徴は主人公が「きみ」と呼ばれる点であり，こ

の極めて稀な語りによって物語は進められる．ローマに住む愛人を呼び寄せるため，列車に乗りこんだ主人公の車中で経験する微妙な感情の変化が表題の由来．過去，現在，未来を行き来する主人公の意識と絶えざる感情の移り変わりを克明に描写するほか，固有名詞をふんだんに盛り込んだ細かな人物，風景，心理描写が特徴的である．「都市」と「旅」というビュトール文学において特権的なテーマが展開される一方，多くの美術作品への言及がなされ，著者の芸術観も窺える．権威ある文学賞ルノドー賞を受賞．

ゴーチエ，テオフィル

***Théophile Gautier*, 1811-1872**

詩人，小説家，劇作家，批評家．南仏タルブに生まれる．*ロマン主義の若き詩人として頭角を現したゴーチエは，小説の中にも自分の表現手段を見出した．『モーパン嬢』(*Mademoiselle de Maupin*, 1835) に付した序文の中で「芸術のための芸術」という言葉を記し，以後の彼の美学を決定づけることになる．幻想味あふれる短編小説を書いた彼の才能は，詩においても遺憾なく発揮される．詩集『*螺鈿と七宝』(*Émaux et Camées*, 1852) は彼の美学が詩作において達した最高度の水準を示しており，きらびやかな語をちりばめたその作品はまさに「言葉の宝石」と呼ぶにふさわしい．また，旅を好んで紀行文にも手を染め，そこでも多くの斬新な絵画的描写を試みている．視覚的なものに対して比類のない関心を示し，文芸･絵画のみならず，バレエをはじめとする舞台芸術に対しても驚くべき烱眼(けいがん)を示した．「プレス」紙など数多くの新聞紙上に書き続けられた舞台芸術批評は，最終的に数巻にまとめられ刊行，バレリーナや女優の身体を透徹した表現によって描き出し，同時代の劇評から一線を画す高度な批評を完成させている．また『ジゼル』(*Giselle*, 1841) など幻想性豊かな彼のバレエ作品は初演当初から大衆の絶大なる人気を博し，バレエの脚本家としても名を残した．鮮やかな言語表現，視覚的な描写，幻想的な物語に優れた才能を発揮した彼の文学は，*ボードレールや*マラルメ，さらには*高踏派などその後の世代にも大きな影響を与えた．

古典主義

Classicisme

広義では，理性・調和・形式美を追求する芸術思潮一般を指すが，狭義では，ルイ14世治下に輩出した作家・思想家の作品が示す共通の傾向を表し，そこには以下のような美学的要請が認められる．第一に，美的判断のよりどころは理性にあり，作品は自然で普遍的な真実もしくは「真実らしさ」(vraisemblance)を，明晰かつ論理的な表現によって示さねばならない．次に，作品は*オネットムのよき趣味に合致すべく低俗と極端を排し，「礼節」(bienséance) に適ったものでなければならない．また，理想的美学は既に古典古代の作家によって提示されており，それは不変の模範とされねばならない．こうした要請を実作に適用するため様々な規則が設けられる．作品のジャンルは峻別され，格付けされる．筆頭のジャンルである演劇，特に悲劇においては，*三単一の規則などの遵守が求められた．古典主義悲劇の基礎を据えた*コルネイユは，厳格すぎる規則には異を唱え独自の美学を提唱した．*ボワローの『*詩法』(*Art poétique*, 1674) がこれら古典主義の理論を集大成し，*ラシーヌの諸作品が古典主義悲劇を完成させた．喜劇の*モリエール，詩の*ラ・フォンテーヌ，散文の*ラ・ファイエット夫人，*ラ・ブリュイエール，*パスカルらは，各々のジャンルにおけるその理念の完成者となった．*新旧論争における古代派の敗北により古典主義の勢力は陰りをみせるが，その理念が徹底的な批判の対象とされるのは，19世紀，*ロマン主義の台頭以降のことである．

言葉なき恋歌

Romances sans parole, 1874

*ヴェルレーヌの詩集．詩篇の大部分は，*ランボーと行動をともにしていた1872年から73年にかけて制作された．「忘れ去られた小曲」，「ベルギー風景」，「水彩画」の3章から成り，全21篇を収録．分量は多くないが，前作の詩集『よき歌』(1870)よりもさらに自由な詩法を確立し，*高踏派とは一線を画した．また影響の指摘されるランボーの詩句と比較しても，ヴェルレーヌの詩句は，より個人的な感情を囁くように語りかける．なかでも「私の心に涙降る / 街に雨が降るように」で始まる「忘れ去られた小曲」の第3詩篇は，6音節による16行の短詩にして，深い恋の悲しみと繊細な心の動揺とを歌った名詩である．作者の実人生に重ね合わせても，妻マチルドと詩人ランボーとの二人への愛情の間で苦しんだ当時のヴェルレーヌの心境をまざまざと感じさせる．

ゴドーを待ちながら

En attendant Godot, 1953

*ベケットの戯曲．小説三部作『モロイ』，『マロウンは死ぬ』，『名づけえぬもの』と同時期に執筆され，1952年に出版された．翌年，ロジェ・ブランの演出によりパリのバビロン座で初演．木が一本しかない田舎道で，二人の浮浪者ヴラジミールとエストラゴンがたわいのない会話を繰り広げながらゴドーという存在を待つ．彼ら自身，ゴドーを待つ理由も，その正体すらも知らない．やがて主従関係にある二人組の男，ポッツォとラッキーが現れる．彼らが去った後，少年が現れ，今晩は来られないが明日は必ず来るというゴドーの伝言を告げる．第2幕は大筋で第1幕の反復にすぎず，「待つ」という状態が永久に続くことが仄めかされて幕は下りる．ゴドーの正体について，「神」(*God*)をはじめ多様な解釈がなされてきたが，その解釈の可能性は無限に開かれている．伝統的な演劇作法にのっとらない反

演劇，*不条理演劇の代表的な作品であり，世界の演劇に大きな影響を及ぼした．

ゴビノー，ジョゼフ・アルチュール・ド

Joseph Arthur de Gobineau, 1816-1882

小説家，外交官．反革命王党派の軍人の子としてパリ近郊のヴィル＝ダヴレーに生まれる．七月革命以降スイスで育ち，ドイツ語の教育を受け，アジアの言語にも関心を持つ．19歳でパリに上り，ジャーナリストとして批評や海外情勢等の記事を書きつつ，『幸運な囚人』(*Le Prisonnier chanceux,* 1846) や『イルノワ嬢』(*Mademoiselle Irnois,* 1847) などの小説も発表．第二共和政下で外交官として登用され，ベルンを皮切りにハノーヴァー，ペルシア，ギリシャ，ブラジル，スウェーデンなどに赴任，晩年は家族との不和からトリノで孤独な生活を送った．ベルン滞在時に執筆された『人種不平等論』(*Essai sur l'inégalité des races humaines,* 1853-1855) は，黄色人種と黒人を劣悪種とし，アーリア人種の優位を唱えたもの．この著作がナチスに利用されたこともあり，長く文学的に正当な評価がなされることはなかった．しかし『アジアでの3年』(*Trois ans en Asie,* 1859) や『旅の思い出』(*Souvenirs de voyage,* 1872) などの優れた紀行文と，『プレイヤッド』(*Les Pléiades,* 1874)，『アジア中短編集』(*Nouvelles asiatiques,* 1876) などの*スタンダールの系譜につらなる恋愛心理小説によって，フランス文学史上に占める地位は小さくない．

コメディー＝フランセーズ

Comédie-Française

フランス国立劇場の一つ．1680 年ルイ 14 世の王命を受け，国家による文化統制の一環として，規範的古典主義作品の上演を使命に誕生した．17 世紀のパリで長く競合し，*コルネイユ，*モリエール，*ラシーヌらの数々の傑作を上演した3つの劇団

（オテル・ド・ブルゴーニュ座，マレー座，モリエール一座）が融合して生まれた王権直属の劇団で，「モリエールの家」とも呼ばれる．コメディー＝フランセーズ（フランス座）という名称は，当時パリで活動を続けていたイタリア劇団に対抗してつけられたもの．大革命時代に一時消滅したがナポレオンが復活させ，今日まで伝統的演劇の殿堂であり続けている．評価の定まった作品が演目の中心であるが，新作を手がけないわけではなく，*ロマン主義史上名高い「『*エルナニ』の戦い」はここで行われた．

ゴリオ爺さん

Le Père Goriot, 1835

*バルザックの小説．1834 年「パリ評論」誌に初出の後，翌年刊行される．1843 年のフュルヌ版の『*人間喜劇』において「風俗研究」の「パリ生活情景」に分類されていたが，1845 年に「私生活情景」に移される．舞台は 1819 年末のパリ．ヴォケー館に下宿するゴリオ爺さんは，二人の娘を貴族と銀行家に嫁がせて隠居生活を送っているが，ことあるごとに娘たちが無心しに来るので，次第に不如意になる．隣の部屋に住む貧乏貴族出身の法学生ラスチニャックは，立身出世するために縁戚にあたるボーセアン夫人に庇護を願う．同宿のヴォートランはこの青年に悪魔的な反抗哲学を説きながら，自分の陰謀に加担させようとするが，その前に彼が脱獄囚であると発覚し逮捕される．ボーセアン夫人は失恋からパリを去り，また父性の権化であるゴリオ爺さんは貧窮の中，娘たちの親不孝な振る舞いに絶望し，最後は錯乱状態に陥り死を迎える．苦い人生経験を味わったラスチニャックは，ペール・ラシェーズ墓地にゴリオ爺さんを埋葬した後，その高みからパリを見渡し，「これから俺とおまえの勝負だ」と社会への挑戦を決意する．人間を破滅に導く過度の情熱，近代ブルジョワ社会の原動力である金銭，立身出世を夢見て地方から出てきた青年の幻滅など，他の作品でも繰り返される主要なテーマが扱われる．同じ人物を複数の作品に登場さ

せる「人物再登場法」が初めて用いられ，『人間喜劇』構想の中核となる作品である．

コルネイユ，ピエール

Pierre Corneille, 1606-1684

劇作家．法曹家の息子としてルーアンに生まれる．イエズス会の学校で学んだ後，弁護士として法曹界に入る．1629年，処女作の喜劇『メリット』(*Mélite*) が大当たりをとり，以後風俗に取材した品位ある喜劇を提供して，悲喜劇や*ファルスが占めていた舞台を，上流人士の趣味に合うものに高めた．1635年の喜劇『*舞台は夢』(*L'Illusion comique*) は*バロック劇の傑作として評価が高い．37年の悲喜劇『*ル・シッド』(*Le Cid*) では恋と義務の相克を人物の内面に移して描き，輝かしい成功を収めるが，*古典主義の求める「真実らしさ」や「礼節」の規則に反するという批判を浴び，「ル・シッド論争」が起こる．3年の沈黙の後，規則にかなったローマ悲劇『*オラース』(*Horace,* 1640)，『シンナ』(*Cinna,* 1642)，『*ポリュクト』(*Polyeucte,* 1642) を発表，国家の大義と私的道義の葛藤とそれを克服するヒロイズムという独自のテーマを確立，古典主義悲劇の基礎を築いた．続いて風俗喜劇『嘘つき男』(*Le Menteur,* 1644)，悲劇『ロドギューヌ』(*Rodogune,* 1644)，『ニコメード』(*Nicomède,* 1651)，機械仕掛けのスペクタクル『アンドロメード』(*Andromède,* 1650) など，多様な形式と内容の作品に挑戦するが，『ペルタリット』(*Perthartite,* 1651) の失敗で一時劇壇から引退，作品集 (1660) に付すため「自作吟味」や「演劇三論」など理論的著作を執筆する．1659年に劇壇に復帰，悲劇『エディップ』(*Œdipe*)，60年の悲劇『金羊毛皮』(*La Toison d'or*) の成功により演劇界の長老として君臨するが，世情の安定化に伴う観客の趣味の変化，次世代の作家*ラシーヌの台頭などにより，影響力は次第に衰える．『ティトとベレニス』(*Tite et*

Bérénice, 1670) では，同じ主題によるラシーヌの『*ベレニス』に世評を奪われ,『シュレナ』(*Suréna,* 1674) の失敗を最後に筆を折る.

本来ロマネスクでダイナミックな作風をもつコルネイユは，規則の解釈に幅を持たせて劇作家の自由を確保しようと努めた．また古典悲劇のみならず，バロック的な悲喜劇，風俗喜劇から機械仕掛けの劇，コメディー・バレエまで，近代演劇の基となるあらゆる形式を試みた．理論と実践の双方にわたる活動は，それ自体古典主義演劇成立の経緯を体現している．

コルビエール，トリスタン

Tristan Corbière, 1845-1875

詩人．本名エドゥアール・ジョアシャン・コルビエール (Édouard Joachim Corbière)．ブルターニュの町モルレー近くに位置する村プルージャンに生まれる．船長であり，海洋小説の作者でもあった父の影響を受け，幼少の頃既に海を舞台にした物語を書く．自身も船乗りの職に憧れるが，生まれつき病弱で15歳の時にはリウマチのために学業を断念し，以後家族が所有していた別荘で療養生活を送るようになる．生前出版した唯一の詩集『黄色い恋』(*Les Amours jaunes,* 1873) には，奇数脚や破格の詩句を用いた荒々しいリズムにより自嘲的な意識が表出される．生前反響はなかったが，詩集の出版後10年，*ヴェルレーヌによる『呪われた詩人たち』(*Les Poètes maudis,* 1884) の中で*ランボー，*マラルメと並べて紹介されたことから，近代的感性の詩人として再評価を得る．

コレージュ・ド・フランス

Collège de France

高等教育施設．中世以来，大学教育の中心は法律・神学・医学が占め，その他の人文学の地位は低かったため，*ルネサン

か

ス期における学問進展の中，新しい教育機関の設立が切望されていた．1517年，フランソワ1世は設立を約束，当時最も高名なユマニストであった*エラスムスを招聘するが失敗に終わり，計画は一時頓挫する．しかし*ビュデの度重なる要請を受け，1530年に至って，ギリシャ語，ヘブライ語を教える「王立教授団」がパリに組織された．数学に次ぎ，1534年からラテン語の講義も加えられ，その後も修辞学，医学，哲学と拡充される．当初は専用の設備もなく，他の学寮に間借りしながら，講義予定の掲示が街頭に貼り出され，授業は一般公衆に開放されていた．17世紀には「王立コレージュ」，19世紀以降は「コレージュ・ド・フランス」の名で呼ばれ，今日なお，最先端の学問成果を無償で国民に提供し，知の共有を促すという*ユマニスムの精神が息づいている．

コレット，シドニー=ガブリエル

Sidonie-Gabrielle Colette, 1873-1954

女流作家，新聞記者．ブルゴーニュ地方サン=ソヴァール県に生まれる．18歳で，音楽評論家として有名であったウィリーと結婚し，その後パリに居を移す．彼と共著で，子供時代を題材とした「クローディーヌ物語」(*Série des Claudine,* 1900-1903)を発表．共著とはいえ，実際に執筆したのは彼女自身で，夫は少し手を加えただけであった．夫の傍若無人な態度に耐えられず離婚．その後『動物の七つの対話』(*Sept Dialogues de bêtes,* 1906) を実名で出版．また生活のため，ミュージックホールでパントマイムダンサーとして働く．1913年に再婚，一女をもうける．第一次世界大戦中は「マタン」紙の新聞記者として従軍した．彼女の代表作『シェリ』(*Chéri,* 1920) や『青い麦』(*Le Blé en herbe,* 1923)，『雌猫』(*La Chatte,* 1933) では，男女の心理を細部に至るまで描き出している．結婚生活の中で男性に苦しめられた彼女は，男性社会における女性の生き方，自立を小説の中で模索し続けた．晩年は，アカデミー・ゴンクール会員に選ばれ，『ジジ』(*Gigi,* 1942) が映画化されるなどさらに名声を高めた．

ゴンクール兄弟

Edmond de Goncourt, 1822-1896 / ***Jules de Goncourt,*** 1830-1870

小説家，歴史家，評論家．ナポレオン軍の英雄を父として，兄エドモンはロレーヌ地方ナンシーで，弟ジュールはパリで生まれる．1848年，莫大な遺産を相続した兄弟は芸術家として生きることを決め，『西暦18**年に』(*En 18***, 1851) を自費出版して文壇デビュー．この頃から二人は『日記』(*Journal,* 1887-1896) の執筆を開始，彼らを取り巻く社会や文壇，美術界などを鋭い審美眼と洞察力で捉え，日々書き残すようになる．1865年，ゴンクール家に仕えた女中の一生をモデルとする『ジェルミニー・ラセルトゥー』(*Germinie Lacerteux,* 1865) を上梓，病理学的観察に基づいたその作風により *自然主義文学の端緒を開く．2年後に芸術家の交流を描いた『マネット・サロモン』(*Manette Salomon,* 1867) を出版．弟ジュールの死後，エドモンは『ある芸術家の家』(*La Maison d'un artiste,* 1881)，『愛しい人』(*Chérie,* 1884) などを書き，単独で『日記』の執筆を続けた．万国博覧会の開催などにより西洋と日本との交流が密接になると，ゴンクール兄弟は日本に対する関心を高め，フランスへの日本美術の紹介に努め，日本趣味（ジャポニスム）の流行に貢献．エドモンは晩年に『歌麿』(*Outamaro,* 1891)，『北斎』(*Hokousaï,* 1896) も執筆している．兄弟の遺産を基に設立されたアカデミー・ゴンクールは *ゴンクール賞の授与を続け，今日まで彼らの遺志を伝える．

ゴンクール賞

Prix Goncourt

作家エドモン・ド・*ゴンクールの遺志によって設けられたフランスにおける最も権威ある文学賞．会員 10 名の文学者から成るアカデミー・ゴンクールを母体に，当該年に出版された将来性ある若い作家の散文作品に対し賞および賞金を授与する．*ユイスマンスやオクターヴ・*ミルボー，レオン・ドーデらが会員として名を列ねた1903年12月の第1回ゴンクール賞では，ジョン=アントワーヌ・ノーの『敵なる力』(1903) が受賞，賞金5000フランが授与される．この賞金は名目的なもので，現在も受賞者の賞金は象徴的な10ユーロとされている．また10名の会員は立候補制ではなく，辞任や他界によって空席が生じた場合のみ新会員が選出される．主要な受賞作としては，*バルビュスの『砲火』(1916)，*プルーストの『花咲く乙女たちのかげに』(1919)，*マルローの『*人間の条件』(1933)，*ボーヴォワールの『レ・マンダラン』(1954)，*デュラスの『*愛人』(1984)，フランソワ・ヴェルガンスの『母の家での三日間』(2005) など，いずれも作家ではなく一作品が受賞の対象となっていることもこの賞の特徴であるが，受賞作品がベストセラーとなることから出版業界の事業の観も呈している．

コンスタン，バンジャマン

Benjamin Constant, 1767-1830

小説家，政治家，社会評論家．スイスのローザンヌに軍人の子として生まれ，すぐに母を失う．若くしてイギリス，ドイツなどヨーロッパ各地に遊学，広い教養を身につける．最初の妻と離婚した1794年に*スタール夫人と出会い，決定的な影響を受ける．1799年，護民院委員として政治に進出，しかしスタール夫人がナポレオンに追放処分を受けると，彼女とともにヨーロッパ各地を旅する．その間に書かれた『*アドルフ』(*Adolphe*, 1816) で彼の名は不滅のものとなった．フランス心理小説の系譜において重要な地位を占めるこの作品は，具体的な出来事に関してはコンスタンの実人生をなぞってはいないが，心理面において彼とスタール夫人との関係を想起させる自伝的性格を持つ．簡潔な文体と精緻な心理分析は古典的ながら，作中人物の抱く情熱，倦怠，夢想は来るべき*ロマン主義の先駆けとなる．帝政末期から政治活動を再開し，第二次王政復古期には自由主義者としてジャーナリズムで活躍，晩年は政界左派の重鎮であった．政治，宗教関係の著作も多数残す．

コント，オーギュスト

Auguste Comte, 1798-1857

哲学者，思想家．官吏を父として南仏モンペリエに生まれる．1817 年頃に *サン＝シモンの秘書となり，産業社会に適した科学思想の構築を目指した．しかし早急な社会変革を主張するサン＝シモンと，基盤となる理論の構築を求めるコントとの距離は次第に広がり，やがて訣別．その後執筆した『実証哲学講義』(*Cours de philosophie positive,* 1830-1842) においてコントは実証主義の基礎付けを行う．それによると人間知識は超自然的な「神学的」段階，理性的推論を重んじる「形而上学的」段階，そして観察が重視され，経験的事実へと向かう「実証的」段階という 3 つの段階を経て発展する．この実証哲学によって社会学を頂点とする諸々の学問に確実な基礎が与えられ，『実証哲学講義』が理論書であるなら，『実証政治体系』(*Système de politique positive,* 1851-1854) はその理論の社会への適用である．しかし「人間教を打ち立てるための社会学概論」という副題を持つこの書物で展開されるのは，ある種の宗教であり，「実証哲学」から神秘主義へという彼の思想の移行が見てとれる．社会や人間を実証的に扱う科学・学問の確立を目指す彼の思想は，近代的フランス語辞書の編纂者エミール・リトレらに影響を与えたほか，批評の分野にも科学主義と歴史主義をもたらすことになった．

犀

Rhinocéros, 1960

*イヨネスコの戯曲．3 幕劇．1957 年に発表した短編小説『犀』を原案とする．1959 年 11 月，デュッセルドルフでドイツ語訳によって初演．フランスでは 1960 年 1 月，オデオン座でジャン=ルイ・バローの演出により上演された．主人公ベランジェの周りで，平穏な日々を送っていた人間が次々と犀に変貌していく．犀であることが正常な状況の中で，ベランジェはただ一人最後まで犀化現象に抵抗し，人間であり続けることを誓う．ナチズムをはじめとする全体主義の脅威を寓意的に表現した作品．背景には，イヨネスコ自身が母国ルーマニアで 1930 年代に体験したナチズムの脅威がある．初期の反演劇の作風とは異なり，話の筋も明確で伝統的な演劇作法に則している．この作品の大成功により，イヨネスコは劇作家としての地位を確立した．

賽の一振り

Un coup de dés, 1897

*マラルメの詩．雑誌「コスモポリス」に発表された *散文詩で，死を前にした詩人がもっとも精神を傾注して制作した作品．「賽の一振りは決して偶然を廃棄しないだろう」という大きな主題のもと，「難破」，「英雄」，「偶然」，「星座」というマラルメに特権的な主題が様々な言葉の連なりの中に展開される．視覚的には多層的，聴覚的には多声的な文字の配置を実現するために，マラルメは活字の大きさ，種類，文字と余白の間隔などに入念な調整を行い，決定的な作品の完成を目指した．草稿を見せられた弟子の *ヴァレリーは「マラルメは詩を星辰の高みにまで引き上げた」と感嘆したという．宇宙的な視座を秘め，さながら「詩の交響曲」と呼ぶにふさわしい仕上がりとなったこの詩は，20 世紀以降も多くの現代芸術に甚大なる影響と霊感を与え続けている．

さかしま

À rebours, 1884

*ユイスマンスの小説．由緒ある貴族の末裔ジャン・デ・ゼッサントは現代社会の卑俗さを嫌悪し，郊外に隠棲．繊細かつ退廃的な美意識を満足させるために人工的手段の限りを尽くし，稀有な植物，宝石，香料などを求める一方，ローマ帝国末期のラテン文学や，*ボードレール，*コルビエール，*ヴェルレーヌ，*マラルメの詩篇，モロー，ルドンの絵画などの*象徴主義芸術に陶酔する．しかし過剰な神経の興奮に身体が耐えられず，医師の勧めに従って隠棲生活を断念するところで物語は終わる．濃厚な悲観主義から，作者は「ピストルの口か十字架の下」を選ぶしかないとの*バルベー・ドールヴィイーの予言どおり，実際ユイスマンスは後にカトリックに改宗する．*デカダン派の美学を称揚したこの作品によって，*自然主義からの離脱を宣言したと言えるが，同時代の文学者から評価されその名を高めた．ヴェルレーヌ，マラルメ等の名を世に広く知らしめた功績も大きい．

サガン，フランソワーズ

Françoise Sagan, 1935-2004

小説家，劇作家．本名フランソワーズ・コワレ (Françoise Quoirez)．南仏カジャールで，ブルジョワの家庭に生まれる．青年期をパリで過ごし，*プルースト，*カミュ，*サルトルなどの作品を好む．19歳で，明るい光に包まれる南仏を舞台に，青年期特有の感傷や残酷さを描いた処女小説『悲しみよこんにちは』(*Bonjour tristesse,* 1954) を発表．映画化もされたこの作品は*モーリヤックから絶賛され，サガンを一躍時代の寵児へと押し上げた．その後『ブラームスはお好き』(*Aimez-vous Brahms...,* 1959)，『乱れたベッド』(*Le Lit défait,* 1977)，『逃げ道』(*Les Faux-Fuyants,* 1991) など，数多くの作品を世に送り出す．『スウェーデンの城』(*Château en Suède,* 1960) からは戯曲も手がけた．彼女の作品は，*ラディゲを思わせる透明な文体で，スポーツカーやアルコール，賭けなどを楽しむブルジョワ社会を描き，その中に軽い倦怠を漂わせるのが特徴である．2004年9月，心臓疾患のため死去．

サチュルニアン詩集

Poèmes saturniens, 1866

*ヴェルレーヌの処女詩集．全41篇を収録．詩集の題に用いられている「土星(サチュルヌ)」は，この作品の主調であるメランコリーを象徴する．詩人が22歳の時に出版したこの詩集には，*ルコント・ド・リールなど，感情を排した厳格な詩句の構築を目指す*高踏派の影響が見られる．また脚韻の妙という点では*バンヴィルの影響を感じさせ，他にも*ユゴーや*ボードレールなど，先代の詩人たちの影響を感じさせる詩句は少なくないが，類似した音の繰り返しや奇数脚が生み出す音楽性，さらには憂鬱を湛えた象徴的な詩句という彼の独自性は，既にこの詩集から現れている．日本でも上田敏の『海潮音』によって早くから紹介された，「秋の日の/ギオロンの」という冒頭で有名な「秋の歌」も，この詩集に収録されている．

サチール・メニッペ

Satyre Ménippée, 1594

16世紀末の風刺文書．フランスで権力を掌握しようとしていた神聖同盟に決定的ダメージを与えた．タイトルはギリシャ犬儒派の哲学者にちなんだ「メニッポス風の風刺詩」．散文と韻文から成り，ピエール・ルロワやニコラ・ラパン，ジャン・パスラなど宗教的中立を守った知識人たちによる共著である．万能薬カトリコンの効用を列挙するという展開のもと，神聖同盟が犯した悪行の数々が示される「カトリコンの効用」，続く「パリ議会の要約」では議場の壁にかかるタピスリーの描写を通して風刺がなされ，神聖同盟の代表たちの私利私欲にまみれた発言が，理性と愛国心から平和を説く第三身分の代表者ドブレー氏の演説と鮮明な対比をなす．そして部屋の階段を飾る絵画の描写と短い風刺詩集がエピローグとなる．最初草稿の形で流通したこの書は大成功を収めて版を重ね，英語にも翻訳され，さらにアンリ4世の即位とカトリック，プロテスタントの両派を認めるナントの勅令公布の要因の一つともなる．その内容と文学作品としての完成度から，19世紀には *ノディエをはじめ多くの文学者に評価された．

サド，ドナシヤン・アルフォンス・フランソワ・ド

Donatien Alphonse François, marquis de Sade, 1740-1814

小説家．パリのコンデ館で生まれる．サド家は12世紀に遡る南仏の名門貴族として知られている．5歳から10歳までペトラルカ研究をしていた叔父のアルドンス神父に引き取られ *リベルタン思想に触れる．1750年パリに戻りイエズス会の学校で学んだ後，士官学校を経て陸軍少尉となる．七年戦争の終結に伴い退役，1763年に結婚するが5ヶ月後には風紀に反する事件を起こしヴァンセンヌ牢獄に収監，釈放の後も放蕩生活が続く．1772年，毒殺などの容疑により逮捕命令が発せられると逃亡を試みるが1778年には再びヴァンセンヌ牢獄に拘留される．以降，牢獄での無為を紛らわすため執筆活動を始める．晩年は貧窮のうちに過ごし精神病院で死去．代表作として，『ジュスティーヌあるいは美徳の不幸』(*Justine ou les Malheurs de la vertu,* 1791)，『新ジュスティーヌ』(*La Nouvelle Justine,* 1797)，20世紀 に入って発見された『ソドム120日』(*Les Cent Vingt Journées de Sodome,* 1904) などの作品がある．貞淑な娘が退廃的な嗜好を持つ貴族に陵辱され不幸な状況に陥る一方，淫蕩の限りを尽くした悪女が栄華を極めるなど，いずれの小説においてもキリスト教に基づくモラルが完全に逆転させられている．その土台には，フランス革命前後の社会の動乱期に多くの知識人たちによって共有されていた無神論・唯物論の考え方があり，サド作品はそれを

極端なまでに押し進め具体化した．人間における闇の領域，非理性・狂気を執拗に描いた一連の作品は，20 世紀になるとシュルレアリストたち，とりわけアンドレ・*ブルトンによって自由な精神の表れとして再評価され，さらに *バタイユ，クロソフスキー，*ブランショといった思想家がサドの残虐性，エロチシズムに新たな解釈を与えている．

サマン，アルベール

Albert Samain, 1858-1900

詩人．北仏リール出身．ワイン業者の父が 14 歳の時に死去し，家族を扶養するために高校を中退．その後パリでセーヌ県庁に勤めながら創作活動に打ち込む．最初の詩作を文学カフェ「シャ・ノワール（黒猫）」で発表．1890 年の「*メルキュール・ド・フランス」誌創刊に尽力する．*ボードレールの影響を受け，詩の音楽性と喚起的言語を探求した『王女の庭に』(*Au jardin de l'Infante,* 1893) で *象徴主義の詩人として成功を収めた．他に生前に出版された詩集は『壷の面に』(*Aux flancs du vase,* 1898) のみ．憂愁をおびた夢幻的作風により，コペーに「秋と黄昏の詩人」と評される．死後詩集『金の馬車』(*Le Chariot d'Or,* 1901)，『短編集』(*Contes,* 1902)，戯曲『ポリュペモス』(*Polyphème,* 1904) などが刊行される．

サルドゥー，ヴィクトリヤン

Victorien Sardou, 1831-1908

劇作家．パリに生まれる．40年以上にわたって数多くの劇作品を書き「演劇界のナポレオン」と呼ばれた．時代を映し出す写実主義的作品を書くかと思えば，*ロマン主義的大スペクタクルを書くなど，作品の幅が広かった．巧みな劇作術を駆使することによって，その作品は常に大衆に受け入れられたが，一部の評論家からは辛辣に批評されたこともある．女優サラ・ベルナールのために書いた代表作『トスカ』(*La Tosca*, 1887) は，ダイナミックな展開の悲劇で，後にプッチーニによってオペラ化され高い評価を得るに至る．『無遠慮夫人』(*Madame Sans-Gêne*, 1893) もまた，今日でも上演されている傑作喜劇である．歴史上の人物に生命を吹き込むサルドゥーの技術は独特のものがあり，今日でも幅広く支持されている．

サルトル，ジャン=ポール

Jean-Paul Sartre, 1905-1980

*実存主義を代表する哲学者，小説家，劇作家，評論家．パリに生まれ，海軍の技術士官であった父を2歳で失い，母と母方の祖父母に育てられる．1915年，アンリ四世高等中学校に入学，ポール・ニザンと学友になる．1924年，高等師範学校に入学．1929年，前年に落第した教授資格試験に首席で合格し，この時知り合った*ボーヴォワールは生涯のパートナーとなった．ベルリンへ留学しフッサールの現象学やハイデッガーの存在論を学び，1936年から39年にかけてル・アーヴルやパリで教鞭をとるかたわら，小説『*嘔吐』(*La Nausée*, 1938)，『壁』(*Le Mur*, 1939) を発表，その特異な作風で注目を集める．第二次世界大戦に従軍し捕虜となるが，執筆活動を続け，存在の偶然性または「*不条理」について哲学的考察をした大著『存在と無』(*L'Être et le Néant*, 1943) を出版．また戯曲『蝿』(*Les Mouches*, 1943) では，自己の運命は自由に選び決定されるものとする無神論者の立場を明らかにする．寓意劇『出口なし』(*Huis clos*, 1944) では，地獄を象徴する狭い部屋に閉じ込められた3人の死者の対話を通して，他者の意識の囚人となる人間を描いた．これらの作品に打ち出された「実存は本質に先立つ」とする「実存主義」の思想によって，*カミュとともに戦後の新しい時代の代弁者となっていく．

戦後は，政治的発言を活発に行う中，1945年には，メルロ=

ポンティらとともに政治・文学誌「現代」(*Les Temps modernes*) を創刊し，評論家・思想家として若い知識層の支持を集める．文学者の社会参加（*アンガジュマン）を提唱，その実践とも言える長編小説『自由への道』(*Les Chemins de la liberté,* 1945-1949) では，社会における人間の孤独と自由を表現した．50年代前半には，共産主義へ傾倒し，アルジェリア独立運動におけるフランスの植民地主義を批判，戯曲『アルトナの幽閉者』(*Les Séquestrés d'Altona,* 1960) にその主張を込める．また，マルクス主義と実存主義的人間学の融合の必要性を説いた第二の哲学的大著『弁証法的理性批判』(*La Critique de la raison dialectique,* 1960) を発表．1964年にノーベル文学賞を辞退．常に人間の自由に基礎を置いた思想，文学観がこの時代に与えた影響は絶大であった．

サロート，ナタリー

Nathalie Sarraute, 1900-1999

小説家．ロシア生まれ．2歳の時に両親が離婚，パリに住む母とロシアに住む父との間を行き来する幼年時代を過ごす．1909年以降パリに定住，パリ大学へ進む．法律，文学，歴史，社会学などを学んだ後，弁護士となる．1938年，第1作『トロピスム』(*Tropismes*) を刊行．登場人物に名が無く，24の没個性的な日常生活のスケッチから成るこの作品は，後に最初の*ヌーヴォー・ロマンとされる．以来一貫してサロートの主題は，他人との接触という外的な作用によって引き起こされる心の最下層の動き，すなわち「会話の下の会話」(sous-conversations) の追求である．第2作の長編『見知らぬ男の肖像』(*Portrait d'un inconnu,* 1948) 以降，サロートが追求する人間の意識の深部にうごめく「マグマ」のような感情の群れは，より広範な人間関係の中に多元的に繰り広げられていく．その他の代表作に『プラネタリウム』(*Le Planétarium,* 1959)，『黄金の果実』(*Les Fruits d'or,* 1963)，『生と死の間』(*Entre la vie et la mort,* 1968)，『少女時代』(*Enfance,* 1983) などがある．

サロン

Salon

貴族あるいは上流階級の夫人たちが自宅を開放して社交の場としたもので，17-18世紀に隆盛を見せ，文学や思想との関わりもきわめて大きい．17世紀前半にはランブイエ夫人のサロンが栄え，世紀後半には*ラ・ロシュフーコーの箴言が生まれたサブレ夫人のサロン，*スキュデリー嬢の*プレシオジテのサロン，*ラ・フォンテーヌの庇護者ラ・サブリエール夫人のサロンなど，特色あるサロンが存在した．こうしたサロンは礼節，会話術，洗練された言葉使いを教え，恋愛談義を通して感情分析への好みを育み，感受性と趣味の基準を改めるなど，*古典主義文学の成立と深い関係を持つ．18世紀のサロンは思想的色彩を強め，主催者の意図を超えて社会的動向と結び付く．ランベール夫人，タンサン夫人，デュ・デファン夫人，ジョフラン夫人，レスピナス嬢らが名高いサロンを開き，*フォントネル，*モンテスキュー，*ダランベールらが顔を見せて，新しい思想的交流の場を現出する．

サン=シモン，クロード・アンリ・ルヴロワ・ド

Claude Henri de Rouvroy, comte de Saint-Simon, 1760-1825

社会思想家．パリに生まれる．アメリカ独立戦争に参加し，帰国後，投機により財産を築くがすぐに破産，社会改革に関心を持ち始める．*ルソーの影響下に執筆された『同時代人にあてたジュネーブの一住人の手紙』(*Lettres d'un habitant de Genève à ses contemporains,* 1802) では，社会の根底にある階級対立を告発，科学に基盤をおいた新たな宗教を素描する．1816年に「産業」(*L'Industrie*) 紙，1819年には「組織者」(*L'Organisateur*) 紙を創刊，生産に従事することのない消費者を断罪し，万人の幸福のために労働と生産を管理する産業国家を提唱した．社会学者の先駆で，最初の社会主義者と言える．晩年の『新キリスト教』(*Nouveau Christianisme,* 1825) は，神秘主

義的，宗教的色合いを濃くしている．死後，彼の思想を受け継ぐアンファンタン等の弟子たちが「サン=シモン教会」を設立，共同体生活を実践したが，政府の弾圧に会い解散に至る．科学への信仰と神秘主義という19世紀の二つの大きな潮流を結びつけたサン=シモンの思想には，ジョルジュ・*サンド，*サント=ブーヴをはじめ数多くの文学者が共鳴し，*ロマン主義文学に大きな影響を与えた．

サン=シモン，ルイ・ド・ルヴロワ・ド

Louis de Rouvroy, duc de Saint-Simon, 1675-1755

回想録作者．パリの高貴な家系に生まれる．ヴェルサイユの宮廷で半生を過ごした後，昇進の望みもなく，政治に失望，1723年に摂政オルレアン公フィリップが亡くなると自分も引退し，『*回想録』(*Mémoires,* 1829) の執筆に取り組む．この『回想録』は，ルイ14世の治世の末期における宮廷を題材に，退廃しつつあった絶対王政を間近で見たサン=シモンの追想と批評が込められている．多くのノートと証言収集に基づき，歴史資料としても価値があるが，それ以上に宮廷に出入りする多様な人物の内面にまで踏み込んだ優れた描出力，作者自身の思想や感情に基づく鋭い批判精神によって回想録という枠組みを超えた文学作品として読み継がれている．

三単一の規則

Règle des trois unités

*古典主義演劇の主要な規則で，時・場所・筋の単一からなり，劇が扱う時間は一日を越えてはならず，劇の舞台となる場所は一箇所に限定，主たる劇行為は一つで他の副次的行為もすべてこの主筋に従属すべきと説く．16世紀イタリアの理論家たちがアリストテレスの『詩学』に付した註釈に由来するが，劇の時間を「太陽のひとめぐり」とする以外，『詩学』そのものに

明確な記述はない．フランスでは，劇行為の「真実らしさ」(vraisemblance) を保証するための劇作法として議論が重ねられ，*ボワローの『*詩法』(1674) で明確な規定を見た．*コルネイユの『*ル・シッド』はこの規則に反するとして批判されたが，*ラシーヌなどはその拘束を長所として生かし，自らの作品に統一感と緊張感を与えた．この規則は，19 世紀に *ユゴーが公然と異を唱えるまで劇作家たちを束縛した．

サン=テヴルモン，シャルル・ド

Charles de Saint-Évremond, 1614 頃-1703

*モラリスト，批評家．ノルマンディー地方の古い貴族の家に生まれる．法律を学んだ後，軍務につき三十年戦争やフロンドの乱で功績を認められたが，1661 年，マザランの政治を批判する書簡が発覚して国外に逃れた．以後は主にイギリスで 40 年を超す亡命生活を送りついに帰国しなかったが，広範な主題をめぐる彼の著作は祖国フランスでも広く読まれた．17 世紀後半の代表的 *リベルタンの一人であり，懐疑論と快楽主義的道徳を基調とするその思想は，信仰の非合理と宗教対立の空しさを風刺する小品『ドッカンクール元帥とカネー神父の対話』(*Conversation du maréchal d'Hocquincourt avec le Père Canaye,* 1665 頃) などによく表れている．文芸批評や歴史の分野でも多数の作品を残している．

サン=テグジュペリ，アントワーヌ・ド

Antoine de Saint-Exupéry, 1900-1944

小説家，飛行家．リヨン生まれ．両親ともに貴族出身で，4 歳の時に父が死ぬと，身内が所有するアパルトマンや二つの城館で子供時代を過ごし，カトリック系の学校で中等教育を受けた．海軍兵学校受験のためパリに住み，親戚を介して「*新フランス評論」(*NRF*) の関係者と交流を持つ．受験に失敗して，兵役

に服し，その間に民間飛行免許を取得する．1926 年に飛行士を主題とする作品の一部が初めて雑誌に掲載された後，フランスの草分け的民間航空郵便会社の飛行士となり，北アフリカや南米で働く．危険を伴う仕事を創作の糧に，『南方郵便機』(*Courrier Sud,* 1929)，『*夜間飛行』(*Vol de nuit,* 1931) を発表，航空郵便に従事する人々の崇高なまでの献身や責任感を描いて評価された．結婚後，会社の内紛で職を辞し，定期飛行および試験飛行，飛行記録更新の挑戦，特許登録，講演を行い，雑誌の記事や映画の脚本，序文を執筆するほか，新聞社の特派員としてモスクワ，スペインに赴いた．手がけた記事を再構成した『人間の土地』(*Terre des hommes,* 1939) は，仕事を通して世界と対峙する人間の尊厳と連帯を語って人気を博す．第二次世界大戦中に渡米，フランス解放を訴え，人間の在り方をめぐる童話『*星の王子さま』(*Le Petit Prince,* 1943) を著した後，北アフリカ戦線に復帰し，偵察飛行中に地中海で墜落死した．死後，未完の文明論『城砦』(*Citadelle,* 1948) が出版される．世界中で愛読される作家となったが，素朴な人道主義者と批判もされた．しかし近年，彼の作品は不安の時代の超越を目指す詩的文明論として再評価される．

サンド，ジョルジュ

George Sand, 1804-1876

小説家．本名はオーロール・デュパン (Aurore Dupin)．父は軍人，母はパリの貧しいお針子であった．4 歳の時に父と死別．モーリス・ド・サクス元帥の娘である祖母に引き取られ，フランス中部のノアンで育つ．父方の祖父母は *ルソーの庇護者として知られ，サンド自身も熱心な読者となる．18 歳でデュドヴァン男爵と結婚するものの，やがて別居．2 児を連れてパリに移り，文筆で生活費を稼ぐ日々を送る．恋人ジュール・サンドーと合作するが，28 歳の時に『アンディアナ』(*Indiana,* 1832) を単独で書き，文名をあげる．初期は『レリア』(*Lélia,* 1833) や『モープラ』(*Mauprat,* 1837) など感傷的で自伝的な要素が強く，

『コンシュエロ』(*Consuelo*, 1842-1843) や『アンジボーの粉挽き』(*Le Meunier d'Angibault*, 1845) などが書かれた 1838 年から 1845 年にかけて，ピエール・ルルー等の影響を受け，作品に社会主義思想が反映される．二月革命に失望し，ノアンへ戻るが，その前後には『魔の沼』(*La Mare au Diable*, 1846)，『*愛の妖精』(*La Petite Fadette*, 1849)，『笛師のむれ』(*Les Maîtres sonneurs*, 1853) など彼女の代表作となる田園小説，自伝『わが生涯の歴史』(*Histoire de ma Vie*, 1854-1855) や『ヴィルメール侯爵』(*Le Marquis de Villemer*, 1860) のほか，孫のために物語を書くなど，精力的にペンを走らせた．リスト，*バルザック，ハイネ，ドラクロワらと交流し，*ミュッセやショパンとの恋愛によって解放された女性というイメージが定着しているサンドは，政治や社会問題に関心を抱き続けた作家としても知られ，*フローベールと交わされた書簡はその証言として名高い．

サント=ブーヴ，シャルル・オーギュスタン

Charles Augustin Sainte-Beuve, 1804-1869

批評家．北フランスのブーローニュ=シュル=メールに生まれる．パリに出て医学校に学んだ後，1824 年から「グローブ」紙に批評を書く．当初，反感を覚えていたロマン派のグループと交遊するようになり，『16 世紀フランス詩および演劇の歴史的，批評的概観』(*Tableau historique et critique de la poésie et du théâtre français au XVIe siècle*, 1828) で *ロマン主義の批評家として注目され，*ユゴーの影響で『ジョゼフ・ドロルムの生涯と詩と意見』(*Vie, poésies et pensées de Joseph Delorme*, 1829) を刊行．さらに唯一の小説である自伝的要素の強い『愛欲』(*Volupté*, 1834) を出版，そこから *バルザックは『*谷間の百合』(1836) の想を得た．しかし自らの詩人としての限界を知り，またユゴーの妻との恋愛事件を境にロマン主義から遠ざかり，以後批評活動に向かう．ジャンセニストの修道院の歴史を中心に 17 世紀の文学史，精神史を描いた『ポール=ロワイヤル』(*Port-Royal*, 1840-1859) の他，1849 年から毎月曜日に批評の筆をとり，

それをまとめた『月曜閑談』(*Causeries du lundi*, 1851-1862),『新月曜閑談』(*Nouveaux lundis*, 1863-1870) などを残す．その手法は，作品のみでなく書簡などの伝記的な事実を用い，作品の判断よりも文学創造における作家の精神像を重視する．彼によって批評は一つのジャンルとして確立され，次代の *テーヌ，*ルナンなどの実証的批評に影響した．

サンドラール，ブレーズ

Blaise Cendrars, 1887-1961

詩人，小説家．スイスのラ・ショー=ド=フォンに生まれる．本名はフレデリック=ルイ・ソゼール (Frédéric-Louis Sauser)．若い頃からシベリア，中国をはじめ世界中を放浪．1912年「ニューヨークの復活祭」で詩人としてデビュー，翌年からはパリを拠点として「シベリア鉄道とフランス少女ジャンヌの散文」などを発表．処女詩集『全世界』(*Du monde entier*, 1919) に収められることになるこれらの詩においては，近代の機械文明を描き出す斬新なイメージ，句読点を用いない自由な詩句，俗語や口語の使用などが特徴であり，現代詩の祖とされる *アポリネールに大きな影響を与えた．様々な視点からの多様なイメージを並列させる彼の「同時詩」の手法にはキュビスムの影響が見られ，また唐突なイメージの組み合わせは *シュルレアリスムを予告する．第一次世界大戦に従軍し負傷してからジャーナリズムや映画にも携わり，南米や北アフリカを旅した．次第に散文が中心となり，ゴールドラッシュ時代のカリフォルニアを舞台とする小説『黄金』(*L'Or*, 1925) などを執筆．自身の詩を『全詩集』(*Poésies complètes*, 1944) にまとめ，第二次世界大戦後には『難航海』(*Bourlinguer*, 1948) や『世界の果てに連れて行って』(*Emmène-moi au bout du monde!...*, 1956) など自伝的要素の強い小説を残す．

散文詩

Poème en prose

韻律と脚韻という形式によらない詩のあり方．類似した音の繰り返しなどによる音楽的な効果や，詩的レトリックによる豊かなイメージによって，「韻文」としての詩の特徴を持たずに，一つの完成された詩的世界を作り上げる．本来，詩とは韻文によって書かれた文を意味していたが，18世紀頃から，韻律も脚韻もともなわない通常の文体で書かれた文（=散文）にも，「詩的散文」と呼び得る文章が次第に多くなる．その頃から「詩」は，韻文という形式と，叙情性や美しいイメージという内容との両者を意味するようになった．また，ドイツやイギリスの韻文詩が，散文でフランス語に訳されていく過程で，散文による詩作品の存在が認知されていく．散文詩として発表された最初の作品は，1842年アロイジウス・*ベルトランによる『*夜のガスパール』であり，その後*ボードレールの『*パリの憂鬱』を経て広く認知されることになった．

サン=ランベール，ジャン・フランソワ・ド

Jean François de Saint-Lambert, 1716-1803

詩人．ロレーヌ地方ナンシーの生まれ．同地方のリュネヴィルに亡命中であったポーランド王スタニスラスに仕える．社交界の寵児として名声を博す一方，詩人としても『クロエへの書簡体詩』(*Épître à Chloé,* 1748 頃) などが評判を呼び，その作品は同地で知り合った*ヴォルテールからも賞賛を受ける．その後パリに居を移し，*百科全書派に協力して「天才」，「立法者」など幾つかの項目を執筆．1756 年から 57 年にかけては大佐としてドイツにおける七年戦争に従軍したが，病のため戦列を離れ，以後文筆活動に専念した．1764 年に匿名で，1769 年に本名で発表した詩集『季節』(*Les Saisons*) は，自然とその中に生きる人々の生活を描く「描写詩」という，18 世紀後半において隆盛を見たジャンルの中でも最も成功した作品として名高い．

シェニエ，アンドレ

André Chénier, 1762-1794

詩人．貿易商を営むフランス人の父とギリシャ文化の中で育った母との間に，コンスタンチノープルで生まれる．弟のマリー=ジョゼフ・シェニエは生前兄アンドレよりも著名な劇作家であった．母の主催する文学*サロンに早くから出入りし，古代ギリシャ・ローマ文学を中心として幅広い教養を身に付ける．古典作品の翻訳や詩作を続けながら，王党派として革命政府を批判し，1794年サン=ラザールの牢獄に収監され，処刑される．彼の詩篇は生前ほとんど発表されることがなく，1819年に出版されるや，ホメロス風の叙事詩「盲人」や，死の直前に牢獄で世に対する呪詛を書き綴った「風刺詩」などが，*ユゴー，*サント=ブーヴらによって*ロマン主義の先駆けとして熱狂的に迎え入れられた．他にもギリシャ古典詩を規範にした牧歌詩や，18世紀の科学思想に基づく哲学的叙事詩もあり，「新しい思想の上に古い詩句を書く」という自身の言葉が，その活動を要約している．

ジェルミナール

Germinal, 1885

*ゾラの小説．『*ルーゴン=マッカール叢書』第13巻．1884年から翌年にかけて「ジル・ブラース」紙に連載．主人公エチエンヌ（『*居酒屋』の主人公ジェルヴェーズの三男）は，北フランスで炭鉱夫として働く中で炭鉱労働者の悲惨に怒り，賃上げストライキを指導し暴動を起こす．ところが困窮した坑夫たちは次第に会社側の懐柔策に妥協し，エチエンヌに恨みを抱くようになる．ストライキ中にもかかわらず恋人を追って入った坑内で洪水に遭い死に瀕するが救出され，回復後は一層ブルジョワ嫌悪を強め同志のもとへと去って行く．巨大な群集の動きが文学に投入されたのはこの作品が初めてであり，未来に向かって芽吹く（ジェルミナールは革命暦の「芽生え月」の意）労働者の

怒りと希望が今や溢れようとする様子を見事に描いた作品.

ジオノ，ジャン

Jean Giono, 1895-1970

小説家. イタリア系の靴職人の父と洗濯屋を営む母のもと，プロヴァンス地方のマノスクで生まれた. 家計を助けるため高等中学を中退，銀行で働きながら安価な古典叢書を読書の糧とする. 第一次世界大戦でヴェルダン等の激戦地に従軍した. 復員後に結婚，故郷の自然を主題にその脅威を描いた『丘』(*Colline,* 1929) で評価され，『世界の歌』(*Le Chant du monde,* 1934) で自然と人間の調和を称揚する. 第二次世界大戦中，平和主義を唱え投獄されるが，パリ解放後，対独協力者と誤解され強制収容された. 以降，主題を人間に移し，『気晴らしのない王様』(*Un roi sans divertissement,* 1947) を含む連作「年代記」で人間の不可解さを語り，『屋根の上の軽騎兵』(*Le Hussard sur le toit,* 1951) 等，軽騎兵の連作で人間の気高さを描く. 詩，戯曲，シナリオ等も手がけた. 終生マノスクで暮らし，心臓病で死去. 自然との共生によるポストモダン的世界を提唱する.

地獄の一季節

Une saison en enfer, 1873

*ランボーの詩的散文作品. *ヴェルレーヌとの出会い，ロンドンへの逃避行，発砲事件などの後に，家族のもとに戻ったランボーが 18 歳で執筆.「狂気の処女」の告白をはじめ，特にヴェルレーヌをめぐる個人的な体験が色濃く映し出されている作品とされるが，9 章にわたる断章には，キリスト教と合理主義が支配する西洋の伝統的な価値観に対する反逆，さらには「見者」としての詩人による既存のエクリチュールに対する拒絶が表明されている. なかでも「ことばの錬金術」の断章は，過去の自作韻文詩 7 篇と，それに対して言及する散文とを交互に

配置することで，詩人としての自己さえをも批評の対象とする．飢えと渇きを常に抱えた「私」という存在の不統一性が様々な角度から描かれた後，ランボーの詩学の総括ともいうべき「絶対に現代的でなければならない」という言葉を含む「別れ」によって，作品は幕を閉じる．長らく詩に対する決別の書として読まれてきたが，20世紀末に『*イリュミナシオン』の執筆時期が本作品より後であったと判明し，以後様々な新しい読みの可能性を開示している．

シーシュポスの神話

Le Mythe de Sisyphe, 1942

*カミュの哲学的エッセー．小説『*異邦人』(1942) などとともに「*不条理」をめぐる作品系列を構成する．筆者は冒頭で自殺の問題，すなわち人生は生きるに値するか否かという問いを掲げる．死すべき人間は誰しも，自己とその生との乖離，世界に対して異邦であるという不条理の感覚にとらわれることがある．統一への郷愁に駆られる人間と，その呼びかけに無関心な世界との断絶と対峙状態にこそ，不条理は存在する．生きるためには不条理を明晰に見つめ，これに意識的に反抗しなければならない．自殺や神への信仰は，この反抗の回避である．カミュは不条理な生の営みを，転がり落ちる岩を頂上まで繰り返し押し上げるギリシャ神話のシーシュポスに見出し，「不条理の英雄」と呼んだ．不条理の感覚を論理的に叙述したこの作品は，従来の価値観を喪失した戦中の人々の共感を得た．*サルトルの批評をはじめとして，長らく小説『異邦人』と結び付けて読まれてきた．

自然主義

Naturalisme

19世紀後半に *ゾラを中心に繰り広げられた文学運動．*テー

ヌの決定論や *コントの実証哲学の流行により科学万能主義の風潮が高まる中，*レアリスムの記録的・客観的描写を極端に推し進め，観念的要素を一切排除した現実の忠実な再録による真実の探求を目指したもの．元来博物誌や唯物論的自然観を指す「自然主義」という語を，ゾラが『テレーズ・ラカン』(*Thérèse Raquin*, 1867) 第2版の序文において自派の旗印として明示したのが起源．人間は「遺伝」と「環境」によって決定されるという自然科学的観点から，ゾラは一定の資質（悪性遺伝）を賦与された個人が，限定された環境（第二帝政下）の中でどのように変化するかを小説において実験した．その壮大な成果が20巻から成る『*ルーゴン=マッカール叢書』(1871-1893) である．ゾラのもとには *モーパッサンや *ユイスマンスら自然主義文学を標榜する文学者が集いグループを結成，1880年に普仏戦争をテーマとする短編集『メダンの夕べ』を発表，モーパッサンの『脂肪の塊』が称賛を受けた．また同年，ゾラ自身による自派のマニフェストというべき作品『実験小説論』も刊行され，自然主義は最盛期を迎える．しかし1887年の『大地』出版をきっかけに，これを卑猥とする若い作家たちが「5人の宣言」を発表しグループを離反，反自然主義運動が一挙に高まる．『ルーゴン=マッカール叢書』執筆後，自然主義の提唱者であったゾラ自身も社会主義へと傾倒，さらに *象徴主義の台頭により自然主義は事実上の崩壊を迎える．この流れを受け自然主義演劇もまた衰退に向かうが，劇作家アンリ・*ベックは日常生活における悲惨な現実を描き，*アントワーヌは脚本と演出家重視の姿勢で舞台上の実験を試み *自由劇場を創設するなど，近代写実劇の誕生に及ぼした功績は大きい．

実存主義

Existentialisme

人間に不変的な本質を認める伝統的思想に対し，個々の在り方「実存」が本質を築くとする思想．1930年代にドイツのハイデッガーやヤスパースらが称えた「実存」(existence) の概念は，ガブリエル・マルセルによって「キリスト教的実存主義」，第二次世界大戦後には*サルトルによって「無神論的実存主義」という形で継承された．20世紀後半の文学に大きな流れを残したサルトルの実存主義は，人間および事物の本質の不変性を否定し，あらゆる時代状況に応じて人間は自由と責任において自らの本質を形成していくとする思想を提唱，推進者*ボーヴォワールやメルロ=ポンティらとともに，1945年には機関誌「現代」(*Les Temps modernes*) を創刊した．また，『実存主義はヒューマニズムである』(1946) をはじめとする多くの作品にもその思想が表明され，*アンガジュマンとともに戦後一世を風靡した．

嫉妬

La Jalousie, 1957

*ロブ=グリエの小説．『*消しゴム』，『覗く人』に次いでミニュイ社より刊行の3作目．植民地のバナナ農園を舞台に，妻Aと彼女の家に食事にやって来る友人フランクの仕草や対話が詳細に語られる．読み進む中で，すべては文中に言及されることのない語り手の見る情景であることが推測されると同時に，二人を観察する執拗な視線が，語り手の嫉妬を浮かび上がらせる．語りは時系列に従わず同じ場面を繰り返し語り，作品内からは人物の心理が排除され，バナナ農園，テラス，壁に残るムカデの跡などの詳細な描写が事物の存在を強調する．しかし反復される同一の情景は，そこに見られる微妙な差異とともに対象の意味を不確定の状態に留める．従来の小説技法に反旗を翻す本作は「アンチ・ロマン」の性格を顕著に示し，反復のテーマは後の作品にも受け継がれることとなる．

ジッド，アンドレ

André Gide, 1869-1951

小説家．パリの裕福な家庭の一人息子として生まれ，11 歳で父を亡くした後は，厳格なプロテスタントの母に育てられる．自伝『コリドン』(*Corydon,* 1911) や『一粒の麦もし死なずば』(*Si le grain ne meurt,* 1920) の直截な告白が明かすとおり，幼年期は神経症や自涜の悪癖が原因で入退学を繰り返し，13 歳で従姉妹マドレーヌ・ロンドーに恋情を抱いたことで，陰鬱な子供時代から抜け出し，文壇を目指すきっかけとなった．処女作『アンドレ・ワルテルの手記』(*Les Cahiers d'André Walter,* 1891) は，マドレーヌへの想いを題材に創作され，1895 年に彼女と結ばれるが，それは肉体関係を伴わない「白い結婚」であった．妻への純粋な愛とは対極的に，肉欲の解放を求める強い情念を持ち，同年，療養に訪れた北アフリカで同性愛に目覚める．*マラルメの火曜会の *象徴主義的風土を捨て，道徳的な道から外れることで味わう悦楽を描いた『地の糧』(*Les Nourritures terrestres,* 1897) と『*背徳者』(*L'Immoraliste,* 1902)，自己犠牲的な信仰に魂の救いを求めるヒロインが登場する『*狭き門』(*La Porte étroite,* 1909) には，作家と妻の姿に重なる自伝的要素が認められる．またジッドは既成文学の衰退を感じた若い文学者たちとともに，1909 年に文芸誌「*新フランス評論」(*NRF*) を創刊．流派にとらわれることなく外国文学の紹介，才能ある新人作家の発掘に努め，20 世紀前半の文学潮流を主導した．

自らの作品を系列別に分け，『地の糧』，『背徳者』，『狭き門』，盲目の少女と牧師の悲劇を描いた『*田園交響楽』(*La Symphonie pastorale,* 1919) を，倫理的主題を扱いつつ，限定された視点によって物語る「レシ（物語）」，諧謔的な宗教界の風俗小説『法王庁の抜け穴』(*Les Caves du Vatican,* 1914) に代表される風刺的作品を，本来中世の茶番劇を指す「ソチ（茶番）」と分類した．そして「ロマン（小説）」と銘打った唯一の作品が『*贋金つかい』(*Les Faux-Monnayeurs*, 1926) であり，複数の視点の交錯が物語の多様性を生み出す．主人公の作家エドゥワールも『贋金つかい』と題する小説を執筆中であるという二重構造を持ち，現実の再現としての小説ではなく，小説がいかに書かれるかという問いに挑み，*ヌーヴォー・ロマンの先駆的作品と呼ばれるようになる．ジッドにおいて「生」と「作品」は分かちがたく，膨大な日記や書簡もまた重要な「作品」である．相反するほどにまで多様な創作は彼の生そのものであった．1947年ノーベル文学賞受賞．

自動筆記

Automatisme

アンドレ・*ブルトンは『*シュルレアリスム宣言』(1924) の発表によって*シュルレアリスムを創始したが，彼が宣言前後から行っていた実験的創作活動が自動筆記と呼ばれている．これは眠りながらの口述や，常軌を逸した高速で文章を書く実験などであった．半ば眠って意識の朦朧とした状態や，内容は重視せず時間内に原稿用紙を単語で埋めるという過酷な状態の中で，シュルレアリストたちは理性によるコントロールを取り除いて，意識下のイメージを記述することを目指した．その成果としてブルトンの『磁場』(1920)，『*ナジャ』(1928) などが挙げられる．

詩法

***L'Art poétique*, 1674**

*ボワローの文芸批評，文学理論書．*アレクサンドラン1100行から成り，4部構成をとる．第1歌では詩人には天賦の才が必要なこと，理性が詩作を導くべきことなどを説き，ビュルレスクや*プレシオジテの偏向を批判．第2歌ではエレジー，*ソネ，風刺詩などマイナーな詩のジャンルの作法を，第3歌では悲劇，

叙事詩，喜劇という3大ジャンルの規則を，第4歌では文学の道徳的目的等を論ずる．理性の尊重と規則の遵守，自然の模倣，文学の道徳的効用，ギリシャ・ラテンの古典の尊重など，*古典主義理論の要綱が詰まっているが，それらはボワローの独創ではなく，古代のアリストテレスやホラティウス，あるいは17世紀の*マレルブ，ドービニャック，シャプランらの理論から取り入れたものに過ぎない．しかし軽快で機知に富んだ韻文と同時代の傑作に対する的確な批評眼により教養ある読者に迎えられ，他の先行する類書の影を薄くした．その影響は絶大で，18世紀には古典主義文学の聖典とされた．

シムノン，ジョルジュ

Georges Simenon, 1903-1989

推理小説家．ベルギーのリエージュに生まれる．父の病により中学を中退，書店に勤めるが，店長より博識であったことが仇となり解雇され，16歳の時に「ガゼット・ド・リエージュ」紙に三面記事の新聞記者として採用される．17歳で短編小説を執筆し，作家としての活動を開始する．1922年パリに移住し，20以上のペンネームで通俗小説を執筆．1931年より本名を用い，帽子とパイプをシンボルとするメグレ警部シリーズ（1931-1972）を発表．犯罪者と被害者の生活を探る独特の捜査方法によって人間の心理探求の面白さを味わわせる．このシリーズ以外にも，『ドナデュの遺書』（*Le Testament Donadieu,* 1937），『ビセートルの環』（*Les Anneaux de Bicêtre,* 1963）など，400を超える多彩な作品は，55カ国語に翻訳され，『仕立て屋の恋』（*Les Fiançailles de M. Hire*, 1933），『雪は汚れていた』（*La Neige était sale,* 1948）など映像化されたものも多い．

シモン，クロード

Claude Simon, 1913-2005

小説家．仏領マダガスカルに生まれる．翌年に父が戦死．南仏ペルピニャンとジュラ県で幼年時代を過ごす．11歳で母を亡くした後，パリで中等教育を受けた．次いで画家を志したことは，描写を基調とする小説技法に大きな影響を及ぼした．1936年，内戦下のスペインに赴き，共和国軍を支援，さらに第二次世界大戦で動員されたが，1940年に捕虜となり脱走，帰国後レジスタンスに参加した．戦後に小説を数編発表した後，ミニュイ社から『風』(*Le Vent,* 1957)，『草』(*L'Herbe,* 1958)，戦争の体験を踏まえた『フランドルへの道』(*La Route des Flandres,* 1960)を刊行，*ロブ=グリエらと並ぶ *ヌーヴォー・ロマンの代表的作家とみなされた．『歴史』(*Histoire,* 1967) でメディシス賞受賞．『農耕詩』(*Les Géorgiques,* 1981)，『アカシア』(*L'Acacia,* 1989) は中後期の傑作である．シモンは意識の中に浮かぶ過去の断片を現在の知覚との交錯の中で表現しようとするが，それは現実の再現ではなく，言語が「現実」を作り出すのである．1985年，ノーベル文学賞受賞．『路面電車』(*Le Tramway,* 2001) が最後の小説となった．

社会契約論

Du Contrat Social, ou Principes du droit politique, 1762

*ルソーの政治哲学書．*モンテスキューと英国の哲学者ジョン・ロックの影響のもと，強者が弱者を隷従させている不当な現状を打破し，公正な社会を実現するための「社会契約」の観念と，近代民主主義の根本である「主権在民」の原則を確立した．社会契約によって，主権者である国民全体は，共同体にすべての権利を譲渡する代わりに，生命と財産，ならびに自由と平等を保証される。立法者は共同体全体の公共利益の表明である「一般意志」に従って法を制定し，主権者の僕（しもべ）である政府（または君主）がその法の執行を委ねられる。政府

が契約を履行しない場合は解体される。ルソーは，さまざまな政体を分析し，直接民主制が現代においては実現困難である以上，選挙による貴族制が最良であり，世襲による貴族制が最悪であるとみなす．また彼は，国民が法を実際に遵守するためには，法が国民の習俗，慣習，世論と合致している必要があることを強調するとともに，国家の平和を実現するために，神の公正さ，法の神聖さ，他者への寛容などの合理的な教義を説く市民的宗教の有効性を主張する．本書の理念はフランス革命の基本原則である「人間と市民の権利の宣言」（フランス人権宣言）に認められる．また，カントやヘーゲルなど後世の哲学者に多大な影響を与えたほか，日本でも 1882 年に中江兆民によって『民約訳解』として漢訳され，自由民権運動に影響を及ぼした．

ジャコテ，フィリップ

Philippe Jaccottet, 1925-

詩人．スイス，ヴォー州のムードンに生まれる．1946年以降パリに居を構え，*ポンジュや*ボヌフォワといった詩人たちと交流，詩作に励む．詩集『梟，その他の詩』(*L'Effraie et autres poésies,* 1953) に収められた初期の詩は，*ソネのような伝統的な詩形や詩句を用いつつ，韻律を排し，自由な区切りと口語表現を多用し，散文的なものとなっている．その後，結婚を期に南仏グリニャンに移り，同地の美しい風景を詩情豊かに歌う『不在の顔を持つ風景』(*Paysages avec figures absentes,* 1970) 等の*散文詩的な作品を発表．日本の俳句の影響を受け，省略を多用した暗示に富む作風の『空気』(*Airs,* 1967) や『冬の光に』(*À la lumière d'hiver,* 1977) を経て，『緑の手帳』(*Cahier de verdure,* 1990)，『幾多の歳月を経て』(*Après beaucoup d'annés,* 1994) で以前に発表した散文や詩篇を巧みに組み合わせ，叙情的な詩篇と批評的な散文が並列する，より自由な形態を試みている．その後も詩集，詩論，評論を発表し続け，現代を代表する詩人であり，またリルケやムージルといったドイツの詩人，ウンガレッティやレオパルディといったイタリアの詩人の翻訳者としても知られる.

ジャコブ，マックス

Max Jacob, 1876-1944

詩人．ブルターニュ地方カンペールのユダヤ人家庭に生まれる．1894 年にパリへ上り公証人の書記，美術批評などによって生計を立てつつ，画家を目指す．モンマルトルのカフェに入り浸り，文学的ボヘミアン生活を送る中，ピカソや *アポリネールと出会う．この頃から神秘思想や占星術に熱中し，詩作にも没頭し始める．その後二度にわたる「見神」体験を経てキリスト教への関心を深め，パリを離れて隠遁生活を送る．1917 年には口語・俗語や言葉遊びを多用する *散文詩集『骰子筒』(*Le Cornet à dés*) を発表．語や観念の偶然の結合，神秘的な夢想によって特徴づけられるこの詩集は *シュルレアリスムの先駆とも言え，また事物を様々な面から捉えようとする点においてはキュビスムの影響も見られる．続いて，韻文(もしくは自由詩)を用いた音楽的，叙情的な詩が多く含まれる『中央実験室』(*Le Laboratoire central,* 1921) を刊行．言葉遊びがさらに推し進められるこの詩集には，詩人自身の自伝的要素も散見する．その後はより叙情的で宗教的ながら，ユーモアと形式における洗練とに特徴付けられる作風へと向かう．ナチスによるユダヤ人迫害が続く中，1944 年にゲシュタポによって捕らえられ，同年，強制収容所で悲劇的な死を迎えた．アポリネールとともに 20 世紀初頭を代表する詩人であり，*象徴主義からシュルレアリスムへの橋渡し的存在である．

シャシニェ，ジャン=バティスト

Jean-Baptiste Chassignet, 1571 頃-1635

詩人．フランス東部ブザンソンの医師の息子として生まれる．法学を修め，23歳で446の *ソネ，平韻による長詩，4行詩節や

6行詩節の長詩から成る『生の軽蔑と死に対する慰め』(*Le Mépris de la vie et consolation contre la mort,* 1594) を発表．死がこの世の生からの解放であることを中心主題とし，それぞれの詩は読む者に鮮明なイメージを喚起する．1613年には『ダヴィデ詩篇百五十篇よりの模倣詩』(*Paraphrases sur les cent cinquante psaumes de David*) を発表．1635年グレイにて没．生前は一定の評価を得たものの死後忘れ去られ，再評価の動きは1800年同郷の文学者 *ノディエの紹介によって起こり，その後 *ネルヴァルの編纂した16世紀詩人の選集にも加えられた．

シャトーブリアン，フランソワ・ルネ・ド

François René de Chateaubriand, 1768-1848

小説家，詩人，政治家．サン=マロの貴族の家系に生まれる．ブルターニュの荒々しい海の傍で生まれ，森に囲まれたコンブールの館で育ったことが後の作品に影響を与える．1791年激化したフランス革命に嫌気がさし，北アメリカへ渡る．翌年帰国して反革命運動に関わるが負傷してイギリスに亡命．フランス語教師として生計を立てながら，大陸での経験から構想を得た『ナチェズ族』の完成を期すが，母と姉が革命の犠牲になった知らせを受け，1800年に帰国．同作品の中の『*アタラ』(*Atala,* 1801) と『*ルネ』(*René*) を『キリスト教精髄』(*Le Génie du christianisme,* 1802) に入れることを計画，まず『アタラ』だけを出版した．翌年両作品を含む『キリスト教精髄』を出版し，一躍時代の寵児となる．特に『ルネ』に描かれた情熱の抑圧，そして倦怠感は後のロマン派たちに多大な影響を与え，このような精神状態を「*世紀病」と呼ぶようになった．ナポレオンのもとで外交官を務めるが，アンギアン公爵の処刑に反発し辞職．5年後『殉教者たち』(*Les Martyrs,* 1809) を出版．1811年 *アカデミー・フランセーズの会員となり，王政復古の後，ロンドン，ローマの大使を務めた．1826年に『ナチェズ族』(*Les Natchez*)，1844年に『ランセの生涯』(*La Vie de Rancée*) を出版．1848年没．遺体はサン=マロの城壁の外のグラン・べに葬られ

た．死後，出版社との契約どおり，『墓の彼方からの回想』(*Les Mémoires d'outre-tombe,* 1848-50) が刊行される．キリスト教文化や中世芸術，フランスの歴史に人々の目を向けさせた彼は *ロマン主義の父と言われる．

さ

ジャナン，ジュール

Jules Janin, 1804-1874

文芸評論家，小説家．フランス東部サン=テチエンヌに生まれる．父親は弁護士．1825 年に「フィガロ」紙で批評活動を開始し，「パリ評論」，「両世界評論」などに執筆するかたわら，『死んだロバとギロチンにかけられた女』(*L'Âne mort et la Femme guillotinée,* 1829) を発表．小説，短編，旅行記などジャンルは多岐にわたるが，1832 年から「デバ」紙で演劇批評欄を担当，約 40 年間筆をとった．それをまとめた『劇文学史』(*Histoire de la littérature dramatique,* 1853-1858) は代表作．1870 年に *アカデミー・フランセーズ会員に選出される．批評に一貫性がなく判断基準が曖昧なものの，新聞学芸欄を通して絶大な影響を与え，その権威は「批評家の君主」とあだ名されるほどであった．

ジャム，フランシス

Francis Jammes, 1868-1938

詩人，小説家．ピレネー山脈に近い南仏トゥルナイに生まれる．ボルドーで初等中等教育を受けたが，大学入学資格試験に失敗，この頃から初期詩篇の執筆に取り組む．1888年末に父親が亡くなり，母と姉とともにオルトイに移り住む．公証人見習いとして働きながら平穏な田園生活を営み，詩作に励む．美しい自然に育まれた素朴で清澄な作風は *マラルメや *ジッドたちに注目され，「ジャミスム」と呼ばれた．『暁の鐘から夕の鐘まで』(*De l'Angélus de l'aube à l'Angélus du soir,* 1898)，『桜草の喪』(*Le Deuil des primevères,* 1901) など多数の詩集を刊行．1905年にカトリックに改宗した後は，その詩風も宗教的な色合いを濃くする．1907年に結婚し7人の子を授かった．1921年にバスク地方のアスパランに移り，70歳で永眠．

ジャリ，アルフレッド

Alfred Jarry, 1873-1907

詩人，劇作家．ノルマンディー地方ラヴァルに生まれる．*象徴主義の運動の中から出発したが，その名を不朽にしたのは『*ユビュ王』(*Ubu roi,* 1896) である．当時の常識では考えられないほどの野卑な言葉(「糞！」)を主人公が連発する，文字通り型破りなこの作品は，保守的な観客の神経を逆撫でし，劇場を騒然とさせた．しかし，ユーモアと諧謔に満ちたこの作品の評価は今では高く，間違いなく現代演劇への道を開いた記念碑的な作品である．また，こうした演劇活動の一方で「パタフィジック」(=空想的解決をもたらす科学)という独自の概念を提唱し，それを組み込んだ小説『フォーストロール博士言行録』(*Gestes et Opinions du docteur Faustroll, pataphysicien,* 1911) などがある．

シャール，ルネ

René Char, 1907-1988

詩人．南仏の町リル=シュル=ラ=ソルグに生まれる．故郷プロヴァンス地方の自然は，生涯にわたって詩作の源泉となった．ニームで出版した詩集『兵器庫』(*Arsenal,* 1929) を *エリュアールに送ったことがきっかけで，1929年に *シュルレアリスム運動に参加．しかし，初期の集大成である『打ち手なき槌』(*Le Marteau sans maître,* 1934) を刊行後，シュルレアリスムと距離を置く．第二次世界大戦で動員された後，レジスタンス組織の責任者として活躍．この体験を基に執筆した『イプノスの手帖』

(*Feuillets d'Hypnos,* 1946) を収める『激情と神秘』(*Fureur et Mystère,* 1948) によって詩人としての名声を確立した．50年代以降も『群島をなす言葉』(*La Parole en archipel,* 1962),『共通の現前』(*Commune présence,* 1964) など多くの詩集を発表．また，画家や音楽家と親交を結び，詩の幅広い可能性を追究，アフォリズム形式に凝縮される鮮烈なイメージはシャール独自の作風であり，その作品は戦後になって高く評価された．

シャルル・ドルレアン

Charles d'Orléans, 1394-1465

詩人．名門オルレアン家の子息としてパリに生まれる．13歳の時に父を暗殺され，その後父を殺した不敵王ジャンとの対立など政治的陰謀に巻き込まれる．20歳の時にフランス元帥の娘と結婚，王宮入りの許可を得る．またこの頃，百年戦争でアザンクールの戦いに参戦，1415年から41年頃までイギリスで長い捕虜生活を送った．この間愛する女性に捧げた叙情詩『つれない貴婦人のバラッド』(*Ballade de la dame sans merci,* 1424頃) や，祖国フランスへの想いを綴った詩を創作．帰国後フランスとイギリスの和解のために尽力するが，60歳頃に政治から身を引き，ロワール川沿岸ブロワで隠遁生活を送る．この頃書かれた *バラッドは，リフレインを用い12あるいは15詩句からなり，架空の土地を設定し，人間の様々な感情を擬人化して表現する．また *ロンドーでは移ろいやすい人間の感情が日々の生活を通して描かれている．

ジャン=クリストフ

Jean-Christophe, 1904-1912

ロマン・*ロランの小説．ジャン=クリストフ・クラフトの全人生を時間軸に沿って描き出す *大河小説．その軌跡は主人公の故郷にあるライン河の流れと呼応する．1904年から1912年まで「半月手帖」誌に17回にわたって掲載され，1905年から1912年にかけて10巻本として刊行．ジャン=クリストフは，ライン河畔に住むドイツ人音楽家の家庭に生まれ，早熟な音楽の才能に恵まれる．父親の死，失恋，ドイツ芸術の虚偽に対する反抗といった幾多の試練を経て，フランスに渡る．パリの腐敗した空気に幻滅した彼を救ったのは，フランス人青年オリヴィエとの出会いと友情であった．しかし，労働運動の最中，オリヴィエは死に，ジャン=クリストフはスイスに逃亡．そこで恩人の妻と愛人関係になった彼は苦悩に苛まれるが，啓示を得て，再び楽曲の創作に取り組む．崇高な愛情で結ばれた女性との再会とその死を経て，彼もまた静謐のうちに死を迎える．ロランはベートーヴェン型の英雄ジャン=クリストフを出版当時の社会状況に置くことによって，第一次世界大戦前夜の退廃的な世界に対して友愛的精神，生の力，理想を追求する魂の息吹を吹きこもうとし，1920年代から30年代にかけて流行する大河小説の先駆けとなった．

ジャンセニスム

Jansénisme

17-18世紀の神学思想，宗教運動．オランダの神学者ジャンセニウスの名に由来するが，その盟友サン=シランが1630年代に*ポール=ロワイヤルの霊的指導者になって以来，同修道院を拠点としてフランス思想界に強い影響を及ぼした．この派はアウグスティヌスの峻厳な恩寵説に立ち，ペシミスティックな人間観，厳格な道徳，現世からの離脱を説いて，人間の能力と自由意志を肯定的に捉えるイエズス会と対立した．1640年にジャンセニウスの遺著『アウグスティヌス』が刊行されると，この書から抜き出した命題を異端とする敵側と論争が激化，1656-57年には*パスカルが『*プロヴァンシアル』によって加勢に乗り出したが，政府と教会による迫害は止まなかった．信仰宣誓文署名問題の曲折を経て，18世紀初頭にポール=ロワイヤル本院は完全に破壊される．18世紀のジャンセニスムは政治的色彩を強め，ガリカニスムと反中央集権的性格により反体制運動の一翼を担うことになる．

シャンフォール，セバスチャン=ロック・ニコラ・ド

Sébastien-Roch Nicolas de Chamfort, 1741-1794

*モラリスト，劇作家．オーヴェルニュ地方のクレルモン（現在のクレルモン=フェラン）近くに平民の私生児として生まれる．1764 年，*コメディー=フランセーズで上演された『インドの娘』(*La Jeune Indienne*) で，*ヴォルテールから高い評価を受ける．1769 年には『モリエール讃』(*Éloge de Molière*) により*アカデミー・フランセーズから賞を受け，文壇での地位を固めた．『箴言と逸話』(*Maximes et Anecdotes,* 1795) に代表されるようにモラリストとして知られる．その姿勢は普遍的な真実やモラルをめぐる規律の追究にある．革命期にはミラボーを支え，ジャコバン党の創設にも加わるなど盛んな活動を展開したが，恐怖政治になると状況は一転し，告発と投獄の繰り返される中で自殺を図り，1794 年 4 月に死去．

シャンフルーリ

Champfleury, 1821-1889

小説家，批評家．本名ジュール・ユソン (Jules-François-Felix Husson)．ピカルディー地方ランで官吏の父のもとに生まれる．若くしてパリに出て書店に勤め，一時故郷ランで地方紙を刊行する父を手伝うが，その後再びパリに居を定める．文学で身を立てることを夢見ながらボエームと言われる文学的放浪生活を送り，パントマイムの脚本や美術評論などを手がける．ボエーム生活を送る若い画家の困窮と愛を描いた短編『シヤン=カイユー』(*Chien-Caillou,* 1847) で文壇に知られる．1850年代には*レアリスム運動の中心人物として活躍，クールベらを擁護して論陣を張り，評論『レアリスム』(*Le Réalisme,* 1857) 等を発表．

歴史や神話に題材を求めるのではなく，下層階級の日常に題材を求め，観察・調査に基づく正確な描写を提唱した．

シュー，ウージェーヌ

Eugène Sue, 1804-1857

小説家．高名な医者の息子としてパリに生まれる．海軍の軍医になるが，その後父の意に反して文学の世界に身を投じる．軍医だった経験を生かし，まずは海洋物の小説，ついで『ラトレオーモン』(*Latréaumont,* 1837) をはじめとする歴史小説を執筆．しかし彼の名を一躍高めたのは，サスペンス効果を最大限に発揮した *新聞連載小説『パリの秘密』(*Les Mystères de Paris,* 1842-1843) である．続いて発表した『さまよえるユダヤ人』(*Le Juif errant,* 1844-1845) も大成功．これらの作品は連載当時，圧倒的な人気を誇ったが，その筋立ては勧善懲悪的なもので，作者の社会認識も浅薄で体系性を欠いたものでしかない．しかし貧困や道徳の退廃といった社会問題を取り扱った功績は大きい．今日その文学史に占める地位は必ずしも大きくはないが，生前の名声は *バルザックをも凌ぐものがあった．

宗教戦争

Guerres de religion

宗教改革を進める *カルヴァン派プロテスタント（新教）と，ローマ・カトリック（旧教）勢力との信仰上の対立は，16世紀後半には政治闘争に発展し，フランス社会を二分する激しい戦争に至る．1560年，王権を奪おうと計画したアンボワーズの陰謀の失敗後，多数のプロテスタントが処刑されて両派の緊張が高まる．1562年，カトリック勢力の中心，名門貴族ギーズ公フランソワによる新教徒攻撃を契機に，争いはフランス全土に広がった．王権は両派の間で揺れ動き，プロテスタントに有利な時期もあったが，1572年，サン・バルテルミーの祝日に新教徒の大量虐殺が行われ，新たに争いが激化．1588年，アンリ3世はギーズ公アンリを暗殺させるが，国王自身も翌年に暗殺され，ヴァロワ王朝の血筋が途絶える．次いで国王に即位したナヴァール王アンリ（アンリ4世）はカトリックに改宗することで勢力均衡を計り，1598年にはプロテスタントを容認するナントの勅令を発布，ここに宗教戦争はひとまずの決着を見た．しかし新旧両派の争いはその後も尾を引くこととなる．

戦乱の中，新旧両派はそれぞれ風刺による攻撃文書を執筆して論争を繰り広げ，複数の手による『*サチール・メニッペ』なども生まれる．*ロンサールは『*当代の悲惨を論ず』において新教徒を批判する一方，*ドービニェは『*悲愴曲』にその栄光を詠った．*モンテーニュはカトリックの側に立ちながらも，『*エセー』において寛容の重要性を説いている．

自由劇場

Théâtre Libre

演出家*アントワーヌが1887年に旗揚げした*自然主義演劇の劇場．1894年に解散．スター俳優のカリスマ性に依存したこれまでの劇場のあり方に対して異を唱えたアントワーヌは，この劇場を拠点に様々な点で演劇の改革を試みた．第一作は*ゾラの小説をエニックが脚色した『ジャック・ダムール』(*Jacques Damour*)．レパートリーとしては自然主義だけでなく*象徴主義の作品にも取り組み，また，イプセンの『幽霊』，ストリンドベリの『令嬢ジュリー』など，北欧の劇作家の作品を多く取り入れた点が特徴的である．こうした作品はその後のフランス演劇の重要なレパートリーとなり，20世紀の劇作家にも大きな影響を与えている．他方，劇作家ジュリヤンの演劇理論，すなわち，観客を見えない壁とみなす「第四の壁」理論と，演劇が上演すべきなのは日常の「生活の一片」であるという考えを積極的に取り入れ，より写実的な演技を目指した．また，単に自己を顕示するのではなく演出家の指示通りに演じられる近代的な俳優の養成に力を入れる一方，劇場の運営面で予約会員制を導入するなど，近代的な制度を多く取り入れたことも特筆すべき点である．

繻子の靴

Le Soulier de satin, 1929

*クローデルの詩劇．1919年から1924年にかけて執筆され，彼の詩劇の集大成となった．昔のスペイン劇を模して，「幕」ではなく「日」で区切られた「4日間」の劇として，1928年から翌年にかけて4分冊で出版．「最悪は必ずしも定かならず」という題辞がある．初演は1943年占領下のパリ，*コメディー＝フランセーズ．16世紀末，黄金時代のスペインを中心に全世界を舞台とし，ドン・ロドリーグと人妻ドニャ・プルエーズの地上では結ばれぬ運命的な恋が主軸となる．多彩な人物と様々な超自然界の存在の関係を描く中で，愛と犠牲，罪や魂の救済のテーマなど，クローデルの根本的な主題がすべて投入されている．

守銭奴

L'Avare, 1668

*モリエールの5幕散文喜劇．吝嗇で猜疑心の強い金貸しアルパゴンは，庭に隠してある財産が心配の種．息子クレアントにはマリアーヌ，娘エリーズにはヴァレールと，それぞれ恋する相手がいるが，アルパゴンは，娘を金持ちのアンセルムと結婚させ，自分は息子の恋人と結婚しようとして，周囲の嘆願にも耳を貸さない．しかしマリアーヌ，ヴァレールの二人がアンセルムの子どもだと判明し，クレアントの計略も功を奏して，アルパゴンはやむなく二つの結婚を承諾する．プラウトゥスの喜劇『黄金の壺』に材を得，他にも古今の文学作品からの借用が見られる．守銭奴の主人公を恋する男に仕立てることで人間味と滑稽味を出した．モリエール喜劇の中でも最も有名で人気のある作品の一つ．

ジュネ，ジャン

Jean Genet, 1910-1986

さ

小説家，劇作家，詩人．私生児としてパリに生まれ，幼少期よりヨーロッパ各地を放浪．窃盗などの罪により中央刑務所に投獄されるが，詩集『死刑囚』(*Le Condamné à mort,* 1942) を出版，*コクトーに認められる．1944 年，獄中で執筆した小説『花のノートルダム』(*Notre-Dame-des-Fleurs*) が地下出版され，*サルトルに出会う．自由となった後，『女中たち』(*Les Bonnes,* 1947)，『*泥棒日記』(*Journal du voleur,* 1949) など戯曲や小説を執筆．古典的で優美な文体を用いて，醜悪な世界を聖なるものとして描くところに特色がある．1952 年にサルトルのジュネ論『聖ジュネ』(*Saint Genet*) が発表されると，一時執筆を止めた．その後，『バルコン』(*Le Balcon,* 1956)，『黒んぼたち』(*Les Nègres,* 1959)，『屏風』(*Les Paravents,* 1961) などの戯曲を発表．1970 年以降はパレスチナ解放機構アラファト議長と会見するなど，精力的な政治活動を続けた．

ジュネット，ジェラール

Gérard Genette, 1930-2018

批評家，文学理論家．パリに生まれ，高等師範学校を卒業．高等研究院，*コレージュ・ド・フランスに教授として勤めるかたわら，1970 年，ツヴェタン・トドロフらと *構造主義理論を展開する詩学専門誌「ポエティック」(*Poétique*) を創刊．文学の「文学性」を問い直そうとする*ヌーヴェル・クリティックの理論を携え，『フィギュール I，II』(*Figures I, II,* 1966, 1969) では古典レトリックの再評価，物語の構造分析理論を繰り広げる．その第 3 巻 (*Figures III,* 1972) に収録の「物語のディスクール」で試みた*プルースト『*失われた時を求めて』をめぐる*ナラトロジー分析は名高い．また，『パランプセスト』(*Palimpsestes,* 1982) や『スイユ』(*Seuils,* 1987) では，様々なテクストの性質理論を，二つ以上のテクストの相互関連性，いわゆる「間テクスト性」の視点から細緻に検証した．一般美学などを軸とした文芸批評も広範にわたる．

シュルレアリスム

Surréalisme

＊ブルトンの『＊シュルレアリスム宣言』(*Manifeste du surréalisme,* 1924) により定義された20世紀最大の芸術運動．物質文明，合理主義に対して否定的，破壊的であった＊ダダイスムがもはや新たな展開を見出せなくなっていた時，ブルトンたちが新しい価値観を求めてシュルレアリスム運動を始めた．他に＊エリュアールやエルンストなどが中心人物として挙げられる．コラージュや＊自動筆記といった偶然性の高い手法で作られる彼らの作品は一見支離滅裂ながら，意識や理性を介さない状態で偶然生まれたものや，夢の中からこそ普段気づかない現実，すなわち「超現実」が出現するとシュルレアリストたちは主張した．フロイトの深層心理学，＊アポリネールの詩法を拠り所とし，夢や無意識，非合理といった心の世界を探求して人間の精神の荒廃を修復するという理念を持つ．ダダイスムによる否定と破壊の精神を受け継ぎ，美術，詩，文学，政治などの広い範囲で想像力の解放と合理主義への反逆を唱え，人間の精神の自由と変革を目指した．

シュルレアリスム宣言

Manifeste du surréalisme, 1924

＊ブルトン作．20世紀初頭に起こった＊シュルレアリスム運動を組織し，拡大させるきっかけとなった書物．元来は，＊自動筆記による物語集『溶ける魚』(*Poisson soluble,* 1924) の序文として書かれていたが，シュルレアリスムという言葉を明確に定義して，宣言へと姿を変えることになった．夢・想像力・狂気を擁護して，現実の奥深くに隠された「超現実」を暴きだし，

真の生・真の自由に至る革命の必要性を高らかに謳いあげている．シュルレアリスムという20世紀最大の文学・芸術運動の一つを発足させ，以後数十年にわたって多くの影響を与え続けたテクストとして，20世紀文学史上欠かすことのできない作品である．

純粋詩

Poésie pure

ポー，*ボードレール，*マラルメの流れを汲む*ヴァレリーが目標として掲げた詩の概念．ヴァレリーはその創作の努力そのものも純粋詩とみなした．1920年に友人の詩集に寄せた序文で言及され，絶対詩とも称される．その詩論は「詩人の手帖」(1928) にまとめられた．純粋詩とは，散文で表しえるような詩的ではない要素が排除され，言語の音と意味が統一体となるように知性によって構築された詩で，詩人を超越し絶え間なく感動を生み出す意味作用となる．その概念は後に*ヌーヴェル・クリティックに継承される．また，アンリ・ブレモンが1925年に*アカデミー・フランセーズの公開会議で自らの純粋詩論を展開した．ヴァレリーを純粋詩の詩人としながら，神父ブレモンは純粋詩を形而上学的存在(神)への媒介とみなす．これに*チボーデが反論し，1925年から30年にかけて純粋詩論争が起こった．

象徴主義

Symbolisme

19世紀後半の文学・美学の一傾向．狭義には1886年に詩人*モレアスが発した「象徴主義宣言」によって示された文学的思潮を言い，広義には*マラルメを中心とする大きな文学の流れを指す．*自然主義の現世中心主義的な傾向への反発から生まれた，理想主義的・夢幻的な傾向を持つ文学運動であり，世紀末芸術において主導的な役割を果たした．その根幹にある美学は，何らかの「象徴」によって，世界の隠された部分が開示されるという秘教的な考えである．この流派の特徴は，そうしたことのすべてが言語の洗練によって可能になると考えたところにあり，多くの詩人が詩的言語を彫琢（ちょうたく）することによって，この試みを実践しようとした．思想的には *ランボーのいわゆる「母音」の理論，*ボードレールの「万物照応」の理論が源泉にある．当初は *デカダン派と同一視されたこともあるが，象徴主義の方がその射程が広く，退廃的傾向は共有していない．この動きは，フランスのみならずベルギー（*メーテルランクなど）やドイツ（ゲオルゲなど）にも広がり，全ヨーロッパを巻き込む一大潮流となった．絵画（モロー，ルドンなど）や音楽（ドビュッシーなど）の世界にも広がる．加えて，この流派は *ジッドや *ヴァレリーなど，後に 20 世紀文学を切り開くことになる重要な作家・詩人を輩出したことでも知られている．

小ロマン派

Petits Romantiques

19世紀前半の *ロマン主義の潮流に身を置きながら，世に認められることのなかった詩人・作家の総称．各人の文学活動は多様であり一つの流派を成していたわけではない．「『*エルナニ』の戦い」の際に20歳前後の若者であった世代が中心であり，*ネルヴァルや *ゴーチエのように小ロマン派という呼称には適さない詩人も含まれることがある．他の詩人・作家としては，ブルジョワ社会に呪詛の言葉を投げつけたペトリュス・*ボレル，詩集『火と炎』(*Feu et Flamme*, 1833) で知られるピロテ・オネディー，ジャーナリストであり熱烈な共和主義者であったエスキロス等が知られる．*ラマルチーヌ，*ユゴー等のロマン主義の巨匠に一歩遅れて文学活動を始めたこれらの詩人・作家たちの共通項は，あらゆる既成価値に対する反抗と，奇行や暴力，さらには自殺までをも肯定してしまう熱狂と陶酔にあった．

書簡体小説

Roman épistolaire

18世紀に流行した小説スタイル．語り手が物語を進めるのではなく，登場人物の書簡によって構成される．書簡が情報伝達の重要な役割を果たしていたこの時代に，人物の心の動きを細かに描写したり，筋道にとらわれない思想や哲学を自由に織り込むことのできる表現形式として用いられた．代表的な作品としては，*モンテスキューの『*ペルシア人の手紙』，*ルソーの『*新エロイーズ』，*ラクロの『*危険な関係』，またルソーの影響を受けた*セナンクールによる『オーベルマン』などがある．また，19世紀中頃にも*バルザックの『二人の若妻の手記』で用いられている．

諸世紀の伝説

La Légende des Siècles, 1859, 1877, 1883

*ユゴーの叙事詩集．亡命中の1859年に第1集，帰国後の1877年に第2集，1883年に第3集と決定版が刊行された．聖書の時代，ギリシャの神話，衰退期のローマ帝国，中世，ルネサンス，17世紀から20世紀といった人類の歴史を描き上げる壮大な叙事詩．特に傑作が多い第1集には，アベルを殺し，神の目から逃げまどうカインを描く「良心」，木のイメージを織り込み穏やかに詠う「眠れるボアズ」，アルマダ海戦の敗北を風に散るバラで暗示する「王女のバラ」，争いを繰り返した人類が，やがて空へ飛び立ち一つの国を創る「大空」などがある．史実の正確さは欠くが，ユゴーの非凡な想像力，叙事詩人としての能力が遺憾なく発揮されており，また人類の進歩を信じる楽観的見地が窺える．19世紀における希少な叙事詩集．

女性論争

La Querelle des femmes

16世紀に起こった，女性の男性に対する優劣を問題とする文学論争．「『*薔薇物語』論争」にもその一端が見られるように，中世以来「恋愛」や「結婚」に関連して，女性を聖なるものとするか，邪悪なものと捉えるかについて繰り返し論じられていたが，16世紀においては*ネオ・プラトニスムの影響下にこの問題が論じ直された点に特徴がある．特に，女性を擁護した*エロエの作品『比類なき恋人』は名高い．この論争は女性の教育の問題にも関連しつつ続けられたが，女性擁護派の議論も結局は当時の通念であった女性の劣等性を反駁するにあたっての修辞学的技量の誇示にとどまり，現実社会における女性の地位向上に結びつくことはなかった．この時代は*マルグリット・ド・ナヴァールやルイーズ・*ラベなどといった傑出した女性をも生み出したが，彼女らの存在もあくまで例外的なものと考えられた．

ジョデル，エチエンヌ

Étienne Jodelle, 1532-1573

詩人，劇作家．パリにて生まれる．おそらくボンクール学寮にて*レミ・ベローらと学び，20歳で悲劇『*囚われのクレオパトラ』(*Cléopâtre captive,* 1553) を上演．プルタルコスの『対比列伝』から着想を得た作品は大成功を収め，*ロンサールや*バイフらからも賞賛を受けた．同年喜劇『ウージェーヌ』(*Eugène,* 1553) を発表，中世の*ファルス風の筋立てを用いつつも，より長く複雑な構造を備え，それまでの喜劇とは一線を画した．この成功はしかし長続きせず，1558年にはアンリ2世およびギーズ公をパリに迎える際の演劇を準備するが失敗．これを境としてジョデルの名声は失墜し再び華々しい成功を収めることはなかった．だが，フランス演劇史上では悲劇に初めて*アレクサンドランを取り入れ，また初めて古代演劇に倣って創作した詩人であり，17 世紀の *古典主義悲劇の礎を築いた．

ジョワンヴィル，ジャン・ド

Jean de Joinville, 1224/1225-1317

年代記作者．シャンパーニュ地方の高貴な家系に生まれる．父が他界すると，家令の地位を継ぐため，シャンパーニュ伯の宮廷に出仕．ルイ9世（後の聖ルイ）に率いられた第7回十字軍(1248-1254) に参加，フランス王との親交を深めた．この時の経験をもとに，『聖ルイ王伝』(*Vie de Saint Louis,* 1309) が書かれる．ルイ9世が聖人に列せられた後に書かれたこの伝記は，具体的な描写，事件の生起に忠実な語りに特徴がある．ただし，ルイ9世は理想化された君主の典型として描き出されており，模範的キリスト教信者を描いた聖者伝の性質もあわせ持つ．当時ラテン語で書かれるのが一般的であった年代記を，フランス語で書いたという点は注目に値する．ヴィラルドゥアン作『コンスタンチノープル征服』とともに，『聖ルイ王伝』はフランス語による歴史記述の端緒を開いた著作として重要である．

ジョングルール

Jongleur

中世の職業的吟遊詩人．叙情詩を中心に活躍した *トルバドゥール，トルヴェールとは異なり，その活動は多岐にわたる．*武勲詩，物語詩 (lais) を歌うこともあれば，聖者伝，*ファブリオーを語って聞かせることもあった．貴族の庇護のもと，詩・音楽に専念して生きる者もいたが，大部分は曲芸・軽業師，動物使いなどを兼ねていた．窮乏に喘ぎながらの生活を詩作の主題とし，自らの不幸な境遇を歌った *リュトブフの作品は特に名高い．市井の人々の中で生きたジョングルールは中世の民衆文化の担い手であった．

シラノ・ド・ベルジュラック，サヴィニヤン・ド

Savinien de Cyrano de Bergerac, 1619-1655

思想家，劇作家．パリのブルジョワの家に生まれる．ガスコーニュの銃士隊に入るが負傷してパリに戻り，*リベルタンたちと親交を結ぶ．喜劇『衒学者愚弄』(*Le Pédant joué,* 1654)で権威主義を嘲笑し，劇作家として世に出る．死後に出版され，代表作の『別世界または月の諸国諸帝国』(*L'Autre Monde ou les États et Empires de la Lune,* 1657)，『太陽の諸国諸帝国』(*Les États et Empires du Soleil,* 1662) は，20世紀に草稿が発見され，ラディカルな思想の全容が明らかになった．SF小説の形を借りて，キリスト教的な世界観(天動説，神による天地創造と摂理，霊魂の不滅)を否定し，無神論をも匂わせる大胆な思想を展開している．

シラノ・ド・ベルジュラック

Cyrano de Bergerac, 1897

エドモン・*ロスタンの戯曲．ポルト=サン=マルタン座における初演では名優コクランが主役を飾った．17世紀の実在の人物 *シラノ・ド・ベルジュラックをモデルとする．舞台となるのは1640年のブルゴーニュ座．剣豪であり詩人でもあるシラノは自分の天狗鼻を愚弄した貴族を流麗な名調子に乗せて悠々と打ち負かし，観客の喝采を浴びる．シラノが愛するのは従妹ロクサーヌだが，彼女はシラノと同じ連隊に属する美男クリスチャンに想いを寄せていた．シラノは自らの恋情を詩的な表現に託し，クリスチャンに語らせる．戦場へ送られたクリスチャンは命を落とし，恋文の代筆を続けていたシラノは秘密を守る．15年後，尼僧となったロクサーヌを，敵の罠におちいり瀕死の状態のシラノが訪ねる．そこで彼女はシラノが隠し続けてきた恋の真実を悟る．散文的な写実を特徴とする当時の *自然主義演劇の興隆にあって，叙情性を重んじ，主人公の高潔さを謳う主題を選んだロスタンは *ロマン主義演劇を見事に復活させ，自

身の代表作とした.

さ

ジラルダン，エミール・ド

Émile de Girardin, 1806-1881

ジャーナリスト，政治家．ナポレオン軍の大尉アレクサンドル・ド・ジラルダン公爵の私生児としてパリに生まれるが，初めは父方の姓を名乗ることは許されなかった．株式仲介人の見習い書記などの職を務めるが，株に手を出し破産．1827年自伝的な小説『エミール』(*Émile*) を発表，翌年の第2版からは父の許しを得てド・ジラルダンの姓を記す．しかし作家ではなく，ジャーナリストとしての道を選び，1828年他の新聞からの剽窃記事から成る「ヴォルール(盗人)」(*Le Voleur*) 紙を創刊．特定の主義主張を代表せず，読者の関心を誘う記事のみを集めたこの新聞で成功，翌年，最新の流行を発信する新聞「モード」(*La Mode*) 紙を創刊，新聞界に確固たる地位を築く．1836年に創刊した「プレス」(*La Presse*) 紙では紙面の多くを広告に割き，広告料収入を増やすことで画期的な廉価を実現，新聞界に革命を起こした．最初の *新聞連載小説として *バルザックの『老嬢』を掲載したのもこの新聞である．以後「リベルテ」(*La Liberté*) 紙など数多くの新聞を手がける一方，1834年からは代議士となり政治にも関わる．またジラルダン夫人は，デルフィーヌ・ゲー (Delphine Gay) という結婚前の名やローネー子爵の筆名で，小説や詩，評論に筆を揮った著名な作家であった．

シルヴィ

Sylvie, 1854

*ネルヴァルの小説．作者が幼少期を過ごしたパリ北方ヴァロワ地方を舞台とする一人称の小説であり，伝記的事実を巧みに構造化したフィクション．1853年に「両世界評論」誌に掲載された後，作品集『火の娘たち』(1854) に収められた．毎夜，

ある女優目当てに劇場に通いつめる主人公は，女優への愛がかつて見た少女への愛に根ざしていることに気づく．二人が同一人物だという考えに取り付かれた主人公はその考えを振り払うために幼馴染の少女シルヴィの住むヴァロワ地方へと向かう．道中，幼い頃の思い出が主人公の脳裏に去来するが，目的地に着くとシルヴィも村もすっかり変わっている．パリの女優のもとに戻るが彼女ともうまくいかず，結局主人公はすべてが失われてしまったことを悟る．ヴァロワ地方の風景と失われつつある風習を美しい文体で詩情豊かに描き出した恋と悔恨の物語であるが，パリからヴァロワ地方への空間的な小旅行と回想による時間的な移動とが巧みに組み合わされた精緻な構造と，過去と現在，夢と現実とが複雑に絡み合った幻想的な雰囲気もこの作品の大きな魅力となっている．

シルトの岸辺

Le Rivage des Syrtes, 1951

ジュリヤン・*グラックの一人称体を用いた幻想小説．*ゴンクール賞を拒絶し話題となった．架空の国オルセンナは，海をはさんだ敵国ファルゲスタンと300年も冷戦状態にあるが，頽廃(たいはい)した安逸な雰囲気に包まれていた．その前線シルトの城砦に語り手アルドーが監察将校として赴任してくる．まだ若いアルドーは海を前にして無為に過ごす日々に倦み，恋人ヴァネッサに挑発され，敵国へ領域侵犯した．この逸脱行為をきっかけとして，オルセンナは宿命のままに戦争から滅亡への過程をたどることになる．戦争という悲劇は語られることなく，その発端の物語に終始し，比喩を重ね合わせた多層的イメージ，言葉の暗示力や喚起機能を駆使した*散文詩的文体は，*シュルレアリスム美学の遺産を受け継いでいる．

ジル・ブラース

Histoire de Gil Blas de Santillane, 1715-1735

*ルサージュの小説．風刺やユーモアを織り交ぜながら冒険話が次々と展開，スペインの*ピカレスク小説から影響を受けて書かれた．作品の舞台をスペインとしながらも，啓蒙の世紀にふさわしく，医学，文学，貴族社会や宗教を題材にしながら，摂政時代のフランスを意識した風刺が随所に織り込まれている．大学で勉強するため故郷を離れたジル・ブラースは，旅の途中で泥棒一味から貴族まであらゆる社会階層の人々と交わり，様々な境遇を自ら体験しながら次第に処世術を身につけ，最後は出世して幸せな結婚で物語を終える．若き主人公による軽妙な語り口と写実的な描写もこの小説の特徴である．

ジロドゥー，ジャン

Jean Giraudoux, 1882-1944

小説家，劇作家，外交官．フランス中部リムーザン地方の町で生まれる．幼少から成績優秀で，1903 年に高等師範学校に入学．ドイツ・ロマン主義文学を研究する．卒業後は外務省に勤務し，1906 年にはフランス語教師としてハーバード大学で教鞭をとる．翌年帰仏後，トゥーレ，*アポリネールらと交流，外交官として働くかたわら詩的散文『田舎の女たち』(*Les Provinciales,* 1909) で作家としてデビューする．第一次世界大戦後，『悲壮なシモン』(*Simon le pathétique,* 1918) や，超自然に感応する女性の現実からの脱出を主題とした『スザンヌと太平洋』(*Suzanne et le Pacifique,* 1921) を出版，小説家としての地位を築きあげる．その後，偉大な俳優また演出家であるルイ・ジュヴェと出会い，1922 年に小説として出版した作品を何度も書き直し，1928 年に戯曲『ジークフリート』(*Siegfried et le Limousin*) として上演．ジロドゥーの装飾的な文体から生まれる詩情は冗長で，演劇には適さなかったが，その欠点を補ったのがジュヴェの存在である．以後，『トロイア戦争は起こらない』(*La*

Guerre de Troie n'aura pas lieu, 1935),『オンディーヌ』(*Ondine*, 1939) などで，二人は一時代を築く．1930年代に劇作家として活躍する一方，外交査察使に任命される．晩年は多くの講演を行い，フランスの使命を説く『大権』(*Pleins Pouvoirs*, 1939) を発表．フランスがドイツから解放される日を見ることなく1944年にパリで没．

さ

新エロイーズ

Julie ou La Nouvelle Héloïse, 1761

*ルソーの*書簡体小説．スイスの美しい自然を舞台とする．家庭教師サン=プルーは貴族の娘ジュリーに恋心を抱き，彼女も彼を愛するようになるが，身分違いの恋ゆえに，彼は彼女のもとを離れ，スイスからパリへ出る．その間に，ジュリーは思慮深い人物ヴォルマールと結婚し，子どもも生まれる．だが，妻から事情を聞いたヴォルマールは，サン=プルーに子どもの家庭教師になるよう提案し，彼もこれを受け入れる．二人は葛藤しつつ再会するものの，ある日ジュリーは溺れた息子を助けるために湖に入り，そのため命を落す．中世の哲学者アベラールと女弟子エロイーズの伝説的な恋に着想を得て書かれたこの小説は，スイスの山々や湖，結婚したジュリーが暮らすクラランの庭園などの自然描写，大都市パリをはじめ，各地を旅するサン=プルーの哲学的思想や社会的平等への考察，教育論など壮大なスケールを持ちながら，恋人たちの情念，不安，嫉妬といった心理が細かに綴られている．書簡体であることも功を奏し，*散文詩的な文体の美しさも特徴で，刊行と同時に大きな評判を呼び，18世紀最大のベストセラーの一つとなった．

新旧論争

Querelle des Anciens et des Modernes

古代ギリシャ・ローマの作品を乗り越えがたい規範とみなす

「古代派」と同時代の作品を評価する「近代派」とが争った17世紀末の文学論争．世紀中頃に前哨戦があり，詩人デマレ・ド・サン＝ソルランは自分たちの書いたキリスト教的英雄詩の方が異教的ギリシャ・ラテンの英雄詩に勝ると主張し，*ボワローらが反論した．1687年にシャルル・*ペローが*アカデミー・フランセーズで自作詩「ルイ大王の世紀」を朗読し，過去に対する現在の，古代ギリシャ・ローマの詩人に対する同時代の詩人の優位を説くと論争が再燃，古代派はボワローを先頭に*ラシーヌ，*ラ・フォンテーヌ，*ラ・ブリュイエールらが，近代派は*フォントネルらが加わって激しい論戦が繰り広げられた．表面上は和解によって決着を見たが，科学が発展し，絶対王政が隆盛を迎えるなか，古い権威を否定しようとする近代派に分があったことは否めない．18世紀初めにはホメロス作品の評価をめぐって再び論争が起きた．

箴言集

Réflexions ou sentences et maximes morales, 1665

*ラ・ロシュフーコーによる箴言の集成で，*モラリスト文学を代表する著作のひとつ．「箴言」とは人間の行動や心理の実相を短く鋭い言葉で表現する形式で，17世紀の*サロンで流行を見たが，サロン向けの小ジャンルを自立した文学作品に高めたのは著者の功績である．1664年オランダで海賊版が出版されたのを機に翌年初版の刊行に踏みきる．出版当初から賛否を含め反響は大きく，生前5版を数えた．その間，絶えず加筆・修正，箴言の数は初版の318から第5版では504に増えた．「われわれの美徳は，たいていの場合，偽装した悪徳に過ぎない」というエピグラフが示すように，美徳の虚偽性を暴き，あらゆる行為は「自己愛」に由来するとして，人間の根源的なエゴイズムを告発する．変幻自在に姿を変え，利他的行為や自己犠牲の中にまで忍び込む「自己愛」の分析において，著者の筆鋒はとりわけ鋭さを示す．

新百物語

Les Cent Nouvelles Nouvelles

15 世紀後半に書かれた 100 話から成る短編集．ブルゴーニュ公フィリップ・ル・ボン（善良公）に献上された．作者は彼の侍従フィリップ・ポであるとする説やアントワーヌ・ド・*ラ・サルであるとする説があるが，一般に作者不詳とされる．イタリア人作家ボッカッチョの短編集『デカメロン』や中世の *ファルスの影響を受けたこの作品は，寝取られ亭主や食いしん坊な妻，戒律を破る聖職者の滑稽な姿を描き，フランス文学史上最初の短編集となった．16 世紀に入ってフィリップ・ド・ヴィヌールは『サン・ヌーヴェル・ヌーヴェル』を出版し，ニコラ・ド・トロワは『真正で楽しいヌーヴェルの鏡』を発表したが，これらは『新百物語』を範としたものである．また *マルグリット・ド・ナヴァールは『*エプタメロン』を短編形式で執筆するなど，短編集の形式は 16 世紀において隆盛を見た．

新フランス評論 (*NRF*)

La Nouvelle Revue Française

1909年2月，*ジッドの影響下に集まった文学者たちによって，特定の思想や流派に拘らず，文学，芸術，思想におけるそれまでの伝統的価値観を見直す趣旨で創刊された雑誌．20 世紀前半に多くの文豪を輩出した同誌（略称*NRF*）は，初代編集長を演出家コポーが務め，主な寄稿家には *クローデル，ジュール・*ロマン，ヴァレリー・*ラルボー，デュアメル，*ジロドゥー，*モーリヤック，編集顧問にジッド，編集書記にジャック・*リヴィエールといった面々で始動した．今日の文芸出版社の大手ガリマール社は，同誌の出版機関として誕生，*nrf*を商標とした．第一次世界大戦中の休刊期（1914-1919）を経て，リヴィエールを新編集長として復刊され，*プルースト，ジッド，*ヴァレリーや，新鋭の *マルタン・デュ・ガール，*モンテルラン，*ラディゲらの作品の発表により最盛期を迎える．1925年に，リヴィエールの死により3代目の主筆に就いたポーランも，*マルロー，*ミショー，*エメ，*ポンジュ，*クノー，*サルトルなどの第二次世界大戦後の新時代を担うことになる作家を発掘したが，1943年，対独協力派の*ドリュ・ラ・ロシェルが4代目主筆の時に休刊となり事実上の終焉を迎えた．1953年に復刊されるが，文芸評論誌として国内外の新人を糾合し，文壇への登竜門として機能していた佳年の姿は認められない．

新聞連載小説

Roman-feuilleton

1836年に「プレス」紙を創刊した*ジラルダンが，発行部数を伸ばすため同年*バルザックの『老嬢』(*La Vieille Fille*) を連載したのを最初とする．その後*シューの『パリの秘密』(*Les Mystères de Paris,* 1842-1843) や*デュマの『三銃士』(*Les Trois Mousquetaires,* 1844) などが絶大な人気を得るに至り，新聞連載小説は新聞の発行部数に大きな影響を与えたが，読者の興味を繋ぎ止めるため，荒唐無稽な筋立てと劇的な場面の濫用を生み，また思想的にも単純な善悪二元論に陥りがちであった．第二帝政期以降，新聞の検閲が強化されて，社会問題を扱う小説は次第に少なくなり，姦通や犯罪を興味本位に扱った作品が主流となる．1860年代から20世紀初頭にかけてはガボリヨ，ルルー，*ルブランらの探偵小説・冒険小説が紙面を賑わわせた．第一次世界大戦以降，ラジオ等のメディアの発達により新聞連載小説は次第に姿を消していく．

スカロン，ポール

Paul Scarron, 1610-1660

詩人，劇作家，小説家．パリ生まれ，父は高等法院評定官．19歳で僧職に就くが奔放な生活を送り，*リベルタンたちとも交遊する．1638年に患った結核性リウマチのため身体不随となり生涯苦しんだ．1652年，後にマントノン夫人となる女性と結婚，マレー街の邸は人気の *サロンとなる．1643年以来ビュルレスクの詩（滑稽詩）を発表してこのジャンル流行のきっかけを作るが，意欲作『戯作ウェルギリウス』(*Virgile travesti*, 1648-1653) は未完に終わる．他に喜劇『ジョドレ』(*Jodelet ou le Maître-Valet*, 1643)，『アルメニアのドン・ジャフェ』(*Dom Japhet d'Arménie*, 1652) などを書くが，本領は未完の小説『ロマン・コミック（滑稽旅役者物語）』(*Roman comique*, 1651-1657) にあり，その成功は小説のジャンルに長大な牧人小説や英雄小説との断絶をもたらした．ビュルレスクとロマネスクの要素を併せ持つ一方，現実的な人物造形や地方風俗の描写によって *レアリスム小説の一面も見せる．また作者の頻繁な物語への介入は *ディドロの『*運命論者ジャックとその主人』を予告する．

スキュデリー嬢

Madeleine de Scudéry, 1607-1701

小説家．ノルマンディー地方ル・アーヴルの小貴族の家に生まれる．幼い頃から数ヶ国語を学び，読書に没頭する．1639年頃から作家である兄のつてでランブイエ夫人の *サロンに出入りし，後には自分でも *プレシオジテのサロンとして有名な「土曜会」を開く．兄の名で小説『イブラヒム』(*Ibrahim*, 1641) を発表したのを皮切りに次々と長編小説を刊行，なかでもフランス文学最長の小説とされる波瀾万丈の恋人探索物語『グラン・シリュス』(*Artamène ou le Grand Cyrus*, 1649-1653) と，恋愛感情の変遷を地図に見立てた「友愛の地図」で名高い『クレリー』(*Clélie*, 1654-1660) は熱狂的に迎えられた．これらの小説は同時代の社交界の雰囲気を伝える貴重な資料でもある．

スタール夫人

Anne-Louise Germaine Necker, baronne de Staël-Holstein, 1766-1817

小説家，評論家．ルイ 16 世時代に財務総監を務めたネッケルの一人娘としてパリに生まれる．ドイツ・ロマン主義の信奉者で，*シャトーブリアンと並ぶフランス・*ロマン主義の先駆者．少女時代から両親の*サロンに出入りし，*ディドロや*ダランベールら*啓蒙思想家たちの進歩的な自由主義思想に親しみながら成長．1786 年 20 歳の時，駐仏スウェーデン大使スタール男爵と結婚(2 年後に別居，99 年に離婚)，サロンを開く．*ルソーの賛美者であった彼女は『ルソーの著作および性格に関する手紙』(*Lettres sur les ouvrages et le caractère de Jean-Jacques Rousseau,* 1788) を著し，文壇に認められる．フランス革命では当初革命支持の姿勢を示したが，父の財務総監辞任後まもなくスイスのレマン湖畔のコペに亡命，この時期に書かれた『小説論』(*Essai sur les fictions,* 1795) がゲーテに絶賛される．翌年の『個人と国民の幸福に及ぼす情熱の影響について』(*De l'influence des passions sur le bonheur des individus et des nations,* 1796) では，*モラリスト的立場から情念の解放を説き，ロマン主義の礎を築いた．1797 年パリに戻りサロンを再開し，文学者の自由を主張した『文学論』(*De la littérature considérée dans ses rapports avec les institutions sociales,* 1800)，カトリックの宗教観を扱った『デルフィーヌ』(*Delphine,* 1802)，恋に生きる女性を描いた『コリンヌ』(*Corinne ou l'Italie,* 1807) を次々と発表．ドイツの民族性や文学・哲学を称えた『*ドイツ論』(*De l'Allemagne,* 1810) がナポレオンの反感を買い，パリ退去を命じられる．1814 年，ナポレオン体制の崩壊とともにパリに戻る．晩年はアヘンを常用し，51 歳で世を去る．ロマン主義の理論的開拓者，文芸批評家としての功績は大きい．

スタンダール

Stendhal, 1783-1842

小説家．本名はアンリ・ベール (Henri Beyle)．グルノーブルに生まれる．7歳で母親を失う．理工科学校の受験のためにパリに上京．しかし受験を放棄してナポレオン軍のイタリア遠征に加わり，17歳の時にミラノに入城，このことが終生のイタリア偏愛を目覚めさせた．その後，ロシア遠征にも参加したが，1814年の帝政の崩壊とともに失職．以後パリに戻る1821年までミラノに居住し，そこでの恋愛経験から「結晶作用」で有名な『*恋愛論』(*De l'amour,* 1822) を執筆．また，*ロマン主義演劇理論のマニフェストである『ラシーヌとシェイクスピア』(*Racine et Shakespeare,* 1823-1825) などを発表する．その後，小説に転じ，野心的なジュリヤン・ソレルを登場させた代表作『*赤と黒』(*Le Rouge et le Noir,* 1830) を刊行するが評判にならず，1831年，七月王政下に外交官としてローマに近いチヴィタヴェッキアに赴任，暇を持て余し自伝的作品『エゴチスムの回想』(*Souvenirs d'égotisme,* 1892) や『アンリ・ブリュラールの生涯』(*Vie de Henry Brulard,* 1890) を執筆するかたわら，未完の小説『リュシヤン・ルーヴェン』(*Lucien Leuwen,* 1894)，『カストロの尼』(*L'Abbesse de Castro*) を含む短編集『イタリア年代記』(*Chroniques italiennes,* 1839) などに取り組む．イタリアへの情熱は『*パルムの僧院』(*La Chartreuse de Parme,* 1839) で結晶化し，主人公ファブリスの短くも波瀾万丈の生涯を描きながら専制政治を戯画化した．パリで脳卒中のために死去．「アリッゴ・ベーレ，ミラノ人，書いた，愛した，生きた」という自らが選んだ墓碑銘は有名．

自ら「鏡」に譬えるように，同時代の現実社会を鋭く映し出した彼の小説には，終生の課題でもあった「幸福の追求」を託された主人公とそれを阻む社会が描かれ，主人公の挫折を通して社会の欺瞞性が暴露される．彼において近代小説が誕生したと言えるが，「幸福な少数者」のために書かれた作品は，*バルザックなどの称賛を除けば，自らの予言どおり正当に評価されるのは19世紀末になってからであった.

ストラスブールの宣言

Les Serments de Strasbourg, 842

フランク王の息子二人の間で取り交わされた同盟の誓約書であり，古期フランス語による最古の文献. 841年，敬虔王ルイの死に伴い，その息子たちが相続をめぐって起こしたフォントネーの戦いで，息子ルイとその異母弟シャルルが長兄ロテールを破り，翌年にルイとシャルルの間で同盟の確認が行われる. ストラスブールにてそれぞれが相手の統治する領地の言語によって宣誓を行い，それぞれの軍隊は各々自らの言語によって宣誓を行った. この宣誓の原本は残されておらず，二人の従兄であり歴史家でもあったニタールがラテン語によって著した『敬虔王ルイの息子たちの物語』の中に，古期フランス語そして古高ドイツ語（後のドイツ語）のまま書き写されたものが10世紀の写本によって現存する. ルイ側の宣誓 « Pro Deo amur et pro christian poblo et nostro commun salvament... »（神の愛にかけて，そしてキリスト教徒たちと我々の共通の救いにかけて...）に見られる言葉は，まさしく後のフランス語に通じる.

静観詩集

Les Contemplations, 1856

*ユゴーの叙情詩集. 娘の死によって二つの時期に分けられる詩人の魂の回想録の形式をとる. 第1部「昔」（1830年から1843年まで）においては，詩人自身の幼少期，娘の思い出など家庭的で愛情にあふれた詩が多く，これまで詩人が扱ってきた自然や愛といったテーマがより雄大に，より緊密に描き出され，ユゴー叙情詩の頂点をなす. 第2部「いま」（1843年から1855年まで）では，娘の死を悲壮な調子で詠いあげる長詩「ヴィルキ

エにて」や，宇宙の成り立ちから人間の倫理に至るユゴーの哲学を力強い詩句に乗せて繰り広げる「闇の口の語りしこと」など瞑想的，哲学的な暗い調子の作品が多く，後の叙事詩『*諸世紀の伝説』へとつながる．作者が亡命中にもかかわらず，第二帝政下のフランスで大成功を収めた．

世紀病

Mal du siècle

19世紀初頭の文学作品に見られる，青年たちをとらえた倦怠，不安，虚無感，孤独といった心理状態と，過度の内省的傾向を指す．革命やナポレオン戦争といった解放や栄光に遅れて生まれたと感じる若者たちは，意志の無力さを感じ，冷酷な現実と理想の間に思い悩み，不安や憂鬱に陥った．18世紀末の *ルソーの作品やゲーテの『若きウェルテルの悩み』に既にその傾向が見られるが，直接的には理想と現実の不一致に悩む *シャトーブリアン作『*ルネ』がその原型とされる．その後1816年に *コンスタンの『*アドルフ』が出版されるが，世紀病という言葉が登場するのは1820年代に入ってからである．また1833年になると *サント=ブーヴが *セナンクールの『オーベルマン』に見られる憂鬱を世紀病であるとした．1836年には世紀病に悩む自己を分析した *ミュッセの『世紀児の告白』が出版されるなど，*ロマン主義文学の特徴の一つを成している．

聖史劇

Mystère

14世紀に発生した宗教劇．教会で司祭たちによってラテン語で行われていた典礼劇が民衆の手にわたり，フランス語の劇として発展した．題材は主にキリストの生涯で，特にキリストの受難を扱ったものが多い．1452年頃書かれたアルヌール・グレバンによる『受難聖史劇』が最も有名で，34425行からなり，登場人物約400人，上演期間は4日間にもわたる大作である．民衆によって演じられる聖史劇は長編が多く，上演には町中の人々が参加する一大イベントであった．キリストの生涯が題材として扱われる一方で，聖人や聖母マリアの救いをテーマとする奇跡劇 (Miracle) も生まれ，パリでは聖史劇，奇跡劇を専門に上演する劇団も創設され，教会の庇護のもと大衆文化として発展した．

聖週間あるいは天地創造

La Semaine ou Création du Monde, 1578

*デュ·バルタスの叙事詩．エグザメロンという天地創造の6日間を歌うジャンルにのっとった作品．物語は聖書の「創世記」を辿り，1日目の物質と光の創造に始まり，6日目の地上の動物と人間の創造に終わる．7日目の休息日を付け加えたことにはイタリアの哲学者ピコ・デ・ラ・ミランドラの影響が指摘されるが，神が休息し，自らが創り上げた世界を眺めるその日は，その後にゲーテが賞賛した箇所でもあった．デュ・バルタスは世界が創造されていく様を圧倒的な博識をもって語り，*ルネサンス的な知の百科全書とも言うべきものとなる．出版と同時に大成功を収め，ヨーロッパ各国の詩人たちに大きな影響を与えた．その後『続聖週間』に取りかかるが4日目で中断され未完．デュ・バルタスの名声は一時期 *ロンサールをも凌駕するほどだったが，次世紀半ば以降は急速に忘れ去られることになる．これは17世紀の均整を重んじる *古典主義的詩学が，ガスコーニュ方言の使用や造語も辞さないデュ・バルタスの詩学と相容れず，また『聖週間』を貫くルネサンス的世界観も時代にそぐわなくなったからだろう．

聖杯物語

La Quête du Graal

12世紀後半から13世紀にかけて流行した,神秘の杯を探求する物語群．1180年頃に執筆された*クレチヤン・ド・トロワの『ペルスヴァル』には主人公が偶然，神秘的な杯と槍を垣間見る場面があるが，その意義をめぐってその後書き継がれた物語の総称．『ペルスヴァル』の続編としてロベール・ド・ボロンが1200年頃に『聖杯由来の物語』を執筆．そこでこの杯がキリストの「最後の晩餐」の時に用いられ，十字架にかけられたキリストの血を集めた杯であり，それをアリマタヤのヨセフがユダヤ人たちのもとから運び出したとされる．次に続く作者不詳の『聖杯の歴史』では，主に聖杯を守る人物たちの歴史が語られ，アリマタヤのヨセフの子孫たちが聖杯の番人であるとされる．この物語群は『聖杯探索』で終わりとなる．アーサー王の円卓の騎士の中で最も優れた騎士ランスロでさえも発見できない聖杯は，彼の息子ガラアドによって見出される．完全なるキリスト教徒のみが聖杯を手にすることを強調するこの物語は，聖杯を最終的にキリスト教の象徴として捉えている．

セーヴ，モーリス

Maurice Scève, 1500頃-1560頃

詩人．リヨンの裕福な家庭に生まれた．イタリアの大学やアヴィニョンで学んだとされる．1533年アヴィニョンの教会内の*サド侯爵家の礼拝堂で，ペトラルカの『カンツォニエーレ』で歌われたラウラの墓を発見したとされるが,その真偽は不明．リヨンに戻り，詩人ら知識人層と交わる．当時の*ブラゾンの流行を受け創作したもののうち,「眉」はイタリア，フェラーラで催された詩の競技会で賞を得た．1536年，フランソワ1世の長男の死に際して，メラン・ド・サン=ジュレや*マロらと，その死を悼む詩集に8篇の詩を提供．1544年には最初の恋愛詩集『*デリー，至高なる美徳の対象』(*Délie, objet de plus haute* *vertu*) を出版.『カンツォニエーレ』に倣い，デリーという一人の女性を中心として構成された詩集で，この女性に彼と交流のあった女流詩人ペルネット・デュ・ギエの面影を指摘する説もある．紋章と詩の関係，周到に計算されたその構成など，その表現の難解さも相まって詩人の死後は正当に評価されない時代が続いた．19世紀後半の*マラルメら*象徴主義詩人の出現を経て，初めてその難解かつ神秘的な詩の近代性が認識されることとなる．後期の代表作『小宇宙（ミクロコスム）』(*Microcosme*, 1562) は，百科全書的学識に満ち「人間」を中心主題として歌った3巻から成る．

セヴィニェ夫人

Marie de Rabutin-Chantal, marquise de Sévigné, 1626-1696

書簡作家．パリの由緒ある貴族の家に生まれる．若くして宮廷や社交界で豊かな才気を見せ，*ラ・ロシュフーコー，*ラ・ファイエット夫人，*ラ・フォンテーヌらと親交を結ぶ．1671年，娘のグリニャン伯爵夫人が夫の任地プロヴァンスへ旅立った時から，娘宛に手紙を書くことがセヴィニェ夫人の生活そのものとなり，膨大な量の手紙が倦むことなく書き送られた（現存する手紙は1120通で764通が娘宛）．手紙の内容は，娘への過剰なまでの愛情の吐露のほか，同時代の事件の報告，宮廷や社交界での見聞，人物評から身辺雑記まで多岐にわたり，それらが機知に富んだ文体で生き生きと語られている．夫人の死後これらの書簡は徐々に出版され始め，その文学的価値が広く認められることとなった．

セヴィリアの理髪師

Le Barbier de Séville ou la Précaution inutile, 1775

*ボーマルシェの戯曲．この作品で彼は悲劇から喜劇に転じた．理髪師フィガロはかつての恩人アルマヴィーヴァ伯爵と再

会．伯爵はロジーヌに恋をしているが，ロジーヌの後見人バルトロも彼女を妻にしようと画策している．フィガロは，伯爵の恋を成就させようと策を練り，伯爵とロジーヌを結び合わせることに成功する．当初全5幕で上演されたが評判が悪く，全4幕に書き換えて再演して大成功を収めたものが現在の形である．フィガロの言いなりになる伯爵の姿は，召使に従う主人という構図となっているほか，後見人バルトロが『*百科全書』を批判的に語るなど，革命前夜のフランスの世相が反映されている．のちにロッシーニによってオペラ化された（初演1816）．続編に『*フィガロの結婚』がある．

セガレン，ヴィクトル

Victor Segalen, 1878-1919

詩人，小説家，医者，考古学者．後に海軍主計局の書記となる父のもと，ブルターニュ地方のブレストに生まれた．ボルドー海軍医学校に進学，音楽に親しみ，文学への興味も深め，1902年，作家を医学的に考察した博士論文を執筆，その断章が初めて雑誌に掲載された．同年，海軍の医師となり，タヒチ派遣を機に，西洋文明の受容の中で民族性を喪失するマオリ人を描いた小説『記憶なき民』(*Les Immémoriaux,* 1907) を著す．結婚後，語学を学ぶために中国に渡り，医者として働くほか，考古学調査を行った．漢字とフランス語が綾なす詩集『碑』(*Stèles,* 1912) を北京で発表．持病の神経症のため故郷近くで療養中に森の中で事故死した．紫禁城をめぐり虚実が錯綜する未完の小説『ルネ・レイス』(*René Leys,* 1922) をはじめ，戯曲，旅行記等，ほとんどの作品が死後出版．作品に刻まれた彼の異文化に対する深い理解は後の文化人類学の先駆となった．

セギュール，ソフィ・ド

Sophie Rostopchine, comtesse de Ségur, 1799-1874

児童文学作家．ロシアの将軍の娘としてサンクト・ペテルブルグに生まれるが，父とともにフランスに永住．ウージェーヌ・ド・セギュール伯爵と結婚し，最初はパリ，ついでオルヌ県のヌエットに居を構える．この地が，彼女の生涯，そしてとりわけその作品において重要な地となる．夫との不和から，子どもや孫の教育に熱中．50歳を過ぎてから孫たちのために書いた『新妖精物語』(*Nouveaux Contes de fées,* 1857)，『学問のあるロバの話』(*Les Mémoires d'un âne,* 1860)，『ソフィーのしくじり』(*Les Malheurs de Sophie,* 1864) をはじめとする作品は，児童文学の傑作として今日まで読み継がれる．日常生活を素材として，単純な筋立てと分かりやすい道徳観とを特徴とするが，その最大の魅力は，時に残酷な振る舞いもする子どもたちの姿を，彼らの心理を含めて詳細に生き生きと描き出したことにある．

セゼール，エメ

Aimé Césaire, 1913-2008

詩人，政治家，劇作家．カリブ海のフランス旧植民地マルティニック島で，黒人中産階級の家庭に生まれる．奨学金を得て18歳でフランスに渡り，高等師範学校準備学級在学中，L.S.サンゴール（詩人、のちセネガル初代大統領）らとともに，植民地の本国への同化政策を批判し，黒人の文化的・政治的尊厳回復を求める「ネグリチュード（黒人性）」の思想を培った．1939年，長編詩『帰郷ノート』（*Cahier d'un retour au pays natal,* 決定版 1956）を発表，植民地支配によって疎外された黒人の存在をアフリカという神話的源泉への回帰を通して受け入れ，その未来を謳った．この「ニグロの叫び」をアンドレ・*ブルトンが絶賛，その後世界的な評価を得る．詩作を続ける一方，政治家として1944年からフォール・ド・フランス市長（～2001年），国民議会議員（～1993年）を務め，マルティニックを含む植民地の海外県化政策を推進．植民地的構造の解消を伴わない本国への「同化」は批判の対象ともなった．『植民地主義論』（*Discours sur le colonialisme,* 1950, 決定版 1955）で西欧文明の盲信を糾弾．世界各地で植民地独立運動が高まるなか，民衆の意識における真の脱植民地化の必要を訴えた．60年代には黒人の自己理解を促す教訓的演劇を志向し，独立革命後のハイチに題材をとった『クリストフ王の悲劇』（*La Tragédie du roi Christophe,* 1963）、シェイクスピア劇の翻案『もうひとつのテンペスト』（*Une tempête,* 1969）などの戯曲を制作．旧植民地における混交と多様性を称揚する「クレオール文学」の前段階に位置づけられ，フランス語圏文学におけるもっとも重要な作家のひとりである．

セナークル

Cénacle

*ロマン主義を掲げる文学者，芸術家の集まり．原義はキリストが最後の晩餐をとった広間を言い，そこから広間に集う人々の集まりを指すようになった．ロマン主義と *古典主義の論争の激しかった1820年代前半，政治的立場から *ユゴーや *ノディエ等が導く保守主義のグループと，*メリメや *サント=ブーヴ等が加わる自由主義のグループの二つに分かれ，両者とも古典主義に不満を持ちながらも，激しく対立していたが，次第に歩み寄り，1827年ユゴーとサント=ブーヴとの間に友情が芽生えたことにより合流．ノートル=ダム・デ・シャンのユゴーの家には *ヴィニー，*バルザック，*ミュッセ，メリメ，*ネルヴァル，*ゴーチエ，ドラクロワ等が集まり，芸術に関する議論，作品の発表などが行われた．ユゴーに率いられたセナークルは1830年「『*エルナニ』の戦い」においてロマン主義演劇を勝利に導いた．この他 *小ロマン派たちのプチ・セナークルもある．

セナンクール，エチエンヌ・ピヴェール・ド

Étienne Pivert de Senancour, 1770-1846

さ

小説家，思想家．パリに生まれる．聖職につかせようとする父の意に背いてスイスに移り，そこで結婚．しかし結婚生活はうまくいかず，しばしば妻子を残したままパリに長期滞在し，孤独と貧困の中で執筆活動に励む．代表作『オーベルマン』(*Obermann,* 1804) は友人にあてた書簡の形式をとり，事件や具体的な筋をともなった小説というよりも，倦怠に苛まれる主人公の告白という観を呈する．アルプスやフォンテーヌブローの自然描写と，苦痛に満ちた懐古的な夢想を綴ったこの作品は *ロマン主義の先駆けとなるものであり，冷徹な知性を備えながら，自らが何者かを知らず空虚感に苛まれる主人公は，後に *世紀病の典型とみなされる．発表当時はまったく注目を集めず，1830 年代になって *サント=ブーヴやジョルジュ・*サンドによって評価されるに至る．『オーベルマン』執筆後は主にパリに滞在し，政治，歴史に関する著作を執筆した．

狭き門

La Porte étroite, 1909

*ジッドの小説．作者自身はこの作品を「レシ(物語)」に分類．「*新フランス評論」(*NRF*) への連載を経て同年に刊行．1891 年の着想から，長い年月を経て完成した．幼馴染の青年ジェロームは，母親の醜行による反動で純潔に生きようとする従姉アリサの宗教的な美徳に惹かれ，やがて互いに恋心を抱く．彼らの婚約は周囲から好意的に受けとめられたが，アリサの妹ジュリエットがジェロームを愛していることを知り，アリサは結婚を延期しようと言う．ジュリエットは別の男と結婚し幸せを見いだすが，アリサは依然としてジェロームとの距離を縮めようとせず，共に現実的欲望を捨て心の融合を求めようとする．現実と理想の愛との隔たりを恐れたアリサは，過剰な自己犠牲の戒律に生き，療養院で病死する．肉体の解放をテーマとする

『*背徳者』と対をなし，切り離すことのできない作品と作者自身が述べている．作品末尾に挿入されたアリサの日記において，彼女の天上的なイメージがジェロームの視点によって付与されたと暴露されることにより，禁欲的な自己犠牲はアイロニカルな悲劇となる．

セリーヌ

Louis-Ferdinand Céline, 1894-1961

小説家，医師．本名ルイ＝フェルディナン・デトゥーシュ (Louis-Ferdinand Destouches)．パリ近郊クルブヴォワで中産階級の家庭に生まれる．初等教育を終えた後，ドイツ，イギリスへ語学留学，帰国後は宝石商店などで見習奉公をする．18 歳で軍隊に志願して入隊するが，ほどなく勃発した第一次世界大戦に従軍して負傷，翌年，軍功賞を得て除隊．帰国後レンヌで医学を学び 30 歳で学位を取得．その後，国際連盟の医療活動に従事，視察のためにアフリカ，アメリカ，中南米を転々とし，1927 年の帰国後はパリの下町で開業した．1932 年，波瀾に富んだ体験を基に創作された第 1 作『*夜の果てへの旅』(*Le Voyage au bout de la nuit*) が出版され，俗語，隠語を駆使した破格の文体と，その強烈なニヒリズム，アナーキズムが大きな反響を巻き起こした．文学の観念をくつがえすこの作品で一躍文壇に小説家としての地位を築き，続いて『教会』(*L'Église*, 1933)，『なしくずしの死』(*Mort à crédit*, 1936) などを発表．その後，反ソ的なソビエト旅行記『懺悔』(*Mea Culpa*, 1937) や，政治評論集『死体派』(*L'École des cadavres*, 1938) などを発表するが，その反資本主義的アナーキズム，反ユダヤ主義のため左右両翼から攻撃される．戦後，対独協力の嫌疑を受け，ドイツを経てデンマークに亡命．同地で獄中生活を送った後，特赦を得て 1951 年帰国，パリ近郊で貧民のための医者になる．その間も執筆活動を続け，『城から城』(*D'un château à l'autre*, 1957)，『北』(*Nord*, 1960)『リゴドン』(*Rigodon*, 1968) のいわゆる亡命三部作で，悪夢のような逃亡の日々を沈痛に語る．再び注目を浴びるようになったが，1961年パリ郊外にて脳出血で死去．

ソネ

Sonnet

14行で構成される詩形．4行詩節二つと3行詩節二つの組み合わせによる．脚韻の組み合わせにも規則があり，前半の8行では同一の抱擁韻を，後半の6行では平韻の後に抱擁韻，もしくは交錯韻を配置する．なおその際男性韻・女性韻を必ず交互に用いなければならない．13世紀のイタリアで生み出され，古くはペトラルカによる恋愛詩集『カンツォニエーレ』が知られる．フランスにおいては16世紀に*ロンサールが確立するが，17，18世紀には顧みられなくなる．19世紀に入るとこの詩形は*ボードレールをはじめとした詩人たちによって称揚され，20世紀においても他の定型詩が軽視される中，ソネのみは完全な形式美を備えた詩形として多くの詩人に愛された．

ゾラ，エミール

Émile Zola, 1840-1902

小説家，批評家．イタリア人技師の父とフランス人の母との間にパリで生まれ，少年期を南仏エクス＝アン＝プロヴァンスで過ごす．7歳で父と死別し，家庭は困窮に陥るが，ブルボン中等学校の寄宿生となり，ポール・セザンヌと知り合う．*ロマン主義に心酔し，プロヴァンス地方の田園で豊かな感性を育む少年期を共有した二人は，小説家，画家として各々が前衛運動に身を投じた1860年代から70年代も相互に影響を与えて友情を保ち，芸術小説『制作』(*L'Œuvre*, 1886)の刊行によって破綻したと言われてきたが，実際には同作が出版された翌年の1887年にもセザンヌはゾラに『大地』(*La Terre*,

1887)の送付に対する礼状を送っていた．1858年パリに移り，翌年に大学入学試験を受験するが失敗，進学を放棄する．1862年から勤務したアシェット書店で，*テーヌや*サント=ブーヴなどの文人と知り合い，当時主流となっていた実証哲学の精神を知る．文学修行に励む一方，新聞や雑誌への評論活動を本格化し，駆け出しのマネや印象派画家たちを擁護する．*フローベールの著作や*ゴンクール兄弟の『ジェルミニー・ラセルトゥー』などに刺激を受け，「外科医が死体に対して行う解剖」のように書いたとする『テレーズ・ラカン』(*Thérèse Raquin,* 1867) を発表，第2版の序文で「*自然主義」の用語を提唱する．生理学者クロード・ベルナールの『実験医学研究序説』をモデルとしたゾラの文学理論は，小説家は社会環境の中の人間を冷静に観察すべきと主張する『実験小説論』(*Le Roman expérimental,* 1880) で体系化された．20巻から成る『*ルーゴン=マッカール叢書』(*Les Rougon-Macquart,* 1871-1893) は第二帝政下のフランス社会を舞台に，ある遺伝的因子を担った一族の変遷を描いた自然主義文学を代表する作品群であり，*バルザックの『*人間喜劇』にも匹敵する．第7巻の『*居酒屋』(*L'Assommoir,* 1877) で大成功を収め，1878年にパリ近郊のメダンに別荘を構えたゾラは*モーパッサンや*ユイスマンスらの若手作家を集めて「メダンのグループ」を結成，普仏戦争を共通の題材とする反戦的傾向の強い『メダンの夕べ』を編み，自然主義者としての立場を一層鮮明にした．晩年は世紀末社会とカトリック教会を描いた『三都市』(*Les Trois Villes,* 1894-1898) を刊行，次いで*フーリエ流の空想的社会主義思想が色濃い『四福音書』(*Les Quatre Évangiles,* 1899-1903) に取り組むが，未完に終わる．*ドレフュス事件では，「オーロール」紙に大統領宛ての公開文「われ弾劾す！」(« J'accuse! », 1898) を掲載し，ユダヤ人将校ドレフュスを徹底的に擁護した．当時の科学思潮を小説に持ち込んだゾラの理論はその限界を指摘されて久しいが，問題設定をし，客観的に事実と対峙しようとする態度によって，作家は他に類のない観察と調査に基づく作品を残し，構築力のある叢書を残した．首都の変貌や階層間の衝突，民衆の生理などを同時代人の仔細な日常を通して見つめたゾラは，それまで取り上げられることのなかった空間（百貨店，洗濯屋，炭鉱，鉄道等）を小説の舞台として選び，近代フランスの相貌を社会史的な事象の描出によって映し出した．その小説世界は，作家の物語作者としての才能や想像力によって神話的な広がりも見せ，今日の読者をも惹きつけている．

ソレルス，フィリップ

Philippe Sollers, **1936-**

小説家，批評家．本名フィリップ・ジョワイヨー（Philippe Joyaux）．ボルドー郊外タランスで実業家の家庭に生まれる．学業では経済を専攻するが文学への目覚めは早く，『奇妙な孤独』（*Une curieuse solitude,* 1958）が＊モーリヤック，＊アラゴンに評価され，1960年代からはロラン・＊バルトに賞賛された『ドラマ』（*Drame,* 1965）等，＊レアリスム小説に反抗する実験的な作品を発表．「書く主体」ではなく，テクストにおいて「書かれる私」を問題とし，世界の様々な「声」をエクリチュールの奔流の中で響かせる試みを実践．その到達点に句読点を用いない小説『楽園』（*Paradis,* 1981）がある．1960年創刊の雑誌「テル・ケル」（*Tel quel*）において1982年の廃刊まで主幹を務め，＊構造主義や精神分析批評など新たな文学・思想の展開に寄与した．「ランフィニ」（*L'Infini*）誌を創刊した1983年，＊デリダ，＊クリステーヴァらの姿が散見する小説『女たち』（*Femmes*）を出版．以来，小説『黄金の百合』（*Le Lys d'or,* 1989），『秘密』（*Le Secret,* 1993），『晴れ間』（*L'Éclaircie,* 2012），＊サドやカサノヴァに関する論考など，多数の著作を発表し続けている．

大押韻派

Grands Rhétoriqueurs

15世紀後半から16世紀前半に，ブルゴーニュからフランドルにかけて登場した詩人たちの総称．それぞれの詩人の作風は世代あるいは出身地によって大きく異なる．ジャン・モリネ，ジャン・ルメール・ド・ベルジュやオクタヴィアン・ド・サン=ジュレ，あるいはクレマン・*マロの父ジャン・マロなどが含まれる．主として身分の高い王侯貴族に仕え，彼らのために詩句を作った．彼らは押韻や寓意表現あるいは謎文字を高度に発展させた技巧的，遊戯的な詩句を作ったため，19世紀における*ルネサンス詩再評価に際してもただ技巧のみを追求した浅薄な詩人たちとして，評価されることはほとんどなかった．だが，同時代のユマニストたちの活動とも決して無関係でなかった彼らの試みは，20世紀後半の言語学の発展とともに，言語そのものについての省察を含む一種の言語実験と評価されるに至っている．

大河小説

Roman-fleuve

個人あるいは家族とそれを取り巻く社会，時代を総括的に提示する長編小説．1930年代に全盛となり，*チボーデに倣って「連鎖小説」(roman-cycle) とも呼ばれる．*バルザックの『*人間喜劇』や*ゾラの『*ルーゴン=マッカール叢書』はその先駆であるが，ある生の発展を河の流れのように時間軸に沿って描出した最初のフランス大河小説はロマン・*ロランの『*ジャン=クリストフ』(1904-1912) である．1930年代を中心に*マルタン・デュ・ガールの『*チボー家の人々』(1922-1940)，ジュール・*ロマンの『善意の人々』(1932-1946)，ジョルジュ・デュアメルの『パスキエ家年代記』(1933-1945) といった大河小説が次々と生み出された．しかし，一時代の総体を盛り込むことを目指す大河小説は，ファシズムの台頭や第二次世界大戦といった激変する世界情勢の中で衰退していった．

ダグー，マリー・ド・フラヴィニー

Marie de Flavigny, comtesse d'Agoult, 1805-1876

小説家．フランクフルトで生まれる．父はフランス人の亡命貴族，母はドイツ人の銀行家の娘．1827年にダグー伯爵と結婚，*サロンを開き，*ロマン主義の作家，芸術家たちを招く．1835年に夫と娘を捨てて，愛人のリストとジュネーヴに逃避行した．この音楽家との間に3人の子どもを産み，その末娘コジマは後にワーグナーと結婚する．リストと別れた後，「ダニエル・スターン」の筆名を用いて文筆活動を始める．新聞への執筆の他に，自伝的長編小説『ネリダ』(*Nélida,* 1846)，女性の権利を主張した『道徳的，政治的概要』(*Esquisses morales et politiques,* 1849)，『1848年の革命の歴史』(*Histoire de la Révolution de 1848,* 1851-1853) や2つの『回想録』(*Mes souvenirs,* 1877, *Mémoires,* 1927) など．ジョルジュ・*サンドと並んで教養もあり，情熱的な女流作家であった．

ダダイスム

Dadaïsme

第一次世界大戦下の1916年に，既成の秩序，常識，美学を全面的に否定，破壊する目的でチューリッヒに起った前衛運動．ルーマニアの詩人*ツァラが仲間とともに，芸術家の集う場として「キャバレ・ヴォルテール」を設立し，そこで開催された即興詩の朗読会，音楽会，展覧会などが，1918年に機関誌「ダダ」(*Dada*) を創刊する芸術運動へと発展．ツァラの命名した「ダダ」なる言葉に特定の意味はない．同誌第3号に，『ダダ宣言』(1918) を発表，1910年代半ばにニューヨークやパリ，ベルリンで同時多発的に起っていた同様の運動とも交流を持つ．1919年，運動の本拠地をパリに移し，雑誌「文学」(*Littérature,* 1919) への発表により新たな進展を目指すが，22年に同誌の創刊者*ブルトンと決裂，以後ダダの運動も「破壊」の意義が薄れ衰退に向かった．現在では，*シュルレアリスム運動の基盤を築いた点が主に評価されている.

谷間の百合

Le Lys dans la vallée, 1836

*バルザックの小説. 1835年「パリ評論」誌初出. *サント＝ブーヴの小説『愛欲』に触発されて書かれた作品と言われる.『*人間喜劇』の中では「田園生活情景」に分類される. 作品は2通の手紙から成る. まず主人公フェリックスが, 恋人ナタリーに宛てて書いた長大な手紙の中で, 彼が経験したある悲恋の物語を回想する. 家庭で疎んじられた少年時代を過ごした彼は, 20歳の時トゥーレーヌ地方のある館で開かれた舞踏会で美しい貴婦人, モルソフ伯爵夫人に魅せられる. 彼女は陰気な夫と二人の子どもとともに暮らす人妻だった. 二人の思いは, 美しい田園風景を背景に急速に高まるが, 彼女はあくまで彼の人生に対する賢明な忠告者としての立場を守り続ける. 満たされない思いを抱えたフェリックスはパリでイギリス大貴族夫人と関係を持つ. 絶望したモルソフ夫人は病の床につき, 1通の手紙を残して亡くなる. そこには, 出会いの瞬間から揺れ動き続けた彼女の心情と, 死を目前にしてますます燃え盛る情熱が綴られていた. 彼は, この経験がその後の彼の性格に暗い影を落としていることを告白して回想を終える. ところがナタリーからの返信は, 一人の女性を死に至らしめるほどに苦しめ, それを偽善的に語る彼の態度を非難するのみであった.

18世紀から続く*書簡体小説の流れを汲みつつ, 一人称小説でもあるこの作品は, 女性の抑圧された欲望を赤裸々に描く筆致が非難され, 描写にこめられた詩的, 神話的意味の豊かさも理解されず, 発表当初は失敗作とされた. しかしこれらの価値は作者の死後*ゴーチエや*クローデルらによって認められ, バルザックの代表作に数えられることとなった.

ダランベール，ジャン・ル・ロン

Jean Le Rond d'Alembert, 1717-1783

数学者，思想家．貴族デトゥーシュと，*サロンの女主人として有名なタンサン夫人の私生児としてパリに生まれる．学校で数学の面白さに目覚め，20歳頃から次々と論文を発表し，1743年の『動力学論』(*Traité de dynamique*) でヨーロッパ中に知られる．1747年から*ディドロとともに『*百科全書』(*Encyclopédie,* 1751-1772) の編集に関わる．翻訳以外に特筆すべき業績のなかったディドロに比べ，科学アカデミー，ベルリン・アカデミーの会員にもなっていたダランベールの社会的地位は，学者たちに『百科全書』への寄稿を依頼する上でも大きな意味を持った．1751年，『百科全書』「序論」を発表，人間の知識の秩序とそのつながりを明らかにするという目的を論じる．1757年，ダランベールが担当した項目「ジュネーヴ」をめぐりジュネーヴ出身の*ルソーと論争．加えて警察による取り締まり，出版統制，イエズス会からの批判など，刊行以来続いてきた厳しい状況に疲れたダランベールは，1759年には『百科全書』編集の仕事を離れ，数学関連の項目の執筆だけを引き受け，以後は『数学小論集』(*Opuscules mathématiques,* 1761-1780) の刊行やアカデミーの仕事に専念した．

タルチュフ

Tartuffe ou l'Imposteur, 1669

*モリエールの5幕韻文喜劇．1664年，宮廷で3幕物として上演されるが信心派の反対で市中公演を禁じられ，曲折の後69年に漸く上演を許されると大成功を収めた．裕福な町人オルゴンは偽信心家タルチュフに惚れ込み，自分の娘と結婚させようとするが，タルチュフは陰でオルゴンの後妻エルミールも誘惑する．エルミールの計略で偽善者の正体が明かされるが，オルゴン家の相続権を手に入れたタルチュフは当主の追放を企む．しかし最後には，王の炯眼（けいがん）によってタルチュフが逮捕される．

宗教的・道徳的偽善の風潮を鋭く風刺し，人間的で親しみやすい信仰こそ尊いと説く．タルチュフは偽善家に加え，雄弁な好色漢，悪知恵の策略家という複雑な相貌を見せる．

戯れに恋はすまじ

On ne badine pas avec l'amour, 1834

＊ミュッセの戯曲．3幕散文劇．田園の幻想と詩情を背景に繰り広げられる恋愛詩劇．パリで学業を終え帰郷した城主の息子ペルディカンと姪のカミーユは幼なじみで結婚が決められていたが，修道院で恋愛に対する偏見を植えつけられていたカミーユは彼を冷たくあしらい，再び修道院へ戻ると宣言する．怒ったペルディカンは彼女の嫉妬心を煽るため，彼女の乳姉妹ロゼットに戯れに手を出し結婚を強行しようとする．それを見たカミーユは絶望し祭壇の前で涙にかき暮れる．彼女の本心を知ったペルディカンは彼女を助け起こし，互いの愛を誓うが，二人の会話を盗み聞きしていたロゼットは悶死する．つまらない意地の張り合いが生んだ犠牲者を見て，カミーユは彼のもとを去る．悲喜劇のジャンルの混交やめまぐるしい場面転換，キリスト教批判や農民合唱隊（コロス）の採用など，＊古典主義演劇とは一線を画す独自の手法が用いられた＊ロマン主義劇作品．

ダンディスム

Dandysme

19世紀にロマン派詩人やボヘミアン的生活を送る若者たちの間で流行した態度，美意識．英語のdandyismに由来する．イギリスの宮廷人ジョージ・ブランメルをはじめとする，英国上流階級の優雅な服装や趣味，社交態度に憧れたフランスの青年たちが伊達好みを示したもの．文学界においては＊ボードレールや＊バルベー・ドールヴィイー，＊シューらがその代表とされる．身だしなみや物質的優雅さに対する嗜好よりも，社会的頽廃（たいはい）の時代における精神的優雅さの獲得を目指した彼らの姿勢は，ダンディスムを単なる伊達者気取りから芸術美の追求へと変え，その価値を高めた．美意識の洗練を気取り，ブルジョワ社会の物質主義や功利主義に対する嫌悪を，拒否や無関心，反抗によって逆説的に訴えかける彼らの精神は，後の *デカダン派の文学者たちに引き継がれる．

チエリー，オーギュスタン

Augustin Thierry, 1795-1856

歴史家．トゥーレーヌ地方ブロワに生まれる．高等師範学校卒業後，一時期 *サン=シモン主義に傾倒する．自由主義者として政治・歴史に関する論考を新聞・雑誌に寄稿した後，『ノルマン人による英国征服』(*La Conquête de l'Angleterre par les Normands,* 1825) で，歴史の進展の中に征服者と被征服者の対立関係を認め，史家としての地位を確立する．過労による失明後，独自の史観を展開しつつ，歴史と文学の融合を図った代表作，『メロヴィング王朝史話』(*Récits des temps mérovingiens,* 1833-1840) で好評を博す．また晩年には政府から委託された第三身分についての研究に没頭し，パリで死去．事実に基づく解釈の綿密さに加えて，歴史を叙述する精彩ある語りが特徴で，チエール，ミニェらとともに「物語派」と呼ばれる一派を代表する．

地下鉄のザジ

Zazie dans le métro, 1959

レーモン・*クノーの小説．田舎からパリにやって来た少女ザジは，母親が愛人と過ごす二日間，叔父ガブリエルに預けられる．楽しみにしていた地下鉄がストライキと知り失望するが，物怖じしない悪童ぶりで下町の住人，警官，観光客などを巻き込みつつ，蚤の市，エッフェル塔からガブリエルの勤めるゲイ・キャバレーまで，パリの街を冒険する．破天荒なヒロインを中心に50年代のパリを滑稽に活写して，発表後直ちに成功を収め，既に14作の小説を刊行していたクノーの出世作となった．1960年監督ルイ・マルが映画化．俗語や卑語を駆使するユーモア作家のイメージを一般に定着させたが，話し言葉を正規の記法に従わず発音通りに転写する「ネオ・フランセ」は伝統的な小説言語に対する挑戦であった．また，同定されないままのパリの名所や，名前，職業，性別さえ変更される登場人物によって *レアリスムの慣習に揺さぶりをかける点などにも，小説としての革新性が認められる．

チボー家の人々

Les Thibault, 1922-1940

*マルタン・デュ・ガールの小説．20世紀初頭から第一次世界大戦にかけてのブルジョワジーの家族の肖像を描く *大河小説．「灰色のノート」，「少年院」，「美しい季節」，「診察」，「ラ・ソレリーナ」，「父の死」，「1914年夏」，「エピローグ」の8部から成る．カトリック系のチボー家とプロテスタント系のフォンタナン家という対照的な二つの家庭を背景に，チボー家の長男アントワーヌと次男ジャックの運命が語られる．兄は医師で実証主義者，弟は純粋な反抗的精神の持ち主で，二人の正反対の性格が物語の軸となる．厳格なカトリック主義者であり，ブルジョワジーの古い秩序を代表する父オスカール・チボーとジャックの確執，恋愛，アントワーヌの医師としての使命感など，第6部「父の死」まではブルジョワの一家族の私的な年代記の色彩が濃い．しかし，当初の予定を変更して執筆された第7部「1914年夏」に及んで物語は一挙に政治社会的規模に拡大，兄弟は戦渦に巻き込まれる．ジャックはスイスで平和運動に身を投じて犠牲となり，アントワーヌも戦線で毒ガスによって冒される．古文書研究で培われた綿密な構成と資料調査，「1914年夏」以降で獲得した歴史的射程によって，大河小説の中でも高く評価される．「1914年夏」出版の翌年にノーベル文学賞を得る．

チボーデ，アルベール

Albert Thibaudet, 1874-1936

批評家．ブルゴーニュ地方トゥルニュの裕福な地主の家に生まれた．パリのアンリ四世校でベルクソンに学ぶ．哲学と歴史を修め，各地の中等教育機関で臨時教員をしながら，友人が創刊した雑誌に執筆，1912 年から雑誌「*新フランス評論」(*NRF*) の文芸時評を担当する．第一次世界大戦後復員し，同誌を中心に多くの雑誌に執筆，文学から政治まで多様な主題で著作．1924 年ジュネーヴ大学に赴任，癌のため同地で死去した．『ステファヌ・マラルメの詩』(*La Poésie de Stéphane Mallarmé,* 1912)，『ギュスターヴ・フローベール』(*Gustave Flaubert,* 1922)，未完の『フランス文学史』(*Histoire de la littérature française de 1789 à nos jours,* 1936) 等，同時代の作家を取り上げ，共感を土台に幅広い学識を駆使した分析を展開，創造的批評を目指す．両大戦間の批評界を代表し，ジュネーヴ学派の先駆となる．

チュルカレ

Turcaret ou le financier, 1709

*ルサージュの全 5 幕の散文劇．悪辣な徴税請負人チュルカレは美貌でコケットな男爵未亡人に思いを寄せてせっせと贈り物をするが，彼女は若いシュヴァリエに入れあげている．彼の下僕フロンタンが「この世の一番面白いペテンの数珠つなぎ」(1幕 10 場) と言う通り，夫人に忠告し続ける小間使いのマリーヌは逆に解雇され，チュルカレはますます夫人の言うまま，フロンタンまで雇う羽目に．そしてマリーヌに代えて恋人リゼットを送り込んだフロンタンは，男爵夫人やチュルカレ，シュヴァリエを二人でいいように言いくるめて，ついに冷酷非情な高利貸しでもあるチュルカレの上を行く狡猾さで，皆を破滅させ，彼らの財産を着服してめでたく結婚する．フロンタンが吐く最後のあまりに有名な台詞「チュルカレの時代は終わって，俺の時代がこれから始まる．」(5 幕 14 場) は，革命前の *ボーマ

ルシェ『*フィガロの結婚』のフィガロの長い独白ほどの強烈さはないが，前代の*モリエールの下僕スカパンよりは時代への毒を強く含んでいる．

18世紀の初頭，前代のさまざまな対外戦争で疲弊した経済に，さらに打撃を与えたのは国民から徴収した税を着服，私腹を肥やした請負人の跋扈(ばっこ)だが，そうした社会情勢を自惚れ屋でケチ，しかも強欲で鼻持ちならぬチュルカレ像に結実させるところにこの劇の本質がある．

町人貴族

***Le Bourgeois gentilhomme*, 1670**

*モリエールのコメディー・バレエ．5幕散文，作曲はリュリ．裕福な商人ジュールダン氏は貴族の肩書きに憧れ，貴族にふさわしい教養を身につけようと，教師を雇って音楽・ダンス・剣術・哲学の勉強に余念がないが，そんな貴族趣味につけこむ性悪な伯爵の食い物にされている．娘リュシールの婿は貴族と決めて，恋人クレオントとの結婚を承諾しない．クレオントの召使は一計を案じ，主人をトルコの王子に仕立てて偽の儀式を開き，トルコ貴族の称号を授けられたジュールダンは娘の結婚を許可する．学習場面のどたばたや流行のトルコ趣味の利用など，作風は*ファルスに近いが，富を得た町人が抱く貴族身分への欲望を辛辣に風刺する風俗喜劇でもある．

懲罰詩集

***Les Châtiments*, 1853**

*ユゴーの詩集．亡命中に書き上げられ，ブリュッセルで秘密出版されたこの詩集は，ナポレオン3世を徹底的に風刺，第二帝政下では禁書とされた．序詞「夜」と詩集の最後を飾る「光」という二つの長詩に挟まれた，様々な調子，形態の詩によって圧制者ナポレオン3世が攻撃される．クーデターの夜に

殺された子どもを嘆く老婆を描く「四月の夜の思い出」や，ナポレオン1世の偉業を称え，ナポレオン3世の卑小さを浮き彫りにする叙事詩「贖罪」をはじめ多種多彩な詩を含む．帝政におもねる人々の名前を韻律に組み込み，韻文の面白さを最大限に生かした詩句，形式や調子の幅広さ，さらにそこに盛り込まれた風刺の辛辣さによってフランス政治風刺詩の最高傑作の一つに数えられる．

ツァラ，トリスタン

Tristan Tzara, 1896-1963

＊ダダイスム運動を率いた詩人．本名はサムエル・ローゼンストック(Samuel Rosenstock)．ルーマニア北部モイネシュティ生まれのユダヤ人．第一次世界大戦下，ニヒリズムへの時代的流れの中にあって，1916年にチューリッヒの「キャバレ・ヴォルテール」において亡命中の芸術家たちとともに，既成のものの一切を否定する前衛運動「ダダ」を立ち上げる．『1918年のダダ宣言』(*Manifeste dada 1918*, 1918) でヨーロッパ中に名を轟かせ，雑誌「文学」(*Littérature*) への寄稿を機に＊ブルトンや画家ピカビアらとの交流が始まる．『詩篇25』(*Vingt-Cinq Poèmes*, 1918) では，形式論理からの解放を目指した言語破壊としての「反･詩」を試みる．1922年にはブルトンと決別，＊シュルレアリスム運動が台頭する中，『近似的人間』(*L'Homme approximatif*, 1931)，『反頭脳』(*L'Antitête*, 1933)，『種子と表皮』(*Grains et issues*, 1935) を執筆．後年，共産主義を支持しながら『内部の顔』(*La Face intérieure*, 1953) を発表するが，いずれにも「ダダ」独自の否定的精神が満ちている．

椿姫

La Dame aux camélias, 1848

＊デュマ・フィスの小説．娼婦マリー・デュプレシスとの恋の経験から着想を得たと言われている．主人公アルマン・デュ

ヴァルが『*マノン・レスコー』の本を落札した「私」に過去を語るという形式.「椿姫」と呼ばれる高級娼婦マルグリットとアルマンは親密になり，パリの喧噪を離れて生活を始める．ところがアルマンの父の訪問を機に関係が一変，理由も告げずマルグリットは再び高級娼婦に戻り，裏切られたアルマンはフランスを離れる．彼が真相を知るのは，椿姫の死後であった．娼婦の純愛を描いたこの作品は1849年戯曲として書き直され，52年ヴォードヴィル座で上演．それまでの舞台にはなかった「現実的なもの」は好評を博し，デュマ・フィスの劇作家としての第一歩となった．53年にはヴェルディによりオペラ化され今なお魅力を保ち続けている．

テアトル・ド・ラ・フォワール

Théâtre de la foire

パリのサン=ジェルマン，サン=ロランの「市(フォワール)」で 17 世紀後半から 18 世紀にかけて発展を遂げた演劇形式. 木造の小さな劇場で主に喜劇が演じられた．巷で人気を博したこの演劇は，当時演劇界で特権的な地位にあった *コメディー=フランセーズの不興を買い，様々な禁止事項を課されることになる．しかしそれは役者，劇作家たちに新たな創作の契機を与え，滔々と続く滑稽なモノローグ，パントマイムといった新機軸が生み出された．さらにセリフと歌唱の融合は *オペラ=コミックへの道を開く．19 世紀に入ると *ブールヴァール演劇がこの演劇の精神を受け継ぐことになる．

ディドロ，ドゥニ

Denis Diderot, 1713-1784

思想家, 小説家. シャンパーニュ地方の町ラングルに刃物商の息子として生まれる．郷里にあるイエズス会士の学校で学んだ後，パリに遊学，1732 年には教授資格を得る．1742 年 *ル

ソーと知り合い，互いに影響を受けた．この頃，彼は主に英語文献の翻訳に携わっていたが，パリの書店主ル・ブルトンに『*百科全書』(*Encyclopédie,* 1751-1772) 編纂の仕事を依頼され大きな転機となる．*ダランベールとともにこの仕事を引き受けた 1746 年は，最初の著作『哲学断想』(*Pensées philosophiques*) を発表した年でもあった．理神論的主張を含むこの作品は，教会の反発を招き焚書(ふんしょ)処分を受ける．さらに 3 年後の『盲人書簡』(*Lettre sur les aveugles,* 1749) では，唯物論と無神論とを展開したため，ヴァンセンヌの牢獄に収監され，以後，ディドロは教会関係者たちを刺激する恐れのある著作の出版を見合わせる．豊かなイメージを用いながら唯物論的自然観を表明した『ダランベールの夢』(*Le Rêve de d'Alembert,* 1830) が死後出版となった一因もここにある．『百科全書』の仕事を続ける一方で，1750 年代後半には演劇への関心を強め，二つの戯曲『私生児』(*Le Fils naturel,* 1757)，『一家の父』(*Le Père de famille,* 1758) を出版，悲劇でも喜劇でもない「真面目なジャンル」を提唱する．また，友人グリムの依頼により，王立絵画彫刻アカデミー主催の官展（サロン展）に対する美術批評『サロン評』(*Salons,* 1759-1781) も執筆，新たな観点から芸術を捉えなおして，このジャンルの進展に大きく貢献した．1760 年代半ばには，『百科全書』の刊行がほぼ完了し，小説作品の制作に力を入れるようになる．修道院生活の非人間性を告発した『修道女』(*La Religieuse,* 1780)，キリスト教道徳に基づいた西欧社会に疑問を投げかける『ブーガンヴィル航海記補遺』(*Supplément au Voyage de Bougainville,* 1796) など，小説の執筆は彼にとって自分の思想を表明する手段の一つであった．彼の代表作に数えられる『*ラモーの甥』(*Le Neveu de Rameau,* 1891) でも，天才，芸術，教育，モラルについての議論が対話形式で展開されるとともに，寄食者たちの社会が痛烈に風刺される．さらに『*運命論者ジャックとその主人』(*Jacques le Fataliste et son maître,* 1796) では小説ジャンルそのものが批判にさらされており，ディドロが表現形式にも意識的な作家であることをうかがわせる．

多様なジャンルで活躍した思想家ながら，その主題は常に彼独特の世界認識から生じている．作品中しばしば用いられる対話は，運動・変化によって特徴付けられる世界を描き出すのに適した形式であった．啓蒙の時代を代表する *フィロゾーフとしてのみならず，独特の思想，表現形式の斬新さによって文学史上においても重要な位置を占める．

デカダン

Décadents

19世紀末文学の一潮流を示す名称．詩人 *モレアスの主導した文学グループがこの名前を標榜，その後，この派の退廃的，厭世的，反社会的な文学観は，「ル・デカダン」などの雑誌の相次ぐ出版によって徐々に広がっていった．*ヴェルレーヌは自らを揶揄してデカダンと名乗ったが，この派の傾向を最もよく体現する作品は *ユイスマンスの小説『*さかしま』(*À rebours*, 1884) であり，この作品は当時の文壇に大きな影響を与えた．その他，ペラダンの作品もデカダンの一種とみなされている．*象徴主義も当初はデカダン派と同一視されたこともあるが，後者は前者の美学の一傾向を拡大したものに過ぎない．*ボードレール，ワイルドなどもこの一派とみなされることがある．

デカルト，ルネ

René Descartes, 1596-1650

哲学者，科学者．近代哲学の祖と称される．トゥーレーヌ地方ラ・エーに生まれ，父はブルターニュ高等法院評定官．1歳で母を失くし，病弱な幼少期を送る．1606年からイエズス会の名門ラ・フレーシュ学院で伝統的な学問を修め，続いてポワチエ大学で法学を学ぶが，学校で習う書物による

学問に満足できず，「世界という大きな書物」から学ぶべく，1618年以降ヨーロッパ各地を転々とする．この間オランダではイザーク・ベークマンを知り，数学的自然学の構想を伝えられ，1619年冬にはドイツのウルム近郊で見た夢により諸学問の方法的統一を啓示されたという．さらにイタリア滞在，フランス滞在を経て，1628年からはオランダに居を定め，以後20年を超す歳月をこの国で思索と著述にあてる．

公刊された最初の著作『*方法序説』(*Discours de la méthode,* 1637) は，屈折光学，気象学，幾何学についての研究成果をまとめた「三試論」の出版に際し，その序文として付された．当時の哲学書としては珍しくラテン語ではなくフランス語で書かれたこの作品は，方法の 4 規則の設定，「仮の道徳」の提示，「われ思う，故にわれあり」という思考の原理の発見を経て，学問体系の構築に向かう著者の思索の歩みを語る．精神の自伝としての趣を持つ書で，文学的にも重要な作品といえる．以後の主要な著作として，形而上学を体系的に語る主著の『省察』(ラテン語 1641 / 仏訳 *Méditations métaphysiques,* 1647)，形而上学に続けて自然学の体系を提示する『哲学の原理』(ラテン語, 1644 / 仏訳 *Principes de la philosophie,* 1647)，各種情念の考察とそれを統御する高邁の徳について論ずる『情念論』(*Passions de l'âme,* 1649) がある．この他，メルセンヌはじめ多くの学者たちに宛てた膨大な量の書簡があり，思想的にきわめて価値が高い．49 年秋にはスウェーデンのクリスティーナ女王の要請を受けその宮廷に渡ったが，まもなく肺炎にかかり翌年没した．

デカルトは理性の明証性という原理に立ち，思考する精神と物質世界という二元論に基づく形而上学と自然学を提示して，近代合理主義の基礎を築いた．その考えは17世紀後半以降，思想界に深く浸透し，後代に与えた影響は計り知れない．

哲学辞典

Dictionnaire philosophique, 1764

*ヴォルテール作．初版には「アルファベット順に並んだ理

性」という副題が付いており，当時刊行中の『*百科全書』に実質的には加わっていないヴォルテール版の「百科全書」とも言うべき作品．「美」，「寛容」，「哲学者」など『百科全書』を思わせる項目に，ヴォルテールの思想が盛り込まれている．中でも多くの項目で論じている宗教に関しては，神の存在を認めた上で教会の腐敗を厳しく指摘し，イエズス会や法王庁の怒りを買った．1765年に焚書（ふんしょ）処分となったが，作品は版を重ね，項目も増補されていった．ヴォルテールの広い視野は，ギリシャやローマの歴史，諸外国の宗教や政治にまで及び，ユーモアと風刺の混じった文体で人間の平等や法を守る国家の有用性を説く．

哲学書簡

Lettres philosophiques, 1734

*ヴォルテール作．書簡体によるイギリス見聞記で，作者のイギリス亡命中に書かれ，「イギリス書簡」とも呼ばれる．本書で「風変わりな国」と称されるイギリスは，宗教的に寛容であり，様々な身分から成る国会の議会制を実現し，ニュートン，ジョン・ロックなどの科学知識の先端を担うなど，フランスが学ぶべきものを多く持つ．しかし，ヴォルテールが目指すのは，単なるイギリス賛美ではなく，過去の歴史に学んだイギリスを強調しながら，疲弊するフランス社会に疑問を投げかけることにあった．本書はパリで発禁処分となったが，処分や追放を覚悟で執筆を続けるヴォルテールにとっては，人間の自由，寛容の精神を訴えることが重要であった．

テーヌ，イポリット

Hippolyte Taine, 1828-1893

哲学者，批評家，歴史家．シャンパーニュ地方ヴージエに生まれる．パリの高等師範学校で哲学を学び，オーギュスト・*コントの実証哲学と，*サント=ブーヴの伝記的方法を継承，作品をそれぞれの社会，時代の表現として捉える文学批評を徹底化した．科学的方法を文芸批評に取り入れ，*レアリスムと*自然主義の潮流に大きな影響を与える．「人種」，「環境」，「時代」の3要素を通して，作品創造の秘密を解き明かそうする．この体系的な理論は，代表作『イギリス文学史』(*Histoire de la littérature anglaise,* 1864-1869) でも適用され，「悪徳も美徳も，硫酸や砂糖のように組成物である」と述べるその序文は彼の方法論を説いたものとして知られる．テーヌの実証的方法は，ギュスターヴ・ランソンなどによるアカデミックな文学研究や文学史の構築を導いた．その他の著作として，『知性論』(*De l'intelligence,* 1870)，『芸術哲学』(*Philosophie de l'art,* 1882)，普仏戦争とパリ・コミューンに衝撃を受け，余生を費やして書かれた『現代フランスの起源』(*Les Origines de la France contemporaine,* 1875-1893) がある．1878年に*アカデミー・フランセーズ会員．

デ・ペリエ，ボナヴァンチュール

Bonaventure des Périers, 1500頃-1543頃

詩人，物語作者．ブルゴーニュ地方アルネー=ル=デュックに生まれる．同地方オータンにおいて*ユマニスムの教養を積み，1534年から翌年にかけ，プロテスタントの聖職者オリヴェタンによる聖書仏訳に*カルヴァンらと協力．リヨンにおいて*ドレの『ラテン語考』編纂にも協力した．1536年より*マルグリット・ド・ナヴァールの従僕となる．*マロ擁護の詩篇を執筆した後，4編の対話から成る『キュンバルム・ムンディ』(*Cymbalum mundi,* 1537) を偽名で出版．寓話によって宗教者の不寛容を風刺した本作品は，ソルボンヌ（パリ大学神学部）に断罪され焚書（ふんしょ）処分を受けた．死後出版となった『新笑話集』(*Nouvelles Récréations et joyeux devis,* 1558) は90編の短編から成り，ボッカッチョ等の影響を受けながら，簡潔な文体で滑稽な物語を風刺的に綴る．不遇をかこち貧困に苦しみ，最後は自殺したと伝えられる．1544年の遺稿集には詩篇のほか，ホラティウスの翻訳などが収められている．

デポルト，フィリップ

Philippe Desportes, 1546-1606

詩人．オルレアン地方シャルトルの名士の一家に生まれる．行き届いた古典語教育を受け，早くより詩人としての資質をあらわしていたとされる．ル・ピュイの司教の秘書としてローマに赴き，イタリア詩人たちの影響を強く受ける．帰国後は *ロンサールや *バイフらと親交を結び，また宮廷人としていくつかの恋愛詩を創作，アンジュー公(シャルル 9 世の弟)の庇護を受ける．1573 年の『初期作品集』(*Les Premières Œuvres*) は大成功を収める．同年アンジュー公に従いポーランドに赴くが，シャルル 9 世の死にともないアンジュー公がアンリ 3 世として即位，フランスに帰国した際には，最も信頼される側近の一人となり，詩人としてもロンサールに匹敵するとみなされた．この頃から，『初期作品集』の改訂を続け，また聖書の『詩篇』(*Psaumes*) の翻訳にも着手．1586 年にロンサールの葬儀を計画したのも彼であった．1589 年アンリ 3 世の死後，カトリックとプロテスタントとの間の対立において交渉役として働き，その後はボンポールの修道院にて隠遁生活を送る．晩年には宗教詩の創作に打ち込み，1603 年『詩篇』の決定訳を発表．若い詩人たちに寛容に接し，影響を与えつつ 1606 年修道院にて没した．

デポルトの詩はロンサールの詩に見られるような難解な神話表現を排し，明快で心地良い表現を究めた点に特徴がある．次世代の詩人 *マレルブからは酷評を受けたが，当時はフランスのみならずフランドルやイギリスにおいても模範と崇められた．

デボルド=ヴァルモール，マルスリーヌ

Marceline Desbordes-Valmore, 1786-1859

詩人，小説家．革命により破産した紋章画家の娘として北フランスのドゥエで生まれる．貧困のために学業を中断．母とアンティル諸島に出立したが，母は黄熱病で客死，彼女は重篤ながらも独り帰国を果たした．16歳の時に故郷で女優となり，そ

の後30年にわたり活動を続けた．31歳で通称デボルドと名乗る役者と結婚し4児をもうけるが，常に苦労が絶えない人生であった．3人の子どもたちや身内を次々と亡くし，最後は哀しみと絶望の内に独りパリで死ぬ．しかし悲痛な境遇にもかかわらず，彼女は当時の最も秀でた詩人のひとりであり，最初の詩集『悲歌』(*Élégies,* 1819) 以後，*ロマン主義の先駆けをなす作品を多く発表した．繊細な感受性，誠実で伸びやかな叙情性と優れた音楽性は*ラマルチーヌ，*ヴィニー，*ユゴーなどの大詩人たちに称えられ，さらに*ボードレールや*ヴェルレーヌからも賞賛を受ける．奇数韻詩，とりわけ11音韻詩を最初に取り入れたのは彼女で，詩作品以外には子ども向けのコントや自伝的小説がある．

デュクロ，シャルル・ピノ

Charles Pinot Duclos, 1704-1772

歴史家，小説家，文法家．ブルターニュ地方ディナンで，裕福な帽子職人の家庭に生まれる．文学サークルで出版した作品集に寄稿したのをきっかけに文壇に登場，1747年には*アカデミー・フランセーズの会員，1750年には*ヴォルテールの後を継いで修史官となる．『風俗についての考察』(*Considérations sur les mœurs,* 1751) や『18世紀の風俗史のための覚書』(*Mémoires pour servir à l'histoire des mœurs du XVIII*^{e} *siècle*) などを執筆した．小説には，ヒロインのアヴァンチュールを描いた『ルス夫人の物語』(*Histoire de Madame de Luz,* 1740) や，ある伯爵が若き日の過ちを語る『＊＊＊伯爵の告白』(*Confessions du comte de ***,* 1741) がある．また文法家として『ポール=ロワイヤルの文法についての考察』(*Remarques sur la Grammaire de Port-Royal,* 1754) を著し，1762年にはアカデミー・フランセーズの終身秘書官として，辞書の編纂にも携わる．*百科全書派とも交流，*ルソーとは長い親交があった．

デュ・バルタス，ギヨーム・ド・サリュスト

Guillaume de Saluste du Bartas, 1544-1590

詩人．ガスコーニュ地方モンフォールに生まれる．1563-64 年，トゥールーズで法律を学び，その間に詩作も始める．1572 年にはモンフォールで判事．この間も詩作を続け，詩集『キリスト者の詩神』(*La Muse chrétienne,* 1574) を出版．1576 年よりナヴァール王アンリ (後のアンリ 4 世) の侍臣として宮廷に仕える．『*聖週間あるいは天地創造』(*La Semaine ou Création du Monde,* 1578) は発表後すぐに大きな成功を収め，ヨーロッパで各国語 (ラテン語も含む) に翻訳された．1584 年以降続編『続聖週間』(*La Seconde Semaine*) が順次発表されるが，「4 日目」で詩人の死により未完．百科全書的とも言うべき壮大な『聖週間』はタッソー，ミルトンにも影響を与え，後にゲーテの賞賛も得た．

デュ・ファイユ，ノエル

Noël du Fail, 1520 頃-1591

物語作者．ブルターニュ地方レンヌ近郊シャトー=ルタールに生まれる．パリで法律を学んだ後，貧窮のため軍隊に入りイタリアへ赴く．その後，南仏を巡り法学の学士号を取得，1548 年，レンヌにて法職に就く．裕福な女性と結婚，下級裁判所判事の職を購う．1571 年には高等裁判所判事に就任．プロテスタントの嫌疑をかけられ一時職を追われるが，後に復職，1586 年まで勤めた．『田園閑話』(*Propos rustiques,* 1547) はアナグラムによる偽名レオン・ラデュルフィ (Léon Ladulfi) の名でリヨンで出版．ブルターニュ地方の田舎に住む 4 人の老人が昔を懐かしみながら，それぞれの思い出話を語るという構成で，都会生活を批判する一方，田舎での静穏な暮らしを賞賛する．地方風俗の正確な記録という写実的な面で従来評価が高いが，「牧歌」の伝統にのっとり，古典の教養を交えた上で田舎を理想化して描く．翌年，3 人の友人の対話から成る『ユートラペル新冗談小話集』(*Baliverneries, ou contes nouveaux d'Eutrapel,* 1548) を出

版．さらに晩年，同じ3人の登場する『ユートラペル小話集』(*Contes et discours d'Eutrapel*, 1585) で，*ラブレーの影響を脱し，多彩な題材を熟練した語りの技法によってまとめ上げる一方，伝統にのっとる貴族の視点から，動乱する現代社会への懸念を表明している．

デュ・ブーシェ，アンドレ

André Du Bouchet, 1924-2001

詩人．パリ生まれ．1940年にアメリカに渡り，ハーバード大学でギリシャ語と英文学を学ぶ．卒業後，同大学で英文学を教えるが，1951年に帰国．詩集『空気』(*Air*, 1951)，『蓋なし』(*Sans couvercle*, 1953)，『うつろな暑さの中で』(*Dans la chaleur vacante*, 1961) で，その詩の世界を確立する．一方，雑誌「エフェメール」に *ボヌフォワ等の同世代の詩人たちと集い，1966年から73年まで編集を担当した．この間，詩人パウル・ツェラン，彫刻家ジャコメッティらの創作活動に感化を受ける．また，その生涯を通して，ツェラン，ヘルダーリンなどの翻訳も試みている．当初から「文字」と「空白」の拮抗を追求してきたデュ・ブーシェの詩の世界とは，ページの中に広がる空白の中からほのかに浮かび上がる言葉によって刻一刻と形成されていく空間である．このように詩の「空間性」を追求する姿勢は *マラルメの文学観に通じるが，デュ・ブーシェはそれを極限にまで押し進めた．最後まで自らの作風と孤独な姿勢を貫いたが，その独特の詩は現代詩に多大な影響を及ぼしている．

デュ・ベレー，ジョアキム

Joachim du Bellay, 1522-1560

詩人．フランス西部アンジューにて，当時権勢を誇った貴族の家系に生まれる．ポワチエで2年間法律を学んだ後，パリのコクレ学寮に入学．*ロンサールらとともにジャン・ドラのもと，ギリシャ・ラテン文学を学ぶ．1549年にはロンサールやペルチエの協力のもと『*フランス語の擁護と顕揚』(*La Défense et illustration de la langue française*) を出版．同年に『抒情詩集』(*Vers lyriques*)，およびフランスにおける初めての *ソネ集『オリーヴ』(*L'Olive*) を発表する．1553年，外交官としてローマに赴く父の従弟ジャン・デュ・ベレー枢機卿に同行．壮麗さと退廃の混在する古代都市ローマを目の当たりにする．多忙な職務の合間にも詩作を続け，パリに戻った翌1558年に『哀惜詩集』(*Les Regrets*)，『緑陰の楽しみ』(*Les Jeux rustiques*)，『ローマの遺跡』(*Les Antiquités de Rome*)，『夢』(*Le Songe*) にまとめられた．都市ローマの過去の栄光と現在の堕落，権謀術数の渦巻く社会状況，あるいは望郷の想いなどが歌われた『哀惜詩集』にはフランス人の愛唱する「幸いなるかな，オデュッセウスのように...」で始まるソネが含まれる．これらの詩集は広く成功を収め，とりわけイギリス，エリザベス朝の詩人たちに愛された．『ローマの遺跡』はエドマンド・スペンサーによって翻訳されている．晩年には聴覚を失い，ローマから帰還後1年半あまりでパリで没．

デュマ，アレクサンドル（デュマ・フィス）

Alexandre Dumas fils, 1824-1895

劇作家，小説家．『三銃士』の作者アレクサンドル・*デュマ（デュマ・ペール）の私生児としてパリに生まれる．後に父が認知したために同名となるが，私生児という境遇は彼の生涯に大きな影響を与えた．娼婦マリー・デュプレシスとの恋愛を題材にして書かれた処女小説『*椿姫』(*La Dame aux camélias,* 1848) が好評を博すと，1849年小説を戯曲化し，1852年同名で上演．それまでの舞台になかった「現実的なもの」は人々の心を捉え，デュマ・フィスの名は広く知られることになった．この作品はヴェルディにより1853年にオペラ化された．これ以降デュマ・フィスは小説家としてよりも劇作家の道を進み，1855年の『ドゥミ＝モンド』(*Le Demi-Monde*)，1857年の『金の問題』(*La Question d'argent*)，1858年の『私生児』(*Le Fils naturel*) など，特に社会問題を提起した作品が多く，その後の写実主義演劇，*自然主義演劇の先駆けとなった．

デュマ，アレクサンドル（デュマ・ペール）

Alexandre Dumas père, 1802-1870

小説家，劇作家．フランス北部の町ヴィレル=コトレに生まれる．ナポレオン軍の将軍であった父から黒人の血を受け継ぎ，その容貌は当時の文壇では異色であった．4歳で孤児となり，貧しい少年時代を過ごした後，20歳でパリに出る．1829年，シェイクスピアの影響を受けた『アンリ3世とその宮廷』(*Henri III et sa cour*) を *コメディー=フランセーズで上演，一躍注目を集める．その後，相次いで発表した『アントニー』(*Antony,* 1831)，『ネールの塔』(*La Tour de Nesle,* 1832) などの戯曲で，*ロマン主義の劇作家としての地位を確立．また，当時流行の *新聞連載小説の分野においても，『三銃士』(*Les Trois Mousquetaires,* 1844)，『王妃マルゴ』(*La Reine Margot,* 1845)，『モンテ=クリスト伯』(*Le Comte de Monte-Cristo,* 1844-1845) など，歴史とフィクションを組み合わせた小説を次々に発表，人気を博した．デュマの小説は，サスペンス効果を用いた筋立て，意外などんでん返し，精彩に富んだセリフが魅力で，大衆小説の手本とされる．しかし，生涯に長短合わせて200編以上という驚くべき執筆速度の陰には，オーギュスト・マケをはじめとする多くの助手の存在があった．戯曲，小説の他にも，ロシア，スイス，中近東などへの旅行記や自らの半生を綴った『回想録』(*Mes Mémoires,* 1852-1854) の執筆，自作を上演するための劇場の建設，個人雑誌の発刊と，その活動は多岐にわたる．

デュラス，マルグリット

Marguerite Duras, 1914-1996

小説家．仏領インドシナ生まれ．18歳からパリに移り，大学で法律，数学，政治学を学ぶ．インドシナでの少女時代の体験を素材とした『太平洋の防波堤』(*Un Barrage contre le Pacifique,* 1950) で注目を浴びる．『ジブラルタルの水夫』(*Le Marin de Gibraltar,* 1952)，『辻公園』(*Le Square,*1955) などを経て，『*モデラート・カンタービレ』(*Moderato cantabile,* 1958) で独自の対話体を確立．癒されぬ欲望に突き動かされていくヒロインを暗示的な筆致で描く．この作品以降，デュラスの「狂気の愛」という本質的な面が作品の主題に据えられ，『ロル・V・シュタインの歓喜』(*Le Ravissement de Lol V. Stein,* 1964)，『副領事』(*Le Vice-consul,* 1966) において深化された．*ヌーヴォー・ロマンとは一線を画しつつ，清新な手法により独自の世界を創造，アラン・レネ監督の『ヒロシマ私の恋人』(*Hiroshima mon amour,* 1960) で初めて映画シナリオを書いた後，デュラス自らの監督で『インディア・ソング』(*India Song,* 1973)，『トラック』(*Le Camion,*1979) などの映画化も手がけている．1984年，ベストセラーとなった自伝的小説『*愛人』(*L'Amant,* 1984) で*ゴンクール賞を獲得．

デリー，至高なる美徳の対象

Délie, objet de plus haute vertu, 1544

*セーヴの詩集．ペトラルカの『カンツォニエーレ』に倣い，デリーという一人の女性を歌いあげた．冒頭の八行詩1篇と10音節の十行詩の449篇から成り，序章となる最初の5篇の後，銘句付き紋章に先立たれた9 (3×3) 篇ずつの49 (7×7) グループが続き，結論となる最後の3篇がやはり紋章に先立たれる．主人公「私」のある女性（デリー）との出会いに始まり，*トルバドゥール風恋愛詩や*ネオ・プラトニスムの影響のもと恋愛における様々な内面の葛藤や変遷が描かれ，また「恋愛」のテーマに「詩の創造」のテーマが重ね合わされる．周到に計算された構成や様々に解釈され得るデリーという名，あるいは銘句付き紋章の意味やその詩との関係，繰り返される特定の数字（3や7）の意味など，詩句の難解さと相まって容易には理解されず，

詩人の死後は正当に評価されない時代が続いた．19世紀後半の*マラルメら*象徴主義詩人の出現を経て，彼らの詩的言語とセーヴのそれとの類似性が指摘され，ようやく再評価されるに至った．

デリダ，ジャック

Jacques Derrida, 1930-2004

哲学者．本名はジャッキー・デリダ（*Jackie Derrida*）．アルジェリアでユダヤ系の家庭に生まれる．19歳の時パリに渡り，高等師範学校卒業後は，パリやアメリカの大学で教鞭をとるかたわら著作活動を行う．1960年代，フッサールの現象学から出発し，ニーチェやハイデッガーの哲学を批判的に発展させ，西欧哲学の解体を訴える「脱構築（ディコンストラクション）」の概念を確立した．1967年に『グラマトロジーについて』（*De la grammatologie*），『エクリチュールと差異』（*L'Écriture et la différence*），フッサール論である『声と現象』（*La Voix et le phénomène*）の三つの主著を出版．90年代からは政治，社会的な発言も積極的に行う．「脱構築」の概念は哲学だけに留まらず，文学理論，法哲学等にも影響を与えている．

テレーズ・デスケルー

Thérèse Desqueyroux, 1927

フランソワ・*モーリヤックの小説．「パリ評論」誌に4回にわたり掲載された後刊行．素描として短編小説『神への本能，あるいは良心』（*Conscience, instinct divin,* 1927）がある．舞台は荒涼としたランド地方．テレーズは夫ベルナールの毒殺未遂事件を起こしたが，彼の虚偽の証言により免訴となり，釈放される．なぜ夫の毒殺を試みたのか，彼女は家に向かう途中，犯行に至った経緯を回想する．自己の怪物的で不可解な内面を自覚しつつも，明確な動機は分からない．夫から軟禁生活を強いられ衰弱したテレーズは，孤独と闘い，偽善に歪められた信仰に救いを見出すこともできず，最後にはパリの雑踏で一人生きていくことに希望をつなぐ．テレーズの自由の問題は，以後3作の続編『医院でのテレーズ』(*Thérèse chez le docteur,* 1933)，『ホテルでのテレーズ』(*Thérèse à l'hôtel,* 1933)，『夜の終り』(*La Fin de la nuit,* 1935) において引き続き問われていく．

た

田園交響楽

La Symphonie pastorale, 1919

*ジッドの小説．プロテスタントの牧師による手記の体裁をとるこの作品を作家自身は「レシ（物語）」と分類．主人公である牧師は，神への義務から身寄りのない15歳の盲目の少女ジェルトリュードを引き取り教育する．しかし知性を備え美しく成長していく彼女を女性として愛するようになる．音楽会で聞いた「田園交響楽」の美しさがこの世を表象していると想像する少女は，牧師の息子ジャックと密かに惹かれ合うが，それを知った牧師は二人を引き離す．開眼手術を受けたジェルトリュードは罪に染まった現実の世界を見て絶望し入水する．自らの肉欲に盲目な牧師が，罪と戒律の観念に目覚めたジェルトリュードを自殺へ追い込む，理想と現実の落差が生む悲劇という点で，『*狭き門』と共通している．

ドイツ論

De l'Allemagne, 1810

*スタール夫人の評論．ドイツ文化一般の紹介と批評の書．都会化したフランス人に対し，地方的で個性的なドイツ人の感性の純粋さを理想化したこの書物は，1810年に第1版刊行，「フランス的でない」とするナポレオンの破棄の命を受けたが，1813年に改めてロンドンで出版され大反響を呼んだ．I「ドイツおよびドイツ人の習俗について」，II「文学と芸術」，III「哲学

と道徳」，Ⅳ「宗教と情熱」の4部から成るこの著作は，いずれも18世紀唯物論的哲学に基づく古典的色彩を帯びたフランスのあり方を否定し，カントやフィヒテの倫理学やシラーの理想主義，ゲーテをはじめとするドイツ・ロマン主義文学に象徴されるドイツの民族性や独創性，ロマンティックな性格を積極的に取り入れることの必要性を説いた．ドイツ文化の紹介を通し，*古典主義と*ロマン主義，社会と個人という二元論を打ち出しただけでなく，フランス人に自国の現状を知らしめて新たなフランス・ロマン主義文学への道を切り拓いた功績は大きい．

トゥーサン，ジャン=フィリップ

Jean-Philippe Toussaint, 1957-

小説家，映画監督．ブリュッセル生まれのベルギー人．パリ行政学院，ソルボンヌ大学で現代史を専攻し，映画に強い関心を抱く．突然浴室に閉じこもった語り手がそこから出るまでを綴った小説『浴室』(*La Salle de bain,* 1985) を出版．80年代にミニュイ社が輩出した新世代作家の旗手として脚光を浴びる．『ムッシュー』(*Monsieur,* 1986)，『カメラ』(*L'Appareil-photo,* 1989) と併せて，希薄な物語性，断片的な構成，オブジェの細密描写，繰り返しの多用，感情表現を抑えた語りから「ミニマリスト」，「無感動な小説家」と称される．『テレビジョン』(*La Télévision,* 1998) 以降は現代文化への思索を深め，また作品の舞台を，『愛しあう』(*Faire l'amour,* 2002) では日本，『逃げる』(*Fuir,* 2005) では中国へと広げ，視線は外界=世界へと向かっている．ジョン・ラヴォフ監督により『浴室』が映画化 (1989)，以後，『ムッシュー』(1990)，『アイスリンク』(*La Patinoire,* 1998) を自ら監督．近年は写真にも活動を広げている．近作として，『マリーについての本当の話』(*La Vérité sur Marie,* 2009)，『裸の女』(*Nue,* 2013) などがある。

当代の悲惨を論ず

Discours des misères de ce temps, 1562-1563

*ロンサールの論説詩．1562 年の *宗教戦争勃発に際し，カトリック詩人としての立場から，フランスの荒廃を歌った．ロンサールは 1562 年『王母への訴え』,『続王母への訴え』を出版，翌年初めには『フランス国民への訓戒』が刊行された．混沌とした状況にあるフランスを嘆き，新教徒を非難するこの作品に対して，新教徒側も『中傷への返答』を出版し反論を試みるが,『ジュネーヴのさる宣教師たち牧師たちの侮辱に対するピエール・ド・ロンサールの返答』によってロンサールは更に反駁．この一連の作品に 4 篇の詩が付され,『当代の悲惨を論ず』という総合題のもと 1567 年の総合作品集第 6 巻に収録されることになる．ロンサールには珍しく複雑な神話表現の少ないこれらの詩は，新教徒に用いられた平明な仏訳『詩篇』を意識した明解な詩句によって，一部のエリートだけでなくフランス国民全体に歌いかけるという意図が見える．これらの作品は大きな成功を収め，ロンサールの作品中でもとりわけ版を重ねることとなった．

東方詩集

Les Orientales, 1829

*ユゴーの詩集．41篇から成る．ギリシャ独立戦争に触発されたユゴーは1827年にナヴァリノの海戦に着想を得て「ナヴァリノ」の一部を執筆，東方を主題とする詩集を編むことを決意．東方への旅は，旧約聖書で描かれたソドム・ゴモラへ雲とともに運ばれる「天の火」に始まり，詩人の内面を歌う「11月」でパリに戻って終わる．バイロンや *シャトーブリアン等の影響を受けて，一度も訪れたことのない東方を色彩感あふれる詩句で表現．魔神が現れ去っていくまでの様子を各詩節の音節数の増減によって表現した「魔神」，残酷なハーレムの習慣を美しい月光とともに描く「月の光」，馬の背に乗せられ追放されるマゼッパと霊感という馬に捕らわれた詩人を詠む「マゼッパ」な

どがある．詩型の変化などに見られる卓越した技術，美しい風景描写，叙事詩的な側面などがこの詩集の特徴である．また本詩集で説かれた芸術至上主義は「芸術のための芸術」を標榜する＊ゴーチエらに受け継がれた．

トゥルニエ，ミシェル

Michel Tournier, 1924-2016

小説家．パリ生まれ．両親はともにソルボンヌ大学のドイツ語研究者で幼い頃よりドイツ文化に親しむ．後に同大学に入学し哲学を専攻．またドイツ哲学を学ぶためチュービンゲン大学へ留学．帰国後，教授資格試験を受験するが失敗．教育者への道を断念し，翻訳家やラジオ局勤務を経験する．これらの経験から哲学を日常生活に取り入れるため「形而上学を小説に変形する作業」を目指した．『ロビンソン・クルーソー』を下敷きに書いた『フライデーあるいは太平洋の冥界』(*Vendredi ou les Limbes du Pacifique,* 1967) で＊アカデミー・フランセーズ賞，2作目の『魔王』(*Le Roi des aulmes,* 1970) では＊ゴンクール賞を受賞，作家としての地位を固めた．自伝的小説『聖霊の風』(*Le Vent Paraclet,* 1977) では自らの作風を「伝統的な方法で現実や伝説，哲学を語る」と述べ，物語性を復活させた作家である．1980年代から写真などイメージを織り交ぜた短編へと移行し，＊フローベールの『サランボー』の形式を用いた『ガスパール，メルキオールとバルタザール』(*Gaspard, Melchior et Balthazar,* 1980) を発表．また『黄金のしずく』(*La Goutte d'or,* 1985) では，記号とイメージを融合させた二つの短編から成る作品を出版した．19世紀の文学にならった「伝統的」な彼の作品は古典として分類され，学校教育にも採用されて多くの読者を得ている．

トクヴィル，アレクシ・ド

Alexis de Tocqueville, 1805-1859

歴史家，政治学者，政治家．パリで貴族の家系に生まれ，ヴェルサイユ裁判所の陪席判事となる．1831年から翌年にかけて監獄制度視察を任務として渡米．帰国の後，民主主義を歴史の不可避的な運動として捉えた『アメリカの民主主義』(*De la démocratie en Amérique,* 1835-1840) を発表．七月王政下ではリベラルな左翼代議士になり，1849年には外相をも務める．外相時代の『回想録』(*Souvenirs,* 1893) は当時を知る上で貴重な文献．1851年のルイ・ナポレオンのクーデターで政界を去る．晩年，『旧制度と大革命』(*L'Ancien Régime et la Révolution,* 1856) で大革命の原因を究明した後に，その展開についての執筆を計画するが，カンヌにて死去．*ギゾーと同様，歴史の法則解明に重点を置く「哲学派」に大別される．

ドーデ，アルフォンス

Alphonse Daudet, 1840-1897

小説家．南仏ニームの商家に生まれる．親の破産によって，しばらく中学教師として働き，その後パリへ移る．生計を立てるために新聞記者をしながら文学修行に励み，『恋する女たち』(*Les Amoureuses,* 1858) で，文壇で高い評価を得，故郷南仏が舞台の短編集『風車小屋便り』(*Lettres de mon moulin,* 1866) で文名を確立．「スガンさんの山羊」や「星−プロヴァンスのある羊飼いの話」などを含むこの作品集の中でも，一人の女性への激情に捉えられて破滅する青年とその家族の悲嘆を描く「アルルの女」は，後にドーデ自身が戯曲化，ビゼーが作曲して不朽の名作となった．普仏戦争の従軍を経て，短編集『月曜物語』(*Contes du Lundi,* 1873) を著し，その一編「最後の授業」はプロイセン軍に占領されたアルザス人の苦しみを描いたものとして知られる．その他の著作として，中学教師時代を回想して書かれた長編『プチ・ショーズ』(*Le Petit Chose,* 1868)，南仏人の特性を愉快に捉えた『タルタラン・ド・タラスコン』(*Tartarin de Tarascon*, 1872)，パリの社交界を描く『サッフォ』(*Sapho*, 1884)などがある．

た

ドービニェ，テオドール・アグリッパ

Théodore Agrippa d'Aubigné, 1552-1630

詩人．フランス西部サントンジュのサン=モーリの城館で法官の息子に生まれ，早くから＊ユマニスムの教育を受ける．1560年，アンボワーズの陰謀に倒れたプロテスタントの遺骸を前に復讐を誓ったという．1568年＊宗教戦争に参戦，生涯多数の戦場を経験した．1570年，＊ロンサールに詠われたカッサンドルの姪ディアーヌ・サルヴィアティに恋し，詩集『春』(*Printemps*, 1874, 死後出版)を成す＊ソネ，＊オードを制作．聖バルテルミーの虐殺を免れ，パリに幽閉中のナヴァール王アンリ(後のアンリ4世)の侍臣となり，1576年には王の逃亡に協力，翌年戦場で負傷し，この時口述筆記されたものが叙事詩集『＊悲愴曲』(*Les Tragiques*, 1616)の端緒となる．1589年，自ら攻略したマイユゼの司令官に任命される．アンリ3世暗殺後，アンリ4世に従って多くの戦闘に身を投じるが，1593年国王の改宗に失望，マイユゼに隠棲する一方，プロテスタントの組織内で積極的に活動する．1598年ナントの勅令発布後の平和時に歴史書の執筆を開始し，宗教戦争におけるプロテスタントの戦いを詳細に記した『世界史』(*Histoire universelle*, 1619-1620)にまとめた．1610年のアンリ4世暗殺後は，摂政政治を批判し政治文書を執筆．1620年，反乱失敗でジュネーヴへ亡命，『児らに語る自伝』(*Sa vie à ses enfants*, 1729, 死後出版)を遺した．長らく忘却されていた彼の著作は20世紀に入り，＊バロック文学の代表として再評価されるに至った．

ドミニック

Dominique, 1862

*フロマンタンの小説．画家であり旅行記作家としても知られる彼の唯一の小説であり，自伝的要素を多分に含む．1862年「両世界評論」誌に発表された後，1863年に刊行された．物語は壮年に達したドミニックが記憶を蘇らせつつ，語り手である「私」に語るという形をとる．孤児となり叔母に育てられた地方貴族の子ドミニックは，親友の従姉マドレーヌに恋心を抱き始め，彼女が結婚しパリに出てからも，その思いはますます激しくなる．不幸な結婚生活を送るマドレーヌはドミニックの心を知り，次第に彼女も彼を愛し始めるが，結局二人は別れ，ドミニックは故郷で他の女性と結婚し平穏な生活を送る．恋愛の芽生えから発展，終末に至る経過を描き出して，『*クレーヴの奥方』，『*アドルフ』等の系譜に連なる心理小説の傑作であるが，主人公が諦念，慎み深さを学ぶという点でそれ以前の心理小説とは一線を画す．体系的にではないにせよ*プルーストらに先立って，物語の展開に記憶の働きを利用した点も評価される．また作品の舞台となる故郷ラ・ロシェルの風景描写に，画家であったフロマンタンの筆が冴えを見せる．

囚われのクレオパトラ

Cléopâtre captive, 1553

*ジョデルの戯曲．プルタルコスの『対比列伝』から主に想を得たフランス文学史上最初の悲劇．劇はクレオパトラの死を暗示するマルクス=アントニウスの亡霊の出現に始まり，第4幕でのクレオパトラの死に向かって直線的に物語が進行．エピローグの第5幕は合唱隊とプロクレイウスの嘆きから成る．専らギリシャ悲劇を模範とし，フランス演劇史上初めてその形式を取り入れた功績は大きいが，一方でアリストテレスの『詩学』に重きを置く17世紀の*古典主義演劇の観点からは，作劇法について批判を受けた．とはいえ劇の主な韻律に*アレクサンド

ランを用いつつも，場面により合唱隊に先導されて6音節や3音節の詩句が展開されるなど，修辞上の工夫も凝らされたこの悲劇は，後の古典主義悲劇に一つの方向性を与えた．

トリスタンとイズー

Tristan et Iseut

ケルト伝承に基づく *ブルターニュ物語．12世紀にヨーロッパで流布し，ゴットフリート・フォン・シュトラスブルグのドイツ語版やベルール，トマのフランス語版がある．コルヌアイユのマルク王は，花嫁としてアイルランドの王女，金髪のイズーを甥のトリスタンに迎えに行かせる．彼女の母は，王が娘を愛するようにと媚薬を持たせる．ところが帰国の船上で，侍女が誤ってトリスタンとイズーにその媚薬を飲ませ，二人は激しい恋に落ちる．トリスタンは騎士として忠誠を誓った王を裏切り，二人は宮廷に背を向け，愛を守るために想像を絶する苦難を乗り越え，愛の逃避行を続ける．しかし二人は罪の意識にとらわれ，イズーはマルク王のもとへ戻り，トリスタンはブルターニュのオエル王の娘である白い手のイズーと結婚．ある戦いでトリスタンは毒の塗られた槍で負傷し，もう命がないと悟り，最後に愛する金髪のイズーに一目会いたいと願う．金髪のイズーを迎えに行った船は，彼女を乗せていれば白，乗せていなければ黒の旗をあげるという取り決めだったが，瀕死のトリスタンにどちらかを尋ねられた妻は嫉妬に駆られ，「旗は黒い」と嘘をつく．トリスタンは絶望のあまり息絶え，その死を知った金髪のイズーも彼を抱きしめながらこの世を去る．

10，11世紀に流布した英雄の武勲を中心とした物語とは違い，12世紀には愛をテーマにし，精神を重んじる文学作品が生まれた．ベルールは媚薬が恋を生み，そのため不幸になる恋人たちの狂気を描く．それに対してトマの作品においては，媚薬を飲む前から愛が存在していたとし，恋する者の心理や一人の女性に絶対的な忠誠を尽くす「至純の愛（フィンアモール）」と恋する者の細やかな心理が描かれ，後の *宮廷風恋愛へとつながる．

12世紀の他の作家たちもこのトリスタンとイズーの伝説から着想を得ている．*マリー・ド・フランスは短詩「すいかずら」で，お互いを求める二人の姿をスイカズラとハシバミの木にたとえ，*クレチヤン・ド・トロワは『クリジェス』で不倫の愛を媚薬によって正当な結婚へと転換させて，アンチ・トリスタン物語を書いた．さらに13世紀には長大な『散文トリスタン物語』が書かれた．トリスタンとイズーの物語は後世においても，19世紀のワーグナーの楽劇や20世紀では*コクトーの映画「悲恋」など，たびたび翻案され，普遍的な悲恋物語として現代でもよく知られている．

ドリュ・ラ・ロシェル，ピエール

Pierre Drieu La Rochelle, 1893-1945

小説家．パリのブルジョワ家庭に生まれた．父の放蕩で生活が破綻，母方の祖父母に育てられる．パリ政治学院の卒業試験に失敗した後，第一次世界大戦に動員され，1917年，その経験を処女詩集に表す．裕福な女性との結婚で経済的基盤を固めると，戦後は執筆をしながら自堕落な浪費生活を送る．離婚後，二度目の結婚も離婚に終り，多くの女性と恋愛関係を結んだ．また，疲弊したヨーロッパの再生をファシズムに求め政治活動を行う．小説『ジル』(*Gilles,* 1939) に自らの人生，ひいては退廃した両大戦間の時代精神が反映している．占領下，対独協力派知識人として雑誌「*新フランス評論」(*NRF*) の編集長を務める一方，逮捕・収容された友人や知人の救出に奔走する．パリ解放後，自宅でガス自殺．死後，作家自身の人間像が注目されるとともに，自殺に関するエッセー『秘められた物語』(*Récit secret,* 1961)，ゴッホをモデルとする未完の小説『ディルク・ラスプの回想』(*Mémoires de Dirk Raspe,* 1966) 等が出版され文学的評価が高まる．

ドリール，ジャック

Jacques Delille, 1738-1813

詩人．オーヴェルニュ地方クレルモン（現在のクレルモン＝フェラン）に生まれ，パリで教職に就く．1770年に発表したウェルギリウスの『農耕詩』の翻訳で*ヴォルテールに絶賛され，1774年には*アカデミー・フランセーズの会員に選ばれる．革命期には逮捕を経験し，フランスを逃れてスイス，ドイツ，イギリスを転々とした．1802年に帰国，パリで再び教鞭をとりながら，『不幸と哀れみ』（*Le Malheur et la pitié,* 1803），ミルトンの『失楽園』の翻訳など，外国生活で書き溜めた作品を次々と発表した．晩年には失明したが，詩人としての名声は揺らがなかった．その手法は，感情を抑えた描写的な作風，自然への賛美にある．その他『旅についての書簡詩』（*Épître sur les voyages,* 1765）や『庭園，あるいは風景美化法』（*Les Jardins ou l'art d'embellir les paysages,* 1782）などがある．

ドルジェル伯の舞踏会

Le Bal du comte d'Orgel, 1924

*ラディゲの小説．『*肉体の悪魔』出版以前の 1921 年より準備が開始され，1923 年の作家の死後，ジャン・*コクトーが最終的な修正を施し出版に至った．青年フランソワ・ド・セリユーズは社交界の有力者ドルジェル伯アンヌと知り合い，交友を深めるうちにアンヌの若き妻マオに惹かれてゆく．マオもまた自分の感情が愛であることを徐々に自覚するが，互いに告白には至らない．マオはフランソワの母親に自分の感情を打ち明け，息子を自分に会わせないよう懇願する．しかし母親の口から真実を知った後も，フランソワはドルジェル邸での社交の義務を果たす．苦しむマオは夫に告白するが，アンヌはその言葉を理解しようとせず，妻にただ眠れと告げる．『*クレーヴの奥方』の構図を借りながら劇的な出来事が何ら起こらない本作では，作者自ら「心理がロマネスクである小説」と称した通り，登場

人物の心の微妙な動きだけが物語を展開させる．また，全知の語り手の精密な心理分析が皮肉を交えた擬古典的な文体で綴られ，そのため物語の虚構性が浮かび上がる点にも現代性がある．

トルバドゥール

Troubadour

ロワール川以南で話されていたオック語圏で「恋愛」をテーマに詩作し吟じた詩人．北部のオイル語圏で活動していた詩人たちは「トルヴェール」と呼ばれる．トルバドゥールは 12 世紀初頭から 13 世紀末にかけて活躍．最古のトルバドゥールは大貴族であったアキテーヌ公ギヨーム 9 世とされる．「恋愛」という新たな題材を扱い，ラテン語ではなく民衆語によって詩作することで文学における新たな地平を開拓した．「至純の愛（フィンアモール）」と名付けられた恋愛の理想は，満たされぬ欲望を耐え忍ぶことであり，この苦悶の中で自らの精神を昇華させていくことであった．代表的な詩人として，十字軍遠征に参加し「遠い地にある恋人」をプラトニックに歌ったジョフレ・リュデル，最大のトルバドゥールと目され，恋の歓び，哀切を巧みな比喩によって描いたベルナール・ド・ヴァンタドゥール，難解な語彙，複雑な詩形・韻律を弄して独自の恋愛観を呈したアルノー・ダニエルなどがいる．彼らの作品の普及には，詩人たちを庇護した王妃 *アリエノール・ダキテーヌが重要な役割を果たした．またトルバドゥールによって生み出された恋愛の観念は，ダンテ，ペトラルカなど後世のイタリア詩人たちに引き継がれることになる．

ドレ，エチエンヌ

Estienne Dolet, 1509-1546

出版業者，文献学者．オルレアンに生まれ，パリで勉学に励みキケロを学ぶ．イタリア遊学の後，トゥールーズで法律を修め, 1533年高等法院を非難する演説で, 異端として3日間投獄される. リヨンに移居後, 印刷所に勤めながら著作の出版を行う. 『キケロ模倣についての対話』(*Dialogus de imitatione Ciceroniana,* 1535) で *エラスムスを批判. *ビュデを模範として『ラテン語考』(*Comentarii linguae latinae,* 1536-1538) を出版するが, 喧嘩沙汰から殺人を犯す. パリに出てフランソワ1世の赦免を得た際, ユマニストたちから饗応された. 国王の認可を得てリヨンに印刷所を開業, *マロや *ラブレー, *エロエの著作を出版し, プラトンなどの翻訳も手がけ,『翻訳手引き』(*Manière de bien traduire d'une langue en l'autre,* 1540) を執筆. 同業者の嫉妬を買い異端として告発され, 一度は脱獄するが再度逮捕, 嘆願も空しく火刑に処された. *ユマニスムの「殉教者」とも呼ばれる.

ドレフュス事件

Affaire Dreyfus

普仏戦争の敗北後, ナショナリズムと反ユダヤ主義が高まる1894年から1906年にかけて, 第三共和政下のフランス世論を二分したスパイ冤罪事件. 1894年駐仏ドイツ大使館武官の屑籠からフランス軍の機密事項を記したメモが発見され, 直ちにアルザス出身のユダヤ人砲兵大尉ドレフュスがスパイ容疑で逮捕される. 十分な審議を経ないまま軍法会議で位階剥奪とギアナの悪魔島への流刑が決定. 1896年に真犯人の存在が明らかとなるが, 軍法会議はスキャンダルを恐れ事実のもみ消しを行った. これに憤慨した *ゾラは1898年, 「オーロール」紙に「われ弾劾す!」という大統領宛ての公開状を発表, フランス全土に論争の火がつき, 世論はドレフュス個人を飛び越え, ゾラやアナトール・*フランス, *プルースト, *ペギーら知識人を中心に人権擁護と冤罪を主張するドレフュス派と, *バレスや *ブールジェ, レオン・ドーデ, モーラスら国粋主義者, 王党派カトリック, 反ユダヤ主義者から成る反ドレフュス派に別れ, 長期にわたる激論が交わされた. その後ドレフュス有罪の決め手となる証拠を捏造した大佐の自殺によって再審がとり行われ, 1906年にはドレフュスの無実が確定，軍隊への復帰を果たす．知識人が政治的態度を表明することを迫られたこの事件は，これ以降のフランス文学を政治的意識の高いものとしたことで，文学史上大きな意味を持つ．

泥棒日記

Journal du voleur, 1949

＊ジュネの自伝的小説．1948年，度重なる窃盗の廉(かど)で無期懲役の判決を下されたジュネは，ジャン・＊コクトーや＊サルトルによる大統領への働きかけで特赦となり，翌年に本作を発表．主人公は，スペインを中心にヨーロッパを物乞いしながら放浪し，窃盗，殺人など悪行の限りを尽くす．売春やSS（ナチス親衛隊），ヒトラー賛美など一般の社会から隔絶された悪の世界を描き出すジュネは，単に悪を賛美するだけでなく，社会の価値観に対峙して，アウトサイダーの世界観を構築する．作家はそこに息づく生(または性)と愛に聖性を見出した．このような世界を描くその筆致は決してグロテスクではなく，むしろ異様なまでに詩的であり，そこにこの作品の特徴がある．

ドン・ジュアン

Dom Juan ou le festin de pierre, 1665

＊モリエールの5幕散文喜劇．放蕩貴族で無神論者のドン・ジュアンは，女を誘惑することを生きがいとする漁色家(ぎょしょくか)．妻エルヴィールを捨て，従者スガナレルとともに新しい恋愛を求める旅の途上にある．二人の百姓娘を一度に口説いたり，物乞いを相手に瀆神的な台詞を吐いたりと，悪行を重ねる．父が説教をしに来ると，改心を装って追い返し，神罰を警告するエルヴィールには耳を貸さない．最後に，戯れに夕食に招いた石像の騎士が登場し，天罰を告げてドン・ジュアンを地獄に連れ去る．スペイン起源のドン・ファン（ドン・ジュアン）伝説を下敷

とし，宗教的禁忌に大胆に挑んだこの作品は，重大な思想的課題をはらみ，その風刺の過激さゆえに，公演15回で打ち切られた．作者の死後も，トマ・コルネイユによる穏便な改作版のみが上演され続けた．

内的独白

Monologue intérieur

小説において，登場人物の思考，感情，意識，記憶などが，発話化される以前の状態で表されたもの，およびその表現技法．最も有名な例はジョイス『ユリシーズ』(1922) 最終部のモリー・ブルームの独白である．ジョイスはエドゥアール・デュジャルダンの『月桂樹は切られた』(1887) を参照したと言い，後者も『内的独白』(1931) で自作の先駆的価値を主張した．しばしば19世紀後半に提唱された心理学の概念「意識の流れ」の小説への応用とみなされ，ヴァージニア・ウルフ，*プルースト，ヴァレリー・*ラルボーらが直接的系譜に置かれるが，人物の心理の内奥に到達する試みとしては*ユゴーやドストエフスキーへと遡り，クロード・*シモンやナタリー・*サロートらに発展的展開を認めることができる．形式的特徴としては，一人称体，語り手の媒介を退けた直接性，「…と思った」などの導入動詞の不在，直説法現在を基調とする時制，個人言語的文体などが挙げられ，*ジュネットら多くの理論家の議論の対象となっている．

ナジャ

Nadja, 1928

*ブルトンの小説．1926年10月4日に，語り手「私」がナジャと名乗る若い女性と出会ってから別れるまでのおよそ10日間の記録を，*自動筆記の手法に従って思いのままに書き綴った作品．*シュルレアリスム運動の最盛期，1928年に発表され，1963年には，『ナジャ，著者による全面改訂版』として再び世に送り出された．主人公「私」は，パリで放埒（ほうらつ）な生活を送るナジャと出会う．自由奔放な精神の持ち主である彼女との出会いを通じて，日常や自然，芸術の中からシュルレアリスムの美を発見し，同時に彼女にも魅惑されていく．だが共に過ごす中で，ナジャは何枚もの不条理なデッサンを私に見せ，支離滅裂な言葉を話し，最後には精神病院に収容されてしまう．「私とは誰

か」の問いかけに始まるこの作品は，作家自身の実体験をもとに著され，シュルレアリスムの記念碑的作品とされている．

ナナ

Nana, 1880

＊ゾラの小説．『＊ルーゴン＝マッカール叢書』第9巻．1879年から「ヴォルテール」紙に連載され，1880年2月にシャルパンチエ書店から単行本として発売される．内容をめぐってあらゆる方面から非難が起こるが，発売直後に5万5千部，1880年のうちに8万部超という驚異的な売り上げを記録する．『＊居酒屋』の主人公ジェルヴェーズとクーポーの娘ナナは美しく成長し，生まれ育った貧民街を去り，ヴァリエテ座に立つ女優になる．才能の欠如は甚だしいが，妖艶な裸体の露出で男性客を魅了し，「金髪のヴィーナス」と呼ばれて人気を博す．「金蠅」と称されるナナは，パリで高級娼婦となり，ミュファ伯爵や名士たちの相手をして豪奢な生活に慣れ，浪費を続ける．男たちを翻弄し，次々と破滅へ追い込むが，罪の意識はない．やがて天然痘に罹患し，普仏戦争開戦の日に「ベルリンへ！」と叫ぶ群衆の声がパリに響きわたるなか，腐乱死体となって，孤独にこの世を去る．ゾラが「牡の欲望の詩」と呼んだこの物語では，絢爛たる第二帝政期の光と影が，劇場や競馬場等に集う花柳界，社交界の人々を通じて描きだされる．本作を読了した＊フローベールは，ゾラに「ナナの死はミケランジェロ的です！巨大な作品です！」と書き送り，賛辞を惜しまなかった．

ナラトロジー

Narratologie

現代のナラトロジーは，1928年に発表されたウラジミール・プロップの『昔話の形態学』にその源流がある．プロップは，ロシアの昔話の登場人物の行為から「不在」「禁止」「違反」

といった31の機能を抽出し，昔話に共通する類型を導き出した．彼の仕事は1960年代の *構造主義の台頭の中で再評価され，「機能」を「役割」に置き換えたクロード・ブレモンや，*レヴィ=ストロースの親族関係や神話の構造研究との融合をはかったA.J.グレマスなど，さまざまな物語分析を生み出した．プロップの流れを汲む物語論はいずれも物語の内容（何が語られているか）の分析を通じて構造を解明しようとするものであったが，物語の形式（いかに語られているか）に光をあてたのがジェラール・*ジュネットである．ジュネットは1972年の『フィギュール Ⅲ』に収められた「物語のディスクール」で，語り手と虚構世界との関係を分析する概念の一つとして「焦点化」を提唱した．「焦点化」は，語り手が物語内容である出来事について特定の登場人物の意識を通して語るという情報制御の指標であり，焦点化ゼロ，内的焦点化，外的焦点化の三つのタイプに分かれる．彼の提示した概念枠組がミーケ・バルらによってより精密化される一方で，ナラトロジーの対象が昔話や小説の枠を超えて，映画や漫画などに広がり，物語分析から文化分析へと移行する流れもある．

肉体の悪魔

Le Diable au corps, 1923

*ラディゲの小説．原題は「魔に憑かれて」という意味．20歳前の若さで，少年と人妻との恋愛を心理描写に焦点をあて巧みに語る筆致が話題となった．第一次世界大戦中の混乱期，16歳の語り手は3歳年上のマルトに恋をする．だが彼女には兵士の婚約者がいた．彼女の結婚後，夫が出征している間に二人は逢引を重ねる．やがてマルトは妊娠し，世間もこの不倫に気付く．しかし，彼女は出産後に死亡し，語り手は生まれた子どもが夫の息子とみなされる皮肉な結末を受けとめるのであった．青年期の複雑な心理が冷徹で簡潔な文章により鋭く分析され，作家の残したもう一つの小説『*ドルジェル伯の舞踏会』とともに

『*クレーヴの奥方』に連なる心理小説の傑作．

贋金つかい

Les Faux-Monnayeurs, 1926

*ジッドの小説．自らが唯一「ロマン（小説）」と銘打った作品．1919年に着想され，21年に起筆，25年に「*新フランス評論」(*NRF*) に一部を発表し，翌年に刊行．実際に起きた二つの事件に想を得て創作されたことが，付随の創作日誌『贋金つかいの日記』に明かされている．複数の視点からの描写で現実の再現をしようとする純粋小説を目指し，作家の視点ではなく，平等の位置関係にある複数の主要人物の関わり合いによって展開するため，物語の筋は複雑である．例えば，少年ベルナールは自分が私生児と知って家出し，友人の兄の元恋人ローラに恋心を抱き，彼の反抗心はやがて反省へと変化する．この一つの筋は，複数の登場人物たちの織り成す別々の筋と関連しながら断片的に描かれる．その中の一人に小説家エドゥワールがおり，彼の書いている『贋金つかい』という同名の小説とその構想を記す日記が，小説をさらに複雑にする．異なる人物と次元が交錯することで，一つの筋を持つ従来の小説ではなく，重層的な世界が再現されている．人間が現実に直面している時と同質の意識を読者に与えようとする点で前衛的であったこの小説により，他の文学者や教会からの批判を背に，ジッドは名実ともに20世紀文学の巨匠となった．

人間喜劇

La Comédie humaine, 1842-1848

*バルザックのほぼすべての小説を含む作品群．この総題はダンテの『神曲』(*La Divine Comédie*) にならったと言われている．その構想の成立過程は複雑で，全体の見取り図は，徐々に形成された．1829 年に『最後のふくろう党』で作家として本格

的に活動を開始したバルザックは，翌年に作品のいくつかを「私生活情景」としてまとめ，さらに増補した上で1833年から「19世紀風俗研究」を刊行する．翌年には哲学的な小説群と後に「分析的研究」となる部分を吸収し，『人間喜劇』の前身「社会研究」という構想に発展．そして『*ゴリオ爺さん』(1835) から，同じ人物を様々な作品に登場させ，個々の作品を有機的に繋ぐ手法「人物再登場法」を開始した．初めて『人間喜劇』という言葉が用いられたのは1839年の書簡中であり，1842年からその題で出版される．1845年の「総目録」によると，当初は137編のはずであったが，作者の死とともに約90編で終わった．人間の多種多様な類型を描写した「風俗研究」，それを思想的に説明する「哲学的研究」，そして人間活動の原理を追求した「分析的研究」の3部から成る．「風俗研究」はさらに登場人物の置かれた環境にしたがって，父性の権化を主役とする『*ゴリオ爺さん』が含まれる「私生活情景」，地方からパリに出た若者の挫折を描く『*幻滅』が属する「地方生活情景」，「パリ生活情景」，「政治生活情景」，「軍隊生活情景」，トゥールを舞台とした『*谷間の百合』が含まれる「田園生活情景」の六つの情景に分類される．パリを中心にフランス各地を舞台とし，様々な情念や情欲を持った人間が典型化され，あらゆる階層，職業に属する登場人物の総数が2000人を超えるこの作品群は，「現実の戸籍簿と競う」と作者自ら宣言するように19世紀前半のフランス社会の縮図となる．写実的な作品群の他に，両性具有を扱った『セラフィタ』(1835)，悪魔との魂の取引を描く『神と和解したメルモス』(1835) などのような幻想的な小説もある．『人間喜劇』は当時の社会を知る上で貴重な歴史的資料となるばかりでなく，これに倣って第二帝政期を描いた*ゾラの『*ルーゴン=マッカール叢書』など，後世の作家たちに計り知れない影響を及ぼした．

人間ぎらい

Le Misanthrope, 1666

*モリエールの5幕韻文喜劇．潔癖すぎる正義漢のアルセスト

は，良識人フィラントを前に，社交界の偽善や虚飾を厳しく非難し，またある貴族の下手な詩を酷評しては相手と喧嘩別れする．しかしそんな彼が恋するのは，コケットなセリメーヌで，彼女は何人もの男に気があるそぶりを見せている．訴訟にも負けたアルセストは，都会を離れて生きようと決意し，セリメーヌに同行を求めるが拒絶され，一人孤独に退場する．本作品では当時の社交界の偽善ぶりが批判されるとともに，清廉の美徳を過剰に体現するアルセストも，滑稽な存在として風刺される．「性格喜劇」の頂点を示す記念碑的作品で，作者が最も力を入れた芝居の一つだが，初演の際の評判は上々とは言えなかった．*ルソー以降，*ロマン主義の時代に入ると，孤高を保つアルセストが，自由な人間の理想像とみなされるようになった．

人間の条件

La Condition humaine, 1933

*マルローの小説．同時代の中国革命を舞台とする一人称小説『征服者』(1928) を発表したマルローは，トロツキーとの誌上討論や中国を含む世界一周旅行を経て，『征服者』の舞台から2年後の中国で展開される三人称体の群像劇『人間の条件』を著す．タイトルが示すように神なき人間の悲惨を語った*パスカル的世界観のもと，人間の*不条理な在り方とそれに対する人間の行動が描かれる．1927年に上海で起こった暴動から蔣介石による中国共産党の粛清に至る3週間を通して，逼迫した政治状況下で，生命の危険にさらされる主人公たちの様々な行動，テロ行為，アヘン吸引，エロチシズム，賭博，自死などが示される中，人間の尊厳と友愛が掲げられる．執筆は訪れた中国で始められ，1933年，「*新フランス評論」(*NRF*) に連載された後に出版，*ゴンクール賞を授与された．場面のカット割りやクローズアップ等，映画的手法が見られるほか，『征服者』，『*王道』(1930) とともに不条理の文学の先駆となった．

ヌーヴェル・クリティック

Nouvelle Critique

「新しい批評」を意味するこの語は，ソルボンヌ大学教授レーモン・ピカールがロラン・*バルトの『ラシーヌ論』(1963) を批判した『新たな批評あるいは新たな詐欺』(1965) に端を発する論争の過程で定着した．現象学，社会学，精神分析，言語学といった人文科学の概念や方法を借りて，旧来の実証主義的，文献学的な講壇批評に対抗し，それを刷新する文学批評の動向を指す．作家や作品を一義的な意味づけから解放した点に共通項を認めることはできるが，一連の「新しい批評」は60年代半ばを結節点としつつ前後に流動的な展開を見せており，姿勢や方法も極めて多様である．代表的な傾向として，ジュネーヴ学派の「意識の批評」（マルセル・レーモン，ジョルジュ・プーレ，ジャン・ルーセ等），想像力の批評（*バシュラール），テーマ批評（ジャン=ピエール・リシャール），心理批評（シャルル・モーロン），社会学批評（リュシアン・ゴルドマン），*構造主義批評（バルト，*ジュネット）などが挙げられる．

ヌーヴォー，ジェルマン

Germain Nouveau, 1851-1920

詩人．南仏の町エクス=アン=プロヴァンス付近，プリエールに生まれる．家庭を省みない父の生活，母の死とそれに続く父の再婚，さらには妹の死という体験が，生来持ち合わせていた南仏の陽気な気質に幼少期から暗い影を落とす．1872 年に単身パリに居を移し，処女作「夏のソネ」などを発表してからは，象徴派の詩人たちや *ヴェルレーヌ，*ランボーと交流を持つ．特にこの二人との親交は厚く，彼らが発砲事件の末仲たがいした後も，互いの原稿のやり取りを仲介し，『*イリュミナシオン』の出版に貢献した．周囲の詩人仲間には奇人として通り，1891 年に神秘的な発作を経験してからは，ヨーロッパや北アフリカの各地へと巡礼の旅に赴く．肉体的な愛への衝動と神への憧れとが錯綜する詩篇は，後の *シュルレアリスムにも影響を与えた．

ヌーヴォー・ロマン

Nouveau Roman

な

1950年前後に生まれた新しい傾向を持つ小説群．一定の性格を持つ人物造型や「現実」の描写・再現など伝統的な小説のあり方を否定し，人間と世界との新しい関係性に基づいた小説創造を目指した．*サルトルはこれらの反伝統的な小説群を「アンチ・ロマン（反小説）」と呼んだが，その後「ヌーヴォー・ロマン（新小説）」という名称が定着した．アラン・*ロブ=グリエ，ナタリー・*サロート，ミシェル・*ビュトール，クロード・*シモンらがその代表的な作家だが，一つの流派を形成していたわけではない．二人称小説，句読点の消去による意識の流れの表象，時間・空間の変容，テクストの自己創出，など様々な技法上の実験を試みた．彼らの小説探求はクロード・モーリヤック，フィリップ・*ソレルスらを中心とする文芸誌「テル・ケル」に引き継がれ，20世紀後半の大きな流れとなった．また彼らの文学営為においては「作家」そのものが捨象されていたが，1980年代以降には伝記や自伝が興隆し，「作家」は再び復権することになる．

ネオ・プラトニスム

Néo-platonisme

プラトンの著作をキリスト教的に解釈しようとする神秘主義思想．元来3世紀の哲学者プロティノスに代表される思想だが，*ルネサンス期の芸術家たちに大きな影響を与えたのはとりわけ15世紀イタリアの哲学者マルシリオ・フィチーノの『「饗宴」注解』に現れる「愛」についての思想である．フィチーノによる「愛」の定義は次の通り．肉体という牢獄へと転落した魂は神的な美への郷愁ゆえに，視覚や聴覚といった感覚を通して，肉体の美しさに「真」と「善」そして「美」の源たる神の痕跡を見出す．「愛」とは，この思い出を呼び起こしつつ，魂をその源たる神と再び融合させる役割を担う．*ペトラルキスムの影響を受けた16世紀の詩人たちは，この「愛」の概念を取り込んで恋愛に神秘主義的意味をも込めるようになり，恋愛の対象としての女性描写も変化することになった．*女性論争において女性を弁護した*エロエの詩句や，モーリス・*セーヴの『*デリー』などにその影響は明らかである．また，魂が肉体から抜け出し上昇する際に神から授かるネオ・プラトニスム的「霊感」の概念は，*プレイヤッド派の詩人観を特徴付ける．

ネルヴァル，ジェラール・ド

Gérard de Nerval, 1808-1855

小説家，詩人，劇作家．本名ジェラール・ラブリュニー(Gérard Labrunie)．医師の息子としてパリに生まれる．生後すぐに父が母を伴い従軍したためヴァロワ地方で幼年期を過ごす．母は戦地で病没，復員した父に連れられパリに移る．1826年，ゲーテ『ファウスト』の翻訳で文壇に名を成し，その後もドイツ文学の紹介と*ロンサールら16世紀の詩人たちの復権に貢献する．1830年代に入るとジャーナリズムの世界に身を投じ，劇評などを書きつつ，演劇での成功を夢見て戯曲を執筆するが評価を得るには至らなかった．1841年狂気の発作に襲われるが，翌年末から約1年にわたって東方旅行を敢行し，その体験は『東方紀行』(*Voyage en Orient,* 1851) へと結実する．理想の女性の探求というテーマを主軸とし，旅先での体験に読書から得た膨大な知識を織り込み，実際の旅程を物語として再構成したこの作品は19世紀旅行記の白眉と言える．1852年に出版された「奇人たち」の伝記集『幻視者たち』(*Les Illuminés*) には，伝記の形態をとりながらも作者自身の個人的体験や神秘主義思想が色濃く映し出されている．1850年頃からヴァロワ地方への小旅行に基づく自伝的傾向の濃い作品を発表，特に作品集『火の娘たち』(*Les Filles du Feu,* 1854) に収められた「*シルヴィ」は，ヴァロワ地方を舞台にし，夢と現実，過去と現在の混交を通して主人公の悲恋が描かれる珠玉の短編である．また同作品集の末尾に置かれた12の*ソネから成る「幻想詩篇」は神話的，宗教的なイメージに仮託して自己の探求を歌いあげている．精神状態の悪化から入退院を繰り返し，自身の狂気体験を神話の領域にまで高めた『*オーレリア』(*Aurélia*, 1855) 前半部を発表後，残る部分の校正を終えることなく縊死体で発見された．

詩や演劇，様々な種類の小説に旅行記と多岐にわたるジャンルを試みた彼は，生前は*ロマン主義の小詩人という位置づけをなされるにすぎなかった．しかし形式美に対するこだわりと，様々な宗教・教説の混淆としての個人的な神話体系の確立，そして何よりもそのエクリチュールを介しての自己探求の試みにおいて文学史上に独自の地位を占める．

ノストラダムス

Michel de Nostre-Dame, dit Nostradamus, 1503-1566

詩人．南仏サン＝レミ＝ド＝プロヴァンスで，カトリックに改宗したユダヤ人の家系に生まれる．モンペリエで医学を学んだ後，医師，占星術師として活躍．1555年，予言集『詩百篇集』(*Centuries*) を出版，10音節の四行詩353篇と息子セザールへの書簡から成る．ここでノストラダムスは短い詩形の中で多くの名詞句を大胆に連ね，内容の凝縮された難解かつ神秘的な詩句を作り出した．この書は大成功を収めるが，その背景には真の詩人は予言者にも等しいという当時のプラトン的詩人観の影響がある．とりわけ*ロンサールの師にあたる古典語学者ジャン・ドラはノストラダムスを高く評価し，その予言集に注釈を施していたとされる．王妃カトリーヌ・ド・メディシスの信頼も厚く，その息子シャルル9世の侍医の名を与えられた．予言集という作品の性質上，後世には恣意的あるいはオカルト的解釈が多くなされ，典拠の怪しい版が数多く作られたが，20世紀末に至り学術的な批評校訂版も出版されユマニスト詩人としてようやく正当に再評価されつつある．

ノディエ，シャルル

Charles Nodier, 1780-1844

小説家，文芸批評家，書誌学者．弁護士の私生児としてブザンソンに生まれる．17歳で当地の図書館司書補となり昆虫学に熱中．パリに上り，ゲーテ，シェイクスピアなどに傾倒，『ザルツブルクの画家』(*Le Peintre de Saltzbourg,* 1803) 等の小説を書き始める．しかしナポレオンを風刺した*オード『ラ・ナポレオーヌ』(*La Napoléone,* 1802) を発表した廉(かど)で投獄される．すぐに釈放されるが，その後ブザンソン，スイス，イリュリア地方へと逃れ，ナポレオン帝政崩壊後パリに戻り，ジャーナリストとして「デバ」紙，「コティディエンヌ」紙など王党派の新聞で活躍するかたわら，ジャック・カゾットの幻想的な作品の影響のもと『ジャン・スボガール』(*Jean Sbogar,* 1818),『スマラ』(*Smarra,* 1821),『トリルビー』(*Trilby,* 1822) など，夢と狂気を独自の文体で綴った幻想的な小説を次々と発表．1824年アルスナル図書館の司書に任命されると，その館内に居を構え，*ユゴー，*ミュッセら若き詩人たちに*サロンを開放．そこが*ロマン主義の活動拠点となり，ノディエはロマン主義の擁護者となる．その後も『ボヘミアの王の物語』(*Histoire du roi de Bohême et de ses sept châteaux,* 1830),『パン屑の妖精』(*La Fée aux miettes,* 1832) など幻想的な作品を発表，1833年には*アカデミー・フランセーズ会員に選ばれるが，晩年はロマン主義の中心人物としての地位をユゴーに奪われ，病に冒されたこともあって失意のうちに過ごした．

ノートル=ダム・ド・パリ

Notre-Dame de Paris, 1831

*ユゴーの歴史小説．1829年に出版予定であったが『*エルナニ』等の発表や七月革命の混乱のために1831年まで延期される．翌年に第4編「パリ鳥瞰」などを増補した決定版が出版された．舞台は中世末期1482年のパリ．ジプシーの踊り子エスメラルダ

への愛欲に苦しむ副司教クロード・フロロは，彼女を自分の物にしようと画策する．しかし美男の騎士フェビュスや醜い鐘撞男カジモドに阻まれ，破滅へと突き進んでいく．舞台を中世に求めてはいるものの，王から宿無しまで描くパリは19世紀当時の社会を映してもおり，またカジモドやエスメラルダになされる理不尽な裁判からは当時の法制度に対するユゴーの批判的視線が窺える．この小説の反響は，大革命の影響により人々に見捨てられていたノートル＝ダム大聖堂を廃墟から救い出すのに貢献した．中世への懐古，エスメラルダに見られる異国趣味などから *ロマン主義小説の典型とされる．1836年，ルイーズ・ベルタンが作曲し，ユゴーが詩を書いたオペラ『ラ・エスメラルダ』が上演された．

ノートン，アメリー

Amélie Nothomb, 1966-

小説家．駐日ベルギー大使であったノートン男爵の娘として，神戸で生まれる．5歳まで日本で過ごした後，父の赴任先であるアメリカやアジア諸国を転々とする．17歳でブリュッセルの大学に入り，文献学の教授資格取得を目指すかたわら，小説を書き溜め，25歳で小説『殺人者の健康法』(*Hygiène de l'assassin,* 1992) が文壇に認められる．続く小説『愛の妨害』(*Le Sabotage amoureux,* 1993)，戯曲『午後四時の男』(*Les Catilinaires,* 1995) の成功で作家としての地位を固めた．自ら「執筆マニア」(graphomane) と呼ぶ彼女は，その後も辛辣で軽妙な作品を次々と発表し，1999年には日本企業に勤めた実体験をもとに，90年代の日本の「カイシャ」の実態をコミカルに描いた自伝的小説『畏れ慄いて』(*Stupeur et tremblements,* 1999) でアカデミー・フランセーズ小説大賞を受賞．

背徳者

L'Immoraliste, 1902

＊ジッドの小説．一人称体を用いたこの小説を作家自身は「レシ（物語）」と呼ぶ．1893年のアルジェリア旅行の体験を基に書かれ，対照的なテーマを持つ『＊狭き門』と同時期に構想されている．少壮の考古学者ミシェルは，新婚旅行先の北アフリカで結核に倒れ，妻マルスリーヌの献身的な看護で快方に向かうと，生きる喜びとともに同性愛的快楽をも渇望するようになる．パリに戻った後も，友人メナルクの誘惑が後押しとなり，キリスト教的道徳観を捨て，生命の自由な横溢と肉体の快楽を享受する．再び訪れたアフリカの地で，流産で衰弱したマルスリーヌは死に，ミシェルは自由となるが，それが魂の苦悩からの解放とはならない．自伝的要素の小説化や，諸問題を提示しながらもその是非を問わない点で，他の作品とも共通している．

バイフ，ジャン＝アントワーヌ・ド

Jean-Antoine de Baïf, 1532-1589

詩人．外交官であったラザール・ド・バイフの私生児としてヴェネツィアに生まれる．幼少より父親の監督のもと徹底した古典語教育を受けた．ドラの教えるコクレ学寮に学び，＊ロンサールらと交友関係を結ぶ．詩や演劇など様々な分野で創作，革新を試みたが，とりわけ注目すべきはギリシャ・ラテン詩における詩と音楽の一致を取り戻そうとする試みである．1570年「詩と音楽のアカデミー」を創設．音楽家と協力し，古典詩の韻律をフランス詩に応用した多声音楽を制作．1574年には独自の綴字法を用いて古典詩の韻律を実践した韻文集『フランス韻律詩の贈物』（*Etrénes de Poézie Fransoêze an vers mezurés*）を発表，その試みは思うような支持を得られなかったが，ル・ジューヌやラッススなど同時代の作曲家はその試みに触発され，彼の詩に基づく曲を残している．

パーキエ，エチエンヌ

Étienne Pasquier, 1529-1615

歴史家．パリに生まれる．パリで学んだほかトゥールーズ，イタリアに遊学し，高名な学者たちの講義を聴講する．1549年パリで高等法院の弁護士となり，文筆活動にも励むが1557年以降健康を害し1560年までフランス各地で療養．その間に歴史書『*フランス探求』(*Les Recherches de la France,* 1560) 第1巻を執筆，言語・文学・法律を文明の三大要素として位置付け，フランスという国の特質を明らかにしようとした．この書は，古代ギリシャ・ラテン文明とそれに続くイタリア文明を称揚する思潮に対抗し，フランス中世期にもイタリアに勝るとも劣らない文明が存在し，*ルネサンス期の発展が必ずしも中世との断絶を意味しないことを論じる．約半世紀にわたり死ぬまでこの書に手を加え続け，死後出版の1621年版では10巻にまで達した．

禿の女歌手

La Cantatrice chauve, 1950

*イヨネスコの戯曲．ニコラ・バタイユの演出により，パリのノクタンビュル座で初演．イギリス人の二組の夫婦を中心に繰り広げられる陳腐で無意味な会話は，英会話の入門書に着想を得て練られた．彼はこのデビュー作で，解体し形骸化する「言語の悲劇」を喜劇的な要素とともに描き出した．はじめの表題は「楽しい英語」であったが，消防署長役が稽古中に言い間違えた言葉をそのまま表題として採用．表題の人物が舞台に現れないことは，「反戯曲（アンチ＝ピエス）」を副題に掲げるこの作品の野心的な試みをよく表している．伝統的な演劇作法にのっとらない「反演劇」，*不条理演劇の先駆けとなった．1957年以来，パリのユシェット座でロングランを記録している．

バシュラール，ガストン

Gaston Bachelard, 1884-1962

哲学者，評論家．セーヌ川上流のオーブ県に農家の子として生まれる．郵便局に勤めながら独学で勉強し，43歳で文学博士号を取得．その後ディジョン大学での教授職を経て，1940年から54年までソルボンヌ大学で科学哲学の講義を担当，そのかたわら精力的に執筆活動を行い，『火の精神分析』(*La Psychanalyse du feu,* 1938) などの一連の著作によって，人間の根底に潜む「物質的想像力」の現れを，古代哲学が万物の根源とした火・水・土・空気の四大元素に基づいて分析した．その後，『空間の詩学』(*La Poétique de l'espace,* 1957)，『夢想の詩学』(*La Poétique de la rêverie,* 1960) では，人間の中に詩的なイメージが生み出される瞬間を，現象学的な立場から捉えようとした．こうした彼の分析手法は，後に批評家ジャン＝ピエール・リシャールらによるテーマ批評として発展している．

パスカル，ブレーズ

Blaise Pascal, 1623-1662

科学者，宗教思想家，*モラリスト．オーヴェルニュ地方のクレルモン（現在のクレルモン＝フェラン）に生まれる．同地の租税法院副院長であった父は，科学にも造詣が深く，当時の教養ある法服貴族の典型であった．母の死後，一家はパリに移り，パスカルは父とともに科学者の集まりに参加して，早熟の天才ぶりを見せる．16歳で『円錐曲線試論』(*Essai pour les coniques,* 1640) を発表，以後晩年に至るまで確率論や今日の微積分学につながる数学上の重要な業績を残す．父の仕事の関係でルーアンに移ってからは，四則算用の計算機を発明し，またトリチェリの実験を再現して管の上部に残る空所が真空であること，水銀柱が途中で停止するのは大気の重さ

と釣り合うためであることを，巧みな推理と実験によって証明した．一方 1646 年にはサン＝シランの弟子たちの感化を受け，*ジャンセニスムの信仰に接近，この経験は「最初の回心」と呼ばれる．その後社交生活と科学研究のなかで宗教的情熱が薄れる時期もあったが，やがてそうした生活の空しさを痛感，1654 年 11 月「決定的回心」と呼ばれる神秘的体験をもち，信仰に身を捧げることを決意，*ポール＝ロワイヤルとの関係を強める．折しもポール＝ロワイヤル派とイエズス会の対立は深刻さを増し，1656 年パスカルは窮地に立つ同派と指導者アルノーを弁護するために『*プロヴァンシアル』(*Les Provinciales*, 1657) によって論争の渦中に身を投ずる．この著作は，ポール＝ロワイヤルの厳格な恩寵観を擁護し，イエズス会の弛緩した道徳を攻撃する 18 通の書簡形式の文書で，一見難解な恩寵論争を軽妙な筆致で解きほぐし，イエズス会の放縦ぶりを彼らの書物からの的確な引用によって暴いたところから，広範な読者の支持を得た．同じ頃，姪の身に生じた奇跡をめぐる考察が，*リベルタンに対してキリスト教の真理を明らかにする「キリスト教護教論」執筆の計画へと発展する．この計画は完成を見ず，断片形式の多量の草稿が死後に『*パンセ』(*Pensées*, 1670) として出版された．同時代の多くの護教論のように神の存在や霊魂不滅の証明といった煩雑な議論に頼らず，人間存在の本質的空虚を示して脱出の道を探求するよう仕向ける点にパスカルの独創性と現代性がある．晩年はポール＝ロワイヤルと距離を置き，救貧活動に携わり，その一環として乗合馬車の事業を起こし，1662 年 39 歳で死去した．

バタイユ，ジョルジュ

Georges Bataille, 1897-1962

思想家，小説家，評論家．オーヴェルニュ地方ビヨンに生まれ，最初は聖職を志すが，ニーチェの思想に影響を受けて徹底的な無神論者となる．古文書学校卒業後は国立図書館に勤務するかたわら，経済学，人類学，芸術，宗教，政治など多岐にわたる分野で執筆活動を行う．処女作『眼球譚』(*Histoire de l'œil,* 1928) や『マダム・エドワルダ』(*Madame Edwarda,* 1937) をはじめとする数々の非合法ポルノグラフィーを世に送り出し,「死」と「エロス」を根源的なテーマとした大胆で斬新な世界観を築き上げた. 1946 年には書評中心の総合誌「クリティック」を創刊し,終生その編集長を務めた．他の主要作品に，『内的体験』(*L'Expérience intérieure,* 1943)，『呪われた部分』(*La Part maudite,* 1949)，『文学と悪』(*La Littérature et le Mal,* 1952) などがある．

パトラン先生

La Farce de Maître Pathelin, 1464頃

15 世紀後半に書かれた作者不詳の *ファルス (笑劇)．同時代に見られるその他のファルスが平均 500 行であるのに対し，約 1500 行に及ぶ長編作品．ずる賢い弁護士パトランは，妻ギュメットと共謀し, ラシャ売り業者のジョソームを騙そうとする．その策略は成功し，パトランは支払いをせずに済む．しかし今度は依頼人チボー・アニュレが同じ方法をとり，パトランは代金をとり損ねる．この作品は，ファルスの典型である騙し合いの連鎖の滑稽さとともに，登場人物たちの真の姿と当時の風俗の結びつきに魅力がある．作者は当時の社会状況を背景に，この劇の観客でもあるごく一般的な人々を笑いの対象としている点も特徴である．当時流行した「教訓劇」とともに「世俗劇」として民衆に親しまれていた．

パニョル，マルセル

Marcel Pagnol, 1895-1974

劇作家，脚本家．南仏オーバーニュ出身．幼年期を過ごしたマルセイユと，毎休暇を過ごした別荘での思い出が，プロヴァンスの風土への深い愛着を生み，南仏を舞台とする諸作品を誕生させた．『トパーズ』(*Topaze,* 1928) で最初の成功を収めると，

映画界に参入．港町の庶民生活における悲恋を描いた『マリウス』(*Marius*, 1931)，『ファニー』(*Fanny*, 1933)，『セザール』(*César*, 1936) のマルセイユ三部作を皮切りに，自らスタジオを設立し，数多くの映画作品を発表．1946年に*アカデミー・フランセーズ会員に選出され，後年の自伝的な要素が盛り込まれた『マルセルの夏』(*La Gloire de mon père*, 1957)，『マルセルの城』(*Le Château de ma mère*, 1958) が小説，映画ともに高い評価を得た．いずれも南仏の素朴な人間の哀歓を巧みに描いた温かみ溢れる作品である．

バラッド

Ballade

主に14，15世紀において流行した音楽性の高い詩形．その名称は「踊り」を意味するプロヴァンス方言に由来する．同一の詩句で終わる三つの8行詩節と，高貴な人物への呼びかけから始まり，やはり同一の詩句で終わる一つの4行詩節によって構成される．この詩形を用いた詩人としては15世紀の*ヴィヨンが特に知られる．なお，物語詩の一形態もフランス語では「バラッド」(ballade) と同じ単語で表記され，しばしば混同を招いてきた．19世紀の*高踏派詩人*バンヴィルは詩形としてのバラッドを巧みに用いたが，ロマン派詩人*ユゴーによる『オードとバラッド』におけるバラッドは「物語詩」に該当するものを含む．

薔薇物語

Roman de la Rose, 1230頃, 1270-80頃

アレゴリーを用いた韻文詩．まずギヨーム・ド・ロリスが4000行を，約40年後ジャン・ド・マンがその続編として18000行を執筆．抽象概念を擬人化するアレゴリーの方法を用いた物語．主人公「恋する男」が夢の中で果樹園を訪れると，「閑暇」

が彼を迎え，「美」や「若さ」を紹介する．その果樹園で彼は女性性を象徴する薔薇の花に恋をする．男は「歓待」や「誠実」に助けられたり，「羞恥」や「嫉妬」に妨害されたりしながら彼女の心と接吻を手に入れようと奮闘．しかし，この行いが「嫉妬」の怒りを買い，「歓待」は塔に閉じ込められてしまう．ここでロリスの死により物語は中断．次に聖職者であり学者でもあるマンが引き継いだ後半では，男が協力者である「歓待」を「嫉妬」の館から救い出し，薔薇の愛を得ることに成功し，夢から覚めて物語が終わる．ロリスはアレゴリーを用いて恋愛が成就する過程を描くが，マンは恋愛を論じつつも「理性」や「自然」を登場させ，当時の最先端の知識である哲学，自然学全般にわたる百科全書的議論を展開した．この作品は 15 世紀前半に「薔薇物語論争」を引き起こす．*クリスチーヌ・ド・ピザンは，恋愛において崇められていた女性を，一転して男性の所有物として描いている点に異議を申し立て，聖職者ベルソンは赤裸々に語られる性を道徳的観点から非難した．作家の立場や創造の自由についての，文学史上最初の論争を引き起こした作品でもある．

パリの憂鬱（小散文詩）

***Le Spleen de Paris* (*Petits Poèmes en prose*), 1869**

*ボードレールの *散文詩集．生前に書いた50篇を，友人のアスリノーと *バンヴィルが残されたメモに従って配列し，死の2年後に出版．アロイジウス・*ベルトランの散文詩集『*夜のガスパール』に想を得つつ，従来の韻文では表現できない，大都市の生活の中に生み出される新たなポエジーを，遊歩者の視点で捉え，散文詩という新しい器に盛り込もうと試みている．詩篇の形態は警句風から短編小説的なものに至るまで多様であり，またその配列も直線的な時間の流れに基づく伝統的な読書を想定してない．「けしからぬガラス屋」や「マドモワゼル・ビストゥリ」のように，詩人の眼差しは，ときに日常の裂け目に生じる狂気や幻想をも捉える．*ランボー，*ロートレアモンから *シュルレアリスムまで，後世への影響は大きく，近年では

『*悪の華』と並ぶ重要な作品とみなされている．

バルザック，オノレ・ド

Honoré de Balzac, 1799-1850

小説家．トゥールのブルジョワの家庭に生まれる．1807年から6年間，ヴァンドーム学院で厳格な規律のもとに寄宿学校生活を送り，読書に耽溺．パリ大学法学部に学ぶかたわら，法律事務所で見習い書記を経験．1819年，両親の意に反して屋根裏部屋で文学修行を始め，劇作を試みるが評価は得られず，以後，単独または共同で，多くの筆名を用い，通俗小説を量産する．22歳年上のベルニー夫人からは，独自の女性観や恋愛観を得，物質的，精神的にも援助を受けた．その間，出版，印刷，活字鋳造などの事業に手を出すがことごとく失敗，莫大な借財を負う．1829年実名で，歴史小説『最後のふくろう党』(*Le Dernier Chouan*) を執筆，次に当時流行していた「生理学もの」に便乗した『結婚の生理学』を「ある独身者著」として発表，作家としての地位を確立する．以後社交と執筆の両方を精力的にこなし，30年代から40年代の文壇をリードした．1834年『*ゴリオ爺さん』(*Le Père Goriot,* 1835) で，同一人物を複数の作品に登場させる「人物再登場法」を確立，多数の作品を時間的，空間的に連関させ，同時代のパリを中心とするブルジョワ社会を立体的に立ち上がらせることに成功．30年代半ばから自分の作品全体を構造化することを考えていたが，42年『*人間喜劇』(*La Comédie humaine,* 1842-1848) の総題のもとに，100編以上から成る小説群で19世紀フランスの人間模様を描く構想を発表．そこにはあらゆる階層，職業に属する2000人を超える人物が登場，「現実の戸籍簿と競う」意欲を示した．『人間喜劇』を構成する作品には，『ゴリオ爺さん』の他に『*谷間の百合』(*Le Lys dans la vallée,* 1836)，『*幻滅』(*Illusions perdues,* 1837-1843)，『*従兄ポンス』(*Le Cousin Pons,* 1847)，『*従妹ベット』

(*La Cousine Bette,* 1847) など．また『人間喜劇』の他に，初期小説群，『風流滑稽譚』(*Contes drolatiques,* 1832, 1833)，戯曲数編がある．1833年に知り合い，死の5ヶ月前に結婚することになるハンスカ夫人との長い文通の記録は，彼の執筆の企図や進捗の状況などの克明で貴重な資料となっている．近代小説の祖として，*フローベール，*ゾラ，*プルースト，さらに*ヌーヴォー・ロマンの作家たちに至るまでバルザック的なる小説への称賛，反発を含め，測り知れない影響を及ぼした．

バルト，ロラン

Roland Barthes, 1915-1980

批評家，思想家．ノルマンディー地方シェルブール生まれ．父を早くに亡くし，バイヨンヌでの幼少期を経て母とともにパリに移り，ソルボンヌ大学で古典文学を専攻．1934年に結核を発症，治療と静養を繰り返す．ルーマニア，エジプトで大学講師等を務めてパリに戻り，1952年に国立科学研究センターに入る．伝統的なアカデミズムから一定の距離を置く独自の位置が，様々な対象・方法へと開かれ自ら転位し続ける柔軟な思考を生んだ．

初期の著作はマルクス主義と*サルトルの影響が色濃い．『零度のエクリチュール』(*Le Degré zéro de l'écriture,* 1953) で社会に規定される言語(ラング)と作家個人の文体の間に選択される「エクリチュール」の概念を提唱．一方，現代の日常的事象に潜むブルジョワ・イデオロギーを分析した『神話作用』(*Mythologies,* 1957) を発表．1962年高等研究院の研究主任に就任，ソシュール言語学の諸概念から出発する『記号学の原理』(*Éléments de sémiologie,* 1965) をまとめ，『モードの体系』(*Système de la mode,* 1967) へと発展させる．また，精神分析的手法に基づく『ラシーヌ論』(*Sur Racine,* 1963) への講壇批評の側による糾弾に対し『批評と真実』(*Critique et vérité,* 1966) で応じ，*ヌーヴェル・クリティックの正当性を主張．物語の構造分析は，*構造主義批評のモデルとしてジェラール・*ジュネットの*ナラトロジー等へと受け継がれる．しかし自身は『テクストの快楽』(*Le Plaisir du texte,* 1973) 以降，絶えざる意味生成の場としての「テクスト」の概念を鍵に科学的言説から脱却．*バルザックの短編を『*S/Z*』(1970) で多角的に分析し，さらに『記号の帝国』(*L'Empire des signes,* 1970) では日本を「テクスト」へと織り上げた．『記号の帝国』で確立した断章形式による「私」のエクリチュールは，『ロラン・バルトによるロラン・バルト』(*Roland Barthes par Roland Barthes,* 1975)，『恋愛のディスクール・断章』(*Fragments d'un discours amoureux,* 1977)，写真論『明るい部屋』(*La Chambre claire,* 1980) へと引き継がれる．1977 年，*コレージュ・ド・フランス教授に就任．1978-80 年には講義に並行して「小説の準備」(*La Préparation du roman I et II,* 2003, 講義ノートが死後出版) を行うが，自動車事故のため急逝．

バルビュス，アンリ

Henri Barbusse, 1873-1935

小説家，政治活動家．セーヌ県アニエールに生まれる．父は雑誌「世紀」の編集者アドリヤン・バルビュス．パリ大学在学中に，「エコー・ド・パリ」紙の作詩コンクールに入賞．審査員の一人であったカチュール・マンデスに認められ，詩集『泣く女たち』(*Pleureuses,* 1895) を発表．1898年にマンデスの娘と結婚．出版社に勤務した後，『哀願者たち』(*Les Suppliants,* 1903) を出版する．第一次世界大戦に参戦した経験から『砲火』(*Le Feu,* 1916) を書き，兵士の姿を通して戦争の真の姿を生々しく描いた．同年*ゴンクール賞を受賞．『クラルテ』(*Clarté,* 1919) では，戦争の意味を追い求め，戦後社会の中での生き方を模索する平凡な男を描く「クラルテ」は小説のタイトルのみならず，様々な国の知識人たちが行った啓蒙活動のための雑誌のタイトルでもある．後に，「すべての人は平等である」というスローガンに基づいた「クラルテ運動」にもなった．これを契機にバルビュスは政治活動を活発にしていく．1935年，講演先のロシアで肺炎のため死去．

バルベー・ドールヴィイー，ジュール

Jules Barbey d'Aurevilly, 1808-1889

小説家，批評家．ノルマンディー地方の貴族の家系に生まれる．その出自から，反時代的な貴族主義を標榜する．青年時代にパリの社交界に出入りし，奇抜な服装のために「ダンディ」として一躍名を馳せる．彼が書いた世界初のダンディ論『ダンディスムとG·ブランメルについて』(*Du dandysme et de G. Brummell,* 1845) は＊ボードレールに影響を及ぼし，その後も影響力のある批評家として膨大な量に上る文芸批評，演劇批評を執筆した．舌鋒鋭い言葉を新進作家のみならず，＊ユゴー，＊フローベール，＊ゾラにまで浴びせかけ，文壇の大御所としての地位を確立する．一方，30年代から自身でも小説を書いていたが，頭角を現すのは，無神論から神秘的なカトリック信仰へと転向した50年代になってからである．貴族主義，カトリシズム，＊ダンディスムが混淆した独特の世界を華麗な文体によって描き出し，寡作ながら優れた作品を残した．中期の長編に『老いたる情婦』(*Une vieille maîtresse,* 1851)，『呪縛された女』(*L'Ensorcelée,* 1854) などがあるが，特に後期の短編集『悪魔のような女たち』(*Les Diaboliques,* 1874) は評価が高い．強烈な印象を残す6つの短編によって構成されるこの作品は，そのあまりの過激さゆえに発禁処分になった．重厚華美な世界に鮮烈なエロチシズムが迸（ほとばし）り，激越なる情動が醸し出されるこれらの作品は，作者の高度な文才と想像力を示して余りあるものとなっており，＊ユイスマンスも絶賛する．

パルムの僧院

La Chartreuse de Parme, 1839

＊スタンダールの小説．1839年4月に出版．執筆は前年の末で口述筆写により，およそ50日あまりで完成したと言われる．16世紀の古記録から想を得て，舞台を19世紀前半のイタリアにあるパルム公国に設定．ナポレオンを崇拝するあまりワーテル

ローの戦いに参加した主人公ファブリス・デル・ドンゴは，その後聖職者として歩みだすが，殺人事件を犯し幽閉され，そこで典獄の娘クレリアと恋に落ちる．ファブリスを愛するがゆえに大公や宰相の愛を拒む叔母のジーナ，主人公を愛するが彼の脱獄を手助けした良心の呵責からある侯爵と結婚するクレリア，彼女の結婚に絶望し教会の説教師になるファブリスなど，それぞれのかなわぬ恋が描かれる．ロマネスクな筋の展開に加え，戦いを描く叙事詩的な幕開け，宮廷に渦巻く政治的な権謀術策，コモ湖畔でのクレリアとの出会いなど魅惑的な場面に溢れる．作者の愛するイタリアを背景に活躍する情熱的で自由奔放なファブリスは，作者の理想を体現した人物でもあり，読者を惹きつけて止まない．1840年に＊バルザックは「マキャベリが19世紀にイタリアから追放され生きていたら，書いたであろう小説」と称賛した．

バレス，モーリス

Maurice Barrès, 1862-1923

小説家，思想家，政治家．ドイツ国境に近いロレーヌ地方のシャルムに生まれる．8歳の時，普仏戦争の敗北によるプロイセン軍占領の経験が，後に彼を民族主義思想へと導く．11歳でナンシーに移った後，ナンシー大学法学部に在学中，21歳で月刊文芸誌「インクのしみ」を創刊主宰する．＊マラルメやアナトール・＊フランス，老＊ユゴーと知り合い，1888年，処女作となる三部作『自我礼拝』(*Le Culte du moi*) を発表．第1作『蛮族の目の下で』(*Sous l'œil des Barbares,* 1888) では，「蛮族」すなわち「土地と死者」の認識が，自我の確立を導くという論を展開，つづく第2作『自由人』(*Un homme libre,* 1889)，第3作『ベレニスの園』(*Le Jardin de Bérénice,* 1891) では，その思想と洗練された文体を用いて徹底した自我崇拝と郷土愛を説き，当時の若者から熱烈な支持を得た．1894年の＊ドレフュス事件では，愛国主義者として反ドレフュス派の強靭な指導者的立場をとり，『根こそぎにされた人びと』(*Les Déracinés,* 1897)，『兵士への呼びかけ』(*L'Appel au soldat*, 1900),『彼らの顔』(*Leurs Figures*, 1902) から成る三部作『民族的エネルギーの物語』を発表，自身の思想的立場を明らかにした．またこれに次ぐ三部作『東方の砦』(*Les Bastions de l'Est*) では，アルザス，ロレーヌの問題を取り上げて国家主義思想を深化させただけでなく，カトリシズムへの傾倒も見せた．1906年，*アカデミー・フランセーズ会員および代議士に選出される．第一次世界大戦が勃発すると「愛国者連盟」を組織し，自ら戦地を慰問するなど精力的な愛国運動を展開，ドイツに故郷を奪われたロレーヌ人としての民族思想は最期まで貫かれた．1923年に死去，国葬される．

バロック

Baroque

16世紀末から18世紀初頭にかけての汎ヨーロッパ的な芸術様式．劇的な流動性と過剰な装飾を特徴とし，元来はベルニーニの彫刻やボロミーニの建築，ルーベンスの絵画などに適用された概念であるが，20世紀以降，文学史用語としても定着した．フランス文学では16世紀後半から17世紀にかけて活躍した詩人，劇作家の作風を指す．秩序と均整を重んじる*古典主義に対し，隠喩や寓意といった技巧と動的なイメージの多用，「夢」や「変装」，「人物の取り違え」といったテーマ，さらには激烈な感情や残忍な情景の描出などに特徴がある．詩では*ドービニェ，スポンド，テオフィル・ド・*ヴィヨー，サン=タマン，演劇ではアルディやロトルーの名が挙げられる．しかし古典主義作家*コルネイユの作品にもバロック的要素は多分に含まれ，理論上は明確に区分される二つの傾向は，実作において不分明なことが多い．

バンヴィル，テオドール・ド

Théodore de Banville, 1823-1891

詩人．フランス中部のアリエ県ムーラン生まれ．*ユゴーや*ゴーチエの影響のもと，自らも詩作を始め，処女詩集『人像柱』(*Les Cariatides,* 1842) および『鍾乳石柱』(*Les Stalactites,* 1846) で成功，若くして名声を博す．代表作とされる『綱渡りのオード』(*Odes funambulesques,* 1857) は，韻律と脚韻における卓越した技巧によって名高い．また詩集の題となっている*オードのみならず，*ロンドーや*バラッドといった形式を用いることで，当時の詩人たちから軽視されていた古くからの定型詩に対する関心を高めた．その他の優れた詩集としては『流刑者たち』(*Exilés,* 1867) がある．ロマン派の最後の世代に属しながらも，過度の叙情性を否定し，脚韻を中心とする形式の美を探究した彼は，*ルコント・ド・リールとともに19世紀後半を席巻する*高踏派の中心人物となる．その活動は詩作に限らず，『フランス詩綱要』(*Petit Traité de poésie française,* 1872) をはじめとした批評や，戯曲『グランゴワール』(*Gringoire,* 1866) など多岐にわたる．

パンセ

Pensées, 1670

*パスカルの遺稿集．死後刊行の未完の著作で，タイトルもパスカルがつけたものではない．長短1000近い断章からなり，中心を占めるのは著者が晩年に計画した「キリスト教護教論」のための覚書である．初版は親族と*ポール=ロワイヤルの友人たちが遺稿の一部を編集して出版したもので，長くこの形で読まれたが，19世紀中頃から草稿原本に依拠したテクストの確定と護教論の構想再現の試みが続けられた．今日では残された手がかりからパスカルの意図は部分的に推測できる．全体は二部構成で，前半は人間性の探求を主題とし，真理も正義も幸福も実現できずそのまがい物で満足せざるをえない人間の悲惨と，

その悲惨を知るゆえの偉大とが，巧みな例証と鮮明なイメージによって示される．後半部の主題は人間の悲惨に対する救済の道を聖書によって示すことにあり，まず理性の力と限界が語られた後，キリスト教の歴史的証明に移り，最後に信仰の真理に心を開くことが求められる．

「護教論」の構想が中核をなすとはいえ，『パンセ』には他の目的で書かれた文章も少なからず含まれ，両者を区別することは容易でない．多くの断章の中でも，人間の尊厳を「考える葦」の偉大として示す断章，無限と虚無の中間に人間存在を宙づりにしてみせる「二つの無限」の断章，身体・精神・愛の位階構造を美しく語る「三つの秩序」の断章，理性では論証できない神の存在に人間はそれでも賭けねばならないと説く「賭け」の断章などは特に有名．他にも独創的で示唆に富む考察は数多く，『パンセ』は「護教論」という文脈を離れても，広く人間一般の本性を追求する*モラリスト文学として読み継がれてきた．

ピエール・ド・マンディアルグ，アンドレ

André Pieyre de Mandiargues, 1909-1991

小説家，批評家．パリに生まれる．母方の祖父は印象派絵画の収集家として知られ，母も少女時代にルノワールのモデルになったように芸術的環境で育つ．写真家のカルチエ=ブレッソンは子供時代からの友人であり，共に文学や美術を学んだ．ソルボンヌ大学での勉学を放棄し，イギリス*暗黒小説やドイツ・ロマン主義の作品を耽読，ヨーロッパ各地を旅行する．第二次世界大戦中に避難先のモンテカルロで*シュルレアリスムの手法を借りて夢想から生み出された処女作『汚れた年月のなかで』(*Dans les années sordides,* 1943) を自費出版したが，詩作は既に1933年頃から始めていた．戦後パリに戻り暗い幻想的な短編集『黒い美術館』(*Le Musée noir,* 1946) などを次々と発表．*ブルトンたちと交流するが，シュルレアリストのグループには属さなかった．『オートバイ』(*La Motocyclette,* 1963)，*ゴンクール賞を受けた『余白の町』(*La Marge,* 1967) などの長編に

おいても犠牲としての死を語る．文学や美術に関する数多くの批評の中に愛妻ボナの画業を論じた秀逸な評論がある．

ピカレスク小説

Roman picaresque

香具師，盗賊，乞食といったならず者「ピカロ」を主人公にして，波乱万丈の生涯を自叙伝形式で描いた小説．1554年にスペインで出版された『ラサリーリョ・デ・トルメスの生涯』を嚆矢（こうし）とし，以降この形式の小説がスペインのみならず広くヨーロッパで流行した．「ピカロ」の人物像は様々だが，社会から疎外された主人公が様々な経験を積む中で，社会・風俗に批判的な視線を投げかけたり，何らかの教訓を引き出したりする点は共通する．陽気で善良なブルジョワ階級出身の男の生涯を描いた*ルサージュの『*ジル・ブラース』は18世紀風俗を活写した作品として特に名高い．

悲愴曲

Les Tragiques, 1616

*ドービニェの詩集．1577年に執筆を開始，1616年に完成，「砂漠に置かれた贖罪の山羊」(Le Bouc du Désert) の頭文字 (L.B.D.D.) を作者名として出版する．1623年に改訂版をジュネーヴで出版した後も，死の前まで原稿に加筆し続けた．全7篇から成り，「悲惨」，「君主達」，「黄金の部屋」の3篇においてフランスの荒廃，王家の堕落，混乱した正義を激しく告発．次いで「火」において殉教を称え，「鉄」において戦争を叙述し，最後に，歴史における神の制裁を「復讐」に，最後の審判における善の勝利を「審判」で描く．9000行を超える*アレクサンドランの詩句において，*宗教戦争におけるプロテスタントの戦いを謳い，迫害者を断罪し，終末における殉教者の栄光を予言する壮大な叙事詩である．寓意，対比，列叙，暗示に富み，文法は

規範を逸脱し，残酷でおぞましいイメージが横溢するなど，*古典主義の美学に反した*バロック文学を代表する．

人さまざま

Les Caractères, 1688

*ラ・ブリュイエールの断章集，*モラリスト文学の代表的作品のひとつ．主題別に16の章から構成され，長短1120の断章を含む．内容は人間の本性一般，文芸，風俗，社会，宗教と多岐にわたる．形式面においても，わずか数行の箴言から，数ページにわたる考察や文学的肖像（ポルトレ）まで変化に富む．初めは古代ギリシャの哲学者テオプラストスによる同名の作品の付録として出版されたが，大きな反響を呼んだため，第4版以降大幅な増補がなされた．著者はとりわけ肖像の技法に優れ，当代の典型的な人物像（成金，貧者，えせ信心家など）を風刺と皮肉をこめて生き生きと描き出す．性格の一貫性や心理の普遍性よりも，社会的役割や流行にあわせて身にまとう外見を重視する人間把握に，作品の新しさが認められる．また社会の堕落と不合理への鋭い批判も見逃せず，その記述からは絶対王政のきしみが聞こえてくる．

日々の泡

L'Écume des jours, 1947

ボリス・*ヴィアンの小説．1946年「現代」誌に一部を掲載，翌年刊行．青年コランは，アリーズを射止めた親友シックに触発され，ジャズの曲名を名に持つ娘クロエに恋をする．結婚式で二人の幸福は頂点を迎えるが，クロエは肺に生えた睡蓮の猛威に衰弱，治療費のためにコランは過酷な労働を余儀なくされる．他方シックは財産を哲学者パルトル（*サルトルのパロディー）の著作や物品に蕩尽，税金未納で処刑され，アリーズもパルトル殺害後本屋に放った火により命を落とす．クロエを喪(うしな)ったコランは墓地の水辺で睡蓮の姿を見つめ続ける．「大切なものは，きれいな女の子との恋愛とデューク・エリントンの音楽だけ」の序文で知られる本作品は，『*椿姫』に連なる悲恋の筋をユーモラスな言語遊戯の世界に置き換える．*クノーは「現代で最も悲痛な恋愛小説」と称したが，作品が本格的な評価を得たのは作家の死後，1960 年代に入ってからで，1968 年監督シャルル・ベルモンが映画化．

百科全書

Encyclopédie ou Dictionnaire raisonné des sciences, des arts et des métiers, 1751-1772

*ディドロ，*ダランベールを編者として 18 世紀における「知識の連鎖」を示した百科事典．執筆者数 160 人以上，本文 17 巻(25000 ページ)，図版 11 巻(2900 枚)，項目数 6 万にのぼる．1745 年当初，イギリスで出版されたチェンバースの『サイクロピディア』の翻訳出版を予定していたパリの出版業者ル・ブルトンが，フランス独自の百科事典を編むことを企画する．ディドロのヴァンセンヌ収監，執筆者の一人プラド神父の逮捕にともなう『百科全書』の発行禁止処分，ダランベールの離脱など，様々な困難にもかかわらず第 7 巻までは毎年 1 巻のペースで発行された．しかし 1759 年国務顧問会議が再び出版許可を撤回，以降は *マルゼルブの計らいにより黙認の状態で執筆・編纂作業が進められる．残りの第 8 巻から第 17 巻まではまとめて 1766 年に上梓され本文が完成．一方 1762 年から配本の始まった図版に関しては 1772 年に最後の 2 巻が出版され，20 年以上の歳月が費やされた一大出版事業は終結した．

ダランベールの序文に示されるように『百科全書』の目的は，まず「人間知識の秩序と連鎖」を示すことにあった．項目執筆のため思想家，科学者，聖職者など知識人たちのみならず，様々な職業に携る職人，技師たちにも助力を仰ぎ，理論と実践の両立が計られ，当時軽んじられる傾向にあった技術者たちの復権の意図も含まれている．また各項目に必要に応じて付されている別の項目への参照記号は「連鎖」の概念を良く示す．18世紀*啓蒙思想を象徴する書物『百科全書』は，キリスト教理念に基づく神の秩序に対し理性に基づく新たな秩序を説き人間精神の進歩を裏付けるものとなった．

百科全書派

Encyclopédistes

*ディドロ，*ダランベール，コンディヤック，エルヴェシウス，ドルバック，チュルゴー，コンドルセなどを筆頭に『*百科全書』の編纂，執筆に携ったか，あるいはその実現のために協力した18世紀の学者，*啓蒙思想家．既成の知的権威を拒否し，人間理性による学問の進歩を目指す啓蒙主義の精神を共有していたが，統一的に組織化された思想を形作っていたわけではない．むしろ啓蒙の理念に与する者たちの知を結集し，彼らを団結させる媒体が『百科全書』という書物であった．彼らの思想を統括して扱うことは困難だが，ニュートン力学に科学的根拠を置く理神論・無神論，ジョン・ロックの経験論に端を発する唯物論が主流であった．

ビュデ，ギヨーム

Guillaume Budé, 1468-1540

文献学者．代々古文書館を監督する家系に生まれる．オルレアンで法律を修めるが，狩猟等の遊行に耽る青春時代を経て，1492年頃より学問に打ち込み，ほぼ独学でギリシャ語を習得．国王書記官に就任の後，古代ローマの法律や貨幣，度量衡の制度を研究し，『古代貨幣論』(*De asse,* 1515) を著す．著名なユマニストたちと交流する一方，フランソワ1世に働きかけ，ギリシャ語，ヘブライ語を教える王立教授団(後の*コレージュ・ド・フランス)設立に尽力したが，ユマニストの代表的存在であった*エラスムスの招聘は実現しなかった．王立図書館長に就任し，『ギリシャ語考』(*Commentarii linguae graecae*, 1529) や『文献学論』(*De philologia*, 1532) で，古典学の意義を顕揚し，国王による文芸庇護の重要さを説く．後年，ルターによる宗教改革の動揺の中，福音書を研究，『ヘレニスムからキリスト教へ』(*De transitu Hellenismi ad Christianismum*, 1535) を著し，*ユマニスムとキリスト教との融和を模索した．

ビュトール，ミシェル

Michel Butor, 1926-2016

小説家，批評家．北仏のリール近郊に生まれ，3 歳の時パリに移る．ソルボンヌ大学で哲学を専攻するかたわら，*シュルレアリスムの影響を受けた詩を書く．28 歳で『ミラノ通り』(*Passage de Milan*, 1954) を発表し，*ヌーヴォー・ロマンを代表する作家の一人となる．つづく『時間割』(*L'Emploi du temps*, 1956) でフェネオン賞を受賞，翌年刊行の二人称 vous を用いた小説『*心変わり』(*La Modification*) では，ルノドー賞を受賞する．これらの受賞をきっかけに哲学教師の職を去り著作に専念した後，『段階』(*Degrés*, 1960) や『モビル』(*Mobile*, 1962) などを発表．限定された時空の中で自己の「全体性」を確立しようとする過程を描き，*ロブ=グリエとは異なる独自のスタイルを築き上げた．2013 年アカデミー・フランセーズ文学賞受賞．

ビュフォン，ジョルジュ・ルイ・ルクレール・ド

Georges Louis Leclerc de Buffon, 1707-1788

博物学者．ブルゴーニュ地方モンバールで生まれる．法学，医学，数学などを学び，その後，植物学に関する翻訳や研究に従事していたが，1739 年パリ王立植物園の園長に就任，研究機関としての植物園の充実に努め，大きな発展をもたらした．その博識と経験は『博物誌』(*Histoire naturelle, générale et particulière*, 1749-1788) に結実．出版計画のうち，出版されたのは四

足獣，鳥類，鉱物編で，彼の死後は，ベルナール・ラセペードが残りを引き継ぎ，完成をみた．ビュフォンによれば，動物はそれぞれ個別に特徴を持ちながらもその原型は同一で，したがって人間も動物種の一つであり，何ら特別な存在ではない．19世紀のダーウィンによる『種の起源』に先駆けた『博物誌』は大きな反響を呼び，18世紀の出版物としては『*百科全書』並びに*ルソーの『*新エロイーズ』に継ぐベストセラーとなる．名文家としても知られ，「文は人なり」という言は有名．

は

ファブリオー

Fabliau

中世フランス北部オイル語圏で作られた韻文滑稽譚．多くは作者不詳かあるいは作者については名前が伝わるのみ．経済の発展により町人階級が台頭し，町が大きく発展していく12世紀末から14世紀半ばにかけて作られ，口承で，あるいは写本によって広まり，聴衆（あるいは読者）も町人や貴族など各階級に及んだ．内容は様々だが，多くは民間伝承に題材を求める．社会風俗をパロディー化しつつ，町人や僧侶，騎士らの騙し合いを滑稽に描いているが，*ルネサンス期の風刺文学のように，社会体制を揺るがすほどの力は持たなかった．人々は作中の人物たちの行動を現実の行動規範に照らし合わせ，その非現実性に笑いを見出すとともに，教訓を得たのである．ファブリオーの伝統は国境を越え，イタリアのボッカッチョ作『デカメロン』やイングランドのチョーサー作『カンタベリー物語』に引き継がれ，発展することとなった．

ファルス

Farce

中世の韻文笑劇．イタリアの笑劇コメディア・デラルテの流れを汲む．「夫」や「妻」「恋人」など日常に即した役割を演ずる

3，4人が登場，策略を弄して権威や愛，食物等を得ようと滑稽に騙し合う姿が描かれるなど，*ファブリオーとの共通点が多い．最も有名なものとしては『*パトラン先生』が挙げられる．これは数あるファルスの中でも例外的な長さを持つが，ファルスの多くは500行程度のものである．当時登場人物はすべて男性によって演じられ，類型化された特有の化粧や衣装などを身に着けていた．ファルスの発展は町が大きく発展していく時期にも重なり，登場人物も商人や職人などが最も多く，「田舎者」はしばしば騙される側であった．町の広場などに設置された舞台で上演されることが多かったが，様々な人々の行き交うこの「場」が劇における様々な階層間の出会いとも密接に関係していたと考えられる．ファルスは16世紀の*ジョデルの喜劇『ウージェーヌ』を経て，17世紀の*モリエールに受け継がれ，悲劇に匹敵する喜劇として完成される．

フィガロの結婚

La Folle Journée ou le mariage de Figaro, 1784

*ボーマルシェの戯曲．『*セヴィリアの理髪師』の続編にあたる．1786年にモーツァルトによってオペラ化．アルマヴィーヴァ伯爵の屋敷の管理人フィガロと，伯爵夫人の小間使いシュザンヌは結婚を間近に控えている．伯爵が結婚式の晩に「初夜権」を行使しようとしていることを知り，フィガロは伯爵の企てを阻止しようと必死になる．一方，結婚後，伯爵の心離れに悩む妻ロジーヌは，あらぬことから夫に浮気の疑いをかけられたことに腹をたて，シュザンヌに代わって逢引の場所へ行くと持ちかけ，シュザンヌもこれに賛同する．婚礼の晩，伯爵は，妻がシュザンヌに変装していることを知らずに言い寄り，自分の不実を妻に明かしてしまう．特権階級を大胆に批判し，思想・言論の自由を求め，庶民が貴族を打ち負かすこの劇に危険思想を見たルイ16世は6年にわたって上演を禁じた．1784年の初演で大成功を収め，その5年後に革命が勃発した．

フィリップ，シャルル=ルイ

Charles-Louis Philippe, 1874-1909

小説家．フランス中部アリエ県のセリイという小さな町に木靴職人の子として生まれる．奨学金を得てリセを卒業，パリに出て市役所勤めのかたわら執筆活動を行う．同棲していた娼婦をモデルに『ビュビュ・ド・モンパルナス』(*Bubu de Montparnasse,* 1901) など数作品を発表．*ヴァレリー，ヴァレリー・*ラルボー，*ジッド，エリ・フォールらと交際，*ジロドゥーの依頼で「マタン」紙に毎週掲載した短編は早逝したため全58編に留まり，セリイを舞台とした『小さな町で』(*Dans la petite Ville,* 1910) と，パリを舞台とした『朝のコント』(*Les Contes du Matin,* 1916) として死後出版された．生活の糧を得るため短編の執筆を続けるかたわら，温めていた長編『シャルル・ブランシャール』(*Charles Blanchard,* 1913) は未完のままとなる．庶民の素朴な生活を題材に諧謔を弄した作品は日本でも広く読まれた．

フィロゾーフ

Philosophe

「啓蒙の世紀」と呼ばれる18世紀に，理性に基づき思索を行った知識人たちの総称．「哲学者」を意味する呼称ではあるが，『*百科全書』の項目の中では，宗教・権威に惑わされず合理的判断を行う思想家として，思索を行うのみならず人々を迷信・偏見から解放するために積極的に社会に参与する活動家として定義される．後世において，この語はしばしば18世紀の進歩的知識人一般を指して用いられる．フィロゾーフたちは明確なグループを形成し活動していたわけではないが，*ヴォルテールや*ディドロ，*百科全書派とその周辺を限定的に示すこともある．

ブヴァールとペキュシェ

Bouvard et Pécuchet, 1881

＊フローベールの長編小説．構想は早くからあり，1872年に準備の読書に取りかかり，1874年より執筆開始．中断を挟んで書き継がれるが，1880年，作者の急死によって未完のまま残された．翌年に死後出版．筆耕を務めるブヴァールとペキュシェは交友を結び，そろって田舎に隠棲した後，知識欲を満たすためにあらゆる分野の学問に挑戦するが，読書，実践，失敗を繰り返す．農業，化学，医学，歴史，文学，政治，宗教，教育のいずれにも挫折した後，それまでに読んだ書物の筆写に戻るところで第1部は終わり，彼らによって写された種々多様な引用が第2部を構成する予定だったと考えられている．唯一の真理に到達することができない人間の無知と愚昧さを徹底的に暴き立て断罪する本書は，＊ラブレー的な滑稽と風刺に満ち，＊レアリスムの規範を逸脱している．膨大な量の書物の引用とともに未完で残されたために，作品の構成，解釈を巡って議論を呼び，今なお多くの謎を抱える．

フェドー，エルネスト

Ernest Feydeau, 1821-1873

小説家．パリに生まれる．早くから文学への興味に目覚め，処女詩集『わが国の女性』(*Les Nationales,* 1844) を著すが失敗．その後数年間創作から遠ざかり，銀行に勤め株を操る一方，考古学に興味を抱き，『古代民族の葬儀慣習と墳墓の歴史』(*Histoire des usages funèbres et des sépultures des peuples anciens,* 1857-1861) を発表．古代趣味を通じて＊ゴンクール兄弟や＊フローベールたちと親交を結ぶ．『＊ボヴァリー夫人』のスキャンダラスな成功に触発され，青年が夫ある女性を愛する小説『ファニー』(*Fanny,* 1858) を執筆，評判となる．以後，＊レアリスムを代表する作家としてフローベールから好意的な評価を受けた『ダニエル』(*Daniel,* 1859)，『シルヴィー』(*Sylvie,* 1861) などを発表するが，次第に安易な通俗小説に陥り，最後は困窮のうちに死去した．

フェードル

Phèdre, 1677

*ラシーヌの悲劇．エウリピデスの『ヒッポリュトス』他を典拠とする．アテナイ王テゼの妃フェードルは，女神ヴィーナスの呪いにより義理の息子イポリットに恋情を抱く．やつれ果てた彼女は，乳母エノーヌに執拗に問いただされて思いを打ち明ける．そこに夫テゼの死の報が流れ，エノーヌにそそのかされたフェードルはイポリットに恋を告白する．死んだはずの王が帰還し，エノーヌは王妃の身を守るため，王子がフェードルに道ならぬ恋をしかけたと讒言する．テゼに尋問されたイポリットは父の名誉を気遣い，敵の一族の娘アリシーを愛しているとのみ告げて真相を語らない．怒った父王はイポリットを追放し，守護神ポセイドンに彼の死を祈る．やがて王の心に疑惑が芽生えるが，時すでに遅く，イポリットの死が報告され，そこへ毒を仰いだフェードルが登場し，真実を語り終えて事切れる．一族の血筋にかけられた神々の呪いというギリシャ悲劇的な宿命観を，主人公の情念という内的宿命として描きだすこの悲劇は，*三単一の規則の遵守はもとより，彫琢（ちょうたく）を極めた詩句と緻密な構成によって*古典主義悲劇の到達点を示す．しかし初演は社交界の反ラシーヌ派の執拗な妨害によって失敗，この作品を最後にラシーヌは一般向けの劇作から手を引くことになる．

フェヌロン，フランソワ・ド・サリニャック・ド・ラ・モット

François de Salignac de La Mothe Fénelon, 1651-1715

思想家，聖職者．ペリゴール地方に生まれる．カオールにあるイエズス会の学寮で学んだ後，パリに出て神学，哲学を修める．1689 年に*ボシュエの推挙でルイ 14 世の孫ブルゴーニュ公

の教育係となり，教材として『寓話集』(*Recueil des fables,* 1699)，『死者たちの対話』(*Dialogues des morts,* 1700)，とりわけ小説『テレマックの冒険』(*Les Aventures de Télémaque,* 1699) を執筆した．この小説は，ホメロスの『オデュッセイア』を下敷きとし，王子テレマックによる父親探しの冒険譚を語る中に，理想的君主像などの教訓話を織り込んだ作品で，著者の代表作となった．1695 年にカンブレーの大司教となるが，静寂主義（キエチスム）への傾倒がその後の運命を狂わせた．この神秘主義思想は異端としてボシュエの攻撃を受け，加えて『テレマック』に含まれる絶対王政批判も王の怒りを買った．晩年はカンブレーへの隠遁を余儀なくされ，1712 年の教え子ブルゴーニュ公の急死は最後の望みを奪った．思想的にも文学的にも，*古典主義作家としての保守性と，*啓蒙思想を予告する革新性を併せ持ち，過渡期的性格を示している．

フォントネル，ベルナール・ル・ボヴィエ・ド

Bernard Le Bovier de Fontenelle, 1657-1757

思想家．ルーアン高等法院の弁護士の息子として生まれる．伯父トマ・コルネイユ（ピエール・*コルネイユの弟）の後援で文壇デビュー，劇作に手を染めるが失敗に終わる．一方，彼の機知は社交界で十全に発揮され，生涯にわたり数多くの*サロンの常連となった．『新篇死者の対話』(*Nouveaux Dialogues des morts,* 1683) による成功以後，天文学をめぐる新知識の普及に貢献した『世界の複数性についての対話』(*Entretiens sur la pluralité des mondes,* 1686) や，宗教における奇跡や予言の非合理を批判した『神託の歴史』(*Histoire des oracles,* 1687) を発表，思想家としての名声を高める．1687年に始まる*新旧論争では近代派擁護の論陣を張り，人間精神の無限の進歩を主張する．1691年*アカデミー・フランセーズ会員，さらに1697年には科学アカデミー会員に選出される．百歳の長寿に恵まれ，17世紀最後の*リベルタンにして最初の*啓蒙思想家といわれる．

福音主義

Évangélisme

16世紀前半に見られたキリスト教思想．長い伝統の中で複雑，難解と化したスコラ哲学や，偶像崇拝や迷信的因習を退け，福音書の教えに立ち返ることを規範とした．その思想は*エラスムス，*ルフェーヴル·デタープル，*ラブレー，*マロ，*マルグリット·ド·ナヴァールらに共通して認められる．福音主義者は，信頼のおける原典に遡って福音書を校訂，出版するとともに，フランス語への翻訳を通じてより広く普及させることにも意欲的だった．教会の内部からの改革を要求するが，ローマ·カトリック教会と完全に対立するのを避け，後のルター，*カルヴァンらの宗教改革にも一定の距離を置いた．新旧両派の争いの激化の中で，1530年代以降，穏健な平和を望む福音主義の理想は挫折を余儀なくされた．

武勲詩

Chanson de Geste

10世紀から11世紀のフランスで生まれた英雄叙事詩．8音節，10音節または*アレクサンドランで同じ母音の反復である半階音の詩節によって書かれ，口承によって広まった．歴史的事実と英雄伝説を混合し，英雄たちの偉業を詠んだものが多い．代表作としてシャルルマーニュに仕える騎士ロランの武勲を詠う『*ロランの歌』や反逆の諸侯を詠った『ラウール・ド・カンブレ』などが挙げられる．十字軍遠征や封建制を時代背景とし，君主への忠誠心を高めキリスト教信仰を確かなものとするため，プロパガンダとして聖職者たちに用いられた側面もある．11世紀後半にその形式を完成させ，後に様々な作品を生み出すが，騎士と貴婦人の恋を描く*宮廷風恋愛が12世紀から文学の中心テーマになると衰退していった．

フーコー，ミシェル

Michel Foucault, 1926-1984

哲学者．フランス西部のポワチエで医者を家業とする裕福な家庭に生まれた．1946年高等師範学校に合格，哲学，心理学を学ぶ．教授資格試験合格後，リール大学，スウェーデンのフランス会館等に勤め，『狂気の歴史』(*Histoire de la folie,* 1961) で博士号を取得．クレルモン=フェラン大学，チュニジアのチュニス大学等を転任，*コレージュ・ド・フランスの教授となる．また，「監獄情報グループ」の設立等，社会運動に参加し，イラン革命では現地取材記事を執筆，アメリカをはじめ諸外国で講演を行う．エイズのためパリの病院で死去．『言葉と物』(*Les Mots et les choses,* 1966)，『知の考古学』(*L'Archéologie du savoir,* 1969)，『監獄の誕生』(*Surveiller et punir,* 1975)，未完となる『性の歴史』4巻 (*Histoire de la sexualité,* 1976-2018) を著す．文学を含む言説を対象に自ら「考古学」と名付けた方法論を展開，権力による排除と抑圧および真理の生産のメカニズムを批判する等，*構造主義の一翼をにないつつ，人間科学の新しい動向を生み出した．

不条理

Absurde

両大戦を通じて既成の秩序や価値観が崩壊し，宗教的，形而上的な拠り所を失うとともに，生の意味や目的を奪われた人間の世界に対する認識のあり方．空虚な世界に独り投げ出されているという不条理の感覚は，*実存主義の風土の中で広く共有された．1942年，*カミュはこの感覚を小説『*異邦人』として昇華させるとともに，哲学的エッセー『*シーシュポスの神話』において不条理を理性で割り切れない世界と明晰を求める人間との対峙状態にあると定義した．1950年代に入ると*イヨネスコと*ベケットによって「反演劇」と呼ばれる不条理演劇が創始され，人間存在の不条理性をただあるがままに舞台上に提示した．そこでは言語の次元における不条理が浮き彫りにされた．アダモフとジャン・*ジュネも不条理演劇の重要な担い手である．不条理の文学は，人間存在の根源的なあり方を追究したことによって，後世に大きな影響を与えた．

舞台は夢

L'Illusion comique, 1635

*コルネイユの喜劇．失踪した息子クランドルの消息を尋ねるプリダマンに，魔術師アルカンドルは幻術を使って若者の遍歴を映し出してみせる．ほら吹き隊長マタモールの従者となったクランドルは，決闘沙汰で恋敵を殺害し牢に繋がれるが危うく逃亡し，ある大公の臣となって権勢と幸福を手に入れるものの大公妃と恋に落ち，ついには大公の従者に襲われて命を落とす．しかしこれは俳優として成功したクランドル一座の演ずる芝居であったことが明かされて幕となる．喜劇と悲劇の混交，イタリア笑劇の伝統を引くマタモール役と『*アストレ』や牧人劇由来の魔術師の登場，人生の無常，変装，決闘などのモチーフ，劇中劇の手法など，多様な要素を含む本作品は *バロック劇の傑作として評価が高い．演劇の権利を宣言する幕切れの台詞は，芝居の地位向上に貢献しつつあった作者の自負を表している．

ブラゾン

Blason

詩のジャンルの一つ．人物または物の細部の描写を通じて，対象を讃美あるいは風刺する詩を指す．中世において，日常生活に着想を得た描写詩，「韻文物語」(dit) が発展したものと考えられる．15 世紀後半，聖職者で詩人でもあったギヨーム・アレクシは，「偽りの恋のブラゾン」を発表，僧侶が偽りの愛を批判し若い騎士を教え導くという展開のこの詩は，大反響を巻き起こす．この作品の成功によって16世紀前半にはブラゾンというジャンルが隆盛を見る．なかでもクレマン・*マロの「美しい乳房のブラゾン」は多くの模倣者を生み，女性の身体の様々な部位を歌ったブラゾンが作られた．*エロエは女性の「目」について，*セーヴは「額」，「眉」，「涙」，「溜息」そして「喉」を歌っている．この流行は次世代の詩人たちにも姿を変えて受け継がれ，*ロンサールやレミ・*ベローは，古代ギリシャ詩人アナクレオンの描写的風刺詩やイタリアの諧謔詩（ストランボット）の影響を受けつつブラゾンとはまた異なった描写的風刺詩を生み出すこととなった．

フラメンカ物語

Roman de Flamenca

13世紀終わり頃，南仏のオック語で書かれた小説．8095行の8音節詩句から成る．ミディ＝ピレネー地方の領主ラックフェイユ家に仕える聖職者が作者と言われる．ブルボン領主アルシャンボーはヌムール伯の娘フラメンカと結婚．しかし嫉妬深い花婿は彼女を塔に幽閉し，ミサと水浴を除いては外出を許さない．そこへ保養にやって来た騎士ギヨーム・ド・ヌヴェールが彼女に恋をし，聖職者に変装して，ミサの祈りの言葉を用い自らの愛を告白する．騎馬試合で勝利を収めたギヨームは最終的に彼女の愛を勝ち得る．12世紀に流行する*宮廷風恋愛の定義によれば，真の恋愛とは結婚外に存在し，恋する騎士は愛する貴婦人のためにいかなる困難にも屈してはならない．この物語はその定義に則して，12世紀初期から活躍した*トルバドゥールたちが歌った「至純の愛（フィンアモール）」に始まる宮廷風恋愛の集大成である．

フランシヤッド

La Franciade, 1572

*ロンサールの叙事詩．フランス王国がトロイアの正統な末裔であることを詠う建国詩で全4巻から成る．1巻ではヘクトールの息子フランキュスが旅に出発するまでを，2巻では流れ着いたクレタ島での王ディケーによる歓待を描く．3巻においてはディケーの娘イアントとクリュメーヌのフランキュスに対する恋，そしてクリュメーヌの死を詠い，4巻では神殿において神託を受けたイアントにより，フランキュスから生まれ出る未来のフランスの王たちが予言されて結末を迎える．ウェルギリウスにとりわけ多くを負うが，作中に恋愛が占める割合の大きさはギリシャ詩人アポロニオスやラテン詩人オウィディウスの影響も示している．当初は全24巻を計画していたが，書き継がれることなく未完に終わった．この詩を捧げたシャルル9世の死，あるいは出版と同時期に頂点に達した*宗教戦争などが原因として挙げられるが，いずれも決定的とは言い難い．一方で書き上げた4巻までの詩句に関しては再版の度に推敲を重ね，より完成されたものにする意図が窺われる．ロンサールが創作活動初期より温め続けたこの作品は，計画通りにはいかなかったものの同時代の詩人たちに大きな影響を与え，彼らにより数多くの叙事詩の試みがなされた．

ブランショ，モーリス

Maurice Blanchot, 1907-2003

文芸批評家．ノルマンディー地方カーン生まれ．1940年に*バタイユと出会い，『内的体験』(*L'Expérience intérieure,* 1943) の執筆過程に参与した．1941年，『謎の男トマ』(*Thomas l'obscur*) で小説家としてデビュー．*マラルメやカフカらの緻密な読解によって，戦後の文芸批評の基本的な枠組みを提示し，ミシェル・*フーコーや*デリダらに影響を与えた．また主著『文学空間』(*L'Espace littéraire,* 1955) 以降，ナチスに加担したハイデッガーの哲学への内在的批判を継続的に行った．アルジェリア戦争反対の動きに共鳴し，五月革命では*デュラスらと「作家学生行動委員会」を組織したことでも知られる．その他の主要作品に，『来るべき書物』(*Le Livre à venir,* 1959)，『終りなき対話』(*L'Entretien infini,* 1969) などがある．

フランス，アナトール

Anatole France, 1844-1924

小説家，評論家．本名アナトール・フランソワ・チボー (Anatole François Thibault)．本屋の息子としてパリに生まれ，本に囲まれて育つ．1867 年，出版者アルフォンス・ルメールと知り合い，彼を通して*ルコント・ド・リールをはじめ*高踏派のグループと親交を結ぶ．その頃からジャーナリストとしても活躍，「ル・タン」紙などで文学評論を書く．ルメール社で*ラシーヌなどの古典を出版する仕事にも携わり，新しさを求める動きには反対の立場だった彼は，*ヴェルレーヌや*マラルメの作品を拒絶する．1876 年には上院図書館に司書として勤める．彼の出世作は日記形式で書かれた『シルヴェストル・ボナールの罪』(*Le Crime de Sylvestre Bonnard,* 1881) で，セーヌ川の古本屋をひやかす老学士院会員の姿は著者自身を思わせるが，彼はその時まだ 37 歳であった．その後『赤い百合』(*Le Lys rouge,* 1894) などを発表．1896 年には*アカデミー・フランセーズ会員に選出されるが，政治的立場を明らかにするのは 1898 年に勃発した*ドレフュス事件からである．それまで書斎に向けられていた目は，不正を睨み，*ゾラを支持してドレフュス側に立った．1912 年に大革命の恐怖政治の様子を描いた『神々は渇く』(*Les Dieux ont soif*) を発表．古典学を学んだフランスの作品は彼の懐疑主義，厭世主義が現れ，洗練された文体によって独特の雰囲気が評価されている．1921 年ノーベル文学賞．

フランス語の擁護と顕揚

La Défense et illustration de la langue française, 1549

*デュ・ベレー作．古典語至上主義を標榜するユマニストたちに対抗し，フランス語がそれに劣らない言語であることを論じた．前年に出版されたトマ・セビエの『フランス詩法』に反駁する形で書かれたため，内容は初期*プレイヤッド派の詩法書とも言える．全2巻からなり，第1巻ではフランス語が古典語に比べ劣っているよう思われるのは，これまで詩人，雄弁家らによって洗練されることがなかったためで，フランス語も今後育まれるならば，ラテン語に勝るとも劣らない豊かな言語になるのだと論ずる．この議論は主にイタリアのスペローネ・スペローニの『言語についての対話』(1542)，クィンティリアヌスやキケロの著作に多くを負うものの，単なる借用に終わらず各々を咀嚼した上で入念に再構成されている．

第2巻は言語を豊かにするための具体的な実践，すなわちいかにして新しいフランス詩を創作するかというもので，*バラッドや*ロンドーなど古い形式を捨て去り，*オードや*ソネなどの形式を用いるべきだとする．また古典語などからの造語も辞さず，様々な分野から言葉を取り入れることを推奨した．韻律については，ギリシャ・ラテン文学に学びつつ，詩をできる限り音楽へと近づけるよう説く．この宣言書はその論争的な調子も手伝って旧世代の詩人たちの反発を招いたが，その影響はフランスのみならずイギリスなど国外にも伝播した．

フランス探求

Les Recherches de la France, 1560-1621

*パーキエの歴史書．フランスという国の特質を明らかにしようとしたこの書は，言語，文学，法律を文明の三大要素として，メロヴィング王朝の伝説的な王ファラモンよりフランスの歴史を説き起こす．1560年に第1巻が出版されてから増補が続けられ，最終的には10巻にまで達した．この書は出来事の連続

性に重きをおく年代記とは一線を画し，テーマごとに章を立てる．第1巻では，ガリア人のブルゴーニュ支配を，第2巻では税や長子権などの社会制度を，第3巻では宗教制度について検討する一方，第7巻，第8巻ではフランス文学の歴史，またフランス語について考察．その叙述方針として非宗教的かつできる限りの主観性の排除を掲げたが，*宗教戦争の最中にあってパーキエがとった立場は一貫してカトリック側で，王家に忠実であった．

ブラントーム

Seigneur de Brantôme, 1540頃-1614

回想録作者．本名ピエール・ド・ブルデイユ (Pierre de Bourdeille)．フランス西部ドルドーニュ県ブラントームの貴族の家系に生まれる．*マルグリット・ド・ナヴァールの宮廷で幼少時を過ごし，パリ，ポワチエで学業を修めた後，若くして領地の修道院長に命じられる．シャルル9世，アンリ3世のもと，宮廷人，軍人としてヨーロッパ中を巡る半生を過ごし，*宗教戦争にも参戦．1582年，アンリ3世の冷遇を受けて宮廷を退き，1584年，落馬による負傷の治療のためブラントームの領地で静養中に回想録を起草し，以後隠棲して執筆に専心する．遺言で出版を遺族に託すが，実際に出版されたのは1665年である．長大な記録中，『偉人名将伝』(*Vies des hommes illustres et des grands capitaines*)，『著名貴婦人伝』(*Vies des dames illustres*)，そしてとりわけ『艶婦伝』(*Vies des dames galantes*) が有名で広く読み継がれる．歴史家としてではなく，自らが見聞した貴族や軍人にまつわる無数の逸話を，偏見にとらわれない気ままかつ率直な言葉で書き記している．

フーリエ，シャルル

Charles Fourier, 1772-1837

社会思想家．毛織物商人の息子としてブザンソンに生まれる．ローヌ渓谷で商人の見習いとして働きながら，社会変革の思想を展開し始める．1808 年『四運動と一般的宿命についての理論』(*Théorie des quatre mouvements et des destinées générales*) を発表，すべての人間の欲望が正当化されるユートピアを論じ，続く『産業的共同社会的新世界論』(*Le Nouveau Monde industriel et sociétaire,* 1829) においては，その思想を発展させつつ当時の社会・経済の不均衡を批判した．1822 年「ファランステール」(*Le Phalanstère*) 紙を創刊，4 年後「ファランジュ」(*Phalange*) と名を変えるこの機関紙は彼の思想の普及に大きく貢献することになる．また理想の共同体「ファランステール」を提唱，神秘主義的宗教観に依拠しつつ，分業の確立，仲介業の廃止，女性の解放などを説いた．1826 年以降パリに活動の場を移し，商社の簿記係として生計を立てながらも活動を続ける．彼の死後，弟子であるヴィクトル・コンシデランらの指導のもと，フーリエの思想を実践する試みがなされた．

ブリタニキュス

Britannicus, 1669

*ラシーヌの悲劇．ギリシャ神話に取材し恋愛を扱った『*アンドロマック』で劇壇に地歩を固めた詩人が，初めて古代ローマ史に題材を求め，この分野を得意とするライバルの *コルネイユに挑んだ意欲作．若きローマ皇帝ネロンが，実権を握る母アグリピーヌや，君主の美徳を求める後見役から自らを解放すべく，母が後ろ盾となっている先帝の息子で政敵のブリタニキュスを毒殺させ，暴君としての正体を現す一日，「怪物」が誕生する一日を劇的に描きだす．権力への激しい欲望が交錯する政治的な場を舞台とし，自己解放の内的ドラマを描いたこの作品は，「甘い恋愛悲劇しか書けない」とのコルネイユ一派の非難

を反駁するに足るものであったが，反対派の妨害に遭って初演は成功を収めず，晩年になって真価が認められた．

ブールヴァール演劇

Théâtre du Boulevard

19世紀にブールヴァール（大通り）の劇場で上演され，流行した大衆演劇の総称．18世紀にパリ北部の城壁の跡地に大通りができ，そこが盛り場となって見世物小屋で賑わう．19世紀初頭，王政復古期にサン=マルタン大通りから，「犯罪大通り」と異名をとるタンプル大通りにかけて，ゲテ座，フュナンビュール座などの劇場が立ち並び，軽喜劇，*ヴォードヴィル，パントマイム，軽業などで隆盛した．この時期の活況はカルネの映画「天井桟敷の人々」（1945）でも描かれている．19世紀中頃になると，*ロマン主義演劇の衰退にもかかわらず，娯楽的な要素の強い*ラビッシュや*サルドゥーによる喜劇や，作曲家オッフェンバックによる「オペレッタ」などが一世を風靡した．また*デュマ・フィス，*オージエなどの第二帝政期の世相を映した風俗劇が流行し，後の写実主義，*自然主義演劇の先駆けとなった．

ブールジェ，ポール

Paul Bourget, 1852-1935

批評家，小説家．フランス北部アミアンに生まれる．父は数学者．高校卒業後パリに出て文学士号を取得．『不安なる生』（*La Vie inquiète,* 1875）等で詩人としてデビューするが，*テーヌの手法に倣って現代人の「精神の病」を分析した『現代心理論集』（*Essais de psychologie contemporaine,* 1883）の成功によって批評家として名を成す．以後小説に関心を向け，*ゾラ流の生理学的分析に抵抗し，伝統的な心理小説の執筆に専心．『残酷な謎』（*Cruelle Énigme,* 1885），『アンドレ・コルネリス』（*André*

Cornélis, 1887) で成功，テーヌをモデルとして実証主義の隆盛を問題とした『弟子』(*Le Disciple,* 1889) が議論を呼ぶ．以後，現代の社会，宗教，道徳の問題を積極的に取り上げ，『コスモポリス』(*Cosmopolis,* 1893)，『宿駅』(*L'Étape,* 1902)，『真昼の悪魔』(*Le Démon de midi,* 1914) 等を執筆．後年はカトリックに改宗し，現代風俗を批判する保守的な道徳家，警世家としての面が色濃くなった．

プルースト，マルセル

Marcel Proust, 1871-1922

小説家．パリ郊外オートゥイユで，高名な医者である父と裕福なユダヤ系の母との間に長男として生まれる．9歳の時に激しい喘息の発作に襲われ，生涯を通してこの病気に悩まされた．コンドルセ高等中学に進学した頃から文学に目覚め，社交界との繋がりができ，また同性の若者に惹かれる傾向が認められる．高等中学卒業後一年間志願兵役をすませ，文学士号を取得．社交界に出入りする一方で，文学を天職とみなし執筆に励む．処女出版の『楽しみと日々』(*Les Plaisirs et les Jours,* 1896) は，同人雑誌などに発表した文章に短編や詩を加えてアナトール・*フランスの序文を付けたもので，社交，恋愛，死と芸術との対立などのテーマは後の大作で大きく展開される．その前後に書き始めた三人称自伝的長編小説『ジャン・サントゥイユ』は，各挿話を統一する構造の欠如から数年後に放棄された．この頃 *ドレフュス事件に強い関心を示す．また敬愛するイギリスの思想家ラスキンの影響で中世の宗教芸術，教会建築への関心を深め，彼の書物の翻訳に取り組み『アミアンの聖書』(1904) と『胡麻と百合』(1906) に詳細な注を付けて出版した．その他にもパスティシュ（模作），時評などを執筆したが，以上のいずれもが後の大作を準備するものにすぎなかった．

両親の死後は，喘息の発作を避けるためにオスマン大通りに設けたコルク部屋で，『サント=ブーヴに反論する』という評論形式から文学の意義を問う一人称による回想形式の小説へと発展した『*失われた時を求めて』(*À la recherche du temps perdu,* 1913-1927) 全7篇の執筆に専念する．巻頭のマドレーヌによる無意識的記憶の挿話がよく知られる第1篇『スワン家の方へ』(*Du côté de chez Swann,* 1913) は，「*新フランス評論」(*NRF*) の *ジッドをはじめ各出版社に拒否されたために自費出版された．第一次世界大戦勃発のため出版が中断，その間に多くの加筆と変更がなされ作品は膨張し続ける．第2篇『花咲く乙女たちのかげに』(*À l'ombre des jeunes filles en fleurs,* 1919) は*NRF*から出版され *ゴンクール賞を得る．以後も校正ごとに加筆と変更が繰り返され，プルーストが他界した時には4篇までが出版，以後は死後出版である．その記述は物語の筋を重視することなく，従来の写実・客観主義を否定し，視点となる「私」の感性を通して，風景や人物たちの多彩な印象が詩的にあるいは分析的に語られるとともに，徐々に文学・芸術観が形成されていく．ベル・エポックを克明に映し出した風俗描写，スノビズムや同性愛をも含む愛と嫉妬に関する心理分析という19世紀小説の側面を備える一方で，フロイトやベルクソンのように時間，記憶，無意識，夢，感覚など20世紀的問題系列を小説に取り込み，以後の文学に決定的な影響を与えた．

ブルターニュ物語

Romans bretons

ケルト起源の伝説を題材とした中世の物語ジャンル．これまでの史実に基づく *武勲詩，聖書をモチーフとした聖人伝とは違い，妖精や異界など不思議な出来事(メルヴェイユー)を取り入れているのが特徴．12世紀フランスにおいて媚薬によって恋に落ちる『*トリスタンとイズー』が人気を博し，ジェフリー・オブ・モンマスの『ブリタニア王列伝』を翻案したワースの『ブリュ物語』が絶大な人気を得たことより，ケルト伝説がフランスの物語に取り込まれる．*マリー・ド・フランスは，当時流行していた*宮廷風恋愛とケルト伝説を織り交ぜ，妖精が苦難に陥った恋人を助ける「ランヴァル」や「ヨネック」といった物語詩 (lais) を執筆．また*クレチヤン・ド・トロワも魔法の媚薬を用いた『クリジェス』，騎士が試練を受ける「剣の橋」や「水の下の橋」など超現実的要素が登場する『ランスロ，または荷車の騎士』を書いた．さらに13世紀には*聖杯物語とも結びついてこのジャンルは発展した．

ブルトン，アンドレ

André Breton, 1896-1966

*シュルレアリスムの創始者．ノルマンディー地方タンシュブレーに生まれる．高等中学校時代から詩作に興味を持つが，パリ大学では医学を専攻．第一次世界大戦が勃発すると軍医として従軍し，*アラゴンと知り合い，*アポリネールの紹介でスーポーに出会う．1919 年，アラゴンらと雑誌「文学」(*Littérature*) を創刊し，同誌にスーポーと共著で眠りながらの記述（*自動筆記）を最初に試みた作品『磁場』(*Les Champs magnétiques,* 1920) を発表した．1920 年，トリスタン・*ツァラのパリ到着とともにパリ・ダダ運動を推進し，1924 年に『*シュルレアリスム宣言』(*Manifeste du surréalisme*) の起草によってシュルレアリスムを創始した．以後，「シュルレアリスム革命」誌の編集長となり，シュルレアリスム小説の傑作『*ナジャ』(*Nadja,* 1928) などの作品や，多くの評論を著した．シュルレアリスムの政治化を推し進め，一時的に共産党に入党するが，思想などが本質的に異なっていたために離党．その際に共産党側に残るアラゴンらと決別，1929 年，「シュルレアリスム革命」最終号に現実の政治的変革の理論を加えた『シュルレアリスム第二宣言』(*Second Manifeste du surréalisme*) を発表した．第二次世界大戦中はアメリカに亡命して活動を続け，戦後フランスに戻る．シュルレアリスムから芸術家たちが離れていく中で，ブルトンは終生そのシュルレアリストとしての立場を貫いた．他の作品として，『通底器』(*Les Vases communicants,* 1932)，『狂

気の愛』(*L'Amour fou*, 1937) などがある．

プルードン，ピエール=ジョゼフ

***Pierre-Joseph Proudhon*, 1809-1865**

社会主義者．ブザンソンの労働者階級出身．貧困のため19歳で勉学を中断し，印刷工・校正係に転身．その時に担当した空想社会主義者 *フーリエの著作から影響を受ける．29歳の時，ブザンソンのアカデミーから奨学金を与えられパリで学ぶ．31歳で不平等と私有財産を批判した『財産とは何か』(*Qu'est-ce que la propriété ?*, 1840) を出版，「所有とは盗みである」という有名なことばを残す．続いて，『経済的矛盾の体系あるいは貧困の哲学』(*Système des contradictions économiques ou Philosophie de la misère*, 1846) を発表．マルクスがこれに真っ向から対立し，プルードンのタイトルをひっくり返した挑発的な著作『哲学の貧困』を公にする．39歳で国会議員に選出されるが，当時の大統領ルイ・ナポレオンの専制政治を批判し3年間入獄．出獄後も『大革命と教会における正義』(*De la justice dans la Révolution et dans l'Église*, 1858) を著して再び禁固刑に問われ，ブリュッセルへ亡命．健康を害してパリに戻り56歳の生涯を閉じる．アナーキズム（無政府主義）の父と称され，彼の著作は19世紀後半の社会主義者たちに大きな影響を与えた．

プレイヤッド派

La Pléiade

*ロンサールを中心とする16世紀フランスの詩人のグループに後世の人々が与えた名称．ロンサールが自らの詩の中で，7人の仲間を古代ギリシャ・アレクサンドリア朝の同名の詩人グループに倣って「プレイヤッド（昴）」と呼んだことに由来する．そのメンバーは時代により変化するが，主に古典語学者ジャン・ドラのもとに学んだ学生たちが結成した「ブリガード（部

隊）」のメンバーが中心を成す．不動のメンバーはロンサール，*デュ・ベレー，*バイフ，*ジョデル，ポンチュス・ド・ティヤールである．『*フランス語の擁護と顕揚』に説かれるように，フランス語の地位向上とそのための「新たなフランス詩」の創作を目指したが，古代ギリシャ・ラテン詩に範をとり，フランス語における詩作の様々な可能性を追求した彼らの先駆的な試みは，17世紀の*古典主義を準備したと言って過言ではない．*ネオ・プラトニスムの影響を受け，彼らは詩人を単なる「作詩家」ではなく，神の声を聞きそれを民衆に教示する予言者に等しいと考えた．かくして詩人には天賦の才とそれを彫琢（ちょうたく）する努力が必要とされたが，この詩人観は19世紀*ユゴーの詩人観にも通ずる．

プレヴェール，ジャック

Jacques Prévert, 1900-1977

詩人，シナリオ・台本作家．パリ郊外に生まれ，演劇好きの父のもと，後に映画監督となる弟ピエールとともにパリに育つ．初等教育修了後，百貨店員を経て1918年従軍．兵役先で知り合ったイヴ・タンギー，マルセル・デュアメルとともに25年より*シュルレアリスム運動に参加，その後*ブルトンと袂を分かった．30年代は労働者演劇集団「グループ十月」で即興劇等を創作・実演．また映画シナリオ・台本を数多く手がけ，とりわけ『天井桟敷の人々』(*Les Enfants du paradis,* 1945)，主題歌「枯葉」で知られる『夜の門』(*Les Portes de la nuit,* 1946) 等のマルセル・カルネ監督作品が名高い．詩においても，街角の声を写しとるような「話し言葉（パロール）」で，日常的な情景や感情を率直かつユーモラスに描き，『パロール』(*Paroles,* 1946) は詩集としては空前のベストセラーとなった．50年代以降は自らコラージュを制作，詩画集『寄せ集め』(*Fatras,* 1966) などを発表した．

プレヴォー，アベ

Antoine François Prévost d'Exiles, dit l'abbé, 1697-1763

小説家，翻訳家．フランス北部の町エダンに裕福な検事の息子として生まれ，軍隊生活の後，修道士となる．このため，司祭・神父を示す称号「アベ」(abbé) を冠して呼ばれる．1728年に修道院から脱走し，イギリスに亡命，その後も恋愛・借金が原因となり，各地を転々と移動する．一方，精力的に執筆活動を続け，『ある貴族の回想』(*Mémoires d'un homme de qualité,* 1728-1731)，『クリーヴランド物語』(*Histoire de Monsieur Cleveland,* 1731-1739) をはじめとする小説作品，英国小説の翻訳・自由訳，彼自身で創刊した雑誌「賛否両論」(*Pour et Contre,* 1733-1740) の記事を合わせると，その著作は膨大な量となる．今日では，『ある貴族の回想』から独立した『*マノン・レスコー』(*Manon Lescaut*) 以外ほとんど顧みられないが，同時代人にとって彼は *マリヴォーと並んで代表的な小説家であった．込み入った筋立ての中に，個人の複雑な感情を描き出し，変化に富んだ世界を浮かび上がらせた彼の作品は，当時，軽視される傾向にあった小説ジャンルの可能性を切り開いたものとして文学史上重要である．また，サミュエル・リチャードソン (1689-1761) の『パミラ』，『クラリッサ・ハーロー』の翻訳に代表されるように，プレヴォーは，当時先進国とみなされていたイギリスの文化・小説の紹介者としての役割も果たした．

プレシオジテ

Préciosité

立ち居振る舞いや言葉遣いの優雅と洗練を求め，卑俗と平凡を離れた高みに立とうとする気風，精神的な選良意識を意味し，17世紀中葉の *サロンで流行を見た．これを実践する男女を「プレシュー」，「プレシューズ」という．彼(女)らは日常卑近な表現を避け，誇張法や言葉の言い換えを好むなど，語彙と表現に工夫をこらしたが，この傾向は度を超すと滑稽な気取りやわざとらしさを生み，＊モリエールは『滑稽な才女たち』(1659)でそうした風潮を風刺した．しかし言葉の純化や恋愛感情の精緻な分析など，＊古典主義文学に対するプレシオジテの寄与は無視できず，＊ラシーヌや＊ラ・ファイエット夫人の作品にもその影響が認められる．また，プレシオジテには今日のフェミニズムに通じる側面があり，結婚や家庭や教育における女性の隷属状態を批判し，契約結婚や試験的結婚など，大胆な主張を展開した．

プロヴァンシアル

Les Provinciales, 1657

＊パスカルによる書簡体の宗教論争文書．イエズス会と対立する＊ジャンセニスムを擁護し，広範な読者に訴えかける目的で書かれた．1656年から翌年にかけて18通の手紙が相次いで発表され，57年にルイ・ド・モンタルトの筆名で1冊にまとめられた．最初の10通が「田舎の友（プロヴァンシアル）」へ宛てた形になっているため，『プロヴァンシアル』と呼ばれている．アウグスティヌスの厳格な恩寵観をとる＊ポール=ロワイヤルの指導者アルノーを弁護し，イエズス会の政略と弛緩した道徳を攻撃する一連の手紙は大きな反響を呼び，争って読まれたが状況を好転させるには及ばなかった．自然で平明な文体，皮肉と雄弁を巧みに操る技法，叙述を貫く透徹した論理により＊古典主義散文の傑作とされる．

フローベール，ギュスターヴ

Gustave Flaubert, 1821-1880

小説家．ノルマンディー地方ルーアンに医者の息子として生まれ，病院構内に育つ．ロマン派隆盛の 1830 年代に幼少期を過ごした彼は，12 歳頃から＊ロマン主義的傾向の強い小説を書き始める．15 歳の夏に海辺で出会った年上のシュレザンジェ夫人

への恋慕の情を綴った『狂人の手記』(*Les Mémoires d'un fou,* 1901) などを執筆．19歳の時パリで法律を学ぶが，興味が持てず創作活動を再開，娼婦マリーの物語『11月』(*Novembre,* 1910) を執筆する．翌年，神経症の発作をきっ かけに故郷ルーアン近郊のクロワッセに戻り，1846年，父と最愛の妹の相次ぐ死を受け厭世感が高まり，旅行と友人との交際以外は文学に専念．1849年に『聖アントワーヌの誘惑』(*La Tentation de Saint Antoine,* 1874) の第一稿を完成させるが，友人に過度の叙情性を非難され，執筆を中断．実際に起こった姦通・自殺事件に材を得た小説『*ボヴァリー夫人』(*Madame Bovary,* 1857) の執筆に着手する．53ヶ月の推敲の末ようやく完成したこの作品は，風俗壊乱の罪で告訴されるが無罪となる．客観的描写と没個性的文体によって*レアリスム文学の傑作と評されたが，フローベールはこの評価を拒み，ローマ時代のカルタゴに取材し膨大な資料と現地調査を基に壮麗な歴史絵巻『サランボー』(*Salammbô,* 1862) を執筆．1869年にはブルジョワ社会の実情と二月革命時代を生きた青年層の幻滅を描いた半自伝的小説『*感情教育』(*L'Éducation sentimentale*) を出版，1874年には悪魔の誘惑に苛まされ苦悩する隠者を描いた作品『聖アントワーヌの誘惑』を完成させる．晩年は普仏戦争や，親友ジョルジュ・*サンドの死，甥の破産救済のための資金援助により，物心ともに不遇な時期を迎えるが，1877年に発表した短編集『三つの物語』(*Trois contes*) の成功が励みとなり，*モーパッサンら若手作家の育成に力を注ぐこととなる．全く異なる主題を持つ物語を収めた『三つの物語』は，「主義」にとらわれないフローベールの柔軟性が存分に発揮されている．1880年，凡俗なブルジョワと科学万能主義に対する批判をユーモラスに描いた『*ブヴァールとペキュシェ』(*Bouvard et Pécuchet,* 1881) を執筆中に脳溢血で急死，その一端は通俗風刺辞典『紋切り型辞典』(*Dictionnaire des idées reçues,* 1911) に見ることができる．他に，小説とは異なった自然な文体で書かれた膨大な量の書簡集があり，彼の人間性や創作の秘密を余すところなく伝えている．

フローベールは「何についても書かれていない書物」を理想の作品と考えていた．彼の小説の主人公は人物でも風景でも歴史でもない．「芸術」にまで高められた文体による表象する力こそが本質をなしている．ロマン主義からレアリスムへと移行する過渡期に身を置きながら，時代の潮流の枠を超えたその文学創造は遠く20世紀の小説にも多大な影響を及ぼした．

フロマンタン，ウージェーヌ

Eugène Fromentin, 1820-1876

小説家，画家，美術評論家．医者の息子としてラ・ロシェルに生まれる．19歳でパリに出て，両親の希望で法曹を志すが，画業に転じ，風景画家となる．1846年，最初のアルジェリア旅行に出発，その成果としての風景画が好評を博す．その後も1847年，1855年とアルジェリア，エジプトに旅行し，その印象を記した旅行記『サハラの夏』(*Un été dans le Sahara,* 1857)，『サヘルの一年』(*Une année dans le Sahel,* 1858) により文壇の注目も集める．これらの旅行記において，フロマンタンの関心は当地の風習よりも風景に向けられている．彼にとって絵画と旅行記は互いに補完しあうものであった．1862年，「両世界評論」誌の編集長ビュロスに請われ，唯一の小説『*ドミニック』(*Dominique*) を発表．幼馴染の娘への変わらぬ愛を語ったこの自伝的な小説は，『*クレーヴの奥方』，『*アドルフ』等の心理小説の流れを汲むが，諦念と慎み深さを学び，情熱を克服した語り手の視点から回顧的に語られる点でそれまでの心理小説とは異なる．1876年に発表された『昔日の巨匠たち』(*Les Maîtres d'autrefois*) では，前年のオランダ，ベルギー旅行の際に見た当地の巨匠たちの絵画を論じ，各画家の個性とその手法に対する深い理解を示した．同年ラ・ロシェルにて没．

ブロワ，レオン

Léon Bloy, 1846-1917

批評家，小説家．フランス西部ペリグーに生まれ，早くにパリに出る．*バルベー・ドールヴィイーの感化を受けてカトリックに改宗．普仏戦争に従軍後，仕事を変えながら文学活動を行う不遇の期間が続く．ラ・サレットへの巡礼，幻視の女性アンヌ=マリー・ルーレとの同棲から神秘主義に傾倒，終末思想を抱くに至る．批評集『壊し屋の言葉』(*Propos d'un entrepreneur de démolitions,* 1884) で同時代作家を激しく攻撃，半自伝的小説『絶望者』(*Le Désespéré,* 1886) は批評家に黙殺され，文壇で孤立．以後，聖霊による救済を期待する『ユダヤ人による救い』(*Le Salut par les Juifs,* 1892)，神秘主義色の濃い半自伝小説『貧しい女』(*La Femme pauvre,* 1897)，ナポレオンを聖霊とみなす『ナポレオンの魂』(*L'Âme de Napoléon,* 1912) 等において独自の歴史観を披瀝（ひれき）した．『恩知らずの乞食』(*Le Mendiant ingrat,* 1898) を皮切りに日記の公刊も続けた．

フロワサール，ジャン

Jean Froissart, 1337頃-1405以降

歴史家，詩人．フランス北部ヴァランシエンヌ生まれ．フランスで宮廷詩人として活躍した後，1361年よりエドワード3世の妻フィリッパ・ド・エノーの庇護を受け，百年戦争 (1339-1453) の1400年までの記録として『年代記』(*Chroniques,* 1370頃-1400頃) を執筆．これは聖職者で歴史家のジャン・ル・ベルによる『年代記』(*Vrais chroniques*) に追随するものである．情報収集のためにヨーロッパ各地を長期にわたって旅行し，様々な王侯の庇護を受けつつ執筆した．この間行った調査方法は，歴史的事実の当事者の言葉に耳を傾け，多くの情報から真実を汲み取るという，ジャン・ル・ベルに倣うものであった．他にも詩人が愛の庭を訪れる『愛の天国』(*Paradis d'Amour,* 1361頃) という，『*薔薇物語』を髣髴（ほうふつ）させる作品なども残している．

ペギー，シャルル

Charles Péguy, 1873-1914

小説家．オルレアン生まれ．生後まもなく父が他界し，母親が椅子の修理工をして育てる．奨学金を受け高等師範学校に入学するが，社会主義活動に熱中し退学．*ドレフュス事件を契機に，自由な思想の討論の場を求めて1900年に「半月手帖」(*Cahier de la Quinzaine*) を創刊する．全著作の大部分がこの雑誌に発表されることとなった．第一次世界大戦前，ドイツによるヨーロッパでの政情不安が起こると，愛国主義やキリスト教の精神性を前面に出した『わが祖国』(*Notre Patrie,* 1905) や『わが青春』(*Notre Jeunesse,* 1910) を発表．1909年にジャンヌ・ダルクが福者の列に加えられ,フランス統一のシンボルとして掲げられると,『ジャンヌ・ダルクの愛の秘儀』(*Le Mystère de la charité de Jeanne d'Arc,* 1910) を発表し，その中で神学上の3つの玄義，愛，望徳，信を扱う．また高等師範学校時代の師ベルクソンについて書いた『ベルクソンとベルクソン哲学についての覚書』(*Note sur M. Bergson et la philosophie bergsonienne,* 1914) などの評論も残している．

ベケット，サミュエル

Samuel Beckett, 1906-1989

劇作家，小説家．アイルランドのダブリン郊外で，プロテスタントの家系に生まれる．ダブリンのトリニティ・カレッジでフランス語とイタリア語を学んだ後，1928年から2年間，パリの高等師範学校で英語の講師を務める．この間，同郷であるジェイムズ・ジョイスと親交を結び，1929年にジョイス論を発表．1931年，*プルースト論を刊行する．ロンドンでの滞在中，最初の長編小説『マーフィー』(*Murphy,* 英1938 / 仏1947) の執筆に英語で取りかかる．1937年，再びパリに渡り，定住．レジスタンスに参加するが，ゲシュタポから逃れるために南仏ヴォクリューズに避難．『ワット』(*Watt,* 英1953 / 仏1968) の執筆に励む．戦後パリに戻り，フランス語で書き始める．小説三部作『モロイ』(*Molloy,* 仏1951 / 英1955)，『マロウンは死ぬ』(*Malone meurt,* 1951 / *Malone Dies,* 1958)，『名づけえぬもの』(*L'Innommable,* 1953 / *The Unnamable,* 1958) をミニュイ社から出版．*ヌーヴォー・ロマンの先駆けと目される．1953年初演の『*ゴドーを待ちながら』(*En attendant Godot,* 1952刊行 / *Waiting for Godot,* 1954刊行) が成功を収めるや，伝統的な演劇作法にのっとらない「反演劇」，*不条理演劇の旗手として世間に広く認められた．以後，ラジオやテレビ，映画といった多様なジャンルにも積極的に取り組む．1969年にノーベル文学賞を受賞．

ペスト

La Peste, 1947

*カミュの小説．物語の中心人物であり語り手である医師リユーによる三人称体の「年代記」の体裁をもつ長編．第二次世界大戦とレジスタンス運動の体験を通じて執筆された．1940年代，ペストの流行によって封鎖されたアルジェリアの町オランを舞台として，医師リユーと逗留者タルーを中心に保健隊が組織され，死の恐怖や別離に苦しむ人々のために疫病と闘う．*不条理と孤独に対峙する『*異邦人』のムルソーに対し，ペストがもたらす不条理に連帯して挑む人物たちを描くこの小説は，カミュの作品体系において「不条理」の系列から「反抗」の系列への進展を示す．ペストは戦争やナチズム，さらにあらゆる悪の寓意的な表象と解釈でき，戦後まもなく，読者はペストとの闘いにドイツ占領下の自己の姿を重ね合わせて熱狂的にこの作品を迎えた．刊行直後にクリティック賞が授与される．一方でナチズムのような人為的な悪を自然の悪に代替しているという批判も受けたが，カミュがこの作品で試みたのは，特定の歴史的状況に支配されない，メルヴィルの『白鯨』のような象徴的な神話を構築することであった．第二次世界大戦の体験を小説というフィクションに昇華させた戦後フランス文学の記念碑的作品．

ベック，アンリ

Henry Becque, 1837-1899

劇作家．パリの厳格な家庭に生まれたが，大学教育は受けず，職を点々とする中，演劇記者となる．最初の幾つかの劇作の試みは必ずしも成功したとは言えないが，『ミシェル・ポペール』(*Michel Pauper,* 1870) の上演によってベックの名は次第に世に知られ，『鴉の群』(*Les Corbeaux,* 1882) で不動のものとなる．夫を亡くしたブルジョワの未亡人に「鴉」のごとく群がる債権者の姿を洗練されたタッチで描いたこの作品は，安易な解決に終わる劇作品に慣れた観客に拒絶反応を引き起こし，大論争を巻き起こしたが，その一方で *コメディー＝フランセーズの演目に迎えられた．続く『パリ女』(*La Parisienne,* 1885) では筋立てがほとんどない劇作に挑戦し，批評家を唖然とさせるものの，一定の評価を得ることに成功している．ベックは観客に対して一切妥協をすることなく，人間の日常生活におけるおぞましい真実を描くことを目指し，その劇作は装置や戯曲の単純化を特徴とした．*ゾラを中心とする当時の *自然主義運動には与しなかったものの，自然主義を代表する劇作家とみなされている．

ペトラルキスム

Pétrarquisme

14世紀イタリアの詩人ペトラルカを崇拝する風潮と，彼の詩作品を模倣する詩風を指す．ペトラルカは，様々な寓意の総覧ともいうべき詩集『凱旋』や恋人ラウラを詠った恋愛詩集『カンツォニエーレ』でヨーロッパの近代詩に新たな方向性を与え，16世紀には近代叙情詩人の王として特別な地位を占めていた．*リヨン派の首領たるモーリス・*セーヴがアヴィニョンでラウラの墓を発見したことを聞いた当時の王フランソワ1世がアヴィニョンまで赴きペトラルカに賛辞を呈したという出来事は，フランスにおけるペトラルキスムを象徴する逸話である．セーヴは更に『カンツォニエーレ』を模範として『*デリー』を創作し，フランスにおけるペトラルキスムの伝播に重要な役割を果たすと，次世代の詩人*ロンサールは『*恋愛詩集』をもってペトラルカ風恋愛詩の流行を決定的なものとした．その作風は多様な比喩を用いた女性の身体描写や精緻な恋愛の心理描写，神話表現を駆使した展開などを特徴とする．同時代の詩人たちもこぞってペトラルカ風恋愛詩を作ったが，それらはしばしば表面的な模倣に留まったため，ロンサールや*デュ・ベレーは後にペトラルカの安易な模倣をする詩人たちに軽蔑を示している．

は

ベール，ピエール

Pierre Bayle, 1647-1706

思想家．プロテスタントの牧師の子としてミディ=ピレネー地方に生まれる．一時カトリックに改宗後，新教に再改宗した．1681年にロッテルダムに亡命し，大学で教える．『彗星雑考』(*Pensées diverses sur la comète,* 1682) で彗星を凶兆と見る迷信を否定するとともに宗教と道徳の分離を説き，聖書の一節の『哲学的注解』(*Commentaire philosophique,* 1686) では宗教的寛容を主張するが，彼の立場は新教徒からも攻撃され，1693年に職を追われた．以後は膨大な『歴史批評辞典』(*Dictionnaire historique et critique,* 1695-1697) の編纂に打ち込み，正統的事実の記述を旨とする本文に対し，時に数十倍に及ぶ長大な注解を添える手法をとり，歴史的批判精神を存分に発揮し，哲学的，宗教的なあらゆるドグマの不合理を暴いた．彼の辞典は18世紀に版を重ね，英訳版，独訳版も出版され，*啓蒙思想の形成に絶大な影響を与えた．

ペルシア人の手紙

Les Lettres persanes, 1721

*モンテスキューの*書簡体小説．全161通の書簡は，ヨーロッパを訪れた2人のペルシア人貴族ユスベックとリカ，イス

ファハンに住む彼らの友人，主人の留守中ハーレムの管理を委ねられた宦官，ユスベックの愛妾ロクサーヌなどの間で交される．1721年風刺的な内容ゆえに匿名で出版されたがすぐにモンテスキューが作者であることが明らかになり，社交界で大きな反響を呼んだ．その後1754年には補遺として11通の書簡と「『ペルシア人の手紙』についての考察」が追加される．ユスベックとリカの手紙の中では旅行先での見聞，特にパリの政治，文化，風俗が話題となり，ペルシアからの手紙では主にハーレム内の状況報告が行われる．ハーレムでは主人の留守中，女性たちの間で秘密裏に反逆の計画が進められ，その実行を告げるロクサーヌからユスベックへの手紙が小説を締めくくる．異国人の視点を借りることで，ルイ14世の専制政治末期から摂政時代におけるフランス社会に対する痛烈な批判が可能となった．またペルシアのハーレムに代表される不条理な束縛，反自然状態の崩壊は，自由を希求する作者の主張の表れでもある．『法の精神』の作者による軽妙かつ内容豊かな風刺作品として知られる．

ベルトラン，アロイジウス

Aloysius Bertrand, 1807-1841

ロマン派の詩人．フランス支配下にあったピエモンテ（現イタリア北西部）に生まれ，ブルゴーニュ地方ディジョンで育つ．同地で文芸誌を創刊し，そこに自作の詩などを発表するが反響はなかった．1829年からはパリに移り住み，*ユゴーや*ノディエなど，*ロマン主義の詩人・作家たちと交流を深める．貧困のため途中やむをえず故郷ディジョンへ戻るが，後に再びパリへ赴き，自作詩集の出版を目指すなか，肺結核により没する．その翌年，幻想的な詩集『*夜のガスパール』(*Gaspard de la nuit,* 1842) が友人であった*サント=ブーヴの筆による序文を付され，死後出版される．後に*ボードレールが『*パリの憂鬱』の序文において，その存在を人々に思い起こさせてから，*散文詩という新ジャンルを開拓したとして名高い．

ベルナノス，ジョルジュ

Georges Bernanos, 1888-1948

カトリック作家．パリ生まれだが，少年期を北フランスのパ＝ド＝カレで過ごす．王党派の父から政治を学び，敬虔なキリスト教徒の母から宗教教育を受ける．法学と文学を修めるためパリに戻ると，アクション・フランセーズに参加し，カムロ・デュ・ロワ（アクション・フランセーズ発行の機関紙の発行者）として政治記事を書くようになる．第一次世界大戦に参戦，戦後に保険会社に調査員として勤務する一方，『悪魔の陽の下で』(*Sous le soleil de Satan,* 1926) を発表．原罪と救済，悪魔を扱ったこの作品は，職業作家として生きていく転機ともなった．後に「フィガロ」紙に文学と政治についての記事を連載するが，創作活動はうまく行かず金銭的に困難になり，マヨルカ島へ移住する．失意の中，代表作となる『*田舎司祭の日記』(*Le Journal d'un curé de campagne,* 1936) を執筆．ベルナノスの考えるキリストの姿を描き出したこの作品は後に映画化された．その後 1937 年に勃発したスペイン内乱を目の当たりにしたベルナノスはヨーロッパカトリック右翼団体に失望，以後政治批判評論を書き続ける．戦後，ド・ゴールに戦後の建て直しへの協力を要請されるが，官僚主義の第四共和政に絶望しその申し出を断る．1948 年パリにて，「イエスの生涯」を書けなかったことを悔やみつつその生涯を閉じた．

ベルナルダン・ド・サン＝ピエール，ジャック＝アンリ

Jacques-Henri Bernardin de Saint-Pierre, 1737-1814

小説家．ノルマンディー地方の港町ル・アーヴルに生まれ，早くに父を亡くす．幼年期には，『ロビンソン・クルーソー』に夢中になり異国への憧れを募らせた．12歳の時，マルチニック島への旅行を実現させるが，幻滅に終わる．18歳で母と死別．同じ年に土木学校に入学するが，王の勅令により学校は閉鎖され，技師の資格を得ることはできなかった．その後も憤懣の多

い人生を送ることになる．1760年以降1772年の帰国まで，様々な職を転々としつつ，ドイツ，オランダ，ロシア，ポーランドなど諸国遍歴を続けた．パリに戻った翌年，観察・調査の客観的視点に，郷愁を込めた叙情的な描写を盛り込んだ『フランス島紀行』(*Voyage à l'Île de France,* 1773) を発表するが，作家としての名声が確立されたのは，『自然の研究』(*Études de la nature,* 1784-1788) においてであった．「自然」は神の手から発しており，完全な調和のもとに置かれているという世界観は，＊百科全書派によって貫かれる合理精神に反発する人々から多くの賛同を得るが，今日に至るまで彼の名を文学史上に留めたのは，『自然の研究』の最終巻を構成する『＊ポールとヴィルジニー』(*Paul et Virginie*) である．ユートピア的理想社会を軸に展開されるこの物語は，異国情緒を呼び起こす豊富な自然描写に彩られており，＊ロマン主義の作家たちに影響を与えた．理性優位の時代から，個々の感情を重んじる時代へと橋渡しをする作家として位置づけられる．

ペレアスとメリザンド

Pelléas et Mélisande, 1892

＊メーテルランクの戯曲．5幕から成る悲劇で，象徴派演劇の代表作とされる．1892年にブリュッセルで出版，翌年パリのブッフ・パリジャン劇場にてリュニェ=ポーの「制作座」により初演．森へ狩りに出かけた王子ゴローは，泉のほとりで泣く神秘的な美しい乙女メリザンドと出会い結婚．新妻を連れて故国へと戻ったゴローは年の離れた異母弟ペレアスに迎えられる．やがてペレアスとメリザンドは心を通わせ愛し合うようになり，嫉妬に狂ったゴローはペレアスを殺害する．傷ついたメリザンドは床につき，ゴローは二人の仲を問いただそうとするが，彼女は何も答えずに娘を出産して息を引き取る．死へと導かれる宿命の恋人たちの繊細で密やかな心の動き，無垢な魂の奥にひそむ歓喜，悲哀，捉えがたい不安などを詩的言語と過剰なまでの象徴的手法で描き出した．音楽家たちにインスピレーション

を与え，なかでもドビュッシーの同名のオペラ（初演1902）が有名である．

ペレック，ジョルジュ

Georges Perec, 1936-1982

小説家．ユダヤ系ポーランド移民の家庭にパリで生まれる．1940 年に父親が戦死．母親は 1943 年に強制連行され，アウシュヴィッツ収容所で死去したと言われる．パリおよびチュニスで文学，社会心理学等を学んだ後，1961 年から 1979 年まで国立科学研究所に資料収集係として勤務．60 年代の「歴史／物語 (histoires) 」として消費社会を鋭く描いた処女小説『物の時代』(*Les Choses,* 1965) で一躍脚光を浴びる．同作における条件法や未来形の多用，全編が二人称単数で語られる『眠る男』(*Un homme qui dort,* 1967) 等で既に認められる新しい形式への挑戦を，1967 年に入会した潜在的文学工房 *ウリポでの活動を通じて深化．代表作に母音字 e を用いないリポグラム形式の小説『失踪』(*La Disparition,* 1969)，ゲーム盤に見立てたパリのアパルトマンを舞台に 100 を超えるエピソードが数学的規則に従って進行する大作『人生使用法』(*La Vie mode d'emploi,* 1978) 等がある．また，『W あるいは子供の頃の思い出』(*W ou le souvenir d'enfance,* 1975) では，自伝的探索とフィクションとを章交代で進め，双方を強制収容所という歴史の一点へ収斂させており，自伝・回想記のジャンルに新たな可能性を切り開いた．実験精神，緻密な観察眼とユーモア，個人と共同体の記憶を結ぶエクリチュールへの自覚等において 20 世紀後半で最も重要な作家の一人とされる．46 歳で癌のため死去．

ベレニス

Bérénice, 1670

*ラシーヌの悲劇．ほぼ同時期に初演された *コルネイユの英

雄喜劇『ティトとベレニス』を抑えて喝采を博し，劇壇におけるラシーヌの地位を揺るぎないものとした．ローマ皇帝ティチュスとパレスチナの女王ベレニスは互いに愛し合っているが，ローマの掟は異国の女を妃とすることを禁じている．皇帝の友人でコマジェーヌの王アンティオキュスもベレニスに思いを寄せているが，その告白に女王は関心を示さない．逡巡の末に皇帝は別離の決心を伝え，ベレニスは絶望して死を選ぼうとするが思い止まり，ひとりローマを去る．作品の序文で詩人が「創意工夫とは，無に等しいものから価値あるものを作ること」と述べるとおり，この戯曲はローマの史家スエトニウスが記した数行の文をもとに創作され，主要人物はわずかに3人，あらゆる外的事件を排除した単純この上ない筋によって，悲劇の一極限を示すこととなった．

ベロー，レミ

Remy Belleau, 1528-1577

詩人．パリ南西ノジャン=ル=ロトルー生まれ．パリ，ボンクール学寮に学びつつ，*ロンサールらとも交友を結ぶ．1556年ギリシャ詩人アナクレオンの詩を主に翻訳し『アナクレオンのオード』(*Les Odes d'Anacréon*) を出版．幾篇かの詩を出版した後1563年から66年にかけて，ギーズ公の甥の家庭教師としてジョワンヴィルの城館に滞在．1565年には詩と散文から成る『牧歌』(*La Bergerie*) を出版，詩人「私」が一日の間にジョワンヴィルの城館を散策し，目に映る自然や美術作品を歌うという形式を取り，古典詩などに着想を得た細密な描写で田園情景を創り上げた．晩年にはやはり描写詩である『恋愛，宝石の新たな変転，その効能と特性』(*Les Amours et nouveaux échanges des pierres précieuses : vertus et propriétés d'icelles,* 1576) を発表．

ペロー，シャルル

Charles Perrault, 1628-1703

詩人，童話作家．パリ高等法院弁護士の末子に生まれる．ビュルレスク風の詩作を試みた後，財務総監コルベールに長く仕え，絶対王政の強化を目的とした文化政策に携わり，1671年に*アカデミー・フランセーズ会員となる．87年，アカデミーの席で「ルイ大王の世紀」(*Le Siècle de Louis le Grand*) を朗読して *新旧論争を巻き起こし，近代派の中心人物として *ボワローや *ラシーヌら古代派と対立した．ペローの名を今日に伝えるのは民間説話を基にした『*昔話集』(*Histoires ou Contes du temps passé,* 1697) であり，自然で簡潔な文体によって，「眠れる森の美女」，「赤ずきん」，「青ひげ」などの物語は不朽の命を与えられた．作品は華々しい成功を収め，多くの追随者を生んだ．

ボヴァリー夫人

Madame Bovary, 1857

*フローベールの小説．1851年より執筆，1856年「パリ評論」誌に掲載．翌年，公序良俗を害したとして裁判を受けるが無罪に終わり，刊行されるやスキャンダルな面も含めて評判を得たが，当時の批評家の評価は厳しかった．田舎娘のエンマは凡庸な医師シャルル・ボヴァリーと結婚するが，修道院での少女時代の読書体験からロマンティックな夢想を抱き続け，やがて現実の生活に幻滅する．舞踏会の一夜の喜びも空しく，何事も起こらない平凡な日々に憂鬱を募らせた彼女は書生レオンに淡い恋を抱いた後，田舎貴族ロドルフに誘惑され，彼を熱烈に愛するようになり，遂には駆け落ちを迫るがロドルフは逃げ出す．その後，ルーアンで再会したレオンと情事を繰り返し，借金がかさんで破産宣告を受けるに至り，エンマは砒素を飲んで自殺する．

*ロマン主義的な理想と現実との乖離を主題とし，エンマを

典型とする在り様は「ボヴァリスム」と呼ばれている．副題を「地方風俗」とする本書は，ノルマンディー地方の平凡な一女性の生活を，作者の主観を排した「非個性的」な文体で克明に語り，今日，*バルザック，*スタンダールと並んで作者を*レアリスム文学の代表に位置づける．一方，従来の小説のあり方を刷新し，小説を崇高な芸術へと高めるフローベール独自の美学や，完璧な表現を求めて何度も推敲を重ねる厳しい文体修練は，*プルーストや*ヌーヴォー・ロマンの作家にも影響を与えた．

は

ボーヴォワール，シモーヌ・ド

Simone de Beauvoir, 1908-1986

思想家．パリのブルジョワ家庭に生まれ，インテリ階級のキリスト教的道徳を重んじる教育を受ける．しかし次第に上流階級の排他的な態度に嫌悪感を覚える．大学入学後，後に*実存主義で有名となる*サルトルとの出会いによって，社会的立場にとらわれない純粋な自己探求を始める．サルトルとは結婚をせず，生涯の伴侶として共に人生を送った．大学教授資格取得後，高等学校などで教鞭をとるが，文筆活動に専念するためその職を辞する．『招かれた女』(*L'Invitée,* 1943) を処女作に数々の小説，エッセーを書いたが，その中でも最もよく知られているのが，『第二の性』(*Le Deuxième Sexe,* 1949) である．第1巻は「事実と神話」と題され，生理学，神話，宗教，文学を通じて女性の条件に関する考察をし，第2巻「実体験」は人類学的な範囲まで及んでいる．第2巻第1部冒頭「人は女に生まれるのではない．女になるのだ」が表しているように，歴史や社会から押し付けられた女性像からの解放，女性の自己追求の自由を訴え，この著書は戦後のフェミニズム運動の支えとなった．

方法序説

Discours de la méthode, 1637

＊デカルトの哲学書．元来は「屈折光学」,「気象学」,「幾何学」を扱う『三試論』の序論であり，正式な表題にある通り「理性を正しく導き，諸学において真理を求めるための方法について」語る著作．当時の哲学書の通例に反してラテン語ではなくフランス語で執筆され，書きぶりも自己の体験に即した精神的自伝の趣を持つ．第1部から第3部までは，既存の学問への失望を契機に独自の方法論を開発していく過程を語り，方法の4規則（明証，分析，総合，枚挙）と，決定的な道徳を見出すまでの仮の道徳（中庸，決断，克己）を提示する．第4部は，「われ思う，故にわれあり」という絶対に疑いえない真理を土台に，神の存在証明を導き出す．第5部は自然学と医学の諸問題を論じ，第6部は学問探求の意義と決意を語る．すべてを疑い尽くした果てに残る真理を出発点に，理性の吟味だけを手段として認識の再構築をめざすその方法論は画期的で，近代哲学の礎を築いた．フランス語が高度な思考作業に耐えうる言語であることを示した意義も大きい．

星の王子さま

Le Petit Prince, 1943

＊サン=テグジュペリの童話．第二次世界大戦中，アメリカに渡ったサン=テグジュペリが再び戦地に赴く前に残した自伝的要素の強い作品で，ドイツ占領下のフランスに留まるユダヤ系の友人に捧げられた．ニューヨーク滞在中，サン=テグジュペリが好んで描く少年の絵に目を留めた出版関係者の勧めで，子ども向けのクリスマス用の本として執筆，1943年4月に彼の挿絵を付けニューヨークで出版された．サハラ砂漠に不時着した飛行士「僕」と別の星から来た王子さまの出会いと別れを通し，大人社会の欺瞞と子どものはかない純粋さが対比的に描かれ，砂漠の井戸の挿話等から目に見えないものの大切さや，王子さ

まとバラの関係等を通して絆によって生み出される価値が語られる．擬人化された動植物による教訓等，伝統的な童話の特徴の中に存在論的世界観が示され，死の危険を冒しても果たすべき友愛への責任が掲げられる．奇しくも飛行中に行方不明となった作家自身の最期が，旅立つ王子さまと重なり作品の神秘性を高めた．300以上の言語に翻訳され世界中で愛読されている．

ボシュエ，ジャック・ベニーニュ

Jacques Bénigne Bossuet, 1627-1704

説教家，聖職者．ブルゴーニュ地方ディジョンの司法官の息子として生まれる．郷里のイエズス会士のもとで教育を受け，パリのナヴァール学院で神学を修める．1652年から7年間はメスの司祭として人々の教化に尽力．1659年にパリに戻り，宮廷に出入りするかたわら説教と追悼演説によって名声を得た．1670年には王太子の教育係に抜擢され，教科書として『世界史論』(*Discours sur l'histoire universelle,* 1681) を編む．1681年モーの司教に任ぜられた後は，フランス教会の中心人物として活躍し，「モーの鷲」と畏怖された．教皇の権威を制限しフランス教会の自由を主張するガリカニスムの立場を表明するなど政治的な役割も担う．論争家としてカトリック信仰擁護の論陣を張り，新教徒はもちろん*フェヌロンの静寂主義，*ジャンセニスム，リシャール・シモンの聖書解釈などを攻撃した．説教と並び，ボシュエを文学史上に位置づける業績に『追悼演説集』(*Oraisons funèbres*) がある．対句，反復，比喩などのレトリックを駆使した文章は，格調の高さ，イメージの豊かさによって*古典主義における散文の模範とされる．とりわけアンリエット・ド・フランスおよびその娘アンリエット・ダングルテールに対する2編の追悼演説 (1669, 1670) は，死の平等性，権勢の虚しさを説き，不朽の名品として今日に残る．

ボスコ，アンリ

Henri Bosco, 1888-1976

小説家．南仏アヴィニョンに生まれる．プロヴァンス地方の豊かな自然に囲まれて幼年時代を過ごす．グルノーブル大学，フィレンツェのフランス学院で学んだ後，イタリア語の教授資格を得る．1945年まで，フランス，イタリア，北アフリカで教鞭をとった．最初の小説『ピエール・ランペドゥーズ』(*Pierre Lampédouze,* 1924) に続き，『ズボンをはいたロバ』(*L'Âne Culotte,* 1937)，『マリクロワ』(*Malicroix,* 1948) などプロヴァンスを背景とする田園小説を次々と発表．なかでも，『テオティーム農家』(*Le Mas Théotime,* 1945) はルノドー賞を受賞した．1955年，長年暮らしたモロッコを離れて南仏に戻り，晩年を過ごした．『少年と川』(*L'Enfant et la rivière,* 1945) をはじめとする少年小説，詩集，回想録，聖ジャン・ボスコの評伝とその著作は多岐にわたる．ボスコの作品の魅力は，プロヴァンスの自然に根ざした，神秘に満ちた幻想的な世界を創出する点にある．

ボードレール，シャルル

Charles Baudelaire, 1821-1867

詩人．パリに生まれる．文学と絵画に深い造詣を持つ教養人であった父は，彼が6歳の時に他界，夫より30歳あまり年下の母は，その2年後，陸軍少佐オーピックと再婚．特にラテン語をはじめ成績優秀であったが，18歳の時には周囲の文学青年たちと放蕩な生活を送るようになる．将来を案じた家族によってインド旅行にやられるが，南洋の寄港地に滞在した後，フランスへ帰国．この時得た南国での記憶は，後の詩作において楽園のイメージとして現れる．その後はサン＝ルイ島のピモダン館で＊ダンディスムを実践した生活を送り，実父の遺産を蕩尽する．詩人に多くのインスピレーションを与

えた混血女性ジャンヌ・デュヴァルともこの時期出会う．1842年，遺産の半分近くを使い果たしたために母親から訴訟を起こされ，準禁治産の処分を受けてからは，借金に苦しむ生活が死ぬまで続く．

ボードレールは，まず評論家，翻訳家として活躍した．『サロン評』(*Salon*, 1845, 1846, 1859) をはじめとした絵画批評では，ドラクロワの現代性を賞賛し，音楽の分野でも，フランスにおいていち早くワーグナーを評価，また *ユゴーや *フローベールなど同時代の作家たちについても鋭い分析を残している．翻訳家としては，エドガー・ポーの小説をほぼ全訳するとともに，その詩論を紹介．またトマス・ド・クインシーからの翻訳を含む『人工楽園』(*Les Paradis artificiels*, 1860) では，アヘンの幻覚作用の分析から出発して，詩的想像力の解明を試みている．

詩人として名を博すのは，書き溜めてきた詩100篇に序詩を付し詩集『*悪の華』(*Les Fleurs du mal*) として出版した1857年のことである．しかし風俗壊乱の罪に問われ，罰金および6篇の削除が命じられる．1861年，詩人は新たな主題を盛り込んだ32篇を増補して『悪の華』第2版を出版．また，この頃から本格化する *散文詩への関心は，パリという都市から生まれる現代的な感覚を表現した『*パリの憂鬱』(*Le Spleen de Paris*, 1869) において実を結ぶ．これらの詩篇の中でボードレールが追い求めた「現代性」の主題は，『現代生活の画家』(*Le Peintre de la vie moderne*, 1863) や，死後出版の手記『赤裸の心』(*Mon cœur mis à nu*, 1887)，『火箭』(*Fusées*, 1887) の中にも表われている．晩年には，*ヴェルレーヌや *マラルメら次世代の詩人たちが送った賛辞にも気をとめず，書きかけの作品『哀れなベルギー』(*Pauvre Belgique*) を残したまま，1866年ベルギー滞在中に卒倒し，以後半身不随，失語症の身となり，翌年パリで死去．その生涯において絶えず「美しさ」と「新しさ」を模索し続けた詩人の生き様と，そこから生まれた詩句の数々は，象徴派をはじめとした後世の詩人たちに比類ない影響を及ぼし，フランス近代詩の源流となった．

ボヌフォワ，イヴ

Yves Bonnefoy, 1923- 2016

詩人．トゥール生まれ．大学では数学と哲学を専攻．戦前は*シュルレアリスムのグループや*バタイユと交流する．1953年，詩集『ドゥーブの動と不動』(*Du Mouvement et de l'Immobilité de Douve*) を刊行し，詩人としての道を歩み始める．一方，詩作のかたわら書いた多くの批評をまとめた『ありそうもないもの』(*L'Improbable,* 1959) では，彼自身の「詩の原理」を世に知らしめた．また翻訳の分野でも優れた才能を発揮し，シェイクスピア，イェーツ，俳句などの翻訳で高い評価を得ている．*コレージュ・ド・フランスの詩学講座の教授も務めた．ボヌフォワはハイデッガーの哲学と*マラルメの詩学を出発点としているが，その思索の本質は，近代文学が不当にも追いやった「現前」を再び文学の中心に呼び戻すことにある．「いま，ここ」にあるものをいかにして詩として現前させるのかという課題を，多くの迂回を繰り返しながら追求した．

ボーマルシェ，ピエール=オーギュスタン・カロン・ド

Pierre-Augustin Caron de Beaumarchais, 1732-1799

劇作家．パリの時計職人の家庭に生まれる．父のもとで時計作りを学んだ後，1758年頃からルイ15世の娘たちのハープ教師を務め，長年の庇護者であり友人となるパリ・デュヴェルネーと出会い，様々な事業を試みた．劇作を始めたのもこの時期で，「市民劇」に分類されるデビュー作『ウジェニー』(*Eugénie,* 1767) はまずまずの好評を得るが，2作目『二人の友』(*Les Deux Amis,* 1770) はふるわず，その後喜劇に転じ，1775年，『*セヴィリアの理髪師』(*Le Barbier de Seville*) を*コメディー＝フランセーズで上演．恩人アルマヴィーヴァ伯爵の恋の手助けをしながら，伯爵を思いのままに操る主人公フィガロの痛快な姿は，革命前のフランスの世相を浮き彫りにし，評判を呼んだ．続編の『*フィガロの結婚』(*Le Mariage de Figaro*) は，フィガロの

結婚をめぐり様々な混乱が起きる様子が描かれ，ここでも伯爵は雇い人であるフィガロに徹底してやりこめられる．こうした筋書きに危険を感じたルイ16世は上演を禁じたが，1784年の許可によって初演されると，年間67回の上演を数えるほどの好評を得た．フィガロ3作目となる『罪ある母』(*La Mère coupable*)は，革命期のパリへ舞台を移し，時代を反映するかのように前2作の喜劇の要素は影を潜めた．1792年の初演はあまり評判にならなかったが，ボーマルシェの投獄，国外逃亡を経て帰国後の1797年に再演，成功を収めた．作品をめぐるこれらの経緯は，常に時代を正確に読み取り，表現しようとしたボーマルシェの感覚の鋭さを物語るものだろう．執筆以外でも，*ヴォルテールの全集の刊行や，作家の著作権を守るための劇作家協会設立(1777年)など，多彩な活躍をした．

ポリュクト

Polyeucte, 1642

*コルネイユの悲劇．ローマの属領アルメニアの貴族ポリュクトは，妻ポリーヌに内緒でキリスト教の洗礼を受ける．折しもローマ皇帝デキウスの信任厚い将軍セヴェールがアルメニアを訪れ，ローマの神々に生贄を捧げようとするが，ポリュクトは改宗の証としてこの祭礼を穢し，異教の神々の偶像を破壊する．ポリーヌとその父の属領総督フェリックスはポリュクトを救うため改心を迫るが，彼は信仰を捨てずに処刑される．ポリュクトの殉教に感動したポリーヌとフェリックスはキリスト教に改宗，セヴェールも迫害をやめて信徒を保護すると約束する．*古典主義形式の中に，殉教のテーマや現世の無常観など*バロック的要素を含み，この時代に数少ない宗教悲劇としても異彩を放つ作品である．

ポルチュガル，アンヌ

Anne Portugal, 1949-

詩人．フランス西部アンジェに生まれる．1985年に処女詩集『座席の便宜』(*Les Commodités d'une banquette*) を発表．列車やバスの車内に貼られた乗客向けの注意書きを素材として，車中の事物や乗客，思い出，文学的知識等が省略を多用した語法により語られる．聖書のシュザンヌの水浴のエピソードを下敷きにした第2作『こよなく簡素な装い』(*Le plus simple appareil,* 1992) においては，シュザンヌが詩の言葉により様々に姿を変えられつつ繰り返し描き出される．その後も日常生活の断片を生き生きと切り取った『植物と動物の二種に同等な再生産において』(*Dans la reproduction en 2 parties égales des plantes et des animaux,* 2001) やテレビゲームをはじめとする様々な映像メディアの影響を受けた『デフィニティフ・ボブ』(*Définitif bob,* 2002) 等の詩集を刊行する．句読点を排し，句跨ぎを多用する滑らかな詩句は，省略の多用と統辞法的な操作によって，しばしば難解なものになる．ジャック・*ルーボーの影響が見られる詩の形式への関心，そして詩句の中で繰り広げられるイメージの多様性によって90年代以降を代表する詩人である．

ポールとヴィルジニー

Paul et Virginie, 1788

*ベルナルダン・ド・サン=ピエールの牧歌的小説．当初『自然の研究』(*Études de la nature,* 1784-1788) の最終巻を構成していた．出版されるや否や多くの読者を獲得し，フランス革命下，帝政期，王政復古を経てもなお人気は衰えることがなかった．ポールとヴィルジニーは当時植民地であったフランス島（現モーリシャス島）で幸福に暮らしていたが，ある日ヴィルジニーはフランス本土へ呼び戻される．彼女は「反自然」なヨーロッパでの生活になじめず，故郷への帰還を決める．しかし彼女の乗った船は到着寸前に嵐に巻き込まれる．ヨーロッパの生

活で身に着けた恥じらいから，ヴィルジニーはポールの目の前で衣服を脱いで海に飛び込むことを拒み，船とともに水没する．自然賛美の思想は*ルソーの『*新エロイーズ』の影響が強い．異国情緒に富んだ自然描写，叙情性豊かな筆致は*シャトーブリアンをはじめとする*ロマン主義の世代，ひいてはピエール・*ロチにも受け継がれている．

ポール=ロワイヤル

Port-Royal

パリ郊外シュヴルーズの渓谷にあった女子修道院．17世紀初頭，カトリック改革運動の中でアンジェリック・アルノー院長による厳格な刷新を受ける．1625年パリ市内に分院を設け，1630年代にサン=シランを霊的指導者に迎えると，その教えに帰依する者が多く，修道院は*ジャンセニスムの拠点となる．サン=シランの死後はアントワーヌ・アルノーが理論的主導者として旺盛な活動を続けるが，対立するイエズス会との抗争が激化，ポール=ロワイヤルは教権と王権による迫害の対象となった．*パスカルの『*プロヴァンシアル』はアルノーとポール=ロワイヤル弁護のために書かれたが功を奏さず，修道院は1709年に閉鎖され，翌年破壊された．ポール=ロワイヤルはパスカルのほか，その付属学校で学んだ*ラシーヌなど，*古典主義を代表する著作家とも縁が深い．

ボレル，ペトリュス

Pétrus Borel, 1809-1859

小説家，詩人．リヨンに生まれる．父の意にそって建築を学ぶが，次第に関心は絵画，詩作へと移る．1829年頃から*ゴーチエ，*ネルヴァルらと交流を結び，ボヘミアン的文学生活を始める．「プチ・セナークル」と呼ばれたこの芸術家の集まりでボレルは中心的な役割を担い，1830年には仲間とともに*ユゴーの『*エルナニ』上演を支持，文壇における*ロマン主義の勝利に貢献する．彼ら若き詩人たちは*小ロマン派と称された．1832年処女詩集『狂想賦』(*Rhapsodies*) を発表，その序文でブルジョワ道徳に真っ向から反発し，詩人の絶対的自由を求める自らの立場を示す．翌1833年に発表された『シャンパヴェール—背徳物語—』(*Champavert, contes immoraux*) は自殺，強姦，姦淫等の題材を扱った嗜虐的な傾向の強い作品で顰蹙（ひんしゅく）を買う．その後，生活が困窮を極める中，『ピュチファール夫人』(*Madame Putiphar*, 1839) を発表．*サドの系譜に連なるこの作品は陰惨な光景を書き連ねて挑発的で，ジュール・*ジャナンに酷評された．その後生活はさらに貧窮を極め，1845年に植民地監督官としてアルジェリアに渡り，文学と距離を置く生活を続ける．自ら「狼狂」と名乗り，社会に呪詛の言葉を吐き続けたボレルは，*ボードレールや*ランボーをはじめとする「呪われた詩人」の系譜に連なる．

ボワロー，ニコラ

Nicolas Boileau, 1636-1711

詩人，文学批評家．パリ高等法院書記官の家に生まれる．初め神学，後に法律を学んで弁護士の資格を得るが，父の遺産を受け継ぐや文学の道に入り，*モリエール，*ラ・フォンテーヌ，*ラシーヌらと交友．ホラティウス，ユウェナリス，マチュラン・レニエの影響下に，『風刺詩』(*Satires*, 1666-1716)，『書簡詩』(*Épîtres*, 1669-1698)，滑稽叙事詩『譜面台』(*Lutrin*, 1674-1683) などを書き継ぐ一方，同じくホラティウスに倣って『*詩法』(*L'Art poétique*, 1674) を発表，先行の理論を集大成して*古典主義の理念を明確化した．1677年ラシーヌとともに国王の修史官となる．*新旧論争に際しては『ロンギノス考』(*Réflexions sur Longin*, 1694-1713) を発表，文学の目指す美は普遍的なもので，それはすべて古典古代の作品から引き出せるとの立場をとり，古代派の先鋒として近代派と戦ったが，事実上敗北に終わる．ボワローの理論は必ずしも彼の独創ではないが，的確なその批判精神によって，古典主義の理論が完成されたことは否定できない．

ポンジュ，フランシス

Francis Ponge, 1899-1988

詩人．南仏モンペリエ生まれ．*シュルレアリスムから出発したポンジュは後にこの流派から離れ，独自の詩境を切り開いた．代表作『物の味方』(*Le Parti pris des choses,* 1942) は，事物を「対象」として捉えることをやめ，事物が「主体」となって自ら語りだすかのような彼独自の詩の世界を最初に示した作品である．いずれの詩篇も小品ながら，事物を通して作者が示す独創的な世界観を窺い知ることができる．ポンジュはこれまであまり詩の対象とならなかったもの (牡蠣，石鹸など) を題材に選び，全く新しい観点からそれらを描き出そうと試みた．こうした彼の独特のヴィジョンは，*ソレルスや*デリダらの小説家，哲学者にも大きな影響を与えている．ポンジュの詩はまた言語の物質性を浮き彫りにした点でも特徴的であり，その点においても20世紀後半の文学に大きな影響を与えた．

マノン・レスコー

Histoire du chevalier des Grieux et de Manon Lescaut, 1731

アベ・*プレヴォーの中編小説．自らが犯した破滅的な恋をデ・グリュー騎士が回想して語るという形式をとる．当初『ある貴族の回想』(*Mémoires d'un homme de qualité*, 1728-1731) の第7巻として出版されたが，好評を博したため1733年には単行本として独立．良家の息子デ・グリューは偶然出会った娘マノンに魅せられ，彼女を連れてパリへ逃亡する．父や友人の説得に従い一旦マノンと別れ学業に専念するが，一年後には再び彼女の自由放埓な生活に巻き込まれ犯罪に関与するまでになる．マノンは娼婦として捕えられ当時流刑地であったアメリカ大陸送りとなる．デ・グリューも跡を追うが，二人はそこでも逃亡を余儀なくされ，砂漠をさまよい歩いた後，マノン一人が命を落とす．作者自身は序文の中で道徳教育に役立ちうる作品とするが，はっきりとした教訓は示されず，キリスト教的倫理観と現世における幸福の追求の間に生じる亀裂がそのまま読者に突きつけられる．激しい情念に衝き動かされる主人公の姿は *ロマン主義小説の登場人物を連想させるが，抑制された感情表現，無駄を省いた簡潔な文体は *古典主義的である．抗し難い魅力を備えた女性マノン・レスコーはプッチーニのオペラによって良く知られ「宿命の女」(femme fatale) の源流の一つとなった．

マラルメ，ステファヌ

Stéphane Mallarmé, 1842-1898

詩人．パリの官吏の家系に生まれ，少年時代から *ユゴー，*ボードレールの強い影響下で詩作を開始する．生活のために英語教師を続ける中，本格的に自分の世界を築くのは1864年から書き始めた『*エロディアード』(*Hérodiade*, 1871 一部発表) によってである．しかし，極度の言語

的彫琢（ちょうたく）を要請した詩作は彼の精神を脅かし，数年にわたる危機的状態をもたらした．未完の *散文詩『イジチュール』(*Igitur*, 1925) を書くことによって危機を脱した後, 1871 年のパリへの転居が彼の状況を大きく変えることになる．友人との交流，モード雑誌の単独編集，劇作への挑戦などを通して，閉塞していた彼の精神は覚醒し始め，傑作『半獣神の午後』(*L'Après-midi d'un faune*, 1876) などが生み出されていく．長らく一部の好事家のみにしか知られていなかったが，1880 年代初頭に *ユイスマンスと *ヴェルレーヌによって紹介されるや一躍その名声が高まり，彼が開いていた文学 *サロン「火曜会」には次代を担う芸術家たちが続々と集まり出す．その頃のマラルメは，ワーグナーの「総合芸術」の影響下に舞台芸術批評を執筆しつつ，来るべき「未来の祝祭」を夢想し始めていた．遅まきながら文壇の寵児となった彼は，難解な韻文詩の制作に取り組むかたわら，詩論，絵画批評，社会批評などの幅広い分野に健筆をふるい，その文学活動は最も充実した時期を迎える．それらは散文集『ディヴァガシオン』(*Divagations*, 1897) として結実するが，死の直前のマラルメがもっとも精神を傾注したのは『*賽の一振り』(*Un coup de dés*, 1897) であった．斬新な構想に基づいたこの作品の影響は世紀を超えて続いている．

「*象徴主義の総帥」などと呼ばれるマラルメは，確かに文学を極限まで思考し続けた詩人であった．その究極の理想は「世界は一冊の書物に到るために作られている」という言葉に集約されるほど観念的な一面を持つ．一方，彼が幅広く社会に向けて活動をした文学者だった点も忘れてはなるまい．20 世紀後半から今日に至るまで，*ブランショや *サルトルなど，多くの作家，哲学者，社会学者，作曲家らが，マラルメの思想に魅了され，その現代性を説いたことは記憶に新しい．マラルメの栄光は，むしろ死後に絶頂を迎えたといっても過言ではない．

マリアンヌの生涯

La Vie de Marianne, 1731-1742

＊マリヴォーの小説．1731年から出版が始まり1742年に最終第11部が発表されたが未完に終わる．マリアンヌという名の女性が波乱に富んだ半生を女友達に宛てて語るという形式をとる．幼少期に強盗に襲われ両親を失った彼女は，神父とその妹とに拾われ育てられるが，やがて身一つでパリに出て働かなければならなくなる．その後ある貴族との恋愛，破局を経験し失意のうちに年の離れた将校との結婚を決める．一方で世を疎んだ彼女は修道院に入ることを考え始める．副題に「＊＊＊伯爵夫人の奇譚」(*Les Aventures de Madame la comtesse de* ＊＊＊) とあることから，最終的にヒロインが伯爵夫人に納まるという結末は明らかだがその過程については不明．マリヴォーに演劇界での成功をもたらした鋭い人間観察，緻密な心理分析の才はここにおいても遺憾なく発揮され，写実的な小説世界を成立させている．リッコボーニ夫人の手によって続編が書かれるなど，同時代の作家に与えた影響は大きい．

マリヴォー，ピエール・カルレ・ド・シャンブラン・ド

Pierre Carlet de Chamblain de Marivaux 1688-1763

劇作家，小説家．パリで法服貴族の家庭に生まれる．青年期をオーヴェルニュ地方で過ごした後，1710年にパリに戻って法律を学び，ランベール夫人やタンサン夫人の＊サロンに出入りするようになる．この頃から既に劇作を始めていたが，パリでの成功は，『恋で磨かれたアルルカン』(*Arlequin poli par l'amour,* 1720) の上演を待たなければならなかった．ジャーナリズムにも関心を寄せ，1721年にはフランス版「スペクテーター」紙を創刊する．以後，創作意欲は衰えることを知らず，『恋の不意打ち』(*La Surprise de l'amour,* 1722)，『奴隷の島』(*L'Île des esclaves,* 1725) など，次々と喜劇作品を生み出していく．作品のテーマは多様で，神話に基づく寓意劇，当時の社会を皮肉った風俗劇，

教訓劇に分類されるものもあるが，その本領は，やはり恋愛の機微，男女の駆け引きを描いた作品において発揮される．代表作の『恋と偶然の戯れ』(*Le Jeu de l'amour et du hasard*, 1730) では，主人公の男女が互いに自分の身分を隠すことで，相手の真の姿を見出そうとする．微妙な心理の綾を描き出す際に用いられたのが，*マリヴォダージュと呼ばれる彼特有の文体，構成で，二重の意味を含んだ曖昧な台詞は，しばしば登場人物たちの早とちり，勘違いを引き起こし，物語を複雑に展開させる鍵となる．小説作品においても，鋭い人間観察，心理描写の妙は活かされ，『*マリアンヌの生涯』(*La Vie de Marianne*, 1731-1742) および，『成り上がり百姓』(*Le Paysan parvenu*, 1734-1735) は，いずれも未完に終わるものの，前者は貴族社会を中心に，後者はブルジョワ社会を舞台に当時の風俗を描き出す．登場人物たちが，それぞれの地位，身分に合った言葉遣いをするなど*レアリスムに貫かれた作品となっている．

マリヴォダージュ

Marivaudage

*マリヴォーが恋愛心理描写の際に用いた繊細で優雅な言葉づかい，独特の文体を示す．洗練された言語表現はしばしばもったいぶった「気取り」として理解されるが，作家自身の意図から言えば恋愛の機微，男女の駆け引き，個々の感情の自覚，迷い，狼狽など複雑な心の動きを正確に描き出すためのものであった．それは同時に類型化された恋愛の否定，紋切り型表現の拒否，ひいては個々の感性や感情の重視といったマリヴォーの創作姿勢と深く結びついている．

マリー・ド・フランス

Marie de France, 1154頃-1189頃

詩人，フランス文学史上最初の女性作家．高貴な家柄の出と

推定されるが，出自についての詳細は知られていない．当時，詩人たちの保護者であった*アリエノール・ダキテーヌがヘンリー2世に嫁ぎ，フランス文化の中心地となっていた英国宮廷を活動の場とした．ケルト起源の*ブルターニュ物語から影響を受けて書かれた12篇の物語詩『レ』(*Les Lais*) が代表作．マリー・ド・フランスの作品により，もともと歌謡の一種であった「レ」は，平韻8音節詩句の形式による物語詩として発展を遂げ，当時のヨーロッパ文学全体に影響を与えた．12の短編はすべて恋愛をテーマに扱っており，予言，妖精，変身などに代表される不思議な出来事(メルヴェイユー)がしばしば物語を展開させる鍵となる．他に，イソップ寓話集『イゾペ』(*Ysopet*)，『聖パトリックの煉獄』(*Purgatoire de saint Patrice*) がある．

マルグリット・ド・ナヴァール

Marguerite de Navarre, 1492-1549

詩人，物語作者．フランス西部アングレームにシャルル・ダングレーム伯の娘として生まれる．1509年アランソン公と政略結婚．フランソワ1世としてフランス国王に即位した弟とともに宮廷の中核を成し，1525年の国王捕囚に際しては自らスペインに赴き折衝に当った．夫の死後，1527年，ナヴァール王アンリ・ダルブレと再婚するが，夫婦関係は不和に終わる．1534年，プロテスタントによってカトリック批判の文書が撒かれる檄文事件の後，動乱を避けネラックの領地に退く．彼女の宮廷には*マロ，*デ・ペリエ，*カルヴァン等の文学者，ユマニストが集った．1547年，フランソワ1世の死を深く悲しみ，創作に慰めを見出した．

若い頃より文芸に親しむ一方，1521年以降，*ルフェーヴル・デタープルやモーの司教ブリソネとの交流から*福音主義に傾倒，プロテスタントに共感を寄せつつもカトリックに留まり，『夜の幻想の形式における対話』(*Dialogue en forme de vision nocturne,* 1533) から，1896年に死後出版された大作『船』(*La Navire*) や『牢獄』(*Les Prisons*) まで，神秘主義色の濃い詩作品の中に神への信従を歌った．他方，中世来の伝統を刷新する4編の*聖史劇や，寓意を用いて主に信仰をテーマとした7編の世俗劇も残す．主な詩，劇作品は『マルグリット珠玉集』(*Les Marguerites de la Marguerite des princesses*, 1547) にまとめられた．1542年頃より執筆の始まった短編集は作者の死によって未完に終わるが，死後『*エプタメロン』(*Heptaméron*, 1559) と題して出版され，72話の短編を収めている．

マルゼルブ，クレチヤン=ギヨーム・ド・ラモワニヨン・ド

Chrétien-Guillaume de Lamoignon de Malesherbes, 1721-1794

政治家．パリで代々法官を務める著名な家庭に生まれ，才覚を認められて，1750年，租税法院院長および出版統制局長の任に就く．王の許可なくしては出版が不可能であった時代，出版許可を与える役目を担っていたマルゼルブは*ディドロやグリム，*ルソーらと親交を持ち，彼らの進歩的な思想にも共感した．なかでも『*百科全書』(*Encyclopédie*, 1751-1772) の出版を支え続けた功績は大きく，同事典が取り締まりを受ける際には，前もって危険な原稿を自宅に運ばせるなどして出版の続行に努めた．しかし，革命が勃発するとマルゼルブとその家族は，そろって逮捕され，ギロチンにかけられた．

マルタン・デュ・ガール，ロジェ

Roger Martin du Gard, 1881-1958

小説家，劇作家．パリ近郊ヌイイ=シュル=セーヌで，法曹界の人間を輩出する裕福な家系に生まれる．トルストイに感銘を受け小説家の道を志す．ソルボンヌ大学で文学士の試験に失敗した後，古文書学校に入学．そこで学んだ歴史研究の方法は，後の創作活動に活かされた．最初の小説『生成』(*Devenir !*, 1909) を刊行後，*ドレフュス事件を扱う対話形式の小説『ジャン・バロワ』(*Jean Barois*, 1913) によって文名を高める．また，この小

説によって「*新フランス評論」(*NRF*) の主導者である *ジッド, ジャック・コポーとの親交を深めた. 1914 年, コポーの演出によって笑劇『ルルー爺さんの遺言』(*Le Testament du père Leleu*) を上演. 第一次世界大戦で従軍した後, ブルジョワの家族を中心に 20 世紀初頭の社会の変動を描き出す *大河小説『*チボー家の人々』(*Les Thibault*, 1922-1940) に着手. 1937 年, ノーベル文学賞受賞. 20 世紀末になり, 長らく公刊されなかった未完の遺作『モモール中佐』(*Le Lieutenant-colonel de Maumort*, 1983), 『日記』(*Journal*, 1992-1993) が出版された.

マルドロールの歌

***Les Chants de Maldoror*, 1869**

*ロートレアモンによる散文作品. 全 6 歌で構成されるこの作品は, 一つの *散文詩とみなすこともできる. 絶望を背負った主人公マルドロールによる神に対する反逆と悪徳の数々が, 強烈なイメージを喚起させる独特の文体によって綴られる. その性衝動にも似た攻撃性は, 鱶（ふか）や虎, 蛸など 100 種以上にわたる多様な動物によって形象化されている.「手術台の上での, ミシンとコウモリ傘の偶然の出会いのように美しい」という直喩に見られるような, 作品を埋め尽くす言葉の新奇な組み合わせは, 後の *シュルレアリスムの詩人たちによって注目された. その一方で, 年下の友人ダゼットに対する愛憎など, 作者の私的な感情がふんだんに盛り込まれ, *ロマン主義的な「私」語りを極限まで推し進めた作品でもある. そこに描かれる世界観は, あたかも伝統から切り離された突然変異であるかのように感じられるが, 実際には作者の多種多様な読書経験を基に, 聖書の「黙示録」や *ボードレールの『*悪の華』, *ユゴーや *ラマルチーヌなどロマン派の詩人の詩句を換骨奪胎した表現, さらには博物学図鑑からそのまま抜き取られた描写が散りばめられ, 過去の文学や科学的著作を素材に新たな表現の可能性を目指したロートレアモンの文学的野心を窺わせる.

マルモンテル，ジャン=フランソワ

Jean-François Marmontel, 1723-1799

劇作家，小説家．オーヴェルニュ地方で仕立屋の家庭に生まれ，母の希望で学問の道を志すが，*ヴォルテールに送った詩作品が認められ，劇作品『専制君主ドゥニ』(*Denys le Tyran*, 1748) で文壇に登場．ドルバック，*ディドロ，エルヴェシウスらと知り合い，『*百科全書』(*Encyclopédie*, 1751-1772) に文学ジャンルや技法に関する項目を多数寄稿する．1758年，定期刊行物「*メルキュール・ド・フランス」の編集を任される．同誌に発表した『道徳的コント』(*Contes moraux*, 1755-1765) によって当時のブルジョワのモラルを描写し好評を博した．その他，宗教的寛容を説いた小説『ベリゼール』(*Bélisaire*, 1767)，南米における侵略者たちの狂信を描き奴隷制度を告発した『インカ帝国の滅亡』(*Les Incas ou la Destruction de l'empire du Pérou*, 1777) などがある．

マルロー，アンドレ

André Malraux, 1901-1976

小説家．銀行員の息子としてパリで生まれる．4歳の時に両親が離婚，パリ近郊のボンディで食料品店を営む母方の実家で育つ．中等教育を途中で放棄し，パリで稀覯（きこう）本の売買をしながら出版界との関係を築いた．雑誌の詩論で文学活動を始め，処女作となる幻想的な寓話『紙の月』(*Lunes en papier*, 1921) を発表する．1923年，東洋への興味と経済的困窮からアンコール遺跡の彫刻の収奪を試みて逮捕され，その体験が小説『*王道』(*La Voie royale*, 1930) に結実する．釈放後は現地で反植民地主義新聞を刊行し，帰国後，中国革命を舞台に人間の*不条理と行動への意志を描いたルポルタージュ的小説『征服者』(*Les Conquérants*, 1928) で注目を浴びた．同じく中国革命を描いた小説『*人間の条件』(*La Condition humaine*, 1933) で*ゴンクール賞を受賞．スペイン内戦では国際義勇軍飛行団を指揮し，その体験を小説『希望』(*L'Espoir*, 1937) に昇華させた．第二次世界大戦の終盤にはレジスタンスに与し，アルザス・ロレーヌ旅団を率いた．戦後はド・ゴール政権下で大臣を務める一方，芸術論に力を注ぎ，広範な時代と空間を射程とする記号論的著作『沈黙の声』(*Les Voix du silence*, 1951)，人間と芸術の考察を深めた『神々の変貌』(*La Métamorphose des dieux*, 1957-1977) を著す．後者は文学論『無常の人間と文学』(*L'Homme précaire et la littérature*, 1977) とともに遺著となる．肺鬱血のため死去，国葬が行われた．生涯にわたって，死すべき人間の不条理な運命の超越を行動と文学と芸術に求め，両大戦間を代表する知識人および時代の証人となる．

マレルブ，フランソワ・ド

François de Malherbe, 1555-1628

詩人．ノルマンディー地方カーンの法官の家に生まれる．50 歳までを主に南仏エクスとカーンで過ごし，詩人として名を成すことなく不遇をかこつ．1605 年，アンリ 4 世の遠征を言祝（ことほ）ぐ *オードを王に認められて宮廷詩人となり，以後摂政期からルイ 13 世の治下を通して，王侯の栄誉や国事を称える御用詩人の職務を果たす．詩作品以上に名高い彼の詩法は，*デポルトの詩集に書き込まれた注釈にすぎないが，主題の明晰さ，表現の簡明さ，韻律の正確さを重視して後代の模範とされ，*古典主義詩学への道を開いた．後に *ボワローは『*詩法』において，「ついにマレルブ来たりて，フランスで初めて，詩句の中に正しい韻律を感じさせた」と称えることになる．

マロ，クレマン

Clément Marot, 1496-1544

詩人．南仏カオールに生まれる．10 歳の頃パリに移り，王の侍従であった父ジャンのもとで教育を受ける．1519 年以降フランソワ1世の姉マルグリット(後の*マルグリット・ド・ナヴァール)に雇われ，彼女の仲介でギヨーム・ブリソネら*福音主義思想家と交友関係を結ぶ．1526年四旬節に豚の脂身を食べ投獄されるという有名な事件が起こるが，この事件の真偽は不明．『*薔薇物語』の校訂本を出版し，父の死後王の侍従の地位を継いだのもこの頃である．1527-34年には宮廷詩人として成功を収め，1532年8月には『クレマンの青春』(*L'Adolescence clémentine*) を，また翌年には*ヴィヨンの作品集などを出版．しかし異端弾圧が高まったために，マロはフランス，イタリアの各地を転々とし，1536年末にリヨンに戻るには自らのプロテスタント的思想を撤回しなければならなかった．その後『詩篇』(*Psaumes*, 1541) を翻訳，出版されるや大きな成功を収め，16世紀だけで500版を数えた．1542年マロは再びフランスを離れ，トリノにて没．

その詩作において*大押韻派から多くのものを受け継いでいたため，『*フランス語の擁護と顕揚』では批判を受けた．しかし*エラスムス，*ルフェーヴル・デタープルなどの影響を受けて福音主義的思想に基づいた宗教詩をも創作，また印刷術による新たなメディアの普及期にあって*メグレらに先んじて綴字法の改革に着手．その場限りで歌われていた詩を，寄せ集めるだけでなく，配列に至るまで考慮して「作品」を作り上げた彼の創作活動は，前世代の詩人たちのそれと一線を画する．

ミシュレ，ジュール

Jules Michelet, 1798-1874

歴史家．パリの貧しい印刷屋の息子として生まれる．幼い頃から秀才の誉れ高く，シャルルマーニュ高等中学で学び，1819年21歳の若さで博士号を取得．1827年からは高等師範学校で哲学と歴史の授業を担当するが，30年の革命により職を失う．七月革命後，ルイ・フィリップにより国立古文書保管所歴史部長に任じられ，そこに保管されていた原資料，古文書の批判的な調査を始める．そこから生まれた『フランス史』(*Histoire de*

France, 1833-1844, 1855-1867) 全17巻は，ルイ11世の治世まで（全6巻）を1844年に，一時中断後1867年に全巻完成した．1838年以降＊コレージュ・ド・フランスの教授も務め，歴史の授業を担当するが，二月革命のため授業は中断，その後ナポレオン3世への宣誓を拒否したことにより公職から追放される．この頃からより研究に力を注ぎ，中断していた『フランス史』に再び取りかかった．平民の子として生まれたミシュレは生涯を通して民衆の味方として七月革命，二月革命を通して民衆こそ歴史の主役であるとの確信を強め，上記の作品以外に『民衆』(*Le Peuple*, 1846) や『フランス革命史』(*Histoire de la Révolution française*, 1847-1853)，『19世紀史』(*Histoire du XIX*^{e} *siècle*, 1872-1875) など出版．また自然の歴史にも興味を持ち，『鳥』(*L'Oiseau*, 1856)，『昆虫』(*L'Insecte*, 1857)『海』，(*La Mer*, 1861)，『山』(*La Montagne*, 1868) を出版．その他にも『女』(*La Femme*, 1860)，出版当時は禁書とされた『魔女』(*La Sorcière*, 1862) などがある．

ミショー，アンリ

Henri Michaux, 1899-1984

詩人，画家．ベルギー南東部ナミュールのブルジョワ家庭に生まれ，ブリュッセルで育つ．20歳で医学を捨て水夫となるも帰国，＊ロートレアモンの読書体験を契機に詩作を始める．ブリュッセルで文芸雑誌に参加後，1924年パリに出て「＊新フランス評論」(*NRF*) 等に作品を発表，存在の困難を客体化する『プリュームという男』(*Un certain Plume*, 1930)，『夜動く』(*La Nuit remue*, 1935) 等が＊ジッドらに評価された．生涯旅を愛し，旅行記に『アジアにおける一野蛮人』(*Un barbare en Asie*, 1933) があるが，自選集『内なる空間』(*L'Espace du dedans*, 1944, 1966) の題が示すように，自己の内部や幻想世界もまた探索の対象であった．戦後，本格的に絵画・デッサンに着手，多数の詩画集や美術論を発表．また，フランスに帰化した1954年より医師の協力のもとメスカリン，LSD等を体験，『みじめな奇蹟』(*Misérable miracle*, 1956) から4作にわたって薬物が身体，意識，創造に及ぼす効果を言葉と絵画で克明に記した．1964年以降世界各地で回顧展が開かれ，芸術家として確固とした地位を築きながら，詩集『角の杭』(*Poteaux d'angle*, 1971, 1978, 1981) の改編を繰り返すなど，晩年まで豊富な創作を続けた．

ミストラル，フレデリック

Frédéric Mistral, 1830-1914

詩人．南フランスのマイヤーヌ村で，富裕な農家に生まれる．エクス=アン=プロヴァンス法科大学卒業後に帰郷し，プロヴァンス語（オック語）による叙事詩の制作にとりかかる．1854年，ジョゼフ・ルーマニーユやテオドール・オバネールらとともに，プロヴァンス語・文学復興運動の会フェリブリージュを立ち上げ，その中心となる．ミストラルはそれまで語源表記法で書いていた叙事詩を，ルーマニーユの提唱する発音表記法を取り入れて書き直すことを決める．新しい表記法のプロヴァンス語の詩に，自身によるフランス語訳を対訳のかたちでつけた『ミレイユ』(*Mirèio*) は1859年にアヴィニョンの書店から出版された．プロヴァンスの自然を背景として旧家の娘と貧しい籠作りの悲恋を描いたこの作品は *ラマルチーヌによって絶賛された．主な業績としては，中世プロヴァンスの栄光を歌った『カレンダウ』(*Calendau*, 1867) などの詩のほかに，プロヴァンス語辞典『フェリブリージュ宝典』(*Lou Tresor dóu Felibrige*, 1878-1886)，回想記『青春の思い出』(*Moun espelido, Memòri e Raconte*, 1906) がある．中世の *トルバドゥールの伝統を受け継いで，南フランス固有の言語を近代の文学語として復活させた意義は大きい．1904年にノーベル文学賞受賞．

魅せられた魂

L'Âme enchantée, 1922-1933

ロマン・*ロランの小説．女性の主人公アンネット・リヴィエールの生涯を，第一次世界大戦前後の世界情勢を絡めて描き出す*大河小説．「アンネットとシルヴィ」，「夏」，「母と子」，「予告する者」の4部から成り，全7巻で刊行された．ブルジョワの家庭に育ったアンネットは裕福な男性と婚約するが，自らの魂の自由を守るために離別する．やがて息子マルクを授かった彼女は，実家の破産を機に社会的，政治的問題に目覚める．社会の虚偽に行動によって立ち向かううちに，幾重もの幻想に囚われ，魅せられていた彼女はそれから次々と解放されていく．新しい世界の到来を夢見て犠牲になったマルクの志を受け継いで，彼女はファシズムと帝国主義的資本主義に反発し，革命のために闘いぬく．代表作『*ジャン=クリストフ』と同じく執筆当時の社会状況を盛り込んだこの小説には，ガンジーの非暴力思想に惹かれながらも社会革命の必要性を感じていた第一次世界大戦後のロランの問題意識が投影されている．

ミュッセ，アルフレッド・ド

Alfred de Musset, 1810-1857

ロマン派の詩人，劇作家．パリの政府高官で*ルソー研究家でもあった貴族の次男．9歳でパリの名門校アンリ四世校に入学，ラテン語の論文で受賞する優秀な生徒であった．17歳の時に*ユゴーの*セナークルに入り，*サント=ブーヴや*メリメ，*ヴィニーらと出会う．また同じ時期，*ノディエが主催する文学*サロン「アルスナル」にも出入りする．19歳で処女作となる詩集『スペインとイタリアの物語』(*Contes d'Espagne et d'Italie*, 1830) を発表，多感で恐れを知らない若さ溢れるこの詩作により，ロマン派の寵児と呼ばれ，詩作においても日常生活においても*ダンディスムを体現した．1830年には処女戯曲『ヴェネツィアの夜』(*La Nuit vénitienne*) を上演するが失敗，以後上演用ではなく読書用の戯曲を書く決意をする．1832年，父をコレラで失い享楽生活を反省，ロマン派からは遠ざかり，死に対する無常観と恋の悲しみを歌った第二の詩集,『肘掛け椅子で見る芝居』(*Un spectacle dans un fauteuil*, 1832) を出版する．

翌33年からの約3年にわたるジョルジュ・*サンドとの恋愛体験は彼の詩想を深め，悲恋の大詩人へと成長させる．4篇の長詩から成る『夜』(*Les Nuits*, 1835-1837) および，大革命と帝政崩壊後の世代に特有の「*世紀病」を主題として扱った自伝的小説『世紀児の告白』(*La Confession d'un enfant du siècle*, 1836) では，サンドとの不幸な恋愛体験が綴られている．

劇作では『マリアンヌの気まぐれ』(*Les Caprices de Marianne*, 1833) をはじめ，ロマン派劇最高傑作といわれる史劇『*ロレンザッチョ』(*Lorenzaccio*, 1834)，『*戯れに恋はすまじ』(*On ne badine pas avec l'amour*, 1834) などの「読む戯曲」を次々と発表．1847年に『マリアンヌの気まぐれ』が上演されて好評を博し，以後は上演用の戯曲も手がけるが，彼の才能は早くに衰える．1852年に*アカデミー・フランセーズ会員に選出された5年後，大動脈疾患と過剰なアルコール摂取により47歳という短い生涯を閉じる．

ミュルジェール，アンリ

Henri Murger, 1822-1861

小説家，劇作家．門番の子としてパリに生まれる．代訴人の事務所で働きながら次第に文学に興味を持ち始め，「ボエーム」と呼ばれる貧しくはあるが自由な文学的放浪生活に身を投じる．1847年から「コルセール」紙に自伝的小説『ボエーム生活情景』(*Scènes de la vie de bohème*) を連載，貧苦に耐えながら芸術家を志す若者たちの姿をユーモアと誇張を交えて描いたこの作品は好評を博し，1849年には舞台化された．その後も次々に小説を発表するが処女作を超える評価を獲得することはなく，その後健康を害し，フォンテーヌブロー近郊のマルロットで療養生活を始める．この地で死の前年に書かれた『赤い木靴』(*Le Sabot rouge*, 1860) は，農村生活を写実的に描き出し，*自然主義の先駆けとされる．なお，プッチーニの名作オペラ『ラ・ボエーム』はミュルジェールの『ボエーム生活情景』を基に作られた．

ミルボー，オクターヴ

Octave Mirbeau, 1848-1917

小説家，劇作家．ノルマンディー地方カルヴァドス県トレヴィエールに，医者の息子として生まれる．神学校を放校されパリに出た後，1870 年普仏戦争に参戦．帰還後は新聞・雑誌に寄稿を始め，美術批評においてコローや，マネ等印象派を擁護する．政治批評，時事評論を執筆するかたわら小説の創作にも着手，『受難』(*Le Calvaire*, 1886)，『ジュール神父』(*L'Abbé Jules*, 1888)，『セバスチャン・ロック』(*Sébastien Roch*, 1890) においてブルジョワ社会の不正やイエズス会を批判した．*デカダン派の美学にのっとりサディスムを描く『責苦の庭』(*Le Jardin des supplices*, 1899) や *自然主義の手法を用いて社会の真相を暴く『小間使いの日記』(*Le Journal d'une femme de chambre*, 1900) を執筆．演劇でも成功を収め，『悪しき牧者』(*Les Mauvais Bergers*, 1897)，『事業は事業』(*Les Affaires sont les affaires*, 1903) で，金銭本位のブルジョワ社会を鋭く風刺した．*メーテルランク，*クローデル等の才能を早くから認めた点でも名高い．

魅惑

Charmes, 1922

*ヴァレリーの詩集．タイトルの語源はラテン語で「魔法の歌」を意味する．1917年から22年にかけて雑誌に発表された詩をまとめ，出版された．古典的な詩法の多彩な韻律や律動，詩節や形式などを駆使し，自己認識をめぐる精神の劇や詩人の創作の営みなどが象徴的かつ官能的に表現されると同時に，五感を通して地中海が喚起される．「歩み」，「ナルシス断章」，「アポロンの巫女」，「蛇の素描」，「消えた葡萄酒」等，彼の最も名高い詩を含む．特に10音節の長詩「海辺の墓地」では故郷セートの墓地を舞台に，生と死をめぐる形而上学的な考察と地中海を謳う叙情性が溶け合い，生の肯定が叫ばれる．タイトルが示す通り音楽的で難解，あたかも呪文のような詩句で綴られた詩集

は，*マラルメの後継者として*純粋詩を掲げるヴァレリーの詩論の実践であり，彼の名声を決定づけた．

昔話集

Histoires ou Contes du temps passé avec des moralités, 1697

*ペローの民間伝承に基づく童話集で，草稿には「鵞鳥おばさんのお話」(Contes de ma mère l'Oie) という別のタイトルも残されている．「眠れる森の美女」，「赤ずきん」，「青ひげ」，「長靴をはいた猫」，「灰かぶり姫（シンデレラ）」など，散文の童話8編を収め，各編とも読者への教訓で締めくくられる．後の版ではこれに3編の韻文作品が加えられた．民間説話の素朴な味わいを保ちながらも，そこに洗練された文学的完成度を与えることで，作者は新しいジャンルの創始者となり，多くの模倣者を生んだ．自然で簡潔な文体は同時代の読者を大いに魅了して傑作の位置を占め，ペローの名を不朽のものにした．

ムッシュー・テストと劇場で

La Soirée avec Monsieur Teste, 1896

*ヴァレリーの短編小説．詩作や恋愛の苦悩による内的危機から文学活動の方向を転換し，自分の思考の過程を『カイエ』(1894-1945) に記し始めた時期のヴァレリーの小説で，エッセー『*レオナルド・ダ・ヴィンチの方法序説』(1895) の中で考察された普遍的な精神を体現する人物が描かれる．執筆は1894年から始められ，1896年に雑誌「サントール」に掲載された．比類ない精神のあるべき姿を夢想していた語り手「私」は，株取引で暮らす外見は平凡で無名な中年のテスト氏（「テスト」とは古いフランス語で「頭」の意）と知り合う．彼は修練によって精神の法則を掌握し，社会的評価の埒外であらゆる可能性の追求に身を捧げていた．「私」はそんな彼に惹かれ，二人で劇場での夜の公演を見た後，テスト氏の部屋で彼が眠りにつくまで株式市

場や身体について語り合う．後に『エミリー・テスト夫人の手紙』(1924) を含む「テスト連作」が執筆され，ヴァレリーの生前，この連作以外に小説が発表されることはなかった．当時主流だった*レアリスム小説特有の筋立てや細部の描写等が排除され非小説や反小説と評されるが，ダ・ヴィンチ論とともにヴァレリーの精神の働きに関する探究のマニフェストとなった．

瞑想詩集

Méditations poétiques, 1820

*ラマルチーヌの処女詩集．1815年からの5年間に綴った25の詩篇を収録する．*シャトーブリアンの作品やバイロンなどのイギリス詩が流行する中，新しい自国の詩を求めていた当時の人々から熱狂的に迎えられ，フランスにおける*ロマン主義文学の嚆矢（こうし）となる．「孤立」や「谷間」，「秋」といった詩篇に見られるように，美しく壮大な自然を前にした，孤独や憂鬱などの自己の感情の告白が特徴的．その時自然は，自己の感情を投影する対象でもあれば，卑小な人間を見つめる絶対的な存在でもある．なかでも，若くして亡くなったある貴婦人との思い出を基にした「湖」は，湖を前にただ一人残された詩人が抱いた純真な愛情と時の流れの儚さを歌い上げ，初期ロマン主義を代表する詩篇となった．他にも「信仰」や「神」といった詩篇に，宗教詩人ラマルチーヌの特徴が既に表れている．

メグレ，ルイ

Louis Meigret, 1510頃-1560頃

文法学者，古典の翻訳者．リヨンに生まれ，1538年頃パリに出る．プリニウス，アリストテレス，キケロ，ルキアノスなどの翻訳を出版，その経験からフランス語正字法の改革が必要として，『フランス語表記慣用概論』(*Traicté touchant le commun usage de l'escriture françoise,* 1542) を著す．*マロなどの改革の

試みをさらに発展させ，新たな記号（çやアポストロフィー）を推奨するとともに，発音しない子音を除外し，発話音声と表記文字の完全な一致を図った．伝統的な語源尊重のデ・ゾテルや，同じ音声重視派のペルチエと論争を展開．また，フランス語で書かれた最初の文法書，『フランス文法概論』(*Tretté de la Grammere françoeze*, 1550) を発表した．

メーストル，ジョゼフ・ド

Joseph de Maistre, 1753-1821

思想家．貴族の息子として，サヴォワ公国のシャンベリーに生まれ，厳格なキリスト教教育を受ける．1793年に革命軍がサヴォワ公国に侵入するとローザンヌへ亡命，そこで反革命の論客としての活動を開始．匿名で出版した『フランスについての論考』(*Considérations sur la France*, 1797) では，フランス革命を神の摂理によるフランス国民への懲罰であると論じた．その後もロシア，トリノと活動の場を移しながら，ローマ教皇の至上権を説く『教皇論』(*Du Pape*, 1819) をはじめ数々の著作を残し，ボナルドらとともに過激王党派の論客として活躍．死の数ヵ月後に刊行された『ペテルブルグ夜話』(*Les Soirées de Saint-Pétersbourg*, 1821) は，神の摂理がこの世のあらゆる事象を支配しているということを対話形式で説明した，彼の哲学の総決算である．

メーテルランク，モーリス

Maurice Maeterlinck, 1862-1949

詩人，小説家．ベルギーのガンに生まれる．*ヴェルハーレンや*ローデンバックも在学した高等中学で学び，文学に興味を抱く．ガン大学で法律を学び弁護士となるが，文学の道を選択．パリに行き*マラルメや*ヴィリエ・ド・リラダンと知り合う．詩集『温室』(*Les Serres chaudes*, 1889) で象徴派詩人としてデビュー．同年発表の戯曲『マレーヌ姫』(*La Princesse Maleine,* 1889) が絶賛され，『*ペレアスとメリザンド』(*Pelléas et Mélisande,* 1892) などの作品を次々と発表，*不条理な運命と対峙する人間像を暗示的な手法で描き出した．エッセー集『貧者の宝』(*Le Trésor des humbles,* 1896) 以後は人間の死や幸福についての思索を深める一方で，博物学的な『蜜蜂の生活』(*La Vie des abeilles,* 1901) などの昆虫三部作を出版した．夢幻的な童話劇『青い鳥』(*L'Oiseau bleu,* 1908 初演/1909 刊) は大反響を呼び，1911 年にノーベル文学賞を受けた．第二次世界大戦中は米国に移住．終戦後南仏ニースに戻り没．

ま

メリメ，プロスペル

Prosper Merimée, 1803-1870

小説家，言語学者，考古学者．パリのブルジョワ家庭に生まれ，パリ大学で法律を学ぶ．19歳の時，*スタンダールと出会い，*ユゴーらの保守的ロマン派に対抗して自由主義的な一派を形成．弁護士試験に合格する一方，演劇に情熱を燃やし，22歳の時にはスペイン女優クララ・ガスルの戯曲の翻訳と称する処女作『クララ・ガスル戯曲集』(*Théâtre de Clara Gazul,* 1825) を出版．当時一流の*サロンで好評を博したが，この女優はメリメが創作した架空の人物で，その初版本に付された原著者クララの肖像も彼自身の女装であった．さらに2年後，『ラ・グズラ』(*La Guzla,* 1827) と題するイリュリア民謡集を出版，その異国趣味と独創性で大成功を収めるが，これもメリメの創作であった．*ロマン主義とは一線を画す考証的な作品を数多く残したが，文学に対してはあくまでも局外者の態度をとり続け，歴史家，考古学者，言語学者として活躍，ナポレオン3世時代には皇后側近の宮廷人，元老院議員を務めた．

1829 年に歴史小説『シャルル 9 世年代記』(*La Chronique du règne de Charles IX*)，翌年には『マテオ・ファルコーネ』(*Mateo Falcone*)，『エトルリアの壺』(*Le Vase étrusque*) などの短編を発表，1833 年に史跡監督官として訪問したスペインや南ヨーロッパ，近東での経験を活かし，コルシカ島での仇討を扱った『コロンバ』(*Colomba*, 1840) やジプシー女の原始的な情熱を描いた『*カルメン』(*Carmen*, 1845) などの傑作を生む．晩年は語学力を活かしロシア文学の研究と翻訳に専念，フランスにおけるロシア文学最初の紹介者となる．彼の書簡集『ある女への手紙』(*Lettres à une inconnue*, 1873) は当時の社会を知る上で重要な歴史的文献とされる．

メルキュール・ド・フランス

Mercure de France

1672年ドノー・ド・ヴィゼによって創刊されたフランス初の文芸誌．当初は「メルキュール・ガラン」と題されていた．1799年から1814年の間に中断があるものの，発行は1825年まで続く．旧体制下においては政府の公刊物として，*ラ・ブリュイエール，レナール神父，*マルモンテルといった著名人を編者に迎え，文学作品，書評・劇評等を掲載，当時の文壇を形成する中心的役割を担う．フランス革命以後は文芸誌としての傾向は弱まり，より一般的な情報の提供に多くのページが割かれるようになった．官報として持っていた正統的・保守的な姿勢は，革命下，帝政期，王政復古期においても変化せず，常に体制寄りの意見を提供した．1890年にはアルフレッド・ヴァレットが同じ誌名で新たな文芸誌を創刊し*マラルメ，*ジャリなどの作品を掲載することになる．

メルシエ，ルイ・セバスチャン

Louis Sébastien Mercier, 1740-1814

小説家．パリの剣製造業の家庭に生まれる．1765年頃から文芸批評などを書き始め，670年後のパリを描いたユートピア小説『2440年』(*L'An 2440, rêve s'il en fut jamais,* 1770) で好評を得る．多くの劇作品も手がけたが，最も有名なのは1781年から書き始めた『タブロー・ド・パリ』(*Tableau de Paris*, 1781-1788) だろう．大都会パリとそこに暮らす人々の風俗に焦点をあてたこのルポルタージュは，ほとんど知られていないような小さな通りに至るまで，革命前夜のパリの町並みが見事に網羅されている．このようなジャーナリスト的な傾向からか，革命期のメルシエは議員となり，ルイ16世の処刑に反対するなどしたが，その後はパリで教師となり，政治とは距離を置いた．

モディアノ，パトリック

Patrick Modiano, 1945-

小説家．パリ郊外のブーローニュ=ビヤンクールに生まれる．本名はジャン・パトリック・モディアノ．父はユダヤ系フランス人，母はベルギー生まれの女優．両親とも仕事で不在がちだったため，幼年時の大半は母方の祖父母のもとで育ち，中学・高校時代は地方で寄宿生活を送る．1957年，2歳年下の弟リュディが死去．初期の作品群は彼に捧げられる．ソルボンヌ大学在学中から創作に専念し，母の旧友である作家レーモン・*クノーの推薦を得て1967年に処女作『エトワール広場』(*La Place de l'Étoile*) を刊行．1978年刊行の『暗いブティック通り』(*Rue des Boutiques obscures*) でゴンクール賞を受賞する．多くの作品で，主人公が写真や記録文書などのかすかな手がかりをもとに，失われた過去の記憶を探求し，再構成していく．それは作者自身の孤独で不遇だった過去のみならず，ユダヤ人としてドイツ軍に迫害された父の過去の探求の過程でもある．想像と虚構を交えた自伝的小説『家族手帳』(*Livret de famille*, 1977)，過去に実在したユダヤ人女性の足跡をたどる『ドラ・ブリュデール』(*Dora Bruder*, 1997)，老境の主人公が，幼年期に自分を世話してくれた後に失踪した女性を思い出す『あなたがこの辺りで迷わないように』(*Pour que tu ne te perdes pas dans le quartier*, 2014) など，多数の作品がある．2014年にノーベル文学賞受賞．

モデラート・カンタービレ

***Moderato cantabile,* 1958**

＊デュラスの小説．ミニュイ社から刊行され，同年度の五月賞，メディシス賞を受賞．ある小さな港町の大邸宅に住むブルジョワ女性アンヌは，偏愛している息子をピアノのレッスンに連れて行き，そのレッスンの最中に女の叫び声が響きわたるのを聞く．愛人に射殺された人妻の叫びであった．その事件を目撃して以来，アンヌは事件のあったカフェに通い，そこで知り合った青年労働者ショーヴァンとワインを飲みながら事件について話を交わす．アンヌはショーヴァンとの対話を通して痴情沙汰となった男女の経た過程を仕立て上げ，そこにひとつの愛の絶頂を想像する．こうして次第に自らが抱える情念を意識化していったアンヌは，自分自身が夫を代表とするブルジョワ社会と全く異質の存在であることに気付き始め，次第に狂気へと向かう．このデュラス中期の作品において，心理描写や分析を排除した対話中心の暗示的な文体によって，死と等価である到達不可能な愛を物語る独自のスタイルが確立された．

モーパッサン，ギー・ド

***Guy de Maupassant,* 1850-1893**

小説家．ノルマンディーの城館に生まれ，幼少時は主にこの地に暮らす．ルーアンで大学入学資格を取得，パリに出た直後，普仏戦争に従軍し敗戦を体験した．除隊後，海軍省，後に文部省の小役人として生計を立てる．母の友人であった＊フローベールに師事，文学修行を続けるとともに，＊ゾラをはじめとする＊自然主義文学者とも交流を深め，1880 年，共作短編集『メダンの夕べ』(*Les Soirées de Médan*) 所収の『脂肪の塊』(*Boule de suif*) によって事実上のデビューを果たす．以後，新聞雑誌に中短編小説，時評文を矢継ぎ早に執筆して一躍人気作家となる．『＊女の一生』(*Une vie,* 1883) 以後，長編にも力を入れ，『ベラミ』(*Bel-Ami,* 1885)，『ピエールとジャン』(*Pierre et*

Jean, 1888) など，10年ほどの間に300を超す中短編，6編の長編小説，3編の旅行記，200以上の時評文を執筆するなど精力的な活動を行ったが，梅毒の進行により精神病院に入院，そこで死を迎えた．

ゾラと並ぶ自然主義文学の代表とみなされているが，科学的手法に固執することなく，ノルマンディーの農民や，小役人，ブルジョワ，娼婦等，パリ市民の日常の生活風景を簡潔，鮮やかに描き出した点に特色があり，とりわけ中短編小説が今日も名高い．辛辣なブルジョワ風刺，滑稽譚のある一方，ペシミスティックな世界観も顕著に窺われる．精神医学への関心から，狂気を題材とした『*オルラ』(*Le Horla*, 1887) などの幻想小説も残した．

モラリスト

Moraliste

人間の行動，風俗，習慣を具体的に観察・描写し，そこから人間性の本質を把握しようと努める著作家を指す用語．狭義においては，その成果をエッセー，箴言，文学的肖像(ポルトレ)，断章，手紙などの短く自在な形式で表現する主に16-18世紀の作家たちを指す．代表的な存在としては，*宗教戦争の時代に人事万般をめぐり柔軟な思考の軌跡を記した『*エセー』の*モンテーニュ，人間存在の悲惨と偉大を鋭い洞察力で暴き出した『*パンセ』の*パスカル，鋭利な心理分析と厭世主義的な世界観を箴言に凝縮させた*ラ・ロシュフーコー，同時代人の肖像と風俗や流行への批判を巧みな筆致で描いた『*人さまざま』の*ラ・ブリュイエールなどがあげられる．18世紀ではやや小振りながら，*ヴォーヴナルグや*シャンフォールがそれぞれの『箴言集』を書いてこの系譜に連なる．なお「モラリスト」の語を，人間本性の洞察を重んじる著作家一般という広義にとれば，*モリエール，*ラ・フォンテーヌから*ルソー，*ジッドや*カミュに至るまで数多くの名前を含み，モラリスト的性格はフランス文学の重要な構成要素となる．

モラン，ポール

Paul Morand, 1888-1976

小説家，詩人．パリの裕福な家庭に生まれる．芸術に携わる父の仕事の関係で，若い頃から作家や芸術家と交流を持った．1913 年に外務省に入り，ロンドン，ローマ，マドリッド，バンコクで外交官としてのキャリアを積む．そのかたわら文筆活動に励み，詩集『アーク燈』(*Lampes à arc,* 1919) で文壇デビューを果たした．第一次世界大戦後の退廃的な空気を，異国情緒豊かに描く短編集『夜ひらく』(*Ouvert la nuit,* 1922)，『夜とざす』(*Fermé la nuit,* 1923) が広く大衆に受け入れられて一躍著名な作家となる．しかし，第二次世界大戦中，ヴィシー政権によってブカレストとベルンに大使として派遣されていたため，パリ解放後外交官の職を絶たれた．1950 年代に入って再評価され，1968 年に *アカデミー・フランセーズ会員．『ヴェネツィア』(*Venises,* 1971) などの旅行記も数多く残す．

モリエール

Molière, 1622-1673

喜劇作家．本名はジャン=バティスト・ポクラン (*Jean-Baptiste Poquelin*)．パリの裕福なブルジョワ家庭に生まれるが，家業を継がず演劇に熱中する．1643 年，女優マドレーヌ・ベジャールらと「盛名劇団」を興すが，経済的に破綻してパリを追われ，地方巡業の旅に出る．以後 13 年にわたり，主に南仏を拠点とし，座長兼役者として興行を続けるかたわら劇作家としても修行を積む．1658 年パリに帰還し，翌年，『滑稽な才女たち』(*Les Précieuses ridicules*) で成功を収める．その後パレ=ロワイヤルの劇場を本拠とし，次々に作品を発表する．『女房学校』(*L'École des femmes,* 1662) で大当たりを取るが競争相手からの批判も多く，翌年『女房学校是非』(*La Critique de*

l'École des femmes) で応戦する．64年，信心家を風刺する『*タルチュフ』(*Tartuff ou l'Imposteur*) が初演後に上演禁止にあうと，翌年『*ドン・ジュアン』(*Dom Juan ou le festin de pierre*) を書くが，この作も危険視される．66年『*人間ぎらい』(*Le Misanthrope*)，68年に『*守銭奴』(*L'Avare*) などの傑作を上演，69年には『タルチュフ』の上演許可がおり大成功を収める．5幕韻文の本格喜劇執筆のかたわら，音楽家と共同でコメディー・バレエにも力を入れ，『*町人貴族』(*Le Bourgeois gentilhomme*, 1670)，『病は気から』(*Le Malade imaginaire*, 1673) を書くが，後者の公演中に発作に襲われ，その夜に死んだ．座長，俳優，演出家，作者の激務をこなし，芝居に捧げた生涯と言える．

モリエールは，伝統的な*ファルスとイタリアのコメディア・デラルテを源泉としながらも，人物の心理描写に重点を置く独自の「性格喜劇」を創出し，喜劇を悲劇と比肩する水準に高めた．彼の劇は人間の持つ「弱さ」に焦点を当てることで，滑稽なステレオタイプには収まらない，複雑で現実味のある「性格」を提示する．非寛容，虚栄，偽善などの逸脱を批判し，人間が本来持つ「自然さ」と中庸の美徳を称揚する彼の喜劇は*古典主義の理念に合致する．なお，演劇・音楽・バレエを融合させたコメディー・バレエは従来「性格喜劇」に比して評価が低かったが，近年再評価の機運が高い．

モーリヤック，フランソワ

François Mauriac, 1885-1970

小説家．カトリック作家と呼ばれることを嫌い「物を書くカトリック信者」と自称．ボルドーの裕福な家庭に生まれ，幼くして父を亡くし，敬虔な母親の庇護のもと早くから読書に親しむ．22歳でパリに出て古文書学校を数ヶ月で退学，*バレスから処女詩集『合掌』(*Les Mains jointes*, 1909) を賞賛され文壇に登場し，『癩者への接吻』(*Le Baiser au lépreux*, 1922) で小説家としての地位を確立．『*愛の砂漠』(*Le Désert de l'amour*, 1925)，『*テレーズ・デスケルー』(*Thérèse Desqueyroux*, 1927)，『蝮のからみ合い』(*Le Nœud de vipères*, 1932) の三大傑作をはじめとし，故郷ボルドーと周辺のランド地方を舞台に，ブルジョワ階級の偽善的信仰と所有欲，人間の孤独と情念，神の沈黙と恩寵の主題を描いた小説，戯曲を生み出していく．また，『作家と作中人物』(*Le Romancier et ses personnages*, 1933) などの小説論や，師と仰いだ*パスカル等の伝記，評論を手がけるほか，1930年代中頃から晩年まではジャーナリストとしても活躍．第二次世界大戦下の秘密出版書『黒い手帳』(*Le Cahier noir*, 1943) や，「フィガロ・リテレール」紙に掲載された時評をまとめた『ブロック・ノート』(*Bloc-notes*, 1958-1971) には社会問題に対する積極的な発言が認められる．人間の内面の鋭い洞察者として，1952年にはノーベル文学賞を受賞．

モレアス，ジャン

Jean Moréas, 1856-1910

詩人．アテネ生まれ．*象徴主義を代表する理論家．その作品よりも，行動によって文学史に名前を残した．まず「*デカダン派」を名乗ったモレアスは，続いて*マラルメを師と仰ぎ，1886年「フィガロ」紙に「象徴主義宣言」を発表する．これは象徴派のマニフェストとなり，*自然主義から象徴主義への移行を文壇に決定的に印象づけた．その後，1893年には象徴派を難解と決め付けて袂を分かち，ギリシャ・ローマへの回帰を唱えて「ロマーヌ派」を結成するが，大きな運動を起こすには至らなかった．代表的な詩集に『情熱の巡礼』(*Le Pèlerin passionné*, 1891)，『スタンス集』(*Les Stances*, 1899-1901, 1920) がある．

モンテスキュー，シャルル・ルイ・ド・スゴンダ

Charles-Louis de Secondat,
baron de La Brède et de Montesquieu, 1689-1755

*啓蒙思想家．ボルドー近くのラ・ブレードの城で，代々ボ

ルドーの高等法院の職に就く有力な法服貴族の家系に生まれた．彼自身も法律を学び，1716年にはボルドー高等法院の法院長に就任する．確固たる地位を得た後も，モンテスキューはしばしばパリへと足を運んだ．とりわけ，異国人の視点を借りてフランス社会を風刺した『*ペルシア人の手紙』(*Les Lettres persanes*, 1721) の成功以後は，ランベール夫人や，タンサン夫人の *サロンにも出入りし，1727年に *アカデミー・フランセーズの会員に選出される．その翌年，法院長の職を売却し，ヨーロッパ旅行 (1728-1731) の資金とした．オーストリア，ハンガリー，イタリア，ドイツ，オランダ，イギリスを巡って，諸国の風俗，宗教，経済，政治形態を観察するための大旅行であった．帰国後は，執筆活動に専念，まず，物理的・精神的要因による歴史解釈を『ローマ盛衰原因論』(*Considérations sur les causes de la grandeur des Romains et de leur décadence,* 1734) の中で展開し，当時主流であった神の摂理による歴史解釈を排した．さらに多くの年月を費やし『法の精神』(*De l'esprit des lois*, 1748) を完成させるが，この著作の中で提唱される三権分立の原則は，今日の政治思想にまで引き継がれている．

モンテーニュ，ミシェル・エーケム・ド

Michel Eyquem de Montaigne, 1533-1592

文筆家．1533年ペリゴール地方モンテーニュの城館に生まれる．父の教育方針により，ラテン語がミシェルの母語となるよう，ドイツ人の家庭教師が雇われ，彼に接する者は召使に至るまでラテン語を使わなくてはならないという徹底ぶりであった（彼がフランス語を習うのは6歳になってからである）．6歳にしてボルドーの有名な教育機関ギュイエンヌ学寮に送られ，ラテン詩を中心に学び，その後トゥールーズで法学を学んだ．1557年にはボルドーの高等法院に判事としての職を得，親友 *ラ・ボエシーに出会うが，彼は6

年後あまりに早い死を遂げた．1570年には高等法院での職を辞する．これは，モンテーニュの城館の塔に籠り，文筆活動に専念するためであった．この時彼が執筆しようとしていたものが後に『*エセー』(*Essais*, 1580) のタイトルでまとめられる随想録であり，自らをありのままに描く，という宣言のもと様々な主題について繰り広げられる自由で豊かな省察は，あたかも彼の思考をそのまま辿るかのようである．だがフランス国内の政情はあまりに不安定であり，宮廷の要請による任務のため執筆活動はしばしば中断された．1580年に『エセー』をボルドーで出版．同年に弟の一人を連れて，延べ17ヶ月にわたるヨーロッパ旅行に出かける．結石の治療のため各地の温泉にて療養しつつ，スイス，ドイツ，オーストリア，イタリアなどを巡った．この旅の様子については同行した秘書そしてモンテーニュ自身による詳細な日記が残されている．旅の最中にモンテーニュはボルドーの市長に選ばれたとの知らせを受け，帰国．*宗教戦争やペストの流行で職務は困難を極めたが，4年にわたって市長を務めた．その後もヴァロワ王家，ナヴァール公の双方から信頼を寄せられる人物として国政に関わる．1588年には大幅な増補とともに『エセー』第4版を出版．1589年ナヴァール王アンリがアンリ4世としてフランス王に即位した際，モンテーニュに協力を求めるが，固辞．『エセー』の新たな版を準備しながら1592年に没した．

*モラリスト文学の嚆矢（こうし）たる『エセー』の後世への影響は大きい．*パスカルは『エセー』を痛烈に批判しつつも，モンテーニュの自由な思考方法に影響を受け，そこに現れる古典ギリシャ·ラテン文学の引用を含めて深く読み込んでいた．他にも*ルソー，*フローベール，*ジッドあるいは国を越えてニーチェなど，後世の作家や思想家に計り知れない影響を与えることとなった．

ま

モンテルラン，アンリ・ド

Henry de Montherlant, 1895-1972

劇作家，小説家，評論家．貴族の家系にパリで生まれ，カトリック系の教育を受ける．少年時代から古代ローマ世界に魅了され，またモーリス・*バレスの作品を愛読した．第一次世界大戦に従軍した体験を基に，小説『夢』(*Le Songe*, 1922) を発表．復員後，少年期から好んだ闘牛やスポーツに熱中，エッセー『オリンピック』(*Les Olympiques*, 1924) や，小説『闘牛士』(*Les Bestiaires*, 1926) を刊行して作家としての地位を築いた．1925 年から約 8 年間，スペイン，北アフリカなど地中海沿岸を放浪．『独身者たち』(*Les Célibataires*, 1934) や四部作『若い娘たち』(*Les Jeunes Filles*, 1936-39) の成功によって，小説家として名声を博す．1940 年代以降は戯曲の執筆に力を注ぎ，『死せる女王』(*La Reine morte*, 1942) や『サンチャゴの騎士長』(*Le Maître de Santiago*, 1947) といった，古典的な作風の傑作を次々と生み出した．1960 年，*アカデミー・フランセーズ会員．晩年は『混沌と夜』(*Le Chaos et la nuit*, 1963) をはじめ再び小説を執筆した．1972 年に自殺．彼の生き方と作品に通ずるのは，「転身」(alternance) によって英雄主義と快楽主義，聖と俗，情熱と虚無といった人間のあらゆる多様性を網羅しようとする姿勢である．

夜間飛行

Vol de nuit, 1931

＊サン=テグジュペリの小説．フランスの民間航空郵便事業に従事するサン=テグジュペリの上司であり指導者となる人物ドーラをモデルに，自らも携わる南米での航空路線の開拓が描かれる．1929年にアルゼンチンに赴任したサン=テグジュペリは，アエロポスタル社の系列会社の支配人として働きながら執筆，同書は＊ジッドの序文とともに1931年に発表され，フェミナ賞を授与された．南米の3地域からブエノスアイレスに向かう郵便機の到着を待つ会社の支配人リヴィエールを中心に物語は展開する．嵐に巻き込まれ消息を絶った操縦士の死を確信しながらも業務に邁進するリヴィエールを通し，命を賭けて行う仕事の意義およびその遂行への使命感が謳われる．時代の記録であると同時に人類の冒険というべき新しい事業に取り組む人々の雄々しい姿を描いた叙事詩的作品でもあり，サン=テグジュペリの作品の中で最も完成度の高い作品と評価されている．

ユイスマンス，ジョリス=カルル

Joris-Karl Huysmans, 1848-1907

小説家．パリに生まれ，オランダ出身で画家だった父を早くに亡くす．憂鬱な青春時代を経て高校卒業後，内務省に勤め，1870年普仏戦争に従軍した．除隊後，勤務に戻るとともに執筆活動を開始，＊散文詩集『香料箱』(*Le Drageoir aux Épices,* 1874)，小説『マルト』(*Marthe,* 1876) を出版．美術評論においてドガ，マネ等の印象派を擁護する一方，＊ゾラをはじめとする＊自然主義文学者と交流し，1880年，『背嚢を背に』(*Sac au dos*) を『メダンの夕べ』(*Les Soirées de Médan*) に寄稿する．『ヴァタール姉妹』(*Les Sœurs Vatard,* 1879)，『流れのままに』(*À vau-l'eau,* 1882) 等，自然主義の傾向が顕著な小説を執筆，『＊さかしま』(*À rebours,* 1884) において＊デカダン派，＊象徴主義の美学を説き，＊マラルメ，＊バルベー・ドールヴィイー，＊ブロワから好意的に迎えられた．以後，狭量な現実世界への幻滅と自然主義の限界とを超克するべく神秘主義に傾倒，『彼方』(*Là-bas,* 1891) では悪魔主義の世界を描く．その後，イニーの修道院に隠棲しカトリックに改宗．自伝的色彩の濃い『出発』(*En route,* 1895)，『大伽藍』(*La Cathédrale,* 1898)，『修練者』(*L'Oblat,* 1903) において改宗への迷いを綴るとともに，自然主義的手法で中世カトリックの美術・建築を詳細に語った．自身も敬虔な信者として隠棲生活を送り，奇跡を求めて集う『ルルドの群集』(*Les Foules de Lourdes,* 1906) を著した後，病に倒れパリに没した．

ユゴー，ヴィクトル

Victor Hugo, 1802-1885

詩人，劇作家，小説家．ナポレオンのもとで活躍した将軍の三男として，ブザンソンに生まれ，両親の不仲のため幼少は母のもとで過ごす．「*シャトーブリアンかさもなくば無だ」と書いた少年は17歳の時に兄とともに雑誌を創刊．20歳の時に詩の才能が認められ，国王から年金をもらった．彼の*セナークルには*ラマルチーヌ，*ヴィニー，*ゴーチエ等が集まり，ロマン派の指導者となった彼は，1827年刊行の戯曲『クロムウェル』(*Cromwell*) の序文において*ロマン主義宣言を行う．この宣言でユゴーは本当らしさを求めるには悲喜劇の混合，*三単一の規則の廃止などが必要であると説き，その実証に1830年『*エルナニ』(*Hernani*) を上演．見事に勝利したこの作品以降，16世紀スペインを舞台に純愛と策略を描く『リュイ・ブラス』(*Ruy Blas,* 1838) などの戯曲を発表．劇作以外では幻想的な『*東方詩集』(*Les Orientales,* 1829)，感傷的な『秋の木の葉』(*Les Feuilles d'Automne,* 1831)，歴史小説『*ノートル＝ダム・ド・パリ』(*Notre-Dame de Paris,* 1831) などを発表，地方色に富み，自己の内面を雄弁に歌ったこれらの作品は，ユゴーの名を決定的なものとした．1843年『城主』(*Les*

Burgraves) の上演が失敗に終わり，愛娘がセーヌ川で溺死すると，創作から離れ政界を志す．当初はルイ・ナポレオンを支持していたが，その後反対の立場をとり，1851 年のクーデターが起こるとブリュッセルへ亡命．そこにも危険が迫ると，1852 年にジャージー島，その後 1855 年にガンジー島へ移った．亡命中はひたすら創作に打ち込み，ナポレオン 3 世を批判する『*懲罰詩集』(*Les Châtiments,* 1853) を刊行する一方，愛娘の死を境に「過去」と「今日」とを歌った『*静観詩集』(*Les Contemplations,* 1856)，人類の歴史を描いた『*諸世紀の伝説』(*La Légende des Siècles,* 1859, 1877, 1883) などを発表．ユゴーの人道的立場がもっとも表れている小説『*レ・ミゼラブル』(*Les Misérables,* 1862) を完成させたのも，この亡命中のことである．一斤のパンを盗んだために 19 年間投獄される男の物語は，出版されるや大反響を呼び起こした．1870 年の普仏戦争の勃発，ナポレオン 3 世の失脚によりユゴーの亡命生活も終わり，英雄として国民に迎えられフランスに帰還．時代は既に *レアリスムや *自然主義に移っていたが，彼の創作意欲は衰えず，1874 年には大革命のヴァンデの反乱を描いた歴史小説『93 年』(*Quatre-vingt-treize*) を発表，世間を驚かせた．その死は国葬の礼をもって弔われ，棺はパンテオンに祀られることとなった．

ユゴーは戯曲，小説，評論，旅行記といった数多くの作品を残したが，彼の本質は詩人であったと言える．それまでの規則に反する句跨ぎや日常語を使用して感情を表現し，また恋愛はもちろん家庭，祖国，自然といったあらゆるものを題材とすることで詩の可能性を大きく広げることになった．

ユビュ王

Ubu roi, 1896

*ジャリの劇作品．20世紀演劇の扉を開いた記念碑的な作品の一つ．*象徴主義演劇を専門とする「制作座」で初演された．物語は誇大妄想狂的な性格を持つユビュを主人公とする冒険譚，一国の王である彼は，騙し騙され，また裏切られながらも世界

征服の野望を実現しようとする．当時の常識では考えられないほどの野卑な言葉（「糞！」）を主人公が連発し，登場人物も物語も破天荒であり，様々な点で19世紀演劇の枠組みから逸脱する．ジャリはその後も同じような登場人物，テーマを用いた戯曲を執筆した．この作品は当時の保守的な観客の神経を逆撫でし，劇場を騒然とさせたことで演劇史上悪名高い．しかし，ユーモアと諧謔に満ち，権力を嘲笑する批判精神に満ちたこの作品は今では高く評価され，既に古典的な作品とみなされている．

ユマニスム

Humanisme

*ルネサンス期の文芸復興において，神学以外の世俗的，異教的学問であるギリシャ·ラテンの古代文献の研究が盛んに行われた．古典研究を通して世界全体の理解に到達しようとする姿勢は，19世紀になってユマニスム（人文主義）の名で呼ばれるようになる．これらの研究者たちはユマニスト（人文主義者）と呼ばれ，彼らはラテン語，ギリシャ語，ヘブライ語を学び，常に原典に遡って文献を校訂・出版し，また翻訳や注釈を施した．オランダの*エラスムス，イギリスのトマス・モア，フランスでは*ルフェーヴル・デタープル，*ビュデ，*ラブレーなどが代表的なユマニストである．彼らは頻繁に教会や大学から異端として糾弾されたが，ユマニスムの理想はあくまで，神の作ったこの世界についての全体的・普遍的な知に到達することにあり，キリスト教を否定する意図はない．とはいえ，常に原初にまで遡ろうとする熱意は聖書にも向けられ，古代写本の校訂·出版，世俗の言語への翻訳にも熱心に取り組んだ．ユマニストの多くが*福音主義の思想を信奉するに至る一方，スコラ哲学の煩瑣な注釈を退け，教会の教義を否定するなど，彼らの試みは必然的に，伝統的かつ形骸化した権威に対する批判を伴った．*ネオ・プラトニスムの影響のもと，古代の叡智とキリスト教との融合こそが本来のユマニスムの理想であったが，ルター，*カルヴァンらのプロテスタントはローマ教会を否定して容赦

ない改革を迫ることで，カトリックとの対立は深化し，時代は*宗教戦争へと向かう．ここに16世紀前半の楽観的ユマニスムは限界を見るが，*モンテーニュの孤独な内省の内になおその思想は深く息づき，『*エセー』はユマニスムの一つの集大成ともいうべき書物である．

ユルスナール，マルグリット

Marguerite Yourcenar, 1903-1987

小説家．本名マルグリット・ド・クレイヤンクール (Margurite de Crayencour)．フランス人の父とベルギー人の母との間に，ブリュッセルに生まれ，誕生後すぐに母を亡くした．幼年期を主にフランス北部で過ごし，父とともに各地を転々としながら独学で学業を積む．16歳の時に自費出版した詩集以来，苗字のアナグラムであるユルスナールの名を用いる．1929年，最初の小説『アレクシス，あるいは空しい戦いについて』(*Alexis ou le Traité du vain combat*) を出版，エッセー執筆や翻訳を続ける．小説『とどめの一撃』(*Le Coup de grâce,* 1939) では，第一次世界大戦後の混乱する東欧を舞台に，三人の男女による愛の物語を古典主義的な厳格さの中に描き出した．戦争を逃れてアメリカに移住，大学で教鞭をとり，一時創作は中断されたが，1951年，死期を悟ったローマ皇帝の書簡という形式の歴史小説『ハドリアヌス帝の回想』(*Mémoires d'Hadrien*) を出版，華々しい成功を収めた．16世紀の錬金術師を描く『*黒の過程』(*L'Œuvre au noir,* 1968) によって世界的な名声を確立．その後，自身の系譜を追求する『世界の迷路』(*Le Labyrinthe du monde*) を構想．母方，父方の祖先を辿った後，第三部となる自伝的作品『なにが？ 永遠が』(*Quoi ? L'éternité,* 1988) は未完のまま遺された．1980年女性初の*アカデミー・フランセーズ会員に選ばれる．永住地のアメリカにて没．同時代の文学的動向と距離を置き，古典的な美学を尊重しながら独自の文学世界を創造した．作品の構想，執筆に時間をかけ，旧作に手を入れることも多く，より完成されたものを目指した．絶えず歴史の原点に遡及することを通じて人間性を探求する*ユマニスム的精神が特色である.

夜のガスパール

Gaspard de la nuit, 1842

*ベルトランの*散文詩集. 詩人の死の翌年に出版. 舞台はベルトランの出身地でもあるディジョン. ある公園で出会った老人によって不思議な書物を手渡された語り手は, その老人が悪魔だったことを知るが, 受け取った書物を出版する. それは「フランドル派」,「古いパリ」,「夜とその魔力」,「年代記」,「スペインとイタリア」,「選集」,「遺稿より」の7章から成り, 中世の趣きを持った幻想的な詩篇が続く. 副題に「レンブラントとカロ風の幻想詩」とあるように絵画的な描写が特徴的である. 詩篇の形式は, 一定の長さの段落が詩節に代わって連なり, 5から7の段落で一詩篇が構成されている. その後の散文詩の柔軟さとは大きな隔たりがあるが, 後に*ボードレールが散文詩集『*パリの憂鬱』の序文でこの詩集を称えてから, 散文詩の起源としての栄誉を得ている.

夜の果てへの旅

Le Voyage au bout de la nuit, 1932

*セリーヌの小説. 出版されるや大反響を巻き起こし, ベストセラーとなって各国語に翻訳された. 主人公バルダミュは第一次世界大戦に衝動的に従軍し, 戦場での死と狂気の中で, 不条理と裏切りに満ちた生に絶望を感じる. さらに, アフリカの奥地やアメリカでの放浪, パリ郊外の貧民街での医師生活などを通じて, 軍国主義や植民地主義の偽善と欲望, 近代工業生産に見られる資本主義の非人間性, 庶民の心身の荒廃, エゴイズムなど, 同時代の腐敗や悲惨を極限まで体験し, 死と人間の醜悪さの観念にとりつかれる. セリーヌは自身の分身とも言えるバルダミュの遍歴を語りながら, その強烈なペシミズムとア

ナーキズムをもって，人間社会の暗黒面を徹底的に描き出す．俗語，隠語を駆使した革新的な文体による罵詈雑言の中にユーモアと詩情の漂うこの作品は，話し言葉による記述という新たな可能性を文学に与えた．

ラクロ，ピエール・ショデルロ・ド

Pierre Choderlos de Laclos, 1741-1803

小説家．フランス北部アミアンに生まれる．軍人として砲兵隊で活躍しながら，1767年頃から詩を書き始める．1777年にはリッコボニ夫人の同名小説をもとに書いた*オペラ=コミック『エルネスチーヌ』(*Ernestine*) をパリで上演するが，あまり評判にはならなかった．軍隊生活の合間を縫って*書簡体小説『*危険な関係』(*Les Liaisons dangereuses,* 1782) の執筆を始めたのは1778年頃からである．社交界の舞台に華々しく展開される恋愛模様は，その心理描写の機微もさることながら，*リベルタン的な要素を多く含み，刊行されるや評判を呼んで，たちまち版を重ねた．『危険な関係』以外では，当時多くの文人が主題にした「女性の教育」を扱った『女性と教育について』(*Des femmes et de leur éducation,* 1783) を執筆したほか，数多くの書簡を残している．オルレアン公の軍人として，革命期には陰謀などに加担したが，やがて革命軍に共感し，従軍した．1803年に赤痢でイタリア南部タラントにて客死．彼の名を不動にした『危険な関係』における恋愛の心理描写は，19世紀の*コンスタンや20世紀の*ラディゲらに引き継がれている．

ラ・サル，アントワーヌ・ド

Antoine de La Sale, 1385 / 1386-1460頃

物語作家．南仏プロヴァンス地方生まれ．14歳頃からアンジュー公に仕え，幾度もイタリア視察旅行に同行する．また同家の家庭教師を務めた経験から，『シビル女王の天国』(*Le Paradis de la reine Sibylle*) のような教育書も手がけ，この作品は教育書にとどまらず，当時のヨーロッパの状況を知る上での資料ともなっている．1448年からはサン=ポル伯のもとで仕え，この頃よりロワール川沿岸ブロワで隠遁生活を営み，執筆活動に多くの時間を割くようになった．代表作『サントレのプチジャン』(*Le Petit Jehan de Saintré,* 1456) では，主人公ジャンが武

勲を求めて旅に出ると，彼の愛人は宗教に慰めを求めるが司祭と恋愛関係に陥る．怒ったジャンは司祭の堕落を指摘し，恋人の非を責める．騎士と貴夫人との愛の終焉を描くこの作品は，百年戦争による騎士の衰退と時期を同じくし，当時の社会状況を反映する．

ラシーヌ，ジャン

Jean Racine, 1639-1699

劇作家．北仏の小村ラ・フェルテ=ミロンに地方官吏の長男として生まれる．3歳で孤児となり，祖母の縁故で *ポール=ロワイヤル修道院に引き取られ，その付属学校ですぐれた教育を受ける．とりわけ15歳から18歳にかけて先進的なギリシャ古典学者ランスロらから受けた薫陶は，劇作家としての生涯に大きな影響を与えた．1658年パリに出，*ラ·フォンテーヌと知り合い，劇場にも出入りする．1660年ルイ14世の婚礼を祝した *オードで文壇にデビュー，64年 *モリエール一座の上演による悲劇『ラ·テバイッド』(*La Thébaïde*) で劇作家としてスタートを切る．しかし悲劇より喜劇を得意とするモリエール一座にあきたらず，次作『アレクサンドル大王』(*Alexandre le Grand,* 1665) では，初演後まもなく競争相手のブルゴーニュ座に同じ作品を持ち込んで大成功を収めたため，モリエールと決別．1665年にポール=ロワイヤルの旧師ニコルが演劇を「魂に毒を盛るもの」と批判する文書を発表すると，猛烈な反撃を加え，ポール=ロワイヤルとも絶縁した．67年『*アンドロマック』(*Andromaque*) により，破滅的な恋の情念を悲劇の動因とする独自の作品世界を確立し成功を収める．以後，ローマ史に主題をとった『*ブリタニキュス』(*Britannicus,* 1669)，『*ベレニス』(*Bérénice,* 1670)，ギリシャ悲劇に基づく『イフィジェニー』(*Iphigénie,* 1674)，『*フェードル』(*Phèdre,* 1677) などの傑作を精力的に発表，*コルネイユに代わって *古典主義悲劇

の黄金時代を現出した．反対派による『フェードル』妨害事件ののち劇壇を退くが，その主たる理由は*ボワローとともに王の修史官に任命されたためと考えられる．同じ頃ポール=ロワイヤルとも和解．1689年旧約聖書に取材した聖史悲劇『エステル』(*Esther*) を執筆，91年にも聖史悲劇『アタリー』(*Athalie*, 1691) を書いた．後者はコルネイユの『*ポリュクト』(1642) と並び，17世紀におけるキリスト教悲劇の傑作とされる．1699年死去．遺体は遺言によりポール=ロワイヤルに埋葬された．

ラシーヌの作品は人間を突き動かす破壊的情念を登場人物の内的宿命として描くところに特徴がある．劇行為を一つに絞り，破局の直前から劇を開始するその作劇術によって，*三単一の規則はラシーヌ劇の内的必然と化し，洗練をきわめた詩句によっても古典主義悲劇の到達点とみなされる．

ラディゲ，レーモン

Raymond Radiguet, 1903-23

小説家．風刺漫画家を父として，パリ近郊，マルヌ河畔のパルク・サン=モールに生まれる．幼少の頃は学業優秀だったが，思春期にさしかかる頃から文学に熱中し，学業を放棄．1917年，14歳で詩を書き始め，翌18年からアンドレ・サルモンの紹介で種々の雑誌に投稿する．マックス・*ジャコブがその才能を見抜き，ジャン・*コクトーに紹介した．以来コクトーは彼の師となり友人となり，その才能を引き出した．1920年，詩集『燃える頬』(*Les Joues en feu*) を刊行．同年に発表された叙情的な短編『ドニーズ』(*Denise*) に続いて，1923年，マルヌ河畔を舞台として大戦下の銃後の人妻と少年との不倫の恋愛を描いた小説『*肉体の悪魔』(*Le Diable au corps*) を発表，一躍文壇の寵児となる．さらに同年夏，南仏ピケーにて『*ドルジェル伯の舞踏会』(*Le Bal du comte d'Orgel*, 1924) を脱稿，10月パリに帰り，腸チフスで12月死去．遺作となった『ドルジェル伯の舞踏会』は，*ラ・ファイエット夫人の『*クレーヴの奥方』の現代における奇跡的再現として絶賛された．そこでは，恋愛心理の曲折が作者の心理解剖と現実への透徹した洞察によって，簡潔な文体で描き出されている．ラディゲの小説は，単にフランスの心理小説の伝統を受け継いでいるばかりでなく，戦後の混沌の時代を背景に，冷徹で清新な感覚に貫かれる．

螺鈿と七宝

Émaux et Camées, 1852

*ゴーチエの詩集．「芸術のための芸術」という彼の美学が詩作において最高度に到達した作品．難解な語を含みながらも，総じて煌びやかな語によって構成されたその作品は，詩集の表題が示すとおり，「言葉の宝石」と呼ぶにふさわしい．主題としては視覚的で絢爛たる世界を表現する一方，技法においても高度な韻律を駆使しており，*ロマン主義の詩の極北を示す重厚華麗な作品である．ゴーチエがこの詩集で展開した詩法は，直後に隆盛を極めた*ルコント・ド・リールらの*高踏派のみならず，その後の*ボードレールや*ランボーらに加えて，*マラルメを中心とする*象徴主義の詩人に至るまで多大なる影響を与えた．

ら

ラビッシュ，ウージェーヌ

Eugène Labiche, 1815-1888

劇作家．パリに生まれる．1幕物の*ヴォードヴィルを多数書いた後，ブルジョワを主人公にした性格喜劇で大当たりを取る．パレ=ロワイヤル座，ジムナーズ座などの劇場がその活躍の中心であり，多くの共作者の協力を得て作品を書くことが多かった．『ペリション氏の旅行』(*Le Voyage de Monsieur Perrichon,* 1860) 以降，似たようなテーマの風俗喜劇を矢継ぎ早に発表，大好評を博す．ブルジョワの自己中心性，偽善性，愚昧さなどを炙り出した彼の作品は*コメディー=フランセーズのレパートリーにもなり，本人も*アカデミー·フランセーズの会員に選ばれるなど，第二帝政，第三共和政を通して，彼は既に「聖別化」されていた．20 世紀の後半になって，シェローやヴァンサンといった優れた演出家が彼の作品に現代性を読み取り，その多くの作品が再評価されている．

ラ・ファイエット夫人

Marie-Madeleine Pioche de la Vergne, comtesse de La Fayette, 1634-1693

小説家．パリの小貴族の家系に生まれ，文芸を愛好する家庭で育つ．早くから文学に親しみ，当代の博識な文人ジル・メナージュから高度な教育を受ける．1655年，21歳でラ・ファイエット伯爵と結婚，しばらく夫の領地オーヴェルニュで暮らすが，60年に夫を残してパリに戻る．早くから *サロンに出入りしていた夫人は，宮廷にも出仕し，後には王弟妃に親しく仕え，その回想録を書いた．結婚後まもなく知り合った *ラ・ロシュフーコーとは深い友情で結ばれ，母の再婚によって縁続きとなった *セヴィニェ夫人は生涯の親友であった．小説としては代表作『*クレーヴの奥方』(*La Princesse de Clèves,* 1678) の他に，短編『モンパンシエ公夫人』(*La Princesse de Montpensier,* 1662)，長編『ザイード』(*Zaïde,* 1670-1671) がある．作品は匿名か別人の名で刊行され，夫人は作者であることを隠し通した．『クレーヴの奥方』は，16世紀中葉，アンリ2世の宮廷を舞台とし，古典悲劇を思わせる簡素な筋立ての中で，人物の恋愛心理，とりわけヒロインの心の微妙な揺れを精緻な分析によって描き出し，フランス心理小説最初の傑作となった．その伝統は *ラクロ，*コンスタン，*ラディゲらに引き継がれる．

ラフォルグ，ジュール

Jules Laforgue, 1860-1887

詩人．南米ウルグアイのモンテヴィデオに生まれ，8 歳の時，父の故郷である南仏ピレネー地方のタルブに移住する．その後パリに移ってからは，シャルル・クロやギュスターヴ・カーンなどの作家や詩人たちと交流しながら，韻文の変革を模索する．1881年から85年にかけては，友人ポール・*ブールジェの紹介で，ドイツでプロイセン皇妃の語学教師を務める．その間発表した処女詩集『嘆き歌』(*Complaintes,* 1885) は，世界の空虚さに対する悲哀と，それを覆い隠すほどの嘲弄を詠いあげ，*デカダンを代表する作品の一つとなった．フランスへの帰国後に発表した『月聖母のまねび』(*L'Imitation de Notre-Dame la Lune,* 1886) により，自由詩の手法を確立するが，翌年肺結核のため没する．

ラ・フォンテーヌ，ジャン・ド

Jean de la Fontaine, 1621-1695

詩人．イル=ド=フランス地方シャトー=ティエリーのブルジョワの家庭に生まれる．同地の学寮でラテン語を学び，パリに出て聖職者や法官を目指すが適性のなさを悟り，故郷に戻って詩の創作や読書に耽る．1658年，ギリシャ神話に着想を得た長詩『アドニス』(*Adonis*) を財務長官フーケに捧げ，賛辞と年金を受けるが，61年フーケが失脚して庇護者を失う．この後*ラ・ロシュフーコー，*ラ・ファイエット夫人，*ラシーヌ，*ボワロー，*モリエールらと親交を結び，新しい庇護者も見つかる（オルレアン公夫人，その死後はラ・サブリエール夫人）．1665年に韻文による『コント集』(*Contes et nouvelles en vers*) を刊行，好評を博し続巻も出した．1668年には代表作となる『*寓話』(*Fables choisies mises en vers*) 第1集を発表，その成功によって彼の名声は決定的なものとなる．1678から79年には増補新版を出し，前作以上に筆の冴えを見せて愛読された．1683年*アカデミー・フランセーズの会員に選出され，1694年に『寓話』の最後の集を出版，翌年に没する．

総計240編を超す寓話の創作は40代半ば以降の30年近くを占

め，作家としての円熟期にあたる．寓話というマイナーなジャンルを創作活動の中心とした点に，彼の気概が窺われる．その平明で素朴な外見を最大限利用しつつ，太陽王ルイ14世を含むあらゆる権力から可能な限り自由たらんとした語り口は，現代に至るまで人々を魅了し続けている．

ラ・ブリュイエール，ジャン・ド

Jean de La Bruyère, 1645-1696

*モラリスト．パリの中流ブルジョワ階級の出身．オルレアン大学で法学を修め，しばらく官職につくが，1684年からは大コンデ公の屋敷に公の孫の家庭教師として住み込み，その任を終えた後も家令として同家に留まる．コンデ邸や宮廷で見聞した王侯貴族ほか様々な人物の観察記録が，『*人さまざま』(*Les Caractères,* 1688) 執筆の素材となる．当初この作品は，テオプラストス作の『人さまざま』の翻訳に加えられた付録にすぎず，本文より小さな活字で組まれていたが，出版と同時に大きな反響を呼び，新たな断章を加えつつ版を重ね，活字の大きさも逆転し，作者の死の直後には9版に達した．1693年には*新旧論争のさなか*アカデミー・フランセーズの会員に選出されるが，就任演説で古代派を過剰なまでに擁護したため，近代派の*フォントネルらに激しく批判された．『人さまざま』の内容は，文芸，風俗，社会，宗教と多岐にわたり，形式においても箴言，考察，他の追随を許さぬ文学的肖像（ポルトレ）と多様である．修辞法を駆使しながらも抑制がきき凝縮されたその文体は散文の範とされた．人間性を普遍的な相の下に捉えるよりも社会的役割において理解し，社会の不正と不合理に厳しい批判を向ける点において，前代のモラリストとは異なり，次の世紀の*啓蒙思想家につながる一面を持つ．

ラブレー，フランソワ

François Rabelais, 1483頃-1553

物語作家．トゥーレーヌ地方シノン近郊で，弁護士アントワーヌの息子に生まれたが，生年，生誕地は未確定．1521年頃，ポワトゥー地方フォントネー=ル=コントのフランシスコ会修道院に属し，ギリシャ語を学び，文芸*サロンに出入りした．この頃，ユマニストとして既に名を馳せていた*ビュデや*エラスムスに敬意を込めた書簡を送っている．その後，学問研究に理解あるベネディクト会修道院に移り，司教の秘書としてリギュージェの修道院に寄住．1528年パリに出て許可なく在俗司祭となる．1530年にモンペリエ大学医学部に登録．1532年にはリヨンに移り，市立病院に勤める．*ドレ，メラン・ド・サン=ジュレらと親交を結び，ヒポクラテス等の著作を出版．またこの年『*パンタグリュエル』(*Pantagruel*) を自分の名のアナグラム，アルコフリバス・ナジエ (*Alcofribas Nasier*) の偽名で出版し，成功を収めた．パリ司教ジャン・デュ・ベレーの庇護を得て，彼に伴いイタリアへ旅行．1534年ないし翌年に『*ガルガンチュア』(*Gargantua*) が出版された．

1534年秋，プロテスタントによってカトリック批判の文書が撒かれる檄文事件後，*福音主義者弾圧を避けて病院から姿を消し，デュ・ベレー司教とともに再度イタリアへ赴く．1537年モンペリエに戻り医学博士号を取得，夏にはリヨンで死体を用いて解剖学を講じる．翌年，フランソワ1世とカール5世のユーグ=モルト会談に列席．1539年末にもイタリアを訪れている．1542年，『ガルガンチュア』，『パンタグリュエル』の新版を出版．検閲を考慮しての削除，修正にもかかわらず，ソルボンヌ（パリ大学神学部）より禁書処分を受けた．1546年本名で『第三之書』(*Tiers Livre*) を出版．これも禁書処分を受け，メスに亡命．1547年ジャン・デュ・ベレーに従いイタリアへ向かう途中，リヨンで『第四之書』(*Quart Livre*) の一部を発表．1552年に『第四之書』出版．翌年，二つの司祭職を辞した後，おそらくパリにおいて死去．1562年『第五之書』(*Cinquième Livre*) の一部が『鳴る島』(*L'Île Sonnante*) として，『第五之書』全体は1564年に出版された．ラブレーの遺稿をもとに書店側がまとめ上げたものと推定されている．

科学，医学，法律等の該博な知識をふんだんに繰り広げる一方で，言葉遊び，造語，列挙，誇張，スカトロジーといった笑いの手法や様々な文体を駆使し，高貴さと卑俗さとを共存させるラブレーのエクリチュールの豊穣さは比類がなく，*ルネサンスが生んだ*ユマニスム文学最大の成果である．

ラベ，ルイーズ

Louise Labé, 1520頃-1566

詩人．リヨンの裕福な綱屋の娘に生まれる．イタリア式の教育を受け，イタリア語，ラテン語，音楽，乗馬を学んだ後，綱屋の男性と結婚．その頃より詩作を始め，*セーヴをはじめとした文学者たちと交流するようになり，詩人マニーと恋愛関係を持った．「綱屋小町」(*Belle Cordière*) と呼ばれる．夫を亡くした後，イタリア人銀行家と交際，彼の邸宅で息を引き取り，自身の領地に葬られた．唯一の著作である『作品集』(*Œuvres,* 1555) はリヨンで出版．書簡体献辞，散文『狂気の女神と愛の神の論争』(*Débat de Folie et d'Amour*)，3篇のエレジー，24篇の*ソネ (1篇はイタリア語) から成り，巻末に他の詩人たちによる24のオマージュが付される．作品には*ネオ・プラトニスム，*ペトラルキスムの影響が見られるが，宗教色は薄く，恋愛の喜びと苦しみの感情を率直かつ力強く歌った点に特色がある．女性の側からの欲望肯定の表明は他に例を見ず，多くの議論を呼んだ．

ラ・ボエシー，エチエンヌ・ド

Étienne de la Boétie, 1530-1563

文筆家．ペリゴール地方サルラに生まれる．1553年，オルレアンで民法の学士号を得て，翌年ボルドー高等法院の判事となった．2年後ここで*モンテーニュに出会い，以後二人の親密な交流は1563年のラ・ボエシーの死まで続いた．モンテーニュはこの夭逝した親友の思い出に，『*エセー』中で「友情について」の章を残している．ラ·ボエシーは生前1篇の詩を除いて著作の出版はないが，生前から彼の草稿は流通し，最も有名なものとして小論文『自発的隷従を論ず』(*Discours de la servitude volontaire,* 1577) が挙げられる．一人の僭主に社会の構成員が進んで服従する状況が，社会の腐敗を招くと弾劾したこの論文は，*宗教戦争下のフランスでプロテスタント陣営によって出版され，禁書処分となるが，その影響は大きく，時代を超えてフランス革命時や19世紀の七月王政期にも再版され人々に読まれた．

ラマルチーヌ，アルフォンス・ド

Alphonse de Lamartine, 1790-1869

ロマン派の詩人，政治家．ブルゴーニュ地方の町マコン付近で，小貴族の家系に生まれる．リヨンおよびサヴォワ地方のベレーで学業を積んだ後，再び郷里に戻る．1814年の王政復古からはルイ18世の親衛隊となるが，閑職であったため詩の創作に時間を費やすようになる．友人の勧めで自作の詩篇を『*瞑想詩集』(*Méditations poétiques,* 1820) として出版すると，フランスにおける*ロマン主義の開花として大成功を収め，たちまち当世の大詩人と評された．その翌年からの約10年間は，外交官としてイタリアで生活しながら，詩集を発表し続ける．1833年には代議士になるが，その後も創作意欲は衰えることなく，一司祭の魂の宗教的発展を描いた壮大な叙事詩『ジョスラン』(*Jocelyn,* 1836) は，『瞑想詩集』以来の傑作と謳われた．人間の少女に恋した天使を主人公とした叙事詩『天使の堕落』(*La Chute d'un ange,* 1838)，人類愛を謳った『静思詩集』(*Recueillements poétiques,* 1839) 発表の後は，詩作よりも政治家としての活動に集中し，1848年には二月革命の臨時政府における首相，外相を兼任した．詩の創造において技巧面に固執するのではなく，憂鬱な心情を率直に語り，信仰をめぐる瞑想を重ねたラマルチーヌは，その精神においてまさしくロマン主義を代表する．

ラムネー，フェリシテ=ロベール・ド

Félicité-Robert de Lamennais, 1782-1854

宗教思想家．ブルターニュ地方サン=マロに，爵位を受けたブルジョワ家系の息子として生まれる．革命の混乱の中，読書にふける少年期を過ごす．1816年，躊躇の末に司祭となり，『宗教的無関心を論ず』(*Essai sur l'indifférence en matière de religion,* 1817) を執筆，人間の幸福のためには宗教が不可欠であることを説き，カトリック教会が至上の権利を持つことを示した．しかし，その後キリスト教による社会改善の道を模索し，政教の分離を求め，至上権の保有者は法王ではなく民衆であるとする思想へと傾く．七月革命の直後に「アヴニール」(*L'Avenir*) 紙を創刊，カトリックを直接民衆と結びつけようと試みるが，法王庁から非難され，廃刊を余儀なくされる．郷里に戻り『信者の言葉』(*Paroles d'un croyant,* 1834) を執筆，法王庁と完全に対立し破門される．続いて執筆した『ローマのことども』(*Les Affaires de Rome,* 1836-1837) においては法王庁の腐敗を暴き立てた．その後は次第に社会主義的な傾向を帯び，平等の観点から社会の不正を告発する『民衆の書』(*Le Livre du peuple,* 1837) などを執筆，1848年以降は国民議会の極左党に属する代議士としても活動した．

ラモーの甥

Le Neveu de Rameau, 1891

*ディドロの風刺的作品．哲学者である「私」と大音楽家ジャン=フィリップ・ラモーの甥である「彼」との対話を中心として構成されている．執筆年代については1760年頃着手され加筆が重ねられたという説と，1770年代にまとめて執筆されたという説がある．自筆原稿は長く失われていたが1890年に発見され，翌年初の校訂版が刊行された．ある日の午後パリのカフェで「私」は「彼」と出会い，芸術，音楽，教育，道徳について議論を交わす．対話は脱線を繰り返し展開していくが，美徳の価値を説き勧める「私」とエゴイズムや悪徳を賛美する「彼」とが互いに同意を得ることはなく物語は幕を閉じる．登場人物の「私」と作者の主張の類似は明らかであるが，作品の基幹をなす思想はむしろ失意の音楽家ラモーの甥の言動の中に見られる．「彼」の慧眼を通して表明されるパリの寄食者たちの社会に対する風刺，世間の「常識」とは相容れないが論駁困難な逆説的主張，当時の音楽界についての的確な認識にこそディドロの本領が発揮されている．さらに，音楽の言語的解釈とも言える長大なパントマイムの描写は今日に至るまで役者・演出家たちを刺激して止まない．

ラルボー，ヴァァレリー

Valery Larbaud, 1881-1957

小説家，翻訳家．ヴィシーで裕福な家庭に生まれる．生来虚弱で，5歳の時に保養のためにスイスへ出かけたのが初めての外国旅行であった．17歳の時にはロシアやトルコにまで足をのばし，ヨーロッパ一周の旅を行う．20歳の頃から執筆活動を始め，スペイン語，英語の学士号を持つ彼は，イギリス文学，スペイン文学の翻訳も手がける．代表作は，一つの短編，詩および日記から成る『A.O.バルナブース全集』(*A.O. Barnabooth*,1913)で，その他数々の作品を「*新フランス評論」(*NRF*)に発表する．

また『幼なごころ』(*Enfantines,* 1918) では，青少年の揺れ動く心を描き出し，彼の子供時代への郷愁が窺える．絶えず旅行していたラルボーであったが，生まれ故郷のヴィシー，幼年期を過ごしたパリに必ず戻ってくる．彼の作品の中に世界を駆け巡るコスモポリタン的な側面と，子ども時代を懐かしむ傾向が見られるのはそのためだろう．

ラ・ロシュフーコー，フランソワ・ド

François VI, duc de la Rochefoucauld, 1613-1680

*モラリスト．フランス屈指の名門貴族の長男としてパリに生まれる．大貴族の誇りと政治的野心につき動かされた前半生は，たび重なる従軍，政治的陰謀への加担，色恋沙汰など波瀾に富む．とりわけフロンドの乱では王権に弓引く身となり，1652年の市街戦で重傷を負った．乱の敗北後は領地で失意の日々を送り，1653年頃から前半生を回顧する『回想録』(*Mémoires,* 1662) の執筆を始める．やがてパリに戻ると社交人としてサブレ夫人，*スキュデリー嬢，モンパンシエ嬢らの *サロンに出入りし，*ラ·ファイエット夫人とは親密な交友をもった．代表作『*箴言集』(*Réflexions ou sentences et maximes morales,* 1665) に収められた作品は，1650年代の終わり頃からサブレ夫人およびジャック·エスプリの協力のもとに書き始められた．『箴言集』は出版されるや，大きな反響を呼び，加筆・修正を行いつつ版を重ね，著者の生前に5版を数えた．人間の実体と見せかけの二重性を批判し，すべての行動の背後に自己愛の支配を認める人間把握は，同時代の *パスカルや *ジャンセニスムの考えと通ずるものがあるが，宗教的な解決策は示されない．この作品に色濃いペシミズムには著者自身の挫折と幻滅の反映があるとしても，表現は万人に通じる普遍性を獲得している．

ランボー，アルチュール

Arthur Rimbaud, 1854-1891

詩人．北仏のシャルルヴィルに次男として生まれる．軍人であった父が早くに妻子を捨て去ったため，教育熱心な母親によって二男一女の子どもたちは女手一つで育てられた．高等学校において特にラテン語詩に秀で，その神童ぶりには周囲から期待が寄せられるが，皮肉で早熟な精神を内に秘めた少年は，1871 年に家出をしてパリ・コミューン下のパリへ赴くなど，その奔放な行動で母親や 5 歳年上の修辞学教師イザンバールら周囲の大人たちを困らせる．この新任教師から *ユゴーや *ボードレールなどの詩を学び，詩人として生きる決意を強めたランボーは，当時分冊で刊行中であった『現代高踏派詩集』の中心人物である *バンヴィルに自作の詩篇を添えた手紙を送り，1871 年，*ヴェルレーヌに詩篇を送ると，感銘を受けたこの詩人から招きを受け，名作『酔いどれ船』(*Le Bateau ivre*) を携えてパリに赴く．以降二人は放蕩な生活をともにし，翌年にはベルギーやロンドンを訪れるが，1873 年 7 月ブリュッセルに滞在中，ヴェルレーヌが撃った銃弾によって手首に外傷を負うと，これを機に二人の関係は決裂．ランボーは家族のもとに戻り，これまで書き溜めてきた詩句や，2 年間の放蕩生活を基にして詩集『*地獄の一季節』(*Une saison en enfer,* 1873) を執筆する．翌年パリに戻ると詩人ジェルマン・*ヌーヴォーと意気投合し，彼とともにロンドンを再訪．この時期に執筆された，奇抜なイメージに溢れた難解な *散文詩群は後にヴェルレーヌによって詩集『*イリュミナシオン』(*Illuminations,* 1886) として出版された．しかしこれ以降ランボーは詩作を放棄して，その冒険を現実の世界に求めるようになる．1876 年，傭兵となりジャワ島へ到着すると，隊から脱走しフランスへ帰国．その後はキプロス島での石切場の現場監督，アラビア半島での商社員を経て，1885 年に武器商人として独立する．一方フランスでは 2 冊の詩集やヴェルレーヌの『呪われた

詩人たち』による紹介によって，伝説的な天才詩人として名声を確立していたが，もはや詩に対する興味を失った彼は，失敗を重ねながらもアフリカでの交易に専念した．1891 年，膝の骨肉腫のため，マルセイユで右足切断の手術を受けるが，癌の全身への転移により 37 歳にして死去．

一般に「見者の手紙」と称される手紙の中で自ら宣言しているように，ランボーは「あらゆる感覚の長期にわたる大掛かりで合理的な狂乱」によって，未知のものに到達しようと試みた．また「私」という存在を一人の他者として捉えることで，自己の同一性，およびそれによって成り立つ近代合理主義社会に対し，強烈な異議申し立てを行った．彼の革新性は形式においても現れ，古典的韻文詩から，自由詩，散文詩へと，わずか数年間のうちにその詩法は駆け抜けるように変化していった．後世からはヴェルレーヌ，*マラルメとともに19世紀後半を代表する*象徴主義の詩人とみなされ，*ダダイスム，*シュルレアリスムなどのフランス詩に絶大な影響を与えた．

リヴィエール，ジャック

Jacques Rivière, 1886-1925

批評家．医者の息子としてボルドーに生まれた．高等師範学校受験準備のためパリに出て，*アラン=フルニエと親交を結び，後に彼の妹と結婚した．受験失敗後，故郷の大学で哲学を学びながらパリ文学界に人脈を築く．雑誌「*新フランス評論」(*NRF*) に創刊時から関わり，文学，音楽，絵画等，幅広い記事を執筆，評論集『エチュード』(*Études,* 1911) を発表するほか，『冒険小説論』(*Le Roman d'aventure,* 1913) で当時の文学動向を示し，*プルースト等の新しい才能を見出す．第一次世界大戦時，キリスト教に帰依．復員後，腸チフスで急逝するまで「新フランス評論」の編集長を務める．批評対象と一体化する共感的批評を展開，戦後は*古典主義的文学観を強め，心理小説『エメ』(*Aimée,* 1922) を著す．死後，評論集や未完の小説，捕虜生活の手帖やキリスト教護教論が刊行された．アラン=フルニエをはじめ，*ジッド，*クローデル，プルースト，*アルトーとの往復書簡は貴重な資料となる．

リシュリュー，アルマン・ジャン・デュ・プレシ

Armand Jean du Plessis, cardinal duc de Richelieu, 1585-1642

政治家，聖職者．パリの貴族の名家に生まれる．1622 年に枢機卿，24 年にルイ 13 世の宰相となり，絶対王政の基礎固めを使命とする．王権の拡大に向けて文芸活動の統制とフランス語の統一の重要性に着目，1635 年*アカデミー・フランセーズを創設し，規範となるフランス語の辞書編纂を進めた．政策のプロパガンダには，医師のルノードーが発行した週刊紙「ガゼット」(*Gazette*) を政府の御用新聞として利用した．文芸の強力な庇護者として多くの作家たちに報奨金や年金を与える一方，文筆活動によって政府の政策を支持するよう求めた．演劇には特に強い関心を寄せ，劇作家と劇団を支援し，創作を奨励して，17 世紀における演劇の隆盛に貢献した．彼の政治観，国家観は，死後出版された『政治的遺言』(*Testament politique,* 1689) にまとめられている．

リベルタン

Libertin

「自由思想家」とも訳す．17 世紀から 18 世紀前半にかけて活動し，キリスト教の教義に懐疑の目を向け，信仰と道徳の束縛を断とうとした思想家．17 世紀初めの詩人で獄中生活が命を縮めたテオフィル・ド・*ヴィヨー，詩人のトリスタン・レルミット，月と太陽を舞台とするユートピア小説の作者*シラノ・ド・ベルジュラック，人文学者ラ・モット・ル・ヴァイエとガブリエル・ノーデ，世紀後半では*オネットムの理論家メレ，後半生を亡命地の英国で送った*サン＝テヴルモン，世紀末から 18 世紀初頭に活躍した*デカルト派リベルタンで，この哲学者の方法を

宗教批判に適用した*フォントネルなどが挙げられる．彼らの多くが神の世界創造や摂理，霊魂不滅，奇跡や預言，最後の審判や天国・地獄を否定し，ある者は無神論にまで至る．彼らの思想は，啓蒙の世紀に引き継がれる．

リュトブフ

Rutebeuf, 13世紀

詩人，劇作家．シャンパーニュ地方に生まれ，パリで活躍したとされているが，詳細については不明．「荒々しい牛」(rude bœuf) を意味するあだ名によってのみ知られている．修道士たちの腐敗を告発した風刺詩，聖者伝，*ファブリオーなど多様な作品を，語りを特徴とする中世文学形式の一つである物語詩 (dit) という形で残した．悪魔との契約によって生じた不幸に立ち向かっていく主人公を描いた『テオフィルの奇跡劇』(*Miracle de Théophile*) は，特に傑作として知られる．さらに注目すべきは，詩人の社会的疎外感や孤独，不幸な境遇などを叙情的な筆致で歌い上げた詩作品である．確かな後ろ盾を持たぬ*ジョングルール（中世の職業的吟遊詩人）の身の上を反映した厭世的な世界観は，*ヴィヨンから*ヴェルレーヌに至る「呪われた詩人たち」に連なるものがある．

リヨン派

École lyonnaise

16世紀前半リヨンにてモーリス・*セーヴを中心に活躍した詩人のグループ．当時リヨンは文化的に先進国イタリアの強い影響下にある商業都市であり，またエチエンヌ・*ドレら著名な出版者を含む多くの印刷所を擁し，フランスにおける書物の流通にも大きな役割を果たしていた．この都市では早くから文芸活動が花開いたが，その中心となったのが同市で生まれたセーヴやその恋人とされる女流詩人ペルネット・デュ・ギエ，ルイー

ズ・*ラベらである．とりわけセーヴはイタリアのペトラルカをいち早く模倣し，『カンツォニエーレ』を模範とする『*デリー』を発表，その斬新な作風は一世を風靡する．また「綱屋小町」ことルイーズ・ラベは裕福な商家の女主人として*サロンを開き文人たちと交流しつつ，自らも情熱的な恋愛詩集を出版している．とりわけペトラルカや*ネオ・プラトニスムなどイタリアの影響の色濃いリヨン派は*プレイヤッド派出現までのフランスの文芸を先導した．

ルイス，ピエール

Pierre Louÿs, 1870-1925

詩人，小説家．本名はピエール・ルイ (Pierre Louis)．フランス人を両親としてベルギーのガンに生まれた．パリの高等中学で*ジッドと出会い親交を結ぶ．*高踏派，*象徴主義に関心を抱きエレディアに私淑，*マラルメの「火曜会」の常連であった．ジッドと*ヴァレリーを引き合わせ，ヴァレリーをマラルメに紹介し，また彼の『ビリティスの歌』(*Les Chansons de Bilitis,* 1894) に親友の作曲家ドビュッシーが曲を付すなどその交際範囲は広い．エレディアの末娘と結婚．文学活動は文芸雑誌の創刊から始まる．古代ギリシャ世界を崇拝，美と官能性をテーマとした．処女詩集『アスタルテ』(*Astarté,* 1891) 以後，『アフロディト』(*Aphrodite,* 1896)，『女とあやつり人形』(*La Femme et le Pantin,* 1898) など主要作品はほぼ20歳代に発表され早くに名声を手にした．晩年は視力を失い貧困と孤独のうちにパリで死去．

ル・クレジオ，ジャン=マリー・ギュスターヴ

Jean-Marie Gustave Le Clézio, 1940-

小説家．ニースに生まれる．才気の芽生えは早く，8 歳の時に綴ったアフリカ紀行は，後の自伝的小説『オニチャ』(*Onitsha,* 1991) の下地となる．デビュー作『調書』(*Le Procès-verbal,* 1963)

でルノドー賞．近代都市の混乱，不安，恐怖を批判した『洪水』(*Le Déluge*, 1966)，物質の自然への原点回帰を希求した長編エッセー『物質的恍惚』(*L'Extase matérielle*, 1967)，破壊的思想を非難した『戦争』(*La Guerre*, 1970)，幻惑的な力を持つものとしての言葉の乱用を問題とした『巨人たち』(*Les Géants*, 1973) など，ヨーロッパ現代社会のあり方を問う作品を次々と発表．パナマで先住民と生活をともにした経験は，『向こう側への旅』(*Voyages de l'autre côté*, 1975) のほか多くの作品に反映され，アステカ文明やマヤ文明に関する著作や翻訳にも携わる．また『黄金探索者』(*Le Chercheur d'or*, 1985) をはじめとする自伝的作品群には，*ヌーヴォー・ロマン以降の作品に特徴的な作者復権の傾向が顕著である．近年の『天空の国』(*Ourania*, 2006) に至っては，文体，思想ともに成熟を見せ，西洋物質文明の喪失の主題に留まらず，新たなユートピアを描いている．2008年，ノーベル文学賞受賞．近作『嵐』（*Tempête. Deux novellas*, 2014），紀行文『ラガ—見えない大陸への接近』（*Raga. Approche du continent invisible*, 2006）がある．

ルコント・ド・リール，シャルル・マリー
Charles Marie Leconte de Lisle, 1818-1894

*高踏派の詩人．裕福な農園経営者の息子として，仏領レユニオン島に生まれる．1846年，パリに居を定めてからは，*フーリエの社会主義思想に親しむが，1848年の二月革命の混乱が第二帝政を招いたことに落胆すると，以後政治活動への情熱を弱め，詩作に没頭する．*ロマン主義的な感情吐露をしりぞけ，ギリシャ・ローマやインドなどの古代の歴史を題材とした叙事詩的な世界を作り上げた．また形式に対する厳格さにおいても，その彫琢(ちょうたく)された詩句はロマン派から大きく隔たる．『古代詩集』(*Poèmes antiques*, 1852) および『夷狄詩集』(*Poèmes barbares*, 1862) は芸術至上主義の詩人たちによって高く評価され，以降高踏派の中心的存在となる．その後も『悲劇詩集』(*Poèmes tragiques*, 1884) を発表し，1886年には師として崇めていた*ユゴー

の席を引き継いで，*アカデミー・フランセーズの一員となる．詩集以外にも，ホメロスの『オデュッセイア』をはじめ古代ギリシャの作品の翻訳を多数手がけた．

ルーゴン=マッカール叢書

***Les Rougon-Macquart*, 1871-1893**

*ゾラの小説群．1860年代末に構想され，1871年から22年の歳月をかけて完成された*自然主義文学の傑作．副題に「第二帝政期における一家族の自然的・社会的歴史」と掲げるゾラは，*バルザックの『*人間喜劇』に倣ってそれに比肩しうる作品群を書きあげようとし，小説舞台を第二帝政に定めた．ゾラは*テーヌの文学理論，リュカやルトゥルノーによる近代生理学，クロード・ベルナールの実験医学等の影響を受け，科学者が生理学的・化学的反応を観察する態度で作家も社会環境におかれた人間を観察すべきと考え，『叢書』を執筆するうえで「遺伝」という中軸を設け，アデライード・フークという神経症の女性を創造する．アデライードは健康な農夫ルーゴンと結婚し，夫の死後には酒飲みの愛人マッカールと関係してそれぞれの間に子をもうける．全20巻の小説内では，彼女と二人の男の遺伝的因子を担った子孫たちが帝政下の社会環境で生きる姿が描かれ，彼らを通して執筆当時の様々な社会変動が映し出される．ゾラは作品準備のため，経済や職業空間の様相，同時代人の生態，社会問題等の詳細な現地調査を行った．その成果たる小説群は19世紀フランスを様々な角度から照射した貴重な証言ともなっている．たとえば第3巻『パリの胃袋』(*Le Ventre de Paris*, 1873)において，ゾラは鉄骨とガラスで覆われた中央市場を舞台に，大衆消費社会がみせた新しい時代のエネルギーを描いた．物語の細部には，市場周辺の地名，商人たちに通じる特殊用語，競りや売買の仕組みなど，作家が事前に取材して得た「知」が盛り込まれている．また第17巻『獣人』(*La Bête humaine*, 1890)は，パリとル・アーヴルを結ぶ西部鉄道を背景とし，機関車の仕組み，鉄道員の仕事や生活ぶりが細かく活写される．しかし，

変貌する社会を具体的に描き出すゾラの小説は，単なるルポルタージュ小説にとどまらず，文明のシンボルは知性の成果としてだけではなく，人間の奥底に潜む野蛮さや近代社会の軋轢を浮き彫りにする鏡であり，絶えず神話的なメタファーを伴って描かれる．『叢書』は現代にも通じる壮大な叙事詩である．

ルサージュ，アラン=ルネ

Alain-René Lesage, 1668-1747

劇作家．ブルターニュ地方ヴァンヌに生まれ，14歳の時に父親を亡くし，パリに出て法律を学んだ後，1707年『主人と張り合うクリスパン』(*Crispin rival de son maître*) で劇作家として認められる．1709年には『*チュルカレ』(*Turcaret*) を *コメディー=フランセーズで上演．1702年から35年にかけて100本あまりの劇を *テアトル・ド・ラ・フォワールで上演した．劇作のほかに，小説も書き，風刺小説『跛の悪魔』(*Le Diable boiteux,* 1707) や波乱万丈の冒険を語る主人公ジル・ブラースの一人称小説『*ジル・ブラース』(*Histoire de Gil Blas de Santillane,* 1715-1735) などがある．スペインの *ピカレスク小説の影響を受けたルサージュの作品は，フランス文学にピカレスクの流れをもたらした．

ル・シッド

Le Cid, 1637

*コルネイユの悲劇．中世スペインの英雄伝説を素材とする．カスティリアの貴族ドン・ロドリーグとシメーヌは相愛の仲だが，父親同士が諍い，ロドリーグの父は受けた恥辱の復讐を息子に求める．子としての義務と恋人への愛情の間で逡巡したロドリーグは，結局シメーヌの父を決闘で倒し，シメーヌも自らの名誉のため国王に恋人の死刑を要求する．その夜，ロドリーグはモール人の襲撃を見事撃退し，翌日にはシメーヌの代理人

ドン・サンシュをも決闘で打ち負かす．二人の恋人の内心を察した国王はロドリーグにモール人討伐の遠征を命じ，任務達成の暁には二人の結婚が叶うとの期待のうちに幕となる．外的な事件よりも，恋人たちの心理に即して義務と愛の葛藤を描き，以後のコルネイユ劇の基調を定めた作品だが，当初は「悲喜劇」と題されたように，ロマネスクな筋立てに *バロック的要素を含み，*三単一の規則も厳密には守られていない．初演は輝かしい成功をおさめたが，*古典主義の規則に反しているとして「ル・シッド論争」が起こり，*アカデミー・フランセーズが裁定に乗り出した．コルネイユは続く『*オラース』以後，規則に沿った作品を書く．

ルソー，ジャン=ジャック

Jean-Jacques Rousseau, 1712-1778

思想家，小説家．ジュネーヴに生まれ，ジュネーヴ市民であることを終生誇りとした．母は出産後に亡くなり，時計職人の父に育てられる．1728 年にジュネーヴを離れ，放浪生活を送った．なかでも 1731 年から 38 年にかけて,「ママン」と呼び親しんだヴァランス夫人のもとで暮らした日々は，幸福な時期として自伝『*告白』(*Les Confessions,* 1782-89) に描かれる．1742 年にはパリで青年期から志してきた音楽家としての道を歩み始め，オペラ『村の占い師』(*Le Divan du village,* 1752) で大成功を収めた．同じく 1742 年頃，ドルバック，*ダランベールや *ディドロと知り合い，『*百科全書』(*Encyclopédie,* 1751-1772) の執筆に加わる．担当したのは，主に音楽についての項目であった. 1749 年, 入獄中のディドロを励まそうとヴァンセンヌに通う間に懸賞論文『学問芸術論』(*Discours sur les sciences et les arts,* 1750) を書き上げ，一躍有名になり，1755 年に『人間不平等起源論』(*Discours sur l'origine et les fondements de l'inégalité parmi les hommes*) で文明社会を批判，* ヴォ

ルテールと対立した．1758年には『百科全書』の項目「ジュネーヴ」をめぐってダランベールと争い，やがてディドロとも袂別する．以後，啓蒙哲学者たちと距離を置きつつ，作品を書き続けた．書簡体の恋愛小説『*新エロイーズ』(*La Nouvelle Héloïse*, 1761) は，18世紀を代表するベストセラーとなり，人間の自由と平等を論じた『*社会契約論』(*Du contrat social*, 1762)，子どもの教育を扱った『*エミール』(*Émile*, 1762) は，いずれも宗教批判を含み，パリやジュネーヴで禁書処分となる．中でも『エミール』における「サヴォワの助任司祭の信仰告白」の自然宗教的思想が宗教者の反発を招き，フランスで逮捕状が出ると，ルソーはスイスやイギリスで逃亡生活を送った．フランスに戻ってからは『告白』，『ルソー，ジャン=ジャックを裁く』(*Dialogues, Rousseau juge de Jean-Jacques*, 1780)，『孤独な散歩者の夢想』(*Rêveries du promeneur solitaire*, 1782) など，晩年まで旺盛な著述活動を続けた．死後に勃発したフランス革命では，ルソーは自由を謳う新しい時代の先駆者と評された．自然の賛美，人間の情熱・感受性を描く彼の小説は19世紀*ロマン主義の作家たちに大きな影響を与え，自らの人生を題材とした『告白』は自伝という文学ジャンルを確立するとともに唯一無二の人間の「個」を価値づけた．

ルナール，ジュール

Jules Renard, 1864-1910

小説家，劇作家．フランス北西部のシャロン=シュル=マイエンヌに生まれ，生後まもなくニエーヴル県のシトリーに移る．土木請負業者を父にもち，母に愛されぬ不幸な少年時代を過ごす．成績優秀で，高等師範学校への入試準備のためパリの中学に進学，ここでの成績は奮わず，次第に関心は文学の世界へと移行．受験を断念した後，パリで貧困生活を送りながら詩や小説を書くが，1888年裕福な家庭の娘と結婚し生活が安定すると，同年この妻の援助で『村の犯罪』(*Crime de village*, 1888) を自費出版する．また翌年「*メルキュール・ド・フランス」誌の創刊に加わり，*ゴンクール兄や*ドーデ，象徴派詩人らと親交を結ぶ．1894年，自身の少年時代に素材を得た『にんじん』(*Poil de carotte*)，『ぶどう畑のぶどう作り』(*Le Vigneron dans sa vigne*) を発表，ついで1896年には動物の生態をユーモラスに描いた散文による短文集『博物誌』(*Histoires naturelles*) を刊行する．この他に，彼は劇作家としても豊かな天分を示し，一幕物の戯曲『別れも楽し』(*Le Plaisir de rompre*, 1897) や，小説を脚色した『にんじん』(1900) でも成功．*自然主義の細部描写や感情的誇張を排除した，簡潔で的確な文体による独自の客観的描写法を見出した．死の前月までの23年間にわたって書かれた『日記』(*Journal*, 1887-1910) は，辛辣な人間観察によって日記文学の傑作とされる．

ルナン，エルネスト

Ernest Renan, 1823-1892

哲学者，言語学者，歴史家，聖書研究者．ブルターニュ地方のトレギエに生まれる．敬虔なキリスト教徒の家庭で育ち，パリのサン=シュルピス高等神学校で学ぶ．ドイツ哲学の影響を受け，22歳で信仰に懐疑的となる．化学者マルスラン・ベルトロの影響で，『科学の未来—1848年の諸思想—』(*L'Avenir de la science—Pensées de 1848 —*, 1890) を書く．文献学や考古学，言語学に没頭，とりわけセム語の研究に熱心に取り組む．シリア地方での学術調査を経て，1863年からは『キリスト教起源史』(*Histoire des origines du christianisme*) を執筆，20年以上をかけて全7巻の大著を完成させる．その第1巻『イエス伝』(*Vie de Jésus*, 1863) においてルナンはイエスをひとりの「人間」とみなし，生きた時代や地理的条件とともに実証的に描き出した．イエスを「比類なき人」と呼んだことで，*コレージュ・ド・フランスのヘブライ語教授職は解任されるが，作品は大変な評判となり，諸外国語に翻訳される．その後もユダヤ・キリスト教の歴史に興味を抱き続け，全5巻から成る『イスラエル民族史』(*Histoire du peuple d'Israël*, 1887-1893) を執筆．その優れた文章は当時から定評があり，『思い出』(*Souvenirs d'enfance et de jeunesse*, 1883) は幼年期と青年期の追憶が美しい文章で綴られた名作である．

ルネ

René, 1802

*シャトーブリアンの小説．1802年に出版された『キリスト教精髄』の中の一挿話．1805年には『*アタラ』と一組で出版される．舞台は北アメリカ．フランス人ルネがナチェズ族の酋長シャクタスに過去を語る形式．生まれつき気性が激しく，気の変わりやすい性格であったルネにとって，姉アメリと過ごす時間が幼い頃の唯一の安らぎであった．成長したルネは，旅行や社交界などに幸福を求めるが，心の安定を得られず，遂に自殺を考える．姉が駆けつけて自殺を阻止するが，彼女はその後，何も告げぬまま修道院に入ってしまう．ルネが姉弟の枠をこえた愛情を姉に持っていることに気づいたのは，再び彼女の元に駆けつけた時だった．過剰な情熱が抑圧された結果起こったルネの憂鬱は，*世紀病の先駆けとなる「ルネ病」として流行する．焦点を自己の内面にあて，苦悩とともに自己を探求するこの作品は後の*ロマン主義文学に大きな影響を与えた．

ルネサンス

Renaissance

「再生」を意味するルネサンスは，フランスにおいては15世紀後半から16世紀半ばまでの時代を指す．封建的・因習的な中世の終焉，科学の発展や「新世界」の発見を契機とする社会の変化と，君主への集権化による近代国家誕生の時代であり，とりわけ王家周辺の貴族，知識人の間に新しい文化が栄えた．

東ローマ帝国の崩壊によって，ギリシャの知識人が貴重な古写本を携えてイタリアへ移住，永らくアラブ世界にのみ保存されていた古代ギリシャ・ローマの文献の存在が広く知られるようになった．同時に，活版印刷の発明によって，これら古典を出版し世に普及させることが可能になる．直接原典に目を通し，批判的な校訂・検証を通して，古代の叡智を現代に蘇らせることが知識人の目標となり，ここに *ユマニスムの隆盛を見た．フランソワ1世による文芸庇護のもと，*ルフェーヴル・デタープル，*ビュデ，*アミヨなどが活躍し，王立教授団（後の *コレージュ・ド・フランス）が設立される．また，イタリア戦争を契機にイタリア文化が流入し，シャンボール，フォンテーヌブローなどの領地にフランス独自の美術・建築が開花する．文学においては，ギリシャ・ラテンの教養に加え，ペトラルカなどイタリア文芸の影響のもと，*ロンサールをはじめとする *プレイヤッド派はフランス語を顕彰し，フランス語による独自の文芸作品を多数生み出した．しかし華々しい「再生」の陰では，ユマニスムの思想から生まれた宗教改革の運動が，社会を二分する政治闘争にまで進展し，16世紀半ば以降，フランス全土は混乱，荒廃を目の当たりし，30年に及ぶ *宗教戦争を経験することとなる．

ルフェーヴル・デタープル，ジャック

Jacques Lefèvre d'Étaples, 1460頃-1536

哲学者，神学者．フランス北部エタープル生まれ．パリで文芸修士号を取得．司祭を務めながらも，ルモワーヌ枢機卿学寮で哲学を教える．中世の神学者たちの膨大な注釈に埋もれていたアリストテレスをよりテクストに忠実に理解すべく，可能な限り原典にまで遡って主要作品の校訂版および研究書を刊行．1508年頃より聖書研究に傾倒する．1512年には聖パウロによる書簡集の翻訳に着手し，聖ヒエロニムス訳ウルガタと自らのフランス語訳を対訳形式に配置し解説を付して発表．カトリック教会改革の高まりに直面し，1521年以降モーで改革を目指した司祭ギヨーム・ブリソネを支える．ソルボンヌ（パリ大学神学部）に異端の嫌疑をかけられ1525年にはストラスブールに逃亡．

*マルグリット・ド・ナヴァールの保護により翌年フランスに戻り，1530年には聖書のフランス語訳を完成させる．これが後のフランス語版聖書の基盤となった．1536年ネラックで没．*エラスムスと並び*ユマニスムの象徴的人物である彼の多くの著作の中でも，アリストテレス研究，神学研究はヨーロッパ全土に多大な影響を与えた．

ルブラン，モーリス

Maurice Leblanc, 1864-1941

小説家．ルーアンに生まれる．父は造船業，海運業を営む大ブルジョワであった．家業よりも純文学を志し，パリに居を構えて*フローベールや*モーパッサンに影響を受けた心理小説作品を発表．批評家たちに評価されるが読者層は限られていた．転機となるのは1905年『アルセーヌ・リュパンの逮捕』(*L'Arrestation d'Arsène Lupin*) の雑誌掲載である．主人公の名前は当時のパリ市会議員アルセーヌ・ロパン (Arsène Lopin) の名をもじったもの．この怪盗紳士が活躍するシリーズは以後およそ30年にわたり執筆されて大人気を博した．

ルーボー，ジャック

Jacques Roubaud, 1932-

詩人．南仏リヨン付近の町カリュイール=エ=キュイールに生まれる．数学者として教鞭をとるが，1966年に*ウリポに参加．数学における「集合」を表す記号をタイトルとし，詩篇の配列を碁の対局に模した詩集『∈』(∈, 1967) の出版を皮切りに，詩人としての活動を本格化させる．他にも『31の3乗』(*Trente et un au cube,* 1973) では，短歌の五七五七七のリズムを応用するなど，数学と並んで，日本文化へも深い関心を示す．自らを「数学と詩の創作者」として位置づけているが，中世の*トルバドゥールを理想とする叙情詩人でもある．また現代アメリカ詩や聖書現代語訳など，多数の翻訳を手がけている．妻の思い出を語った『なにかくろいもの』(*Quelque chose noir,* 1986)，さらには『ロンドンの大火』(*Grand Incendie de Londres,* 1989) から始まった一連の自伝的作品群により，近年は記憶を主題とした新たな活動を展開している．

レアリスム

Réalisme

19 世紀後半のフランス美術・文学の領域において，*ロマン主義の観念的・空想的要素を排除し，現実の正確な描写を目指した芸術運動．画家クールベが当時の官展的画風に対抗し，1850 年のサロン展に「オルナンの埋葬」を出展，そこに描かれている土臭い田舎の人々の姿が物議を醸し,「レアリスム」という言葉を用いて酷評された．1855 年，その侮辱の言葉「レアリスム」を表題とする個展を開催，描写対象を人間の現実生活に密着した身近で平板なものに限ることを宣言．これを受けて，翌年デュランティが文芸雑誌「ル・レアリスム」を創刊，*テーヌの決定論や*コントの実証哲学に基づく自然科学の進展を背景に，現実に対する関心が高まる中，彼は*シャンフルーリや*ミュルジェールらとともに観察と調査に基づく粉飾のない新しい文学の普及に努めた．しかし作品の主題を下層階級の日常生活の中に求め，正確で綿密な現実描写を行うという手法は既に*バルザックや*スタンダールによって実践されており，その最良の結実は*フローベールの『*ボヴァリー夫人』(*Madame Bovary,* 1857) に見出されることになる．市井の姦通・自殺事件を，徹底した客観描写や透徹した名文，研ぎ澄まされた感覚描写を駆使することでより真実味を帯びた審美的な世界にまで推し進めたこの作品は，本人の意に反しレアリスム小説の傑作と評された．他に，レアリスム作品として，社会の悪行に翻弄され哀れな死を遂げる女中の生き様を描いた*ゴンクール兄弟の『ジェルミニー・ラセルトゥー』(1865) や『日記』(*Journal,* 1887-1896) が挙げられる．演劇の分野では第二帝政期の世相を風刺した*デュマ・フィスの『*椿姫』(1852)，や*オージエの『ポワリエ氏の婿』(1854) があり，近代小説の祖ともいうべきレアリスムの分析と観察，主題の選択の方法は，後の*自然主義へと引き継がれてゆく．

レヴィ=ストロース，クロード

Claude Lévi-Strauss, 1908-2009

人類学者，哲学者．ベルギーのブリュッセルに生まれる．パリのリセでの哲学教員を経て，1935年サンパウロ大学教授に着任，現地でブラジル先住民族のフィールドワークを行う．1941年，ナチスによるユダヤ人迫害を逃れるためにアメリカ合衆国に亡命，そこで知り合ったロシアの音声学者ロマン・ヤコブソンから構造言語学の方法論を学ぶ．1949年それを応用し，親族構造の根本が女性の交換にあることを発見した成果『親族の基本構造』（*Les Structures élémentaires de la parenté*）をフランスで刊行し，*構造主義の祖とみなされる．1955年，ブラジル，カリブ海，インドなどの諸国の紀行文に哲学的反省を加えた著作『悲しき熱帯』（*Tristes Tropiques*）が国際的な評判を得る．「構造人類学」（anthropologie structurale）を提唱し，1959年*コレージュ・ド・フランス教授に就任する．野生の動植物の象徴を崇拝するトーテム信仰の研究から出発して，『野生の思考』（*La Pensée sauvage,* 1962）を発表，未開社会にも特有の論理的思考形式が存在することを指摘する．また，南北アメリカ大陸の神話の構造分析の成果として『神話論理』（*Mythologiques,* 1964-1970）全4巻を刊行．1973年*アカデミー・フランセーズ会員に選出される．20世紀後半の人文社会科学の広範な領域において多大な影響を与えた．ほかに，『はるかなる視線』（*Le Regard éloigné,* 1983），『やきもち焼きの土器作り』（*La Portière jalouse,* 1985），『月の裏側—日本文化への視角』（*L'Autre face de la lune. Écrits sur le Japon,* 2011）など多数の著作がある．

レオナルド・ダ・ヴィンチの方法序説

Introduction à la méthode de Léonard de Vinci, 1895

*ヴァレリーのエッセー．詩人として文壇デビューを果たしながらも詩作の放棄を思い立ったヴァレリーが，精神の働きの探究に向かい，自らの思考の過程を『カイエ』(1894-1945) に記録し始めた頃に手がけられた．1894年，雑誌「新評論」の主宰者からレオナルド・ダ・ヴィンチに関する論文を依頼されて執筆，翌年8月に掲載された．*ルネサンスの万能の天才ダ・ヴィンチを普遍的な創造者の原型として象徴的に捉え，論理的な分析を通してダ・ヴィンチの精神のメカニズムを構築，世界の認識論および創造の方法論を展開する．『*ムッシュー・テストと劇場で』(1896) とともにヴァレリーの思想の端緒．以後，本作品が単行本として出版される時に追加された『覚書と余談』(1919)，イタリアの作家によるダ・ヴィンチ論の序文として書かれた『レオナルドと哲学者たち』(1928) のほか，ヴァレリーが手がけたそれらのダ・ヴィンチに関する作品をまとめて刊行する際に，欄外に彼自身による注が加筆 (1929-1930) される等，ダ・ヴィンチを主題に執筆が重ねられた．

レチフ・ド・ラ・ブルトンヌ

Rétif de la Bretonne, 1734-1806

小説家．本名ニコラ・エドム・レチフ (Nicolas Edme Rétif)．Restifとも綴られる．ブルゴーニュ地方サシの裕福な農民の子として生まれる．兄のいる*ジャンセニスムの学校で教育を受けるが，厳格な兄に反発して聖職者の道を断念する．その後印刷業を習い，パリで働く．成り上がりの悲劇を描いた『堕落百姓』(*Le Paysan perverti,* 1775) 以降，次々に作品を発表する．代表作には，革命前後のパリ市民の様子や風俗などを描いた『パリの夜』(*Les Nuits de Paris,* 1788-1794)，生誕から1797年までの彼の人生を基に描いた『ムッシュー・ニコラ』(*Monsieur Nicolas,* 1796-1797) などがあり，作品にはジャーナリズム的要素や自伝的要素が見られる．生来平民の子であったレチフは *古典主義の理論にとらわれることのない作品を多く残し，民衆の中に新しい可能性を見出した．この態度は 19 世紀，*バルザックや *ゾラに受け継がれることになる．

レニエ，アンリ・ド

Henri de Régnier, 1864-1936

詩人，小説家．ノルマンディー地方の港町オンフルールの古い貴族の家に生まれる．パリで法学を専攻するが，まもなく文学に転向．*ユゴーと *ヴィニーを慕い，処女詩集『明日』(*Lendemains,* 1885) からもその影響が窺える．その後 *マラルメに師事し「火曜会」の常連となり象徴派詩人として『古風でロマネスクな詩』(*Poèmes anciens et romanesques,* 1890) などを発表．やがて *高踏派に傾倒，1896 年にはエレディアの次女と結婚，舅の古代文明礼賛の影響を受ける．さらに自由詩から離れてより伝統的形式へと回帰し『翼あるサンダル』(*La Sandale ailée,* 1906)，『時の鏡』(*Le Miroir des heures,* 1910) などの詩集を出版．グールモンに「憂愁にして豪奢な詩人」と呼ばれた．他に過去の世界を夢見る青年貴族が先祖の悲恋を我が身に引き受けようとする『生きている過去』(*Le Passé vivant,* 1905) など数多くの小説も執筆した．1911 年 *アカデミー・フランセーズ会員．

レ・ミゼラブル

Les Misérables, 1862

*ユゴーの小説．「ファンチーヌ」，「コゼット」，「マリユス」，「プリュメ通りの牧歌とサン=ドニ通りの叙事詩」，「ジャン・ヴァルジャン」の 5 部から成る．社会小説を書こうと考えたユゴーは，実在の司教や徒刑囚などの資料を集め，1840 年以降になってこれらを「レ・ミゼール（悲惨）」という題のもとに綴ろうと計画していた．しかし 1848 年以降政治活動が忙しくなり，さ

らに『*懲罰詩集』や『*諸世紀の伝説』などの執筆も加わり，再びこの作品に手をつけたのは亡命中の1860年だった．一斤のパンを盗んだために19年間投獄されたジャン·ヴァルジャンは，社会を憎み，一晩の宿を与えてくれたミリエル司教の銀の食器を盗む．逃げる途中に警官に捕まるが，司教が彼にあげたものだと主張したことによって救われる．正直に生きることを司教から教わった彼は，更生し，不幸な人々を助けることに一生を捧げた．このジャン・ヴァルジャンの物語に，身を落とし病に倒れるファンチーヌや孤児となったその娘コゼット，父を慕い共和主義運動に参加する青年マリユス，悪人が更生することはないと考える刑事ジャベールなどが加わり，『レ·ミゼラブル』の世界を構成する．誇張された人物などが特に*レアリスムの作家たちからは批判されたが，精密な物語構造，叙事詩的な描写，*散文詩的な文体，またユゴーの弱者に対する人道的眼差しなどが人々を引きつけ，発表と同時に大反響を呼び，その魅力は今なお色あせない．ユゴーの最大最長の*ロマン主義小説．

レリス，ミシェル

Michel Leiris, 1901-1990

自伝作家，民俗学者．パリのブルジョワ家庭に生まれる．20歳頃からシュルレアリストたちと交流し，雑誌記事などを執筆．同じ頃，ジョルジュ·*バタイユと親交を深めた．1925年に*シュルレアリスムの影響を受けた『見せかけ』(*Simulacre*) で詩人としてデビュー．また民俗学者としても多くの著書を残す．1931年から33年にかけてダカールからジブチへとアフリカ横断の経験に基づき『幻想のアフリカ』(*L'Afrique fantôme,* 1934) を執筆．この書によりフランス文化人類学の草分け的存在となる．またレリスは戦後文学の特徴の一つである自伝文学の先駆けとして，1939年に最初の自伝『成熟の年齢』(*L'Âge d'homme*) を発表，その中で自身の死や性に関する考察を闘牛にたとえ「書くこと」の意味を探り出そうとする．当時最先端であった精神分析学による自己内省の方法は画期的なものであり，その後も自伝四部作『ゲームの規則』(*La règle du jeu*, 1937-1941) で，子供時代や神経症などを語り，自己の成長を描いた．時間的・歴史的な因果関係によって自伝を執筆するのではなく，民俗学の方法を用いて，過去の思い出をカードに記入し，それをテーマ別あるいは言語的連想によって構成されるレリス独自の「自伝」執筆は，もはや過去の再構築ではなく，「生きる」行為とも等しい創作活動となり，20世紀の新たな自伝ジャンルの方向性を示した．

恋愛詩集

Les Amours, 1552

*ロンサールの詩集．カッサンドル，マリー，エレーヌを歌った恋愛を主題とする3作の連作詩集を指す．『*オード四部集』の2年後の1552年に出版されたカッサンドルへの『恋愛詩集』はイタリア詩人ペトラルカの『カンツォニエーレ』を模範とする*ソネ集で，詩人がブロワの宮廷で出会った少女カッサンドルを中心に歌い，大成功を収めた．カッサンドルという名はギリシャ神話に登場する王女カッサンドラーと重ね合わされ，重層的なイメージが形作られていく．巻末にはジャヌカンやグディメルら作曲家による多声楽曲も付され，詩と音楽の融合が図られた．再版の際にロンサールは友人のユマニスト，マルク＝アントワーヌ・ミュレに注釈を依頼し，自らも協力してその注とともに出版．フランス語詩集では注釈の付された初めての詩集となった．これは表現の難解さを示すと同時に，自らの作品をギリシャ・ローマの古典詩集に連なるものと考えていた詩人の自負も表す．その後『続恋愛詩集』,『新続恋愛詩集』を出版し，牧歌的かつ平易な調子で田舎娘マリーを歌い，1578年の総合作品集においては有名な連作「マリーの死を悼む」が新たに加えられ，また2部より成る連作『エレーヌへのソネ』が発表される．ここでも豊かな神話的イメージを喚起する恋人の名(エレーヌ／ヘレネー)が重要な役割を果たすが，ヒロインである宮廷の侍女エレーヌ・ド・シュルジェールの実在性が色濃く

表れ，前2作と一線を画す．ロンサールの恋愛を主題としたソネは同時代の詩人たちの間に数多くの模倣者を生み，フランス恋愛詩の一つの方向を決定した．

恋愛論

De l'amour, 1822

*スタンダールの恋愛に関するエッセー．1819年末から執筆し始め，翌年には大部分を仕上げる．ミラノ滞在中に出会ったマチルド・デンボウスキー夫人への報いられない激しい恋愛感情と，18世紀観念論などの影響から，横溢する情熱的な感情と冷ややかで理知的な分析が同居する．2部に分けられ，第1部は恋愛の芽生え，生成過程，そしてその性質などを分析．第2部はヨーロッパ諸国をはじめアメリカ，アラビアにまで及ぶ風土，気候，気質，風俗などに触れつつ，それぞれの社会生活での恋愛を論じ，そして女子教育にまで言及する．とりわけ，「情熱」，「趣味」，「肉体」，「虚栄」という恋愛の分類と，恋愛が生まれ，形成される過程を「結晶作用」として「ザルツブルクの小枝」に譬えた箇所が有名．

ロスタン，エドモン

Edmond Rostand, 1868-1918

劇作家．マルセイユに生まれる．*自然主義と*象徴主義の支配する19世紀末に，ロスタンは*ロマン主義演劇を見事に復活させる．1894年*ユゴーの影響を窺わせる韻文劇『ロマネスク』(*Les Romanesques*) を書き，*コメディー＝フランセーズで上演される．3年後には『*シラノ・ド・ベルジュラック』(*Cyrano de Bergerac,* 1897) を発表．17世紀に実在した文学者*シラノ・ド・ベルジュラックをモデルとし，いとこのロクサーヌを一途に想い続ける天狗鼻の主人公を描いた戯曲は，ポルト＝サン＝マルタン座で名優コクランによって初演され，大成功を収めた．『鷲の子』

(*L'Aiglon,* 1900) では，名女優サラ・ベルナールが男装をし，ナポレオンの遺児役を演じたことで好評を博した．長男モーリスも劇作家であり，次男ジャンは著名な生物学者．

ロチ，ピエール

Pierre Loti, 1850-1923

小説家．本名はジュリヤン・ヴィヨー (Julien Viaud)．ロチはペンネームで，タヒチ語で夾竹桃または薔薇を意味する．大西洋岸の港町ロシュフォールでブルジョワ家庭の第三子として生まれる．17 歳で海軍兵学校に入学．19 歳から約 40 年間海軍士官として世界各地を歴訪し，その体験を基に巧みな絵画的描写で異国情緒あふれる恋物語を多く執筆．処女作『アジヤデ』(*Aziyadé,* 1879) 以降，『ロチの結婚』(*Le Mariage de Loti,* 1880)，『氷島の漁夫』(*Pêcheur d'Islande,* 1886)，日本を舞台とした『お菊さん』(*Madame Chrysanthème,* 1887) など旺盛な創作活動を続けた．1891 年に最年少で *アカデミー・フランセーズ会員となる．死後は忘れ去られていたが，ロラン・*バルトのエッセー「ピエール・ロチ『アジヤデ』」(1971) がきっかけとなり再評価されるようになった．

ローデンバック，ジョルジュ

Georges Rodenbach, 1855-1898

小説家，詩人．ベルギーのトゥルネー出身．ガン大学で法律を修め，パリに出て弁護士として修行する一方，文学カフェに出入りし *ユゴーや *ドーデ，*マラルメらと親交を結ぶ．代表的な詩集としては，『白い青春』(*La Jeunesse blanche,* 1886)，『沈黙の支配』(*Le Règne du silence,* 1891) がある．また彼の代表作とも言える小説『死都ブリュージュ』(*Bruges-la-Morte,* 1892) は，亡き妻を想い，悲しみに沈む主人公ユーグの孤独が，静寂と霧に包まれた憂愁の都ブリュージュの情景描写を通し静かに語られ，幻想性と叙情性に満ちた世紀末文学の名作．晩年はパリに拠点を移し象徴派詩人らと文学活動を展開するが，作品の舞台は故郷ベルギーであり続けた．

ロートレアモン伯爵

Comte de Lautréamont, 1846-1870

詩人．本名イジドール・デュカス (Isidore Ducasse)．フランス人の両親のもと，南米ウルグアイのモンテヴィデオに生まれる．14歳で単身父の故郷であるフランスのピレネー地方に渡り，中等教育を受ける．そこで出会った年下の美少年ダゼットに対して抱いた愛情は，後の作品にも深い痕跡を残す．パリに出た後，1868年に *散文詩『*マルドロールの歌』(*Les Chants de Maldoror*) の「第1歌」を匿名で，翌年全6歌を，ウージェーヌ・*シューの歴史小説『ラトレオーモン』(*Latréaumont,* 1837) から名を取った「ロートレアモン伯爵」の筆名で自費出版する．肉感的で攻撃的な衝動を，目まぐるしく変化してゆく奇抜なイメージで表したこの作品は，後の *シュルレアリスムの詩人たちから模範とされた．あらゆる既成の秩序を批判し，否定し尽くそうとした『マルドロールの歌』とは対照的に，「希望を詠う」と銘打った散文作品『ポエジー』(*Poésies,* 1870) では，様々な文学作品に対する批評的考察を展開するが，同年，プロシャ軍包囲下のパリで原因不明の死を遂げる．

ロートレアモンは同時代の詩人とほとんど交流を持たず，1890年のグールモンによる詩集の再版など若干の例外を除けば，19世紀においてはその存在はまったく認知されていなかった．しかし20世紀の初めに *ブルトンらによって『マルドロールの歌』および『ポエジー』が出版されてからは，ロートレアモンの存在は現代詩の礎として，*ボードレール，*ランボーにも比肩する重要性を持つことになった．その謎に包まれた生涯も近年の研究によって次第に明らかにされつつある．

ロブ=グリエ，アラン

Alain Robbe-Grillet, 1922-2008

小説家．ブルターニュ地方ブレスト生まれ．国立農業学校に学び，卒業後は農業技師として国立統計学研究所に勤務，また仏領海外植民地を転住．1949年，小説『ある弑逆者』(*Un Régicide,* 1978) を書くが刊行に至らず，1953年に発表された第1作『*消しゴム』(*Les Gommes*) が伝統的な小説概念の革新を目指すものとして注目される．その後，『覗く人』(*Le Voyeur,* 1955)，『*嫉妬』(*La Jalousie,* 1957)，『迷路の中で』(*Dans le Labyrinthe,* 1959) を発表し，新進作家としての名声が定着．*サロート，*ビュトールらの作品とともに*ヌーヴォー・ロマンと呼ばれる．主体の視線を通した客体の綿密な視覚的記述を中心とした彼の小説は「視覚の文学」とも言われ，この方法が彼を映画の領域へと向かわせた．シネロマン『去年マリエンバードで』(*L'Année dernière à Marienbad,* 1961) 以来，多くのシナリオを手がけ，あるいは自ら監督として，『不滅の女』(*L'Immortelle,* 1962)，『快楽の漸新的横滑り』(*Glissements progressifs du plaisir,* 1974) などを製作した．1980年代には『戻ってきた鏡』(*Le Miroir qui revient,* 1985)，『アンジェリックもしくは魅惑』(*Angélique ou l'enchantement,* 1987) と題する2冊の自伝的作品を発表．テクストの自律性に重きを置いたヌーヴォー・ロマンの時代とは異なり，「作家」が復権するに至る．

ロマン，ジュール

Jules Romains, 1885-1972

小説家，劇作家．本名ルイ・アンリ・ジャン・ファリグール (Louis Henri Jean Farigoule)．オーヴェルニュ地方ヴレーに生まれる．高等師範学校で学び，哲学の教授として教職に就く一方，ユートピアとしての僧院を創設，仲間と自給自足の共同生活を送る，いわゆる「アベイ派」の運動に加わり，「ユナニスム（一体主義）」の主唱者となる．処女詩集『一体生活』(*La Vie* *unanime,* 1908) では，一個人の感情ではなく，人間同士の連帯感情「集団的精神」を称揚する．第一次世界大戦後は，劇作家として活躍し，風刺劇『クノック』(*Knock ou le Triomphe de la médecine,* 1923) が大ヒット．ユナニスム運動の精神は，戦乱に揺れ変化する社会を舞台に1000人以上の登場人物で構成される全27巻の *大河小説『善意の人々』(*Les Hommes de bonne volonté,* 1932-1946) にも引き継がれている．

ロマン主義

Romantisme

19世紀前半の文学潮流．*古典主義的な束縛からの自由を求め，理性に基づく普遍的な美ではなく，感性と想像力を重んじる個別的，主観的な美の創出を目指した．「*世紀病」と呼ばれる不安な魂の描出，古典主義時代には蔑ろにされていた中世への関心と，スペインや東方など異国への憧憬といった時空間の拡大，民衆の導き手としての詩人像とその帰結としての積極的な政治参加などを特徴とする．また文学だけにとどまらず，ベルリオーズに代表される音楽やドラクロワを筆頭とする絵画など同時代の芸術全般に関わる運動でもあった．18世紀フランスの *ルソーを先駆とし，ドイツのゲーテやイギリスのシェイクスピア，19世紀初頭の *スタール夫人，*シャトーブリアンらの影響を強く受ける．古典主義との対立が特に顕著であった演劇においては，*スタンダールや *ユゴーがロマン主義の理論を提唱，1830年の『*エルナニ』上演によりロマン主義の勝利が決定づけられる．語法と文体の革新を図ったこの作品の上演にあたって，若きロマン主義詩人 *ネルヴァルや *ゴーチエらが劇場に乗り込み熱烈に支持した．ロマン主義演劇は，*三単一の規則の拒絶や悲劇と喜劇の混交，歴史への関心などを特徴としたが，ユゴーの『城主』(1843年) の失敗以降急速に失速する．詩においては1820年に *ラマルチーヌが『*瞑想詩集』を発表し，フランス詩に豊かな叙情性を蘇らせる．しかしより大胆な変革を試みたのはユゴーであり，『*東方詩集』などにおいて，芸術の自由を訴え，大胆な詩法を駆使し，俗語を交えつつ，多様な主題を取り込み新たな詩の地平を開拓した．小説においてはシャトーブリアンの『*ルネ』，*コンスタンの『*アドルフ』等の後を受け，*ミュッセの『世紀児の告白』など倦怠と不安に苛まれる自己の内面を描き出す小説が登場．また歴史への関心の高まりとイギリスのウォルター・スコットらの影響によりユゴーの『*ノートル=ダム・ド・パリ』，アレクサンドル・*デュマの『三銃士』などの歴史小説が発達．さらに，歴史上の一時期を描き出そうというこの試みを同時代に適用し，詩人の社会への奉仕というロマン主義的特質を加えたウージェーヌ・*シューの諸作品やユゴーの『*レ・ミゼラブル』などの社会小説が隆盛を見る．イギリスのゴシック小説やドイツ・ロマン主義の影響を色濃く反映した*ノディエやゴーチエらの幻想小説，交通手段や通信網の発達と彼岸への憧れとを基盤とした旅行記の流行もロマン主義を彩る重要な要素である．

同時代へ向けられた関心は，*レアリスムへの道を拓き，過剰な感情表現は後の*高踏派詩人たちから批判されることになるが，文学・芸術・思想のあらゆる分野を巻き込んだ一大思潮であった．

ロラン，ロマン

Romain Rolland, 1866-1944

小説家，劇作家，伝記作家．公証人の父のもと，ブルゴーニュ地方クラムシーに生まれる．14歳で家族とともにパリに移住．1886年に高等師範学校に入学した．1889年，歴史の教授資格を取得したロランは，ローマのフランス学院へ留学．ローマ滞在の2年間，ヴァチカンの古文書館で研究を進める一方，イタリア各地の芸術に接した．また，ニーチェとワーグナーの友人マルヴィダ・フォン・マイゼンブーク女史に出会い，ドイツ文化，思想に開眼する．さらにイタリア滞在中，戯曲の創作を始めるとともに，代表作『*ジャン=クリストフ』(*Jean-Christophe,* 1904-1912) に発展する「音楽小説」の着想を得た．帰国後，1895年にヨーロッパのオペラ史に関する論考で文学博士号を取得．教鞭をとるかたわら，戯曲を中心に創作活動を行う．『ベートーヴェンの生涯』(*Vie de Beethoven*, 1903) を出版した翌年，この大作曲家を彷彿とさせる人物を描く『ジャン=クリストフ』の雑誌への連載を開始．この作品は成功を収め，フランス文学における *大河小説の草分けとなる．第一次世界大戦中，論集『戦乱を超えて』(*Au-dessus de la mêlée*, 1915) を発表して平和を訴えた．1916年にノーベル文学賞を受賞．大戦後，非暴力を標榜するガンジーに共鳴する一方で，次第にソ連のコミュニスムに傾倒する．両者の間を揺れ動く当時のロランの葛藤は小説『*魅せられた魂』(*L'Âme enchantée*, 1922-1933) に反映されている．晩年は故郷に近いヴェズレーに居を構え，自伝『内面の旅路』(*Le Voyage intérieur*, 1942) と，友人の伝記『ペギー』(*Péguy*, 1944) を執筆した．ロランは行動する作家として常に平和を希求するヒューマニストであった．

ロランの歌

***Chanson de Roland*, 1070頃**

作者不詳の *武勲詩．4000行以上に及ぶ10音節詩句で構成され，*ジョングルールによって語り伝えられた．スペインのサラゴサ地方を治めるマルシル王が，フランス王シャルルマーニュに服従を申し出る．臣下ガヌロンはシャルルに和解を勧めるが，勇者ロランは戦うことを主張．和解案を受け入れた王は，ロランの勧めでガヌロンを敵地に送り和解交渉を進めることを命ずる．自分を指名したロランを憎むガヌロンは，マルシル王とロラン暗殺の奸計を企てる．そのためにロランは戦友オリヴィエと大司教チュルパンとともに，壮絶な戦いの末，ロンスヴォー峡谷で命を落とす．援護に駆けつけたシャルルマーニュの軍は異教徒たちを滅ぼし，反逆者ガヌロンを処刑する．この物語は，シャルルマーニュが778年にバスク人に襲撃されたという史実に基づくが，軍隊の様子や戦闘の描写に古代ギリシャ・ローマの叙事詩の伝統も見られる．歴史的事実と英雄伝説を混合させることによって，君主への奉仕と理想的なキリスト教徒の姿を描き，当時の封建制度社会に応じた作品である．形式は，「武勲詩節（レス）」という詩節に区切られ各詩節のすべての行末が同じ母音で終わるので，ジョングルールたちが暗唱して語るに便利であった．主に教会の広場や市場で語られ，本来はその場の状況や聴衆の反応に応じるなど即興性もあったようである．

ロレンザッチョ

Lorenzaccio, 1834

＊ミュッセの劇作品．ジョルジュ・＊サンドの作品を基に書かれ，5幕39場から成る．当初は上演を念頭に置いたものではなかったが，1896年女優サラ・ベルナールの主演により，作者の死後39年目に初めて上演された．物語は16世紀フィレンツェに君臨したメディチ家の暴君アレクサンドルをその従兄弟のロレンゾ（ロレンザッチョ）が暗殺するまでを描く．彼らに加え，暴君に対抗する理想主義者ストロッツィ，政治的野心を恋愛に絡ませて実現しようとするチーボ侯爵夫人，その義兄で権謀術数を駆使して権力の座を狙うチーボ枢機卿など，多彩な人物が複雑に入り組んだ構成となっている．全幕を通して上演すれば5時間は超えるという長大さのため，実際に上演されることは稀であるが，ミュッセの劇作の一つの到達点とみなされている．

ロワイエ=ジュルヌー，クロード

Claude Royet-Journoud, 1941-

詩人．リヨンに生まれる．1963年に文芸誌「手動の世紀」(*Siècle à mains*) を創刊して以降，「エー」(*A*)，「ズーク」(*ZUK*)，フランスでは初めての日刊文芸誌「インプラーノ」(*L'In-plano*) の創刊，編集も手がける．そこでルイ・ズーコフスキーをはじめとするアメリカの即物主義派の詩人やガートルード・スタインをフランスに紹介．詩の意味内容より言葉の音楽性・リズムを重んじるこれらの詩人たちはロワイエ＝ジュルヌーのみならず後の90年代以降の詩人たちに大きな影響を与えることになる．1972年に処女詩集『反転』(*Le Renversement*) を発表，後の『事物は無限を内包する』(*Les objets contiennent l'infini,* 1983) らと合わせて四部作となる．これらの詩集において彼は可能な限り「文字通り」であること，すなわちイメージや個人的な語りを排除し，音の繰り返しによる詩の音楽性を否定することを目指し，極限まで切り詰められた詩句から新たな詩情を生みだした．

ロンサール，ピエール・ド

Pierre de Ronsard, 1524-1585

詩人．ロワール川北部ヴァンドーム地方の貴族の家系に生まれ，1537年より王家に小姓として仕える．その後外交官ラザール・ド・バイフなどに仕えるが，熱病にかかり，聴覚に障害が残った．1543年父の希望であった軍人，外交官としての将来を放棄，剃髪を受け，以後聖職禄を受けることとなる．翌年の父の死後パリに上京．ジャン＝アントワーヌ・ド・*バイフとともにコクレ学寮に入学し，古典語学者ジャン・ドラの授業を受ける．ここで*デュ・ベレーらとも出会い，新たなフランス詩の創作を目指す「ブリガード(部隊)」(後に*プレイヤッド派と称される)を結成．1550年には『*オード四部集』(*Les Quatre premiers livres des Odes*) を発表，フランス詩に*オード(頌歌)の形式を定着させた．だが難解な神話表現を多用し，ギリシャ語からの造語なども大胆に取り込んだこの作品は賛否両論を巻き起こす．1552年には『*恋愛詩集』(*Les Amours*) を発表．主にペトラルカの『カンツォニエーレ』を模範とした*ソネ集で，ブロワの宮廷で出会った少女カッサンドルを歌った．1560年には自らの最初の全集を刊行．それに伴いこれまでに発表した作品に大幅に手を加えた．1572年，創作活動

初期より計画していたフランス建国叙事詩『*フランシヤッド』(*La Franciade*)を第4巻まで刊行．ウェルギリウスの『アエネーイス』に連なるこの叙事詩は，しかし未完のまま残された．ロンサールの良き庇護者であったシャルル9世が没し，アンリ3世の治世が始まるや，王の側近*デポルトが時代の嗜好に適う詩人となり，ロンサールは次第に宮廷から遠ざかる．1578年には第5次全集を刊行，王母カトリーヌ・ド・メディシスの侍女エレーヌ・ド・シュルジェールを歌った「エレーヌへのソネ」などが含まれる．1582年頃より病に苦しみ，1584年生前最後の全集を刊行した後，翌年トゥール郊外のサン=コーム修道院で没．

『恋愛詩集』によってその後のフランス詩で大きな位置を占めるソネの形式を完成させたロンサールの功績は大きい．またソネのみならず，オードや讃歌，叙事詩などあらゆる形式において代表作を残したロンサールの創作活動は，同時代の詩人たちの中でもその豊饒さにおいて群を抜く．同時代では常に「詩人の王」であり続け，*モンテーニュもロンサールを古代詩人に匹敵すると高く評価していたが，17世紀の*古典主義的価値観とは相容れず*ボワローらの批判を受けることとなった．しかし19世紀に入ると*サント=ブーヴによって再評価され，*ネルヴァルなどの作家にも大きな影響を与えている．

ロンドー

Rondeau

中世から16世紀前半にかけて多く作られた詩形の一つ．歌いながら踊る輪舞曲に由来するが，詩形として定着させたのは14世紀の詩人*ギヨーム・ド・マショーとされる．5行，3行，5行の3節から成り，第二詩節と第三詩節の末尾に第一詩節の冒頭句が繰り返される．同一句が反復されながらも少しずつ意味を変化させ，詩全体の結びともなる円環構造を成す．15世紀後半には*シャルル・ドルレアンがロンドーを多く作るが，中でも春の到来を詠った詩（「『時』は外套を脱ぎ捨てた…」）は今日も愛唱される．16世紀では，とりわけクレマン・*マロがこの詩形を好んで用いた．

若きパルク

La Jeune Parque, 1917

＊ヴァレリーの長詩．1912年，彼の旧作品をまとめた作品集の刊行を望むガストン・ガリマールと＊ジッドの要請を受け，長く詩作から遠ざかっていたヴァレリーが，それに加えるために新たに手がけた詩．途中，第一次世界大戦が勃発するが，1912年末から4年の歳月をかけて創作され，1917年に出版された．ヴァレリーの言う「一夜の間の一意識の変化」が描かれる．512行におよぶ＊アレクサンドランを通し，ギリシャ神話のプシューケー（霊魂）と目される乙女パルクが夜明けに海辺で目覚める姿が歌われ，精神と肉体の葛藤と調和というヴァレリー的主題が彼女の内面で官能的に展開される．古典的な詩法の中で言語の多義性と音楽性が追究され，＊マラルメの後継者として象徴派を自負，究極の詩的言語装置というべき＊純粋詩を目指すヴァレリー自身の詩論の実践となる．詩作への回帰となるこの詩は難解ながら評価を得て，彼の代表的な韻文作品となった．

年　表

年号	文学作品	事項
842	『*ストラスブールの宣言』	
1070頃	『*ロランの歌』	
1096		第1回十字軍（～1099）
12世紀	『*トリスタンとイズー』	
1160頃	マリー・ド・フランス『物語詩』	
1170頃	『*狐物語』（～1250年頃）	
12世紀後半	『*オーカッサンとニコレット』	
1180		フィリップ2世即位
1226		ルイ9世即位
1230頃	ギヨーム・ド・ロリス，ジャン・ド・マン『*薔薇物語』（～1270-80頃）	
13世紀中頃	『*ヴェルジ城の奥方』	
1257		ソルボンヌ学寮開設
13世紀末	『*フラメンカ物語』	
1309		法王アヴィニョン幽閉（～1377）
1328		フィリップ6世即位，ヴァロワ王朝成立
1339		百年戦争（～1453）
1431		ジャンヌ・ダルク火刑
15世紀中頃		グーテンベルク活版印刷術発明
1461		ルイ11世即位
1464頃	『*パトラン先生』	
15世紀後半	『*新百物語』	
1480頃	『*結婚十五の歓び』	
1489	ヴィヨン『遺言詩集』	
1492		コロンブスのアメリカ発見
1498		ルイ12世即位
1515		フランソワ1世即位
1530		王立教授団設立（*コレージュ・ド・フランスの前身）
1532	ラブレー『*ガルガンチュアとパンタグリュエル物語』（～1564），マロ『クレマンの青春』	

1534		檄文事件（新教徒弾圧）
1536	カルヴァン『*キリスト教綱要』	
1539		*ヴィレル＝コトレの勅令
1544	セーヴ『*デリー』	
1547		アンリ2世即位
1549	デュ・ベレー『*フランス語の擁護と顕揚』	
1550	ロンサール『*オード集』	
1552	ロンサール『*恋愛詩集』	
1553	ジョデル『*囚われのクレオパトラ』	
1555	ノストラダムス『予言集』	
1559	マルグリット・ド・ナヴァール『*エプタメロン』	カトー・カンブレジの和議（イタリア戦争終結）
1560	パーキエ『*フランス探求』（～1621）	シャルル9世即位
1562	ロンサール『*当代の悲惨を論ず』（～1563）	*宗教戦争開始
1572	ロンサール『*フランシヤッド』	
1574		アンリ3世即位
1578	デュ・バルタス『*聖週間』	
1580	モンテーニュ『*エセー』	
1589		アンリ4世即位，ブルボン王朝成立
1594	『*サチール・メニッペ』	
1598		ナントの勅令，宗教戦争終結
1607	オノレ・デュルフェ『*アストレ』（～1628）	
1610		アンリ4世暗殺，ルイ13世即位
1616	ドービニェ『*悲愴曲』	
1618		三十年戦争勃発
1635	コルネイユ『*舞台は夢』	*アカデミー・フランセーズ創設
1637	デカルト『*方法序説』，コルネイユ『*ル・シッド』	ル・シッド論争
1640	コルネイユ『*オラース』	
1642	コルネイユ『*ポリュクト』	

1643		ルイ13世没， ルイ14世即位
1647	ヴォージュラ『フランス語に関する覚書』	
1648		フロンドの乱(~1653) 三十年戦争終結
1657	パスカル『*プロヴァンシアル』	
1659	モリエール『滑稽な才女たち』	
1661		ルイ14世親政開始
1665	ラ・ロシュフーコー『*箴言集』， モリエール『*ドン・ジュアン』	
1666	モリエール『*人間ぎらい』	
1667	ラシーヌ『*アンドロマック』	
1668	ラ・フォンテーヌ『*寓話』， モリエール『*守銭奴』	
1669	モリエール『*タルチュフ』， ラシーヌ『*ブリタニキュス』	
1670	モリエール『*町人貴族』， パスカル『*パンセ』， ラシーヌ『*ベレニス』	
1674	ボワロー『*詩法』， ラシーヌ『イフィジェニー』	
1677	ラシーヌ『*フェードル』	
1678	ラ・ファイエット夫人『*クレーヴの奥方』	
1680		*コメディー＝フランセーズ設立
1685		ナントの勅令廃止
1688	ラ・ブリュイエール『*人さまざま』	
1697	ペロー『*昔話集』	
1701		スペイン継承戦争(～1714)
1709	ルサージュ『*チュルカレ』	
1715	ルサージュ『*ジル・ブラース』(～1735)	ルイ 14 世没， ルイ 15 世即位
1721	モンテスキュー『*ペルシア人の手紙』	
1725	セヴィニェ夫人『書簡』	
1726		ルイ15世親政開始
1730	マリヴォー『恋と偶然の戯れ』	
1731	アベ・プレヴォー『*マノン・レスコー』， マリヴォー『*マリアンヌの生涯』(～1742)	

1734	ヴォルテール『*哲学書簡』	
1747	ヴォルテール『ザディーグ』	
1748	モンテスキュー『法の精神』	
1750	ルソー『学問芸術論』	
1751	ディドロ，ダランベール『*百科全書』（～1772）	
1755	ルソー『人間不平等起源論』	
1759	ヴォルテール『*カンディード』	
1761	ルソー『*新エロイーズ』	
1762	ルソー『*エミール』，『*社会契約論』	カラス事件
1764	ヴォルテール『*哲学辞典』	
1774		ルイ15世没，ルイ16世即位
1775	ボーマルシェ『*セヴィリアの理髪師』	
1776		アメリカ独立宣言
1782	ラクロ『*危険な関係』，ルソー『*告白』	
1783	ボーマルシェ『*フィガロの結婚』	
1788	ベルナルダン・ド・サン＝ピエール『*ポールとヴィルジニー』	
1789		フランス大革命勃発
1791	サド『ジュスティーヌあるいは美徳の不幸』	
1792		第一共和政開始
1793		ルイ16世処刑
1796	ディドロ『*運命論者ジャックとその主人』	
1800	スタール夫人『文学論』	

1801	シャトーブリアン『*アタラ』	
1802	シャトーブリアン『キリスト教精髄』（「*ルネ」）	
1804	セナンクール『オーベルマン』	ナポレオン帝政成立
1810	スタール夫人『*ドイツ論』	
1811		ナポレオン，ロシア遠征
1814		王政復古
1816	コンスタン『*アドルフ』	
1820	ラマルチーヌ『*瞑想詩集』	
1822	スタンダール『*恋愛論』	
1826	ヴィニー『古今詩集』	

1827	ユゴー『クロムウェル』	
1829	サン＝シモン『*回想録』, ユゴー『*東方詩集』	「両世界評論」創刊
1830	スタンダール『*赤と黒』, ユゴー『*エルナニ』 ディドロ『ダランベールの夢』	七月革命（七月王政） 『エルナニ』の戦い
1831	ユゴー『*ノートル＝ダム・ド・パリ』, バルザック『あら皮』,	
1832	サンド『アンディアナ』	
1833	ミュッセ『マリアンヌの気まぐれ』, バルザック『ウジェニー・グランデ』	
1834	ミュッセ『*ロレンザッチョ』, 『*戯れに恋はすまじ』	
1835	バルザック『*ゴリオ爺さん』, ミュッセ『夜』（～1837）	
1836	バルザック『*谷間の百合』, ミュッセ『世紀児の告白』	
1837	バルザック『*幻滅』（～1843）	
1839	スタンダール『*パルムの僧院』	
1840	メリメ『コロンバ』, サント＝ブーヴ『ポール・ロワイヤル』（～1859）	
1842	バルザック『*人間喜劇』（～1848）, ベルトラン『*夜のガスパール』	
1844	デュマ・ペール『三銃士』, 『モンテ＝クリスト伯』（～1845）	
1845	メリメ『*カルメン』	
1846	サンド『魔の沼』	
1847	バルザック『*従妹ベット』,『*従兄ポンス』	
1848	デュマ・フィス『*椿姫』, シャトーブリアン『墓の彼方からの回想』（～1850）	二月革命
1849	サンド『*愛の妖精』	
1850	サント＝ブーヴ『月曜閑談』（～1862）	
1852	ゴーチエ『*螺鈿と七宝』, ルコント・ド・リール『古代詩集』	第二帝政開始
1853	ユゴー『*懲罰詩集』	
1854	ネルヴァル『火の娘たち』（「*シルヴィ」）	
1855	ネルヴァル『*オーレリア』	パリ万国博覧会

1856	ユゴー『*静観詩集』	
1857	フローベール『*ボヴァリー夫人』, ボードレール『*悪の華』	
1859	ユゴー『*諸世紀の伝説』	
1861		ワーグナー『タンホイザー』パリ初演
1862	フロマンタン『*ドミニック』, ユゴー『*レ・ミゼラブル』, フローベール『サランボー』	
1864	ヴィニー『*運命詩集』	
1865	ゴンクール兄弟 『ジェルミニー・ラセルトゥー』	
1866	『現代高踏詩集』, ヴェルレーヌ『*サチュルニアン詩集』	
1867	ゾラ『テレーズ・ラカン』	パリ万国博覧会
1869	フローベール『*感情教育』, ボードレール『*パリの憂鬱』, ロートレアモン『*マルドロールの歌』	
1870	ヴェルヌ『海底二万里』, ヴェルレーヌ『よき歌』	普仏戦争勃発
1871	ゾラ『*ルーゴン＝マッカール叢書』（～1893）, マラルメ『*エロディアード』	第三共和政開始, パリ・コミューン
1873	ランボー『*地獄の一季節』, ドーデ『月曜物語』	
1874	ヴェルレーヌ『*言葉なき恋歌』, フローベール『聖アントワーヌの誘惑』	
1876	マラルメ『半獣神の午後』	
1877	ゾラ『*居酒屋』, フローベール『三つの物語』	
1878		パリ万国博覧会
1879	ファーブル『昆虫記』（～1907）	
1880	ヴェルレーヌ『*叡智』, ゾラ『実験小説論』,『*ナナ』,『メダンの夕べ』（モーパッサン『脂肪の塊』）, ロチ『ロチの結婚』	
1881	フローベール『*ブヴァールとペキュシェ』, フランス『シルヴェストル・ボナールの罪』	
1883	モーパッサン『*女の一生』, ヴィリエ・ド・リラダン『残酷物語』	

1884	ユイスマンス『*さかしま』	
1885	ゾラ『*ジェルミナール』, モーパッサン『ベラミ』	
1886	ランボー『*イリュミナシオン』	
1887	モーパッサン『*オルラ』, ロチ『お菊さん』	アントワーヌ 「*自由劇場」創設
1888	バレス『自我礼賛』, モーパッサン『ピエールとジャン』	
1889	ブールジェ『弟子』	ブーランジェ将軍事件，パリ万国博覧会
1890	クローデル『*黄金の頭』	ポール・フォール「芸術座」創設
1891	ディドロ『*ラモーの甥』	
1892	メーテルランク『*ペレアスとメリザンド』	
1893		リュニェ=ポー 「制作座」創設
1894	ルナール『にんじん』	*ドレフュス事件
1895	ヴァレリー『*レオナルド・ダ・ヴィンチの方法序説』，ジッド『パリュード』	リュミエール兄弟による映画の発明
1896	ジャリ『*ユビュ王』, ヴァレリー『*ムッシュー・テストと劇場で』，ルナール『博物誌』	*ゴンクール賞創設
1897	マラルメ『*賽の一振り』，『ディヴァガシオン』, ロスタン『*シラノ・ド・ベルジュラック』, ジッド『地の糧』	
1898	ゾラ「われ弾劾す」	
1900		パリ万国博覧会
1902	ジッド『*背徳者』	
1904	ロラン『*ジャン=クリストフ』（～1912）	
1905		政教分離法成立
1909	ジッド『*狭き門』	「*新フランス評論」（*NRF*）創刊
1912	クローデル『マリアへのお告げ』	
1913	アポリネール『*アルコール』, プルースト『*失われた時を求めて』（～1927）, アラン=フルニエ『*グラン・モーヌ』, マルタン・デュ・ガール 『ジャン・バロワ』	ストラヴィンスキー『春の祭典』パリ初演，コポー「ヴィユー=コロンビエ座」創設

1914	ジッド『法王庁の抜穴』	第一次世界大戦勃発
1917	ヴァレリー『*若きパルク』	ロシア革命
1918	アポリネール『*カリグラム』	
1919	ジッド『*田園交響楽』	パリ講和会議，ヴェルサイユ条約締結
1920	ブルトン，スーポー『磁場』	
1922	マルタン・デュ・ガール 『*チボー家の人々』（〜1940）， ロラン『*魅せられた魂』（〜1933）， ヴァレリー『*魅惑』	
1923	ラディゲ『*肉体の悪魔』， コクトー『山師トマ』， コレット『青い麦』	
1924	ブルトン『*シュルレアリスム宣言』， ラディゲ『*ドルジェル伯の舞踏会』	
1925	モーリヤック『*愛の砂漠』	
1926	ジッド『*贋金つかい』	
1927	モーリヤック『*テレーズ・デスケルー』	
1928	ブルトン『*ナジャ』，マルロー『征服者』	
1929	コクトー『*恐るべき子供たち』， クローデル『*繻子の靴』	世界経済恐慌
1930	マルロー『*王道』	
1931	サン=テグジュペリ『*夜間飛行』	
1932	セリーヌ『*夜の果てへの旅』	
1933	マルロー『*人間の条件』	
1935	ジロドゥー『トロイア戦争は起こらない』	
1936	ベルナノス『*田舎司祭の日記』	人民戦線
1938	サルトル『*嘔吐』	
1939	サルトル『壁』	第二次世界大戦勃発，第三共和政崩壊
1942	カミュ『*異邦人』，『*シーシュポスの神話』	
1943	サン=テグジュペリ『*星の王子さま』	
1944	アヌイ『アンチゴーヌ』， ジュネ『花のノートルダム』	ノルマンディー上陸作戦，パリ解放
1945	カミュ『カリギュラ』， サルトル『自由への道』（〜1949）， ボーヴォワール『他人の血』	第二次世界大戦終結
1946		第四共和政成立
1947	ヴィアン『*日々の泡』，	

	カミュ『*ペスト』	
1948	サン=テグジュペリ『城砦』	
1949	ジュネ『*泥棒日記』, ボーヴォワール『第二の性』	
1950	イヨネスコ『*禿の女歌手』	
1951	グラック『*シルトの岸辺』, カミュ『反抗的人間』, ベケット『モロイ』	インドシナ戦争勃発
1953	ロブ=グリエ『*消しゴム』, ベケット『*ゴドーを待ちながら』	
1954	サガン『悲しみよこんにちは』	アルジェリア戦争勃発
1956	カミュ『転落』, ビュトール『時間割』	
1957	ビュトール『*心変わり』, ロブ=グリエ『*嫉妬』	
1958	デュラス『*モデラート・カンタービレ』	第五共和政成立
1959	クノー『*地下鉄のザジ』	
1960	イヨネスコ『*犀』, シモン『フランドルへの道』	
1963	ル・クレジオ『調書』	
1966	フーコー『言葉と物』	
1967	デリダ『エクリチュールと差異』	
1968	ユルスナール『*黒の過程』	
1970	トゥルニエ『魔王』	
1973	バルト『テクストの快楽』	
1977	ジャコテ『冬の光に』	
1984	デュラス『*愛人』, クンデラ『存在の耐えられない軽さ』	
1985	トゥーサン『浴室』	
1989		ベルリンの壁崩壊
1990	クンデラ『不滅』	湾岸戦争勃発
1991	キニャール『めぐり逢う朝』 エルノー『シンプルな情熱』	ソビエト連邦崩壊
1998	ウエルベック『素粒子』	
1999	エシュノーズ『ぼくは行くよ』	
2001		同時多発テロ
2002	キニャール『さまよえる影』	
2003		イラク戦争開始
2010	ウエルベック『地図と領土』	
2015	ウエルベック『服従』	シャルリ・エブド襲撃事件

フランス文学読書案内

フランス文学一般

菅野昭正他編『フランス文学講座』6巻，大修館書店，1976 - 1980

田村毅，塩川徹也他編『フランス文学史』，東京大学出版会，1995

田辺保編『フランス文学を学ぶ人のために』，世界思想社，1992

横山安由美，朝比奈美知子『はじめて学ぶフランス文学史』，ミネルヴァ書房，2002

渡辺守章，柏倉康夫，石井洋二郎編『フランス文学』，放送大学教育振興会，2003

慶應義塾大学文学部フランス文学研究室編『フランス文学をひらく — テーマ・技法・制度』，慶應義塾大学出版会，2010

柏木隆雄他編『エクリチュールの冒険 — 新編・フランス文学史』，大阪大学出版会，2003

野崎歓編著『フランス文学を旅する60章』，明石書店，2018

塚本昌則『フランス文学講義 — 言葉とイメージをめぐる12章』，中公新書，2012

吉田城，田口紀子編『身体のフランス文学 — ラブレーからプルーストまで』，京都大学学術出版会，2006

野崎歓『フランス小説の扉』，白水社，2010

野崎歓『フランス文学と愛』，講談社現代新書，2013

工藤庸子『フランス恋愛小説論』，岩波新書，1998

岩瀬孝，伊藤洋，佐藤実枝『フランス演劇史概説』，早稲田大学出版部，1999

秋山伸子『フランス演劇の誘惑 — 愛と死の戯れ』，岩波書店，2014

渡辺守章『劇場の思考』，岩波書店，1984

宇佐美斉『フランス詩 道しるべ』，臨川書店，1997

大森晋輔『フランスの詩と歌の愉しみ — 近代詩と音楽』，東京藝術大学出版会，2012

石井洋二郎『文学の思考 — サント＝ブーヴからブルデューまで』，東京大学出版会，2000

石澤小枝子，高岡厚子，竹田順子『フランス児童文学のファンタジー』，大阪大学出版会，2012

柏木隆雄『水鳥荘文庫目録』，弘学社，2018

中世

原野昇編『フランス中世文学を学ぶ人のために』，世界思想社，2007

原野昇『フランス中世の文学』，広島大学出版会，2005

V.-L.ソーニエ『中世フランス文学』，文庫クセジュ，1990

アンリ・ダヴァンソン『トゥルバドゥール ― 幻想の愛』，筑摩叢書，1972

ジャン・フラピエ『アーサー王物語とクレチヤン・ド・トロワ』，朝日出版社，1988

新倉俊一，神沢栄三，天沢退二郎訳『フランス中世文学集』4巻，白水社，1990 - 1996

池上俊一，河原温編『ヨーロッパの中世』8巻，岩波書店，2008 - 2010

16世紀

二宮敬『フランス・ルネサンスの世界』，筑摩書房，2000

リュシアン・フェーブル『フランス・ルネサンスの文明 ― 人間と社会の四つのイメージ』，ちくま学芸文庫，1996

宮下志朗『神をも騙す ― 中世・ルネサンスの笑いと嘲笑文学』，岩波書店，2011

イヴォンヌ・ベランジェ『プレイヤード派の詩人たち』，文庫クセジュ，1981

平川祐弘『ルネサンスの詩 ― 城と泉と旅人と』，講談社学術文庫，1987

宮下志朗『本の都市リヨン』，晶文社，1989

マイケル・A・スクリーチ『ラブレー 笑いと叡智のルネサンス』，白水社，2009

マドレーヌ・ラザール『ラブレーとルネサンス』，文庫クセジュ，1981

高橋薫『改革派詩人が見たフランス宗教戦争 ― アグリッパ・ドービニェの生涯と詩作』，中央大学出版部，2011

荒木昭太郎『モンテーニュ ― 初代エッセイストの問いかけ』，中公新書，2000

アントワーヌ・コンパニョン『寝るまえ5分のモンテーニュ ―「エセー」入門』，白水社，2014

保苅瑞穂『モンテーニュの書斎 ―「エセー」を読む』，講談社，2017

宮下志朗，伊藤進，平野隆文他編・訳『フランス・ルネサンス文学集』3巻，白水社，2015 - 2017

17世紀

ジャン・ルーセ『フランス・バロック期の文学』，筑摩叢書，1970

倉田信子『フランス・バロック小説の世界』，平凡社，1994

藤井康生『幻想劇場 ― フランス・バロック演劇の宇宙』，平凡社，1988

小倉博孝編『コルネイユの劇世界』，上智大学出版，2010

小場瀬卓三『フランス古典喜劇成立史 ― モリエール研究』，法政大学出版局，1970

小田桐光隆編『ラシーヌ劇の神話力』，上智大学出版，2001

竹田篤司『モラリスト ― 生き続ける人間学』，中公新書，1978

田中仁彦『ラ・ロシュフーコーと箴言 ― 太陽も死も直視できない』，中公新書，1986

塩川徹也『パスカル「パンセ」を読む』，岩波書店，2001

山上浩嗣『パスカル「パンセ」を楽しむ ― 名句案内40章』，講談社学術文庫，2016

赤木昭三『フランス近代の反宗教思想 ― リベルタンと地下写本』，岩波書店，1993

井村順一『美しい言葉づかい ― フランス人の表現の技術』，中公新書，2008

18世紀

V.-L.ソーニエ『十八世紀フランス文学』，文庫クセジュ，1965

植田祐次編『十八世紀フランス文学を学ぶ人のために』，世界思想社，2003

多田道太郎，樋口謹一編『空間の世紀』，筑摩書房，1988

赤木昭三，赤木富美子『サロンの思想史 ― デカルトから啓蒙思想へ』，名古屋大学出版会，2003

宇野木めぐみ『読書する女たち ― 十八世紀フランス文学から』，藤原書店，2017

永見瑞木『コンドルセと〈光〉の世紀 ― 科学から政治へ』，白水社，2018

鷲見洋一『一八世紀 近代の臨界 ― ディドロとモーツァルト』，ぷねうま舎，2018

植田祐次編『ヴォルテールを学ぶ人のために』，世界思想社，2012

桑瀬章二郎編『ルソーを学ぶ人のために』，世界思想社，2010

小林善彦『ルソーとその時代』，大修館書店，1973

永見文雄『ジャン＝ジャック・ルソー ― 自己充足の哲学』，勁草書房，2012

19世紀

小倉孝誠編『十九世紀フランス文学を学ぶ人のために』，世界思想社，2014

宇佐美斉編『フランス・ロマン主義と現代』，筑摩書房，1991

アラン・パジェス『フランス自然主義文学』，白水社，2013

小倉孝誠『歴史と表象 ― 近代フランスの歴史小説を読む』，新曜社，1997

石井洋二郎『異郷の誘惑 — 旅するフランス作家たち』，東京大学出版会，2009

工藤庸子『宗教vs. 国家 — フランス〈政教分離〉と市民の誕生』，講談社現代新書，2007

本庄桂輔『フランス近代劇史』，新潮社，1969

ジャン＝マリー・トマソー『メロドラマ — フランスの大衆文化』，晶文社，1991

出口裕弘『帝政パリと詩人たち — ボードレール・ロートレアモン・ランボー』，河出書房新社，1999

高岡尚子『摩擦する「母」と「女」の物語 — フランス近代小説にみる「女」と「男らしさ」のセクシュアリティ』，晃洋書房，2014

柏木隆雄『バルザック詳説』，水声社，2020

阿部良雄『シャルル・ボードレール — 現代性の成立』，河出書房新社，1995

工藤庸子『恋愛小説のレトリック —「ボヴァリー夫人」を読む』，東京大学出版会，1998

清水正和『ゾラと世紀末』，国書刊行会，1992

柏倉康夫『パリの詩・マネとマラルメ』，筑摩書房，1982

小倉孝誠，宮下志朗編『ゾラの可能性 — 表象・科学・身体』，藤原書店，2005

20世紀

佐藤朔『現代フランス文学の展望』，カルチャー出版社，1976

M.ナドー『現代フランス小説史』，みすず書房，1966

吉川一義，岑村傑編『フランス現代作家と絵画』，水声社，2009

久保昭博『表象の傷 — 第一次世界大戦からみるフランス文学史』，人文書院，2011

中村隆之『フランス語圏カリブ海文学小史 — ネグリチュードからクレオール性まで』，風響社，2011

岡本裕一朗『フランス現代思想史 — 構造主義からデリダ以後へ』，中公新書，2015

中村栄子『小説の探求 — ジード・プルースト・中心紋』，駿河台出版社，2003

ジャクリーヌ・シェニウー＝ジャンドロン『シュルレアリスム』，人文書院，1997

鈴木重生『ヌーヴォー・ロマン周遊』，中央大学学術図書，1989

鈴木道彦『プルーストを読む —「失われた時を求めて」の世界』，集英社新書，2002

クロード・マルタン『アンドレ・ジッド』，九州大学出版会，2003

澤田直『新・サルトル講義』，平凡社新書，2002
オリヴィエ・トッド『アルベール・カミュ—ある一生』，毎日新聞社，2001
石川美子『ロラン・バルト — 言語を愛し恐れつづけた批評家』，中公新書，2015
慎改康之『フーコーの言説 —〈自分自身〉であり続けないために』，筑摩選書，2019

分類別・時代別索引

<<人名>>

中世

16世紀

17世紀

18世紀

19世紀

20世紀

＜＜作品名＞＞

18世紀

19世紀

20世紀

<<事項>>

フランス語索引

À la recherche du temps perdu	失われた時を求めて
À rebours	さかしま
Absurde	不条理
Académie française	アカデミー・フランセーズ
Adolphe	アドルフ
Affaire Dreyfus	ドレフュス事件
Agoult, Marie de Flavigny, comtesse d’	ダグー
Alain	アラン
Alain-Fournier	アラン＝フルニエ
Alcools	アルコール
Alembert, Jean Le Rond d’	ダランベール
Alexandrin	アレクサンドラン
Alferi, Pierre	アルフェリ
Aliénor d’Aquitaine	アリエノール・ダキテーヌ
Amant (L’)	愛人
Âme enchantée (L’)	魅せられた魂
Amour courtois	宮廷風恋愛
Amours (Les)	恋愛詩集
Amyot, Jacques	アミヨ
Andromaque	アンドロマック
Anouilh, Jean	アヌイ
Antoine, André	アントワーヌ
Apollinaire, Guillaume	アポリネール
Aragon, Louis	アラゴン
Art poétique (L’)	詩法
Artaud, Antonin	アルトー
Assommoir (L’)	居酒屋
Astrée (L’)	アストレ
Atala	アタラ
Aubigné, Théodore Agrippa d’	ドービニェ
Aucassin et Nicolette	オーカッサンとニコレット
Augier, Émile	オージエ
Aurélia ou le Rêve et la Vie	オーレリア
Automatisme	自動筆記
Avare (L’)	守銭奴
Aymé, Marcel	エメ
Bachelard, Gaston	バシュラール
Baïf, Jean-Antoine de	バイフ

Bal du comte d'Orgel (Le)	ドルジェル伯の舞踏会
Ballade	バラッド
Balzac, Honoré de	バルザック
Banville, Théodore de	バンヴィル
Barbey d'Aurevilly, Jules	バルベー・ドールヴィイー
Barbier de Séville ou la Précaution inutile (Le)	セヴィリアの理髪師
Barbusse, Henri	バルビュス
Baroque	バロック
Barrès, Maurice	バレス
Barthes, Roland	バルト
Bataille, Georges	バタイユ
Baudelaire, Charles	ボードレール
Bayle, Pierre	ベール
Beaumarchais, Pierre-Augustin Caron de	ボーマルシェ
Beauvoir, Simone de	ボーヴォワール
Beckett, Samuel	ベケット
Becque, Henry	ベック
Belleau, Remy	ベロー
Bérénice	ベレニス
Bernanos, Georges	ベルナノス
Bernardin de Saint-Pierre, Jacques-Henri	ベルナルダン・ド・サン＝ピエール
Bertrand, Aloysius	ベルトラン
Blanchot, Maurice	ブランショ
Blason	ブラゾン
Bloy, Léon	ブロワ
Boileau, Nicolas	ボワロー
Bonnefoy, Yves	ボヌフォワ
Borel, Pétrus	ボレル
Bosco, Henri	ボスコ
Bossuet, Jacques Bénigne	ボシュエ
Bourgeois gentilhomme (Le)	町人貴族
Bourget, Paul	ブールジェ
Bouvard et Pécuchet	ブヴァールとペキュシェ
Brantôme, Seigneur de	ブラントーム
Breton, André	ブルトン
Britannicus	ブリタニキュス
Budé, Guillaume	ビュデ

Buffon, Georges Louis Leclerc de	ビュフォン
Butor, Michel	ビュトール
Cadiot, Olivier	カディオ
Calligrammes	カリグラム
Calvin, Jean	カルヴァン
Camus, Albert	カミュ
Candide ou l'Optimisme	カンディード
Cantatrice chauve (La)	禿の女歌手
Caractères (Les)	人さまざま
Carmen	カルメン
Cazotte, Jacques	カゾット
Céline, Louis-Ferdinand	セリーヌ
Cénacle	セナークル
Cendrars, Blaise	サンドラール
Cent Nouvelles Nouvelles (Les)	新百物語
Césaire, Aimé	セゼール
Chamfort, Sébastien-Roch Nicolas de	シャンフォール
Champfleury	シャンフルーリ
Chanson de Geste	武勲詩
Chanson de Roland	ロランの歌
Chants de Maldoror (Les)	マルドロールの歌
Char, René	シャール
Charles d'Orléans	シャルル・ドルレアン
Charmes	魅惑
Chartreuse de Parme (La)	パルムの僧院
Chassignet, Jean-Baptiste	シャシニェ
Chateaubriand, François René de	シャトーブリアン
Châtelaine de Vergy (La)	ヴェルジ城の奥方
Châtiments (Les)	懲罰詩集
Chénier, André	シェニエ
Chrétien de Troyes	クレチヤン・ド・トロワ
Christine de Pisan	クリスチーヌ・ド・ピザン
Classicisme	古典主義
Claudel, Paul	クローデル
Cléopâtre captive	囚われのクレオパトラ
Cocteau, Jean	コクトー
Colette, Sidonie-Gabrielle	コレット
Collège de France	コレージュ・ド・フランス
Comédie humaine (La)	人間喜劇

Comédie-Française	コメディー＝フランセーズ
Comte, Auguste	コント
Condition humaine (La)	人間の条件
Confessions (Les)	告白
Constant, Benjamin	コンスタン
Contemplations (Les)	静観詩集
Corbière, Tristan	コルビエール
Corneille, Pierre	コルネイユ
Cousin Pons (Le)	従兄ポンス
Cousine Bette (La)	従妹ベット
Crébillon, Claude Prosper Jolyot de	クレビヨン・フィス
Cyrano de Bergerac	シラノ・ド・ベルジュラック
Cyrano de Bergerac, Savinien de	シラノ・ド・ベルジュラック
Dadaïsme	ダダイスム
Dame aux camélias (La)	椿姫
Dandysme	ダンディスム
Daudet, Alphonse	ドーデ
De l'Allemagne	ドイツ論
De l'amour	恋愛論
Décadents	デカダン
Défense et illustration de la langue française (La)	フランス語の擁護と顕揚
Délie, objet de plus haute vertu	デリー，至高なる美徳の対象
Delille, Jacques	ドリール
Derrida, Jacques	デリダ
Des Périers, Bonaventure	デ・ペリエ
Desbordes-Valmore, Marceline	デボルド＝ヴァルモール
Descartes, René	デカルト
Désert de l'amour (Le)	愛の砂漠
Desportes, Philippe	デポルト
Destinées (Les)	運命詩集
Diable au corps (Le)	肉体の悪魔
Dictionnaire philosophique	哲学辞典
Diderot, Denis	ディドロ
Discours de la méthode	方法序説
Discours des misères de ce temps	当代の悲惨を論ず
Dolet, Estienne	ドレ
Dominique	ドミニック
Dom Juan ou le festin de pierre	ドン・ジュアン

Drieu La Rochelle, Pierre	ドリュ・ラ・ロシェル
Du Bartas, Guillaume de Saluste	デュ・バルタス
Du Bellay, Joachim	デュ・ベレー
Du Bouchet, André	デュ・ブーシェ
Duclos, Charles Pinot	デュクロ
Du Contrat Social, ou Principes du droit politique	社会契約論
Du Fail, Noël	デュ・ファイユ
Dumas, Alexandre	デュマ・ペール
Dumas, Alexandre (fils)	デュマ・フィス
Duras, Marguerite	デュラス
Echenoz, Jean	エシュノーズ
École lyonnaise	リヨン派
Écume des jours (L')	日々の泡
Éducation sentimentale (L')	感情教育
Éluard, Paul	エリュアール
Émaux et Camées	螺鈿と七宝
Émile ou de l'éducation	エミール
En attendant Godot	ゴドーを待ちながら
Encyclopédie ou Dictionnaire raisonné des sciences, des arts et des métiers	百科全書
Encyclopédistes	百科全書派
Enfants terribles (Les)	恐るべき子供たち
Engagement	アンガジュマン
Erasmus, Desiderius	エラスムス
Ernaux, Annie	エルノー
Essais	エセー
Estienne, Robert	エチエンヌ
Étranger (L')	異邦人
Évangélisme	福音主義
Existentialisme	実存主義
Fables	寓話
Fabliau	ファブリオー
Farce	ファルス
Farce de Maître Pathelin (La)	パトラン先生
Faux-Monnayeurs (Les)	贋金つかい
Fénelon, François de Salignac de La Mothe	フェヌロン
Feydeau, Ernest	フェドー
Flaubert, Gustave	フローベール

Fleurs du mal (Les)	悪の華
Folle Journée ou le mariage de Figaro (La)	フィガロの結婚
Fontenelle, Bernard Le Bovier de	フォントネル
Foucault, Michel	フーコー
Fourier, Charles	フーリエ
France, Anatole	フランス
Franciade (La)	フランシヤッド
Froissart, Jean	フロワサール
Fromentin, Eugène	フロマンタン
Gargantua et Pantagruel	ガルガンチュアとパンタグリュエル物語
Garnier, Robert	ガルニエ
Gaspard de la nuit	夜のガスパール
Gautier, Théophile	ゴーチエ
Genet, Jean	ジュネ
Genette, Gérard	ジュネット
Germinal	ジェルミナール
Gide, André	ジッド
Giono, Jean	ジオノ
Girardin, Émile de	ジラルダン
Giraudoux, Jean	ジロドゥー
Gobineau, Joseph Arthur de	ゴビノー
Gommes (Les)	消しゴム
Goncourt (Edmond et Jules de)	ゴンクール兄弟
Gracq, Julien	グラック
Grand Meaulnes (Le)	グラン・モーヌ
Grands Rhétoriqueurs	大押韻派
Green, Julien	グリーン
Guérin, Maurice de	ゲラン
Guerres de religion	宗教戦争
Guibert, Hervé	ギベール
Guillaume de Machaut	ギヨーム・ド・マショー
Guizot, François	ギゾー
Heptaméron	エプタメロン
Hernani ou l'Honneur castillan	エルナニ
Hérodiade	エロディアード
Héroët, Antoine	エロエ

Histoire de Gil Blas de Santillane	ジル・ブラース
Histoire du chevalier des Grieux et de Manon Lescaut	マノン・レスコー
Histoires ou Contes du temps passé avec des moralités	昔話集
Honnête homme	オネットム
Horace	オラース
Horla (Le)	オルラ
Houellebecq, Michel	ウエルベック
Hugo, Victor	ユゴー
Humanisme	ユマニスム
Huysmans, Joris-Karl	ユイスマンス
Illuminations	イリュミナシオン
Illusion comique (L')	舞台は夢
Illusions perdues	幻滅
Immoraliste (L')	背徳者
Institution de la religion chrétienne	キリスト教綱要
Introduction à la méthode de Léonard de Vinci	レオナルド・ダ・ヴィンチの方法序説
Ionesco, Eugène	イヨネスコ
Jaccottet, Philippe	ジャコテ
Jacob, Max	ジャコブ
Jacques le Fataliste et son maître	運命論者ジャックとその主人
Jalousie (La)	嫉妬
Jammes, Francis	ジャム
Janin, Jules	ジャナン
Jansénisme	ジャンセニスム
Jarry, Alfred	ジャリ
Jean-Christophe	ジャン＝クリストフ
Jeune Parque (La)	若きパルク
Jodelle, Étienne	ジョデル
Joinville, Jean de	ジョワンヴィル
Jongleur	ジョングルール
Journal d'un curé de campagne	田舎司祭の日記
Journal du voleur	泥棒日記
Julie ou La Nouvelle Héloïse	新エロイーズ
Kristeva, Julia	クリステーヴァ
Kristof, Agota	クリストフ
Kundera, Milan	クンデラ

La Boétie, Étienne de	ラ・ボエシー
La Bruyère, Jean de	ラ・ブリュイエール
La Fayette, comtesse de	ラ・ファイエット夫人
La Fontaine, Jean de	ラ・フォンテーヌ
La Rochefoucauld, François VI, duc de	ラ・ロシュフーコー
La Sale, Antoine de	ラ・サル
Labé, Louise	ラベ
Labiche, Eugène	ラビッシュ
Laclos, Pierre Choderlos de	ラクロ
Laforgue, Jules	ラフォルグ
Lamartine, Alphonse de	ラマルチーヌ
Lamennais, Félicité-Robert de	ラムネー
Larbaud, Valery	ラルボー
Lautréamont, Comte de	ロートレアモン伯爵
Le Cid	ル・シッド
Le Clézio, Jean-Marie Gustave	ル・クレジオ
Leblanc, Maurice	ルブラン
Leconte de Lisle, Charles Marie	ルコント・ド・リール
Lefèvre d'Étaples, Jacques	ルフェーヴル・デタープル
Légende des Siècles (La)	諸世紀の伝説
Légende du roi Arthur (La)	アーサー王伝説
Leiris, Michel	レリス
Lesage, Alain-René	ルサージュ
Lettres persanes (Les)	ペルシア人の手紙
Lettres philosophiques	哲学書簡
Lévi-Strauss, Claude	レヴィ＝ストロース
Liaisons dangereuses (Les)	危険な関係
Libertin	リベルタン
Littérature de l'action	行動主義文学
Lorenzaccio	ロレンザッチョ
Loti, Pierre	ロチ
Louÿs, Pierre	ルイス
Lys dans la vallée (Le)	谷間の百合
Madame Bovary	ボヴァリー夫人
Maeterlinck, Maurice	メーテルランク
Maistre, Joseph de	メーストル
Mal du siècle	世紀病
Malesherbes, Chrétien-Guillaume de Lamoignon de	マルゼルブ

Malherbe, François de	マレルブ
Mallarmé, Stéphane	マラルメ
Malraux, André	マルロー
Manifeste du surréalisme	シュルレアリスム宣言
Marie de France	マリー・ド・フランス
Marivaudage	マリヴォダージュ
Marivaux, Pierre Carlet de Chamblain de	マリヴォー
Marmontel, Jean-François	マルモンテル
Marot, Clément	マロ
Martin du Gard, Roger	マルタン・デュ・ガール
Marguerite de Navarre	マルグリット・ド・ナヴァール
Maupassant, Guy de	モーパッサン
Mauriac, François	モーリヤック
Méditations poétiques	瞑想詩集
Meigret, Louis	メグレ
Mémoires (Les)	回想録
Mercier, Louis Sébastien	メルシエ
Mercure de France	メルキュール・ド・フランス
Mérimée, Prosper	メリメ
Michaux, Henri	ミショー
Michelet, Jules	ミシュレ
Mirbeau, Octave	ミルボー
Misanthrope (Le)	人間ぎらい
Misérables (Les)	レ・ミゼラブル
Mistral, Frédéric	ミストラル
Moderato cantabile	モデラート・カンタービレ
Modiano, Patrick	モディアノ
Modification (La)	心変わり
Molière	モリエール
Monologue intérieur	内的独白
Montaigne, Michel Eyquem de	モンテーニュ
Montesquieu, Charles-Louis de Secondat, baron de La Brède et de	モンテスキュー
Montherlant, Henry de	モンテルラン
Moraliste	モラリスト
Morand, Paul	モラン
Moréas, Jean	モレアス
Murger, Henri	ミュルジェール
Musset, Alfred de	ミュッセ

Mystère	聖史劇
Mythe de Sisyphe (Le)	シーシュポスの神話
Nadja	ナジャ
Nana	ナナ
Narratologie	ナラトロジー
Naturalisme	自然主義
Nausée (La)	嘔吐
Néo-platonisme	ネオ・プラトニスム
Nerval, Gérard de	ネルヴァル
Neveu de Rameau (Le)	ラモーの甥
Nodier, Charles	ノディエ
Nostradamus	ノストラダムス
Nothomb, Amélie	ノートン
Notre-Dame de Paris	ノートル＝ダム・ド・パリ
Nouveau Roman	ヌーヴォー・ロマン
Nouveau, Germain	ヌーヴォー
Nouvelle Critique	ヌーヴェル・クリティック
Nouvelle Revue Française (La)	新フランス評論
Ode	オード
Odes (Les)	オード集
Œuvre au noir (L')	黒の過程
On ne badine pas avec l'amour	戯れに恋はすまじ
Opéra-comique	オペラ＝コミック
Ordonnance de Villers-Cotterêts	ヴィレル＝コトレの勅令
Orientales (Les)	東方詩集
Oulipo, L'Ouvroir de littérature potentielle	ウリポ
Pagnol, Marcel	パニョル
Parnasse (Le)	高踏派
Pascal, Blaise	パスカル
Pasquier, Étienne	パーキエ
Paul et Virginie	ポールとヴィルジニー
Péguy, Charles	ペギー
Pelléas et Mélisande	ペレアスとメリザンド
Pensées	パンセ
Père Goriot (Le)	ゴリオ爺さん
Perec, Georges	ペレック
Perrault, Charles	ペロー
Peste (La)	ペスト
Petit Prince (Le)	星の王子さま

Petite Fadette (La)	愛の妖精
Petits Romantiques	小ロマン派
Pétrarquisme	ペトラルキスム
Phèdre	フェードル
Philippe, Charles-Louis	フィリップ
Philosophie des Lumières	啓蒙思想
Philosophe	フィロゾーフ
Pieyre de Mandiargues, André	ピエール・ド・マンディアルグ
Pléiade (La)	プレイヤッド派
Poème en prose	散文詩
Poèmes saturniens	サチュルニアン詩集
Poésie pure	純粋詩
Polyeucte	ポリュクト
Ponge, Francis	ポンジュ
Porte étroite (La)	狭き門
Port-Royal	ポール＝ロワイヤル
Portugal, Anne	ポルチュガル
Préciosité	プレシオジテ
Prévert Jacques	プレヴェール
Prévost, l'abbé	プレヴォー，アベ
Princesse de Clèves (La)	クレーヴの奥方
Prix Goncourt	ゴンクール賞
Proudhon, Pierre-Joseph	プルードン
Proust, Marcel	プルースト
Provinciales (Les)	プロヴァンシアル
Queneau, Raymond	クノー
Querelle des Anciens et des Modernes	新旧論争
Querelle des femmes (La)	女性論争
Quête du Graal (La)	聖杯物語
Quignard, Pascal	キニャール
Quinet, Edgar	キネ
Quinze Joies de mariage (Les)	結婚十五の歓び
Rabelais, François	ラブレー
Racine, Jean	ラシーヌ
Radiguet, Raymond	ラディゲ
Réalisme	レアリスム
Recherches de la France (Les)	フランス探求

Réflexions ou sentences et maximes morales	箴言集
Règle des trois unités	三単一の規則
Régnier, Henri de	レニエ
Renaissance	ルネサンス
Renan, Ernest	ルナン
Renard, Jules	ルナール
René	ルネ
Rétif de la Bretonne	レチフ・ド・ラ・ブルトンヌ
Rhinocéros	犀
Richelieu, Armand Jean du Plessis, cardinal duc de	リシュリュー
Rimbaud, Arthur	ランボー
Rivage des Syrtes (Le)	シルトの岸辺
Rivière, Jacques	リヴィエール
Robbe-Grillet, Alain	ロブ=グリエ
Rodenbach, Georges	ローデンバック
Rolland, Romain	ロラン
Romains, Jules	ロマン
Roman de Flamenca	フラメンカ物語
Roman de la Rose	薔薇物語
Roman de Renart	狐物語
Roman épistolaire	書簡体小説
Roman noir	暗黒小説（ロマン・ノワール）
Roman picaresque	ピカレスク小説
Romances sans parole	言葉なき恋歌
Roman-feuilleton	新聞連載小説
Roman-fleuve	大河小説
Romans bretons	ブルターニュ物語
Romantisme	ロマン主義
Rondeau	ロンドー
Ronsard, Pierre de	ロンサール
Rostand, Edmond	ロスタン
Roubaud, Jacques	ルーボー
Rouge et le Noir (Le)	赤と黒
Rougon-Macquart (Les)	ルーゴン=マッカール叢書
Rousseau, Jean-Jacques	ルソー
Royet-Journoud, Claude	ロワイエ=ジュルヌー
Rutebeuf	リュトブフ

Sade, Donatien Alphonse François, marquis de	サド
Sagan, Françoise	サガン
Sagesse	叡智
Sainte-Beuve, Charles Augustin	サント=ブーヴ
Saint-Évremond, Charles de	サン=テヴルモン
Saint-Exupéry, Antoine de	サン=テグジュペリ
Saint-Lambert, Jean François de	サン=ランベール
Saint-Simon, Claude Henri de Rouvroy, comte de	サン=シモン
Saint-Simon, Louis de Rouvroy, duc de	サン=シモン
Salon	サロン
Samain, Albert	サマン
Sand, George	サンド
Sardou, Victorien	サルドゥー
Sarraute, Nathalie	サロート
Sartre, Jean-Paul	サルトル
Satyre Ménippée	サチール・メニッペ
Scarron, Paul	スカロン
Scève, Maurice	セーヴ
Scudéry, Madeleine de	スキュデリー嬢
Segalen, Victor	セガレン
Ségur, Sophie Rostopchine, comtesse de	セギュール
Semaine ou Création du Monde (La)	聖週間あるいは天地創造
Senancour, Étienne Pivert de	セナンクール
Serments de Strasbourg (Les)	ストラスブールの宣言
Sévigné, marquise de	セヴィニェ夫人
Simenon, Georges	シムノン
Simon, Claude	シモン
Soirée avec Monsieur Teste (La)	ムッシュー・テストと劇場で
Sollers, Philippe	ソレルス
Sonnet	ソネ
Soulier de satin (Le)	繻子の靴
Spleen de Paris (Le)	パリの憂鬱
Staël, Mme de	スタール夫人
Stendhal	スタンダール
Structuralisme	構造主義
Sue, Eugène	シュー
Surréalisme	シュルレアリスム

Sylvie	シルヴィ
Symbolisme	象徴主義
Symphonie pastorale (La)	田園交響楽
Taine, Hippolyte	テーヌ
Tartuffe ou l'Imposteur	タルチュフ
Tête d'or	黄金の頭
Théâtre de la foire	テアトル・ド・ラ・フォワール
Théâtre du Boulevard	ブールヴァール演劇
Théâtre Libre	自由劇場
Thérèse Desqueyroux	テレーズ・デスケルー
Thibaudet, Albert	チボーデ
Thibault (Les)	チボー家の人々
Thierry, Augustin	チエリー
Tocqueville, Alexis de	トクヴィル
Tournier, Michel	トゥルニエ
Toussaint, Jean-Philippe	トゥーサン
Tragiques (Les)	悲愴曲
Tristan et Iseult	トリスタンとイズー
Troubadour	トルバドゥール
Turcaret ou le financier	チュルカレ
Tzara, Tristan	ツァラ
Ubu roi	ユビュ王
Un coup de dés	賽の一振り
Une saison en enfer	地獄の一季節
Une vie	女の一生
Valéry, Paul	ヴァレリー
Vallès, Jules	ヴァレス
Vaudeville	ヴォードヴィル
Vaugelas, Claude Favre de	ヴォージュラ
Vauvenargues, Luc de Clapiers, marquis de	ヴォーヴナルグ
Vercors	ヴェルコール
Verhaeren, Émile	ヴェルハーレン
Verlaine, Paul	ヴェルレーヌ
Verne, Jules	ヴェルヌ
Vian, Boris	ヴィアン
Viau, Théophile de	ヴィヨー
Vie de Marianne (La)	マリアンヌの生涯
Vigny, Alfred de	ヴィニー

Villiers de L'Isle-Adam, Auguste de	ヴィリエ・ド・リラダン
Villon, François	ヴィヨン
Voie royale (La)	王道
Vol de nuit	夜間飛行
Voltaire	ヴォルテール
Voyage au bout de la nuit (Le)	夜の果てへの旅
Weil, Simone	ヴェイユ
Yourcenar, Marguerite	ユルスナール
Zazie dans le métro	地下鉄のザジ
Zola, Émile	ゾラ

写真提供：アフロ

フランス文学小事典 増補版

© 2020年3月30日　初版発行

検印省略

編者
岩根　久
柏木隆雄
金﨑春幸
北村　卓
永瀬春男
春木仁孝
山上浩嗣
和田章男

発行者　原　雅久
発行所　株式会社　朝日出版社
101-0065　東京都千代田区西神田3-3-5
電話（03）3239-0271・72
http://www.asahipress.com
振替口座　00140-2-46008
クロスコンサルティング

落丁はお取り替えいたします.
ISBN978-4-255-01168-4 C0098